복원되지 못한
것들을 위하여

책임 편집 손유경

서울대학교 국어국문학과를 졸업하고 같은 과 대학원에서 박사학위를 받았다. 지은 책으로 『고통과 동정』 『프로문학의 감성 구조』 『슬픈 사회주의자』 등이, 옮긴 책으로 『지금 스튜어트 홀』이 있다. 현재 서울대학교 국어국문학과 교수이다.

문지작가선 7 ┃ 중단편선
복원되지 못한 것들을 위하여

초판 1쇄 발행 2020년 1월 22일
초판 3쇄 발행 2021년 1월 29일
지은이 박완서
책임 편집 손유경
펴낸이 이광호
주간 이근혜
편집 박선우 최지인 이민희 조은혜
펴낸곳 ㈜문학과지성사
등록번호 제1993-000098호
주소 04034 서울 마포구 잔다리로7길 18 (서교동 377-20)
전화 02)338-7224
팩스 02)323-4180(편집) 02)338-7221(영업)
전자우편 moonji@moonji.com
홈페이지 www.moonji.com

ⓒ 박완서, 2020. Printed in Seoul, Korea

ISBN 978-89-320-3608-3 03810

이 도서의 국립중앙도서관 출판예정도서목록(CIP)은 서지정보유통지원시스템 홈페이지
(http://seoji.nl.go.kr)와 국가자료공동목록시스템(http://www.nl.go.kr/kolisnet)에서
이용하실 수 있습니다. (CIP제어번호: CIP2020001338)

문지작가선7

복원되지 못한 것들을 위하여

박완서 중단편선

문학과지성사

차
례

도둑맞은 가난

상훈이가 오늘 또 좀 아니꼽게 굴었다. 찌개 냄비를 열자 두부점 위에 하필 커다란 멸치란 놈이 올라와 있었고, 그걸 본 상훈이는 허연 멸치 눈깔 징그럽다고 대가리는 좀 따고 넣으면 어떻겠느냐고 했다. 점잖게 눈살까지 찌푸리며 그런 소리를 했다. 나는 그 자리에서 여봐란듯이 대가리를 따서 입속에 넣고 자근자근 씹으며 대가리에 영양분이 더 많은 것도 모르느냐고 대거리를 했다.

멸치가 아무리 커도 멸치는 멸친데 그까짓 멸치 대가리에 달린 파리똥만 한 눈깔 따위에 다 신경을 쓰는 상훈이가 나는 아니꼽기도 하거니와 막연히 불안하기도 했다.

나는 내가 저를 얼마나 마땅찮아하고 있나를 나타내기 위해 입을 삐죽하며 눈을 보얗게 흘겨줬다. 그러나 상훈이는 탓하지 않고 곧 내가 하는 대로 덩달아 두부점과 우거지를 헤치고 멸치를 찾아 먹기 시작했다.

"제기랄 눈 감고 죽은 놈은 한 놈도 없잖아."

"제 명에 못 죽었으니까 그렇지 뭐."

"그럼 도미나 대구 같은 점잖은 생선도 눈 뜨고 죽게."

"그럼 그걸 말이라고 해."

우린 같이 낄낄대며 아침을 게 눈 감추듯 달게 먹었다.

"어때, 여자하고 같이 사니까 좋지?"

"응, 그렇지만 방이 너무 좁아서 더 불편하지 않아?"

나는 이 동네선 이만한 방에 대여섯 식구씩은 다 산다며, 저하고 나하고 같이 살게 된 후 절약되는 돈 액수를 또 한 번 조목조목 따져들어갔다. 나는 그것을 따질 때마다 신바람이 났다. 먼저, 절약되는 액수 중 제일 큰 몫을 차지하는 방세 4천 원, 그리고 나서 연탄값, 반찬값, 양념값 등 덜 드는 걸 시시콜콜 따지자면 한이 없었다. 그렇지만 두 가구가 한 가구가 됨으로써 이익보는 수돗값, 전깃값, 오물세까지 따지면서도 가장 중요한 건 일부러 빼먹었다. 서로 좋아한다는 것, 실상은 이게 둘이 같이 사는 가장 중요한 이유일 텐데 나는 그 말을 번번이 빼먹었다. 그 말에 부끄럼을 타기도 했지만, 그 말만은 상훈이가 나에게 하게 하고 싶었다. 나는 같이 살자는 제안을 내 쪽에서 먼저 하면서도 그 말을 안 했다. 심지어 두 방 쓰다가 한 방 쓰면 연탄을 네 장에서 두 장으로 절약하는 데 그치는 게 아니라, 둘이 한 이불 속에서 꼭 껴안고 잠으로써 다시 하루 반 장 내지 한 장의 연탄을 더 절약할 수 있다는 소리까지 거침없이 하는 배짱이 그 소리는 안 했다. 안 한 게 아니라 아껴두었다. 언제고 제가 나에게 그 소리를 하게 할 테다. 나는 그렇게 벼르고 있을 뿐이다.

도시락을 싸서 상훈이를 먼저 내보내고 나는 서둘러 서름질을 했다. 상훈이는 멕기 공장에 다녔다. 은반지를 감쪽같이 금반지로 만들기도 하고 백통 수저를 은수저로 만들기도 하는 곳이란다. 아무려면 진짜 금반지하곤 어디가 달라도 다르겠지 했더니 절대로 눈으로 봐선 다른 걸 알 수 없을 만큼 그 멕기 기술이란 게 희한하단다.

내가 서름질을 할 때쯤은 나란히 달린 여섯 개의 방마다 서름질할 시간이었다. 방 앞에 달린 쪽마루에서 서름질들을 했다. 쪽마루 밑에는 연탄아궁이가 있고, 쪽마루 위에는 식기, 바께쓰, 간장병 따위가 있으니까 쪽마루가 조리대 싱크대가 되는 셈이었다. 집주인이 셋방에 부엌을 만들어준답시고 추녀 끝에서 블록 담까지 사이의 무명 폭만 한 하늘을 아예 슬레이트와 루핑 조각으로 막아버려 명색이 부엌인 이 속은 침침하고 환기도 안 된다. 늘 연탄가스와 음식 냄새로 숨이 막힐 것 같다. 매캐하고 짜고 고리타분하고 시척지근한 냄새가 밖에서 갓 들어서면 눈이 실 만큼 독했다. 이 냄새는 방에도 옷에도 이부자리에도 배어 있었다. 내 몸에서도 이 냄새가 날 것이다.

그러나 나는 이 냄새를 부끄러워하거나 싫어하면 안 된다. 우리 어머니와 아버지와 오빠가 이 냄새를 싫어했기 때문이다. 이 냄새를 맡느니 차라리 죽는 게 낫다고 생각하고 어느 날 죽어버렸기 때문이다. 나만 남겨놓고 죽어버렸기 때문이다. 나는 이런 못난 부모 동기에게 복수하는 뜻에서도 이 냄새에 길들여져야 하는 것이다.

서름질들을 하면서 누구나 나에게 말을 시키지 못해 안달을 하고 있다는 걸 나는 안다. 내가 끌어들인 청년에 대해 모두 궁금한 모양이었다. 그러나 별 악의가 있어 뵈지는 않았다. 제일 끝방 아줌마가 혀를 끌끌 차며 힐끗 내 눈치를 보는 꼴이 냉수라도 떠놓고 예를 갖추라는 소리가 또 나올 것 같았다. 나라고 그런 소리를 아주 귀담아듣지 않는 건 아니었다. 그까짓 거 예만 갖출까, 이왕이면 여섯 방 아줌마들에게 국수 대접인들 못할까도 싶었다. 그렇지만 상훈이 제가 먼저 나를 좋아한다고 하기 전에 그런 일로 돈을 쓰다니 어림도 없다.

그래서 나는 아무도 나에게 말을 못 시키게 목청껏 노래를 뽑으며 서름질을 했다. 그까짓 두 식구 서름질, 저 푸른 초원 위에 그림 같은 집을 짓고— 한 곡 부를 사이도 안 걸렸다. 나뿐 아니라 이곳 셋방 여자들은 서름질을 대개 이렇게 후닥닥 엉터리로 해치웠다. 공장이나 취로사업장으로 나갈 시간이 바쁘기 때문이었다.

밖은 바람이 칼날같이 매운 겨울 아침이었다. 바람이 쓰레질하듯 길바닥을 훑으며 연탄재와 더러운 종잇조각을 한군데로 수북이 쌓아놓았다가 다시 회오리바람이 되어 공중 높이 말아올려 삼지사방으로 더러운 진애塵埃를 살포했다. 뺨이 아리고 눈앞의 모든 것이 흙먼지 속에 부옇게 흐려 뵀다. 비탈에 닥지닥지 붙은 집들의 지붕을 덮은 슬레이트나 함석 조각이 이상한 소리를 내며 몸을 뒤틀었다.

고개가 목도리 속에 자라 모가지처럼 움츠러들었거나 아예 머리통은 눈만 내놓고 강도처럼 복면을 하고서도 용케 만나는 사람마다 서로 잘 알아봤다. 거의 매일 같은 시간에 만나는 얼굴이기 때문이었다. 삽을 들고 취로사업장으로 나가던 어떤 아줌마는 눈을 찡긋하며 너 요새 재미 좋다며 하기도 했다. 그럴 때 이 아줌마는 겹겹이 걸친 누더기 밖으로까지 이상하도록 짙은 색정적인 걸 발산했다. 나는 사춘기에 암내 내는 동물을 보았을 때처럼 부끄러움과 징그러움과 미묘한 호기심을 동시에 이 여자한테서 느꼈다. 그리고 연탄 반 장을 아끼기 위해서라는 핑계로 한 이불 속에서 꼭 껴안고 자는 상훈이와의 뭔가 막연히 미흡한 교접을 생각하고 불안해졌다.

모든 것이 얼어붙은 겨울 아침의 산동네 골목골목은 살아 있는 것처럼 힘차게 꿈틀거리고, 만나는 사람마다 마치 여름 아침의 억센 푸성귀처럼 청청한 생기에 넘쳐 있다. 가난을 정면으로 억척스럽게 사는 사람들의 이런 특이한 발랄함을 우리 어머니는 얼마나 치를 떨며 경멸했던가. 배알도 없는 것들이 천덕스럽고 극성스럽기만 하다고. 그래서 어머니는 아버지와 아들을 꼬여서 같이 죽어버렸던 것이다. 흡사 찌개 속의 멸치처럼 눈을 동자 없이 하얗게 뒤집어 간 추한 주검과, 냄새나는 가난을 나에게 떠맡기고.

그들이 죽기를 무릅쓰고 거부한 가난을 내가 지금 얼마나 친근하게 동반하고 있나에 나는 뭉클하니 뜨거운 쾌감을 느꼈다. 그들은 겉으론 가난을 경멸하는 척했지만 실상은 두려워하고 있었다는 걸 나는 안다. 나는 뽐내기 좋아하는 소년처럼 가슴을 펴고 비탈길을 곤두박질하듯 달렸다.

공장이라 부를 것도 없는 서너 칸 정도의 온돌방에는 쏙닥거려놓은 헝겊 조각이 무더기로 쌓여 있고 창가엔 세 대의 미싱이 놓여 있다. 주인아줌마가 피륙을 겹겹이 겹쳐놓고 본을 대고 면도칼로 오리는 일을 하다가 나를 쳐다보고 희미하게 웃었다. 나는 주인아줌마가 피륙을 이렇게 잘게 쏙닥거리는 걸 볼 때마다 가슴에 통증이 올 만큼 아까운 생각이 들었다. 인형도 입을 것은 다 입는다. 팬티도 만들고 앞치마도 만들고 브래지어도 만들어야 한다. 원피스엔 주머니도 달고 단추도 달고 수까지 놔야 한다. 속치마에 레이스도 달아야 한다. 이런 일은 다 철저한 분업으로 이루어지기 때문에 코딱지만 한 인형 옷 하나 만드는 데도 몇 사람의 손이 가야 한다. 나는 온종일 아줌마가 쏙닥거려놓은 걸 미싱으로 박기만 하면 된다. 꼬마 옷을 한없이 박음질하다 보면 나는 마치 내가 꼬마 나라에 유배되어 옷 짓는 노예 노릇을 하고 있는 것처럼 느꼈다.

주인아줌마도 저녁때쯤은 지쳐서 나더러 어깨를 쳐달라며 같잖은 것들이 옷들도 육시랄하게 입어쌓는다고 욕을 했다. 그렇지만 그것들이 옷을 입어쌓지 않고 벌거벗고 살게 되는 날이면 주인아줌마도 나도 밥줄이 끊어지고 만다는 걸 모를 리가 없다.

나는 미싱을 놀리며 언제고 양재를 배울 것을 꿈꿀 때가 제일 즐거웠다. 옷다운 옷을 만드는 일류 재봉사가 되어 일류 양장점에 고용될 날을 막연히 꿈꾸며 재봉틀을 놀리면, 이런 단조로운 작업도 한결 덜 지루했다. 내가 일류 재봉사가 된 후에도 상훈이가 멕기 공장 직공이어도 괜찮을까, 그걸 잘 모르겠어서 약간 고민도 되었다. 은반지를 감쪽같이 금반지로 만드는 일은 확실히 신기한 일이지만 너무 요술기가 있어서 사기꾼 같은 일이 아닐까 하는 생각도 들었다. 그렇지만 상훈이 말로는 장사꾼들이 그걸 갖다가 금반지로 속여 파는 일은 없고 다만 금반지를 끼고 싶지만 돈이 없는 사람들에게 싸게 팔 뿐이라니 얼마나 좋은 일인가도 싶었다. 실상은 나도 그런 거라면 하나 끼고 싶었다. 언제고 한 번은 상훈이가 나를 좋아한다는 소리를 하긴 할 테고, 그때 넌지시 멕기한 금반지를 내 손에 끼워주면서 그런 소리를 한다면 얼마나 무드가 날까. 그러면 나는 누구에게도 그게 멕기한 반지란 걸 알리지 말아야지. 이런 공상은 절로 웃음이 비죽비죽 나올 만큼 행복한 공상이었다.

그러나 주인아줌마는 남의 속도 모르고 즐겁고 훈훈한 공상에 구정물을 끼얹은 것 같은 소리를 했다. 밑도 끝도 없이 푸듯이.

"쯧쯧, 네 에미 년은 죽일 년이다. 죽일 년이고말고."

어머니는 몇 달 전에 이미 죽었고, 주인아줌마는 누구보다도 그걸 잘 알고 있을 터인데도 그걸 욕이라고 했다. 어머니가 죽었을 때도 제일 먼저 달려와준 이 아줌마는 이런 몹쓸 년 봤나, 이런 죽일 년 봤나, 하고 치를 떨었다.

아줌마는 우리가 지독하게 가난해진 후에도 우리와 왕래하던 어머니의 단 하나의 친구였고, 어머니의 허영을 어느 만큼은 이해했던 친구이기도 했다. 아버지 회사가 망해서 아버지가 머리가 허연 나이에 퇴직금 한 푼 못 받고 실직했을 때 어머니가 앞으로의 생활 대책을 논의했던 단 하나의 친구도 이 아줌마였다. 아줌마는 소싯적에 과부가 되어 이것저것 안 해본 일이 없었기 때문이었다. 아줌마는 우선 우리가 그동안 한 푼의 저축도 없이 살았다는 걸 알고 어안이 벙벙해했다. 너 그동안 내가 태워준 계만 해도 몇 구찐데 그 목돈 다 어쨌느냐고 따졌다. 어머니는 조금도 풀이 죽지 않은 채, 넌 월급쟁이 생활을 몰라서 그렇지 다달이 적지않이 적자가 나게 마련이고 곗돈으로 그 적자 메우기도 바빴었다고 발뺌을 했다. 아줌마는 너 앞으로 고생 좀 해도 싸다며 방이나 한 칸 전세나 주어서 식료품 가게나 내보라고 일러주었다. 다행히 집이 길목이 좋으니까 두 내외가 열심히 뛰면 생활은 될 거라고 했다.

그러나 어머니는 아줌마 말을 따르지 않았다. 사회적으로 어엿하게 출세한 남편 갖고, 생활 기반이 확고하게 잡힌 친구들 보기 창피하게시리 어떻게 구멍가게를 할 수 있느냐는 거였다. 사람이 한번 본때 있게 살아보려면 통이 크고 투기성이 있어야 하고 기회를 잘 잡아야 하는데 지금이 바로 그 기회라고 어머니는 아버지를 충동질했다. 아버지가 회사에 잘 다녀 착실하게 생활을 꾸려나갈 때도 어머니는 외출만 했다 돌아오면 신경질을 부렸었다. 남들은 수단들이 좋아 작년 다르고 올해 다르게 살림이 늘고 으리으리하게들 사는데 이놈의 집구석은 어떻게 된 게 만날 요 모양 요 꼴로 사는지 모르겠다고, 아버지를 상전이 하인 들볶듯 들볶아쳤다. 그러니까 어머니는 아버지의 실직이 아버지가 쩨쩨한 월급쟁이 생활을 면하고 통이 큰 사업가가 될 좋은 계기가 되길 바랐던 것이다.

그래서 어머니는 수억대를 가지고 있다는 부자 친구네를 뻔질나게 드나들더니 드디어 집을 담보로 목돈을 빌릴 수가 있었다. 어머니의 이런 내조에 힘입어 아버지는 사무실을 얻고, 전화 놓고 회전의자 돌리고, 급사도 두고 사장 노릇을 시작했다. 어머니는 하루에도 몇 번씩 아버지 회사에 전화 걸기를 좋아했다. 응, 미스 최야? 여기 사장님 댁인데 사장님 좀 바꿔줘. 그 소리를 하고 싶어 못살아했다. 그러나 미처 그 소리에 사모님다운 가락이 붙기도 전에 회사는 망하고 집까지 내쫓겼다. 저당권 설정하고 빌린 돈을 이자도 원금도 한 푼도 안 갚았으니 명의가 이전되고 내쫓기는 건 당연한 결과라는 거였다. 그 밖에도 조금씩 얻다 쓴 푼돈 때문에 세간살이까지 돈 될 만한 건 다 빼앗겼다. 어머니는 어머니의 부자 친구한테 네가 이렇게 나올 줄은 정말 몰랐다고 원망하다가 나중에는 미친 듯이 대들었지만 모든 것이 그 친구의 뜻대로 되고 말았다. 나는 지금도 우아하고 기품 있는 어머니의 그 부자 친구가 눈썹 하나 까딱 안 하고 우리의 모든 것을 빼앗아 가던 날을 생생하게 기억한다.

그래도 그 친구는 우리를 거리로 내쫓지를 않고 전세방을 하나 얻어 주었다. 너는 고생해 싸지만 네 자식들이 불쌍해서 베푸는 동정이라고 하면서.

이렇게 어머니의 친구들은 인형 옷 만드는 집 아줌마건, 수억대를 주무르는 부자 친구건 모두 어머니에게 고생을 해서 싸다고 그랬었다. 그러나 죽어도 싸다곤 안 그랬었다.

　어머니는 전세방에 나앉은 후에도 도저히 자식들 공부를 계속 시킬 수가 없다는 현실을 인정하려 들지를 않았다. 세상에, 개돼지도 아니고 인두겁을 쓴 사람으로서 어떻게 자식 대학 공부를 안 시키겠느냐고 철없이 설쳤다. 아버지도 어머니도 어디 가서 한 푼이라도 벌 궁리는 안 하고 그저 공부 공부 하면서 전셋돈을 빼다가 오빠들 삼류 대학 등록금 하고, 내 고등학교 등록금 하고, 그러곤 사글셋방으로 옮겨 앉았다. 그러나 학교고 뭐고 다 그만둬야 할 날은 어김없이 왔고, 기어이 보증금도 없이 월세만 4천 원인 산동네까지 가는 신세가 되고 말았다. 그러면서도 어머니는 우리가 알거지가 됐다는 걸 인정하려 들지 않았다. 고리타분하고 시척지근한 가난의 냄새에 발작적으로 진저리를 쳤고, 가난한 사람들의 끈질긴 생활력을 더러운 짐승처럼 징그러워했고, 끝내 가난뱅이하곤 상종을 안 했다. 아무리 없는 것들이기로서니 아무리 상것들이기로서니 인두겁을 쓰고 어떻게 이런 굴속 같은 방에서 이렇게 비위생적으로, 이런 지독한 냄새를 풍기며 살 수 있을까 하고 흉을 보았다.

　그러면서도 어머니는 우리 살림을 제일 더럽게 해서 우리 쪽 마루엔 서름질도 안 한 그릇들이 다음 끼니때까지 그대로 헤벌어져 있어 온 동네 파리가 살판난 듯 엉겨 붙게 내버려두었다. 어머니는 이렇게 가난에 길들여지기를 한사코 거부했던 것이다.

　인형 옷 만드는 집 아줌마가 어머니에게 자기 집에 와서 그 일이라도 거들어서 새끼들 굶기지는 않아야 할 것 아니냐고 몇 번이나 권하다 못해 나한테 너라도 나와보지 않으련 했다. 나는 얼씨구 하고 거기 나가서 그 앙증한 옷을 만드는 일을 배웠다. 그 일은 재봉틀이나 놀릴 줄 알면 되는, 기술이랄 것도 없는 쉬운 일이었다. 내가 하는 것을 며칠 지켜보던 아줌마는 한 달에 만 원씩 주마고 했다. 너니까 너희 식구 살려주는 셈 치고 특별히 후하게 준다는 거였다. 그날 나는 그 소식으로 식구를 즐겁게 하고 싶어 한달음으로 집으로 달려왔다. 만 원이라야 집세 빼면 다섯 식구 쌀값도 안 떨어질 푼돈이었지만, 식구 중 제일 어린 내가 만 원을 벌 수 있으니 식구가 다 발 벗고, 체면치레도 벗고 나서면 제가끔 만 원씩이야 못 벌어들일까 싶었다.

합심하면 살 수 있어요. 이 동네 사람들이 다들 그렇게 사니까 창피할 것 하나도 없어요. 아이들도 벌고 어른들도 벌고 노인들도 벌고, 개같이 벌어서 정승같이 살고들 있어요. 텔레비전 놓고 사는 집도 있고, 며칠에 한 번씩 돼지고기 구워 먹으면서 사는 집도 있고 아무튼 시끌시끌 노래도 부르고 낄낄낄 웃기도 하며 살고 있어요. 우리도 그렇게 살아요, 네. 우리 식군 노인도 없고 아이도 없고 다 벌 수 있잖아요. 서로 기대지 않고 다 나가서 벌면 못 살 것도 없단 말예요. 나는 이렇게 열심히 식구들을 부추겼다. 그러나 어머니는 오냐 우리가 너한테 기댈까 봐, 안 기댄다 안 기대 두고 보렴 하더니 그다음 날 내가 공장에서 돌아왔을 때 우리 식구는 죽어 있었다. 가을이라곤 하지만 노염이 가시지 않은 무더운 날, 방에 연탄불을 피워놓고 문틈은 꼭꼭 봉하고 네 식구가 나란히 죽어 있었다. 나만 빼놓고 자기들끼리만 죽어 있었다.

공장에서 돌아오는 길에 아무리 늦어도 시장에 들르는 게 내가 상훈이하고 함께 살게 된 후 새로 생긴 버릇이었다. 생선 가게 앞에서 나는 대구와 도미를 구경했다. 생선은 아무리 점잖은 고급 생선이라도 눈 뜨고 죽는다고 아침에 상훈이한테 장담했지만 어째 좀 어정쩡해서 다시 확인해봤다. 모든 생선이 해맑은 눈을 둥그렇게 뜨고 좌판에 누워 있었다. 생선은 눈은 있어도 눈꺼풀이 없겠거니 싶자 웃음이 쿡쿡 치밀었다.

나는 짜게 절인 고등어를 한 손 샀다. 고등어란 놈을 연탄불에 얹어서 구우려면 기름이 많은 놈이라 연기도 몹시 나겠지만 냄새도 지독할 게다. 아마 터널 속 같은 여섯 가구 공동의 부엌을 짜고 비린 고등어 굽는 냄새로 꽉 채울 게다. 나는 의기양양해서 산동네를 향해 종종걸음을 쳤다. 상훈이는 먼저 와 있으면서 아무것도 안 해놓고 벌렁 누워 있었다.

"먼저 온 사람이 밥해놓기로 했잖아."

상훈이는 들은 척도 안 하고 담배만 한 개비 꼬나물었다.

"너 정말 이러기야. 네가 날 부려먹으려면, 네가 날 먹여 살려얄 게 아냐. 안 그래? 누가 누구 덕 보려고 같이 사는 거 아니잖아."

우리 생활비를 서로 공평하게 반분해서 부담하고 있으니만큼 가사에 소모하는 노동력도 그러기로 했던 것인데 암만 해도 노동력에선 내가 밑지고 있는 것 같아 억울한 생각이 들었다.

"오늘은 좀 내버려둬줘."

상훈이는 풀이 죽어 있었다. 슬픔을 억제하고 있는 것같이도 보였다.

"왜, 공장에서 무슨 기분 나쁜 일이라도 있었어?"

나는 대번에 상냥해지고 말았다.

"만식이, 그치가 오늘 기어코 공장에서 피를 토했잖아."

"어머머, 그럼 걔가 정말 폐병쟁이였구나. 그래서? 그래서 어떻게 됐어?"

나는 만식이를 만난 일은 없지만 상훈이한테서 창백하고 늘 밭은기침을 콜록콜록한다는 얘기를 들어서 알고 있었다. 암만해도 폐병쟁이 같다고 같이 점심 먹을 때가 제일 기분 나쁘다고 했었다.

"별안간 각혈을 하고 정신을 못 차리고 쓰러지니까 주인은 송장 치우게 될까 봐 겁이 나는지 빨리 집에 업어다주라고 괜히 우리들만 갖고 호통을 치잖아. 그래서 업어다주고 주인이 준 돈도 전해주고 그러고 왔지 뭐."

"주인이 돈을 얼마나 주었는데."

"얼만 얼마야, 어제까지 일한 거 일당으로 쳐줬지."

"깍쟁이 자식. 그건 그렇고, 그래 너희들은 가만히 보고만 있었어?"

"보고만 있잖으면 어떡해?"

"친구가 그 꼴이 됐는데도 같이 일하던 공장 친구들이 보고만 있었단 말이지. 그러고도 마음이 편하단 말이지? 그러면 못써. 뭐니 뭐니 해도 어려울 땐 어려운 사람들끼리 도와야지, 그러면 못쓴다구."

상훈이는 그래도 내 말을 못 알아듣고 어리둥절해했다. 그럴 때의 그는 몹시 아둔하고 맹추스러워 보였다. 가난뱅이답지 않게 수려한 이목구비도 백치스러워 보였다. 나는 그런 그에게 맹렬한 저항을 느꼈다. 그래서 와락 짜증을 내면서 없는 사람끼리 그러면 못쓴다고 돈을 추렴해가지고 문병 가서 가족을 위로하고 특히 본인에겐 곧 나을 테니 걱정 말고 몸조리나 잘하라고 거짓말을 해야 한다고 가르쳤다. 죽을 때까지 가끔가끔 그렇게 해줘야 된다고 타일렀다. 죽을 때까지라면 한없이 긴 동안 같지만 각혈을 했다니 살면 얼마나 살랴, 나는 처연한 기분으로 그런 계산까지 했다.

우리는 맛없게 저녁을 먹고, 말없이 뜨악하게 앉았다가 자리에 들었다. 외풍이 센 방에선 그저 눕는 게 제일이었다. 이불 밖으로 코를 내놓으면 코끝이 시리게 외풍이 세고 방바닥이라야 겨우 냉기가 가신 방에서 우리는 어쩔 수 없이 서로를 밀착시켰다. 그리고 한 이불 속에 든 남녀라면 누구나 할 수 있는 짓을 하면서도 나는 이게 아닌데, 아아, 이게 아닌데 하고 생각했다. 그건 우리가 둘 다 서로 그 방면에 풋내기라는 데서 오는 초조감하곤 달랐다. 나는 그 짓을 통해 따뜻하고 평화스러운 느낌이 되길 바랐지만 정반대의 느낌으로 끝나게 마련이었다. 그래서 나는 울고 싶었다. 그러나 억지로 참았다. 나는 행복했던 적에도 울기 잘하는 계집애였어서 울고 난 후에 모든 것이 씻겨 내린 듯한 상쾌감을 알고 있었다. 그러나 나는 지금 모든 것을 씻겨낸 후의 내 모습을 보는 것을 원치 않았다.

　아침에 나는 우리 공동의 예금통장을 상훈이한테 주면서, 돈을 거두려면 먼저 주동자가 선뜻 돈을 내놓고 나서 남에게 손을 벌리는 게 순서이고, 그렇게 해야 일이 쉬울 거라고 일러줬다. 얼마간이라도 걷히는 대로 빨리 갖다주라고 신신당부를 하고 공장에 나와서도 뭔가 좋은 일을 하고 있다는 걸로 온종일 마음이 흐뭇했다. 내가 살고도 남아 남을 돕는다. 생각만 해도 자랑스러웠다.

　그러나 밤에 집에 돌아온 나는 기절을 할 만큼 놀랄밖에 없었다. 예금통장에 잔고가 한 푼도 남아 있지를 않았다. 몽땅 털어 폐병쟁이한테 갖다줬다는 거였다. 3만 원이 넘는 돈을 몽땅, 그게 어떤 돈이라고. 정말이지 미치고 환장을 하지 않고서는 도저히 그럴 수는 없는 일이었고 나 역시 미치고 환장을 하지 않고서는 도저히 참아줄 수 없는 일이었다.

　"미안하게 됐어. 그렇지만 말야, 네가 몰라서 그렇지 누구한테 돈을 걷니? 다 말도 못 하게 지독한 가난뱅이들뿐인걸."

　"뭐라구. 모두 가난뱅이들뿐이라구? 그럼 우린 뭐니? 우린 부자니 응? 우린 부자야?"

　나는 내 분을 내가 이기지 못해 그의 멱살을 잡고 질질 끌어다가 골통을 벽에다 콩콩 부딪쳐주었다. 그래도 그는 태평스레 히죽히죽 웃었다. 그는 3만여 원 중 반이 넘는 돈이 자기 돈인데도 조금도 아까워하지 않고 있었다. 그렇다고 그가 그 폐병쟁이를 뼈아프게 동정했던 것도 아니란 걸 나는 안다. 둘 다 그에겐 조금도 절실하지 않았다. 바로 그것이 문제였다. 따라서 도와 주고 싶은데 돈은 아깝고, 그래서 돈을 꺼냈다 넣었다, 2천 원을 내놓을까, 3천 원을 내놓을까, 천 원 상관으로 10분도 넘어 괴로 워하고 도와줄까 말까로 한 시간도 넘어 애타심과 이기심이 투 쟁을 하는 그 뼈아픈 갈등을 전연 겪지 않고, 헌신짝 버리듯 무 심히 3만여 원을 그냥 버렸던 것이다. 그걸 깨닫자 나는 오한처 럼 오싹 기분 나쁜 불안감을 느꼈다.

"넌 뭐니, 넌 뭐야? 이 새끼야. 넌 부자니, 부자야?"

나는 불안을 털어버리려고 다시 악을 썼지만 그는 여전히 히 죽히죽 웃기만 했다. 나는 제풀에 지쳤다. 나는 기진맥진 지칠 대로 지쳤는데도 좀처럼 잠들지 못했는데 그는 곧 잠들었다. 나 는 수명이 다 돼 침침한 20촉짜리 형광등 밑에서 그의 자는 얼 굴을 곰곰이 들여다보았다. 도대체 넌 뭐냐? 3만 원이 넘는 돈 을 헌신짝처럼 버리고 편히 잠들 수 있는 너는 뭐냐. 기가 죽지 않는 건 좋다고 치자. 그렇지만 너의 그건 가난뱅이들의 억척스 럽고 모진 그 청청함하곤 확실히 다르다. 전연 이질적인 것이다. 나는 깊이 전율했다.

내가 상훈이를 만난 것은 5원짜리 풀빵을 굽는 포장 친 구루 마 앞에서였다. 나는 한눈에 그가 그 근처에 즐비한 가내공업 하는 공장의 직공이라는 걸 알 수 있었다. 그런데 풀빵을 먹는 꼴이 여간만 꼴불견인 게 아니었다. 손이 더럽다는 걸 지나치게 의식해서 그랬겠지만 풀빵을 맨손으로 잡지를 않고 어디서 났 는지 오톨도톨한 꽃무늬가 있는 하얀 종이 냅킨으로 싸서 집어

먹고, 다 먹고 나서는 그 냅킨으로 입 언저리를 자못 점잖게 꾹
꾹 눌러 닦았다.

같은 5원짜리 풀빵을 먹으면서 그까짓 종이 한 장으로 이곳
에서 풀빵을 먹고 있는 배고프고 피곤한 저녁나절의 직공들 사
이에서 우월감 같은 걸 누리고 있는 게 몹시 꼴사납게 보였다.
그때 나는 도시락도 못 싸가지고 다닐 때라 배가 몹시 고팠기
때문에 풀빵을 계속해서 정신없이 집어 먹었다. 다 먹고 나서야
냅킨으로 싸서 먹던 아니꼬운 녀석이 여직껏 나를 지켜보고 있
었다는 걸 알았다. 너 그렇게 먹고도 목메지 않니. 어디서 차나
한잔 사줄까 하고 그가 수작을 붙였다. 차를 사준다는 소리에
나는 배꼽을 움켜잡고 숨이 막히게 웃고 또 웃었다. 저 얼간이
같은 게 여자를 꼬드길 때, 다방에나 가자로 시작한다는 건 그
래도 어디서 들어서 알고 있구나 싶어 그게 그렇게 우스울 수가
없었다. 저하고 나하고 그 주제꼴하며 풀빵 먹는 뱃속하며 다방
이 아랑곳인가. 그렇지만 차츰 나는 이 얼간이가 마음에 들었고,
풀빵집에서 못 만나고 마는 날은 하루를 헛산 것같이 허수했다.
혼자 산다고 하기에 나처럼 고아려니 했고, 그래서 같이 살자고
내 쪽에서 먼저 꼬드겼고 — 이것이 내가 상훈이를 알게 되고
같이 살게 된 전부였다.

폐병쟁이 사건이 있은 후도 우리는 같이 살았지만, 나는 가끔
가끔 그에게 발작적으로 신경질을 부렸다. 나는 3만 원 때문에
그를 그렇게 들볶는 척했지만 실상은 그게 아니었다. 그가 폐병
쟁이에 대해 완전히 잊어버리고 하루하루를 편히 사는 게 가끔

미운 생각이 났고 그래서 그렇게 들볶는 거였다.

그러던 어느 날 그는 아무런 예고 없이 집에 들어오지 않았다. 다음 날도 그다음 날도 계속 들어오지 않았다. 기다리다 기다리다 드디어 나는 굴욕감을 무릅쓰고 멕기 공장에 찾아가보았다. 멕기 공장에도 안 나온다는 거였다. 주인이 나에게 무서운 소리를 했다. 어디서 사고가 나도 크게 났을 게 틀림이 없다는 거였다. 다른 데로 날려면 월급도 당겨쓰고 구멍가게 외상도 잔뜩 지고 나는 법인데 월급 셈도 안 해가지고 없어졌으니 차에 치여 죽었든지 깡패 칼에 맞아 죽었든지 둘 중의 하나겠지 하고 자못 자신 있게 장담을 했다.

그날 나는 별의별 끔찍한 공상을 다 하며 잠을 못 잤지만 그를 위해 무엇을 어떻게 해야 되는지에 대해서는 전연 알지를 못했다. 서울 장안이 어느 만큼 크고 복잡한가 나는 그것을 제대로 파악조차 할 수 없는 채 다만 겁이 날 뿐이었다. 나는 밤마다 오그리고 새우잠을 자면서 훌쩍훌쩍 울고 아침에는 여전히 공장에 나갔다. 밥벌이를 위해서도 공장에는 나가야 했지만 공장에 나가 있는 동안 그가 돌아와 있을지도 모른다는 생각, 꼭 돌아와 있을 것만 같은 확신으로 하루를 보내고, 방에 불이 켜져 있을 것을 믿으며, 산동네의 비탈길을 미친 듯이 달음질치는 뜨겁고 부푼 기대의 시간을 위해서 공장에 나가는 거였다. 나는 기적이란 사람 눈에 안 띄게 몰래 일어나는 것으로 막연히 알고 있었고, 그래서 내 방에서 기적이 일어나게 하기 위해서도 매일 방을 비워줘야 하는 것이었다. 나는 매일 허탕을 치면서도 매일 기다렸다. 내가 할 수 있는 일은 그것밖에 없었다.

어느 날, 내 방에 불이 켜져 있었다. 그리고 상훈이가 돌아와 있었다. 그는 냉랭하고 남남스러운 얼굴로 나를 맞았다. 그는 좋은 옷을 입고 있었고, 머리끝에서 발끝까지 깨끗했다. 그래서 그런지 그가 내 방에 앉아 있는 게 아주 비현실적으로 보였다. 나는 그가 비참하게 돼서 돌아오는 경우만 상상했지 이렇게 훌륭하게 돼서 돌아오는 경우를 전연 예기치 못했으므로 우두망찰을 했다. 잠시라도 어디로 도망갔다 다시 나타날 수 있으면 뭔가 좀 수습할 수 있을 것 같았다.

"웬일이야?"

나는 내가 들어도 내 목소리 같지 않은 가래가 걸린 듯한 잠긴 소리로 겨우 이렇게 말했다.

"응, 돈 갚으려고. 그때 그게 3만 얼마더라?"

그는 은행원처럼 친절하고 사무적인 태도로 말했다. 나는 내 속에서 꿈틀대던 정다운 것들이 영영 사라져가고 있는 것처럼 느꼈다. 지독한 혼란이 왔다.

문득 그의 옷깃에서 빛나는 대학 배지가 눈에 띄었고, 방바닥에 그의 것인 듯한 술이 두꺼운 책까지 눈에 띄었다. 번개처럼 어떤 생각이 머릿속에 떠올랐다. 나는 겁먹은 소리로 악을 썼다.

"너 미쳤니? 너 기어코 도둑질을 했구나. 해도 왕창. 그리고 가짜 대학생 짓까지. 너 정말 미쳤니?"

그러자 그게 다 나 때문인 것 같았다. 3만 원 때문에 허구한 날 들볶은 나 때문인 것 같았다. 나는 더럭 겁도 났지만 심장이

짠하도록 감동했다. 그래서 나는 잔뜩 울상을 하고 그에게 안기려고 했다. 그러나 그는 나를 고상하게 거부했다.

"여봐, 이러지 말고 이제부터 내가 하는 소리를 정신 차리고 똑똑히 들어. 나는 미치지도 않았고 도둑놈은 더구나 아냐. 나는 부잣집 도련님이고 보시는 바와 같이 대학생이야. 아버지가 좀 별난 분이실 뿐이야. 아들자식이 너무 고생을 모르고 자라는 걸 걱정하셔서 방학 동안에 어디 가서 고생 좀 실컷 하고, 돈 귀한 줄도 좀 알고 오라고 무일푼으로 나를 내쫓으셨던 거야. 알아듣겠어?"

어떻게 그걸 알아들을 수가 있단 말인가. 우리 어머니는 부자들이 얼마나 호강들을 하며 사나에 대해 아는 척하기를 좋아했었다. 세상에 돈만 있으면 안 되는 게 없고 못 하는 게 없고, 인생의 온갖 열락이 돈 주위에 아양을 떨며 모여든다고 했다. 그렇지만 가난뱅이 짓을 장난삼아 해보는 부자들에 대해선 들은 바가 없다.

"우리 아버진 좋은 분이야. 요즈음 세상에 보기 드문 분이지. 자식들에게 호강 대신 여러 가지 어려움을 겪게 하고 싶으셨던 거야. 덕택에 나는 이번 방학에 아주 소중한 경험을 할 수 있었지. 돈 주고도 살 수 없는 귀한 경험이었어."

참 생각난다. 인형 옷 만드는 집 아줌마가 텔레비전 연속극 얘길 하면서, 재벌의 아들이 인생 공부 삼아 물장산가 뭔가 하는 얘기를 하던 것이 생각났다. 아무리 연속극이라지만 구역질 나는 얘기라고 생각했다. 도대체 가난을 뭘로 알고 즈네들이 희롱을 하려고 해. 부자들이 제 돈 갖고 무슨 짓을 하든 아랑곳할 바 아니지만 가난을 희롱하는 것만은 용서할 수 없지 않은가. 가난한 계집을 희롱하는 건 용서할 수 있다손 치더라도 가난 그 자체를 희롱하는 건 용서할 수 없다. 더군다나 내 가난은 그게 어떤 가난이라고. 내 가난은 나에게 있어서 소명召命이다.

"아버진 만족하고 계셔, 내가 그동안 그 지독한 생활을 잘 견딘 걸. 그래서 친구분한테도 자식들을 그렇게 고되게 키우는 걸 권하실 모양이야. 실상 요새 있는 사람들, 자식을 너무 연하게 키우거든."

맙소사. 이제부터 부자들 사회에선 가난 장난이 유행할 거란다. 기름진 영감님들이 모여 앉아, 자네 자식 거기 아직 안 보냈나? 웬걸, 지금 여권 수속 중이네. 누가 그까짓 미국 말인가, 빈민굴 말일세 하고.

"그래서 아버지가 기분 좋아하시는 낌새를 타가지고 네 얘기를 했어. 이런저런 빈민굴의 비참한 실정을 말씀드리다가 대수롭지 않게 슬쩍 내비쳤지. 글쎄 하룻밤에 연탄 반 장을 애끼자고 체온을 나누기 위한 남자를 한 이불 속에 끌어들이는 여자애가 다 있더라고 말야. 물론 끌려 들어간 남자가 나였단 소리는 빼고. 그랬더니 아버지가 의외로 깊은 관심을 보이시고 집에 데려다 잔심부름이라도 시키다가 쓸 만하면 어디 야학이라도 보내자고 하시잖아. 좋은 기회야. 이 기회에 이런 끔찍한 생활을 청산해. 이건 끔찍할뿐더러 부끄러운 생활이야. 연탄을 애끼기 위해 남자를 끌어들이는 생활을 너도 부끄러워할 줄 알아야 돼."

암 부끄럽고말고. 부끄럽다. 부끄럽다. 부끄럽다. 당장 이 몸이 수증기처럼 사라질 수 있으면 사라지고 싶게 부끄럽다. 부끄럽다.

"자 돈 여기 있어. 다시 데리러 올 테니 옷가지라도 준비해. 당장이라도 데리고 가고 싶지만 그런 꼴로 갈 순 없잖아."

나는 돈을 받아 그의 얼굴에 내동댕이치고 그리고 그를 내쫓았다. 여섯 방의 식구들이 맨발로 뛰어나와 구경을 할 만큼 목이 터지게 악다구니를 치고 갖은 욕설을 퍼부어 그가 혼비백산 도망치게 만들었다.

"가엾게스리, 미쳤구나."

그는 구두짝을 주섬주섬 집어 들고 도망치면서 중얼거렸지만 아마 곧 나에 대해 잊어버리게 될 것이다. 폐병쟁이를 잊어버리듯이 쉬 잊어버릴 것이다.

나는 그를 쫓아 보내고 내가 얼마나 떳떳하고 용감하게 내 가난을 지켰나를 스스로 뽐내며 내 방으로 돌아왔다. 그런데 내 방은 좀 전까지의 내 방이 아니었다. 빗발로 얼룩얼룩 얼룩진 채 한쪽이 축 처진 반자, 군데군데 속살이 드러나 더러운 벽지, 지퍼가 고장 난 비닐 트렁크, 절뚝발이 날림 호마이카 상, 제 몸보다 더 큰 배터리와 서로 결박을 짓고 있는 낡은 트랜지스터라디오, 우그러진 양은 냄비와 양은 식기들 ―, 이런 것들이 어제와 똑같은 자리에 있는데도 어제의 것이 아니었다. 그것들은 다만 무의미하고 추했다. 어제의 그것들은 서로 일사불란 나의 가난을 구성하고 있었지만, 지금 그것들은 분해되어 추한 무용지물

일 뿐이었다. 판잣집이 헐리고 나면 판잣집을 구성했던 나무 판대기, 슬레이트, 진흙 덩이, 시멘트 벽돌, 문짝들이 무의미한 쓰레기 더미가 되듯이 내 가난을 구성했던 내 살림살이들이 무의미하고 더러운 잡동사니가 되어 거기 내동댕이쳐져 있었다. 나는 그것들을 다시 수습할 수 있을 것 같지가 않았다. 내 방에는 이미 가난조차 없었다. 나는 상훈이가 가난을 훔쳐 갔다는 걸 비로소 깨달았다. 나는 분해서 이를 부드득 갈았다. 그러나 내 가난을, 내 가난의 의미를 무슨 수로 돌려받을 수 있을 것인가.

나는 우리 집안의 몰락의 과정을 통해 부자들이 얼마나 탐욕스러운가를 알고 있는 터였다. 아흔아홉 냥 가진 놈이 한 냥을 탐내는 성미를 알고 있는 터였다. 그러나 부자들이 가난을 탐내리라고는 꿈에도 못 생각해본 일이었다. 그들의 빛나는 학력, 경력만 갖고는 성이 안 차 가난까지를 훔쳐다가 그들의 다채로운 삶을 한층 다채롭게 할 에피소드로 삼고 싶어 한다는 건 미처 몰랐다.

나는 우리가 부자한테 모든 것을 빼앗겼을 때도 느껴보지 못한 깜깜한 절망을 가난을 도둑맞고 나서 비로소 느꼈다.

나는 쓰레기 더미에 쓰레기를 더하듯이 내 방 속에, 무의미한 황폐의 한가운데 몸을 던지고 뼈가 저린 추위에 온몸을 내맡겼다.

(1975)

겨울 나들이

나는 온천물에 몸을 담그고 기분 좋아하기 전에, 이 온천물이 진짜일까 가짜일까, 고작 이런 주접스러운 생각부터 했다. 이류 여관 특실의 평범한 타일 욕조에 달린 냉수 온수 두 개의 수도 꼭지와 샤워기는 여느 허름한 목욕탕과 조금도 다르지 않았다. 빨간 동그라미 표시가 있는 수도꼭지에서 쏟아지는 더운물이 수돗물 데운 게 아니고 땅에서 솟은 진짜 온천물이란 증거가 어디 있냐 말이다.

꼭 온천물에 몸을 담가야 할 만한 특별한 지병持病이 있는 것도 아니요, 또 이러쿵저러쿵 떠들어대는 대로의 온천물의 효험 따위를 믿어온 바도 없거늘 나는 그런 트집이라도 잡아 나를 더 더욱 처량하게 만들고 싶었다. 처음부터 재미있으려고 시작한 여행은 아니었다. 무엇인가 어긋난 데서 시작된 여행이고 보니 끝내 어긋나 종당엔 엉망진창이 돼버려라, 뭐 이런 심보였다.

상업적으로 날리는 화가는 아니었지만 꽤 개성 있는 특이한 자기 세계를 고집하고 있어 그런대로 알려지고 평가도 받고 있는 중견 화가인 남편은 요즈음 세번째 개인전을 앞두고 그 준비 때문에 집에 들어오지 않고 시내에 있는 아틀리에에 묵는 일이 많았다. 남편의 건강이 염려돼 나는 가끔 먹을 것을 해가지고 나가보고, 남편은 옷을 갈아입으러 집에 들르곤 하는 정도였다. 어제도 나는 시내에 나갔다가 로스 고기를 좀 사가지고 아틀리에에 들렀다. 출가한 딸이 와 있었다. 남편은 출가한 딸을 모델로 그림을 그리고 있었다. 극도로 단순화, 동화화한 풍경이나 동물을 즐겨 그릴 뿐, 인물이 남편의 그림에 등장하는 걸 거의 본 적이 없는 나는 적이 놀랐다. 그리고 그 인물화는 남편의 종래의 화풍과는 전연 다른 끔찍하도록 섬세하고 생생하고 사실적인 그림이었다. 그렇게 똑같이 닮게 그린 그림이 좋은가 나쁜가는 둘째고 나는 울컥 혐오감부터 느꼈다. 혼까지 옮아 붙은 영정影幀을 보는 느낌이었다. 더욱 질린 건 모델인 딸과 화가인 남편이 이루고 있는 미묘한 분위기였다. 부드럽고 따습고 만족한 교감은 사랑하는 부녀 사이의 그것으로서 이해할 수 있었으나, 부녀 이상의 비밀스러운 무엇인가가 있었다. 둘이만 친하고 싶은 눈치가 역력했다. 둘은 나를 예의 바르게 반겼는데도 나는 밀려난 것처럼 느꼈다.

출가해서 3년째, 갓 돌 지난 첫애를 두고 있는 딸은 처녀 때와는 또 다른 윤택하고 기품 있는 아름다움으로 소파에 단정히 앉아 있었다. 한창때구나 하는 찬탄과 동시에 섬광처럼 눈부시게 어떤 깨달음이 왔다. 그렇지, 꼭 저맘때였겠구나! 남편이 난리 통에 첫번째 아내와 생이별한 게 꼭 첫번째 아내가 지금 딸 만한 나이 때였겠구나 하는 깨달음은 나에게 얼마나 충격적이 었던가. 더군다나 딸은 내 친딸이 아니고 남편과 첫번째 아내와 의 사이에서 난 딸이었다. 딸은 엄마를 닮는 법이다. 남편은 딸 을 통해 이북에 두고 온 당시의 아내의 모습을 되살렸음에 틀림 없다. 나는 그 여자보다 훨씬 손아래지만 지금 옆에서 볼품없는 꼴로 늙어가는데 그 여자는 남편의 가슴속에 지금의 딸의 모습 처럼 빛나는 젊음과 아름다움으로 간직돼 있었구나 싶자 질투 가 독사 대가리처럼 고개를 드는 걸 느꼈다. 여자의 질투를 위 해선 휘어잡을 머리채가 마련돼 있어야 하는 법이다. 그러나 나 는 지금 누구의 머리채를 휘어잡을 수 있단 말인가. 나는 점잖 게 예사롭게 굴 수밖에 없었고, 그건 여간만 고통스러운 게 아 니었다. 발산시키지 못한 질투심은 서서히 여직껏 산 게 온통 헛산 것 같은 허탈감으로 이어졌다.

사느라고 열심히 살았건만 —— 이북에 노부모와 아내를 남겨 두고 어린 딸 하나만 업고 내려온 빈털터리, 게다가 나이는 나 보다 열두 살이나 더 많고 직업도 불안정한 무명 화가를 불쌍해 하다가 그만 사랑하게 돼서 결혼까지 하고, 홀아비와 어미 없는 어린것의 궁기를 닦아내고, 사랑하고, 섬기며 살아온 게 큰 허 탕을 친 것처럼 억울하게 여겨졌다. 속아 산 것 같은, 헛산 것 같 은 기분은 씹으면 씹을수록 고약해서 나는 얼굴을 찡그렸다. 어 디가 아프냐고 남편과 딸이 근심스러운 듯이 물었다. 나는 속상 하는 일이 좀 있는데 어디로 훨훨 혼자 여행이나 떠나고 싶다고 했다.

"하필 이 겨울에 혼자서 여행을?" 남편이 놀라다 못해 신기해했다. 요 며칠 혹독한 추위가 계속되고 있었다. 문득 아틀리에의 창을 통해 해골 같은 가로수와 인적이 드뭇한 얼어붙은 보도가 내려다보였다. 나는 이런 을씨년스러운 도시의 겨울 풍경에 느닷없이 뭉클한 감동을 맛보았다. 그리고 그냥 투정처럼 해본 여행 소리가 비로소 현실감을 갖고 다가왔다. 정말 당장 떠나리라 마음먹었다. 서울을 떠나보고 싶다거나 남편 곁을 떠나보고 싶다거나 하느니보다는 여직껏 악착같이 집착했던, 내가 이룩한 생활을 헌신짝처럼 차버리고 훨훨 자유로워지고 싶었다. 여직껏 산 게 말짱 헛것이었다는 진실을 가르쳐준 게 바깥의 황량한 겨울 날씨였던 것처럼 나는 무턱대고 어느 먼 곳의 겨울 풍경에 그리움을 느꼈다. 나는 남편과 딸이 의아해하건 놀라워하건 상관하지 않고 당장 떠나겠다고 보챘다.

"당신이 히스테리 부릴 때가 다 있으니 원."

남편은 그 정도로 날 이해하고 제법 두둑한 여비를 주면서 겨울이니 온천장으로 가는 게 좋을 거라는 조언을 했다. 소중하게 움켜쥐었던 보물이 가짜였다는 걸 알았을 때 소중해했던 것만큼이나 정나미가 떨어지면서 우선 내던져놓고 보는 심리로 나는 남편 곁을 떠났다. 교통이 편한 대로 온양으로 왔다. 고속버스에서 낯선 거리에 내리자마자 추위와 고독감이 엄습했다. 눈앞의 풍경에 울먹울먹 낯가림을 했다. 훨훨 자유롭다는 기분조차 이 온천장 거리만큼이나 생소하고 싫었다. 그런 기분에 도저히 익숙해질 것 같지가 않았다. 그런 중에도 몸만 떠나왔다 뿐 마음은 오랫동안 몸에 밴 내 나름의 생활의 관습에 얽매인 나를 발견하고 고소를 머금었다. 두둑한 여비를 갖고도 관광호텔 앞까지 갔다간 돌아서서 허름한 이류 여관을 찾고 참기름을 살 때의 버릇으로 온천물이 진짜가 가짠가를 심각하게 의심하고, 여관비에서 목욕값이라도 뺄 양으로 피곤을 무릅쓰고 목욕을 또 하고 또 했다. 다음 날 반찬이 열다섯 가지쯤 되는 여관의 아침상을 받자 두번째 받는 상인데도 허구한 날 약비나게 그것만 먹었던 것처럼 울컥 비위에 거슬려왔다. 집을 떠난 지가 오래된 것 같은데도 실상은 하룻밤밖에 안 잤다는 게 서러워서 눈물이 핑 돌았다.

여관에서 일하는 소년이 오늘 떠날 거냐 하루 더 묵을 거냐를 물어왔다. 하루 더 묵겠다면 소년이 나를 불쌍해할 것 같아 곧 떠나겠다고 했다. 조그만 여행 백을 챙겨가지고 거리로 나온 나는 여관에선 소년에게, 집에선 남편과 딸에게 쫓겨난 것처럼 느꼈다. 이 고장도 혹독한 추위는 서울과 마찬가지였다. 낮고 어둡게 흐린 하늘과 매운바람은 여직껏 산 게 말짱 헛산 것 같은 허망감을 쓰디쓰게 되새김질하기에 아주 알맞았다.

온천장 거리는 손바닥만 했다. 열 번을 넘어 돌아도 한 시간도 안 걸렸다. 관광호텔 커피숍에 들러 커피도 한잔 마셨다. 남편에게 관광호텔에서 묵은 척하려면 그곳 내부 사정을 좀 알아두어야겠기에 그렇게 했다. 호텔 건너편에 차부가 보였다. 생소한 이름의 행선지를 써 붙인 고물 버스들이 지친 듯이 부르릉대며 손님을 부르고 있었다. 나는 뭔가 좀 숨통이 트이는 것 같았다. 아무나 붙들고 이 근처에 어디 구경할 만한 명승고적이 없냐고 물었다. 막 움직이기 시작하던 버스에서 차장이 뛰어내리더니 미처 내가 뭐랄 새도 없이 나를 자기 버스에 짐짝처럼 쓸어 넣었다. 나는 앞으로 고꾸라지면서 버스에 탔다. 내부는 손님이 여남은도 안 돼서 휑했다. 비닐 시트가 빙판처럼 찼다.

"이게 어디 가는 건데?"

버스가 속력을 내자 나는 겁먹은 소리로 물었다.

"가다가 호수에서 내려드리면 되잖아요."

내가 언제 저더러 호수까지 데려다 달랬던 것처럼 차장은 당당했다.

"호수?"

"네, 호수요. 이 근처에서 경치 좋은 곳은 거기밖에 없어요. 겨울만 아니면 거기까지 가는 손님이 얼마나 많다구요."

5분도 안 돼서 차장은 나에게 버스값을 재촉하더니 호수 다 왔다고 나를 밀어냈다. 과연 호수는 있었다. 낮고 헐벗은 산에 둘러싸인 얼어붙은 호수는 찌푸린 하늘이 그대로 내려앉은 듯 암울하고 불투명해 보였다. 별안간 호수의 빙판을 핥으며 휘몰아쳐 온 암상스러운 바람이 모진 채찍처럼 뺨을 때렸다. 나는 황급히 버스에 다시 올라타려 했다. 그러나 이미 다음 정거장을 향해 흙먼지만을 남기고 떠난 뒤였다. 심한 낭패감으로 울상이 된 채 우선 모진 바람을 피해서 호숫가의 상지대商地帶로 뛰어들었다. 겨울이 아닌 철엔 호경기를 누렸던 듯 무슨무슨 유원지란 간판이 상지대의 입구 아치형의 문 위에 제법 크고 높게 달려 있었다. 그러나 지금은 식당도 다방도 잡화상도 선물 가게도 빈지문을 굳게 닫아 인기척이라곤 없는데, 퇴색한 간판들만 바람이 불 때마다 을씨년스럽게 덜컹대 황량한 느낌을 한층 더했다. 노천 탁구장의 탁구대엔 언제 적 내린 눈인지 녹지도 않고 먼지만 첩첩이 뒤집어쓰고 있어 흡사 더러운 홑이불을 펼쳐놓은 것처럼 궁상스러워 보였다. 인기척이 있는 집은 한 집도 없는 것 같았다. 나는 너무 막막해 이게 꿈이었으면 했다. 상지대를 한 바퀴 돌자 다시 눈앞에 얼어붙은 호수가 펼쳐졌다. 꽁꽁 얼어붙은 호수엔 배를 띄울 수도 없지만 몸을 던져 빠져 죽을 수도 없겠거니 싶자 그게 조금도 다행스럽지 않고 두렵게 여겨졌다.

나는 다시 허둥지둥 딴 골목을 찾아들었다. 역시 인기척이라곤 없는 골목 저만치 대문이 열리고 문전이 정갈한 '여인숙'이란 간판이 붙은 집이 보였다. 대문간엔 연탄재가 쌓여 있고 안마당 빨랫줄엔 흰 빨래가 이상한 모양으로 비틀어진 채 얼어붙어 있었다. 나는 떨리는 목소리로 주인을 찾았다. 오십대의 정갈한 아주머니가 안채에서 반색을 하며 나타났다. 나는 그 아주머니를 보자 내 집에 온 것처럼 마음이 놓이고 어리광이라도 부리고 싶어졌다. 참 묘한 분위기를 지닌 아주머니였다. 솜옷처럼 너그럽고 착하고 따뜻하게 사람을 감싸는 무엇이 있었다. 나는 마치 오랫동안 잊고 있던 무엇인가가 다시 나에게 찾아드는 것처럼 느꼈다.

"좀 녹여 가고 싶은데 따뜻한 온돌방 있어요?"

아주머니는 얼른 줄행랑처럼 붙은 손님방 중 한 방으로 먼저 들어가 아랫목에 깔아놓은 다후다 포대기 밑에 손을 넣어보더니 따뜻하긴 한데 외풍이 세어서 어쩌나 하면서 어쩔 줄을 몰라 했다. 내가 되레 안돼서 내가 그렇게 추워 보여요? 하면서 웃으려고 했지만 뺨이 얼어붙어서 제대로 웃어지지가 않았다.

"네, 꼭 고드름 같아 보여요. 참 안방으로 들어가십시다. 구들도 따뜻하고 난로도 있어요."

그러더니 친동기간처럼 스스럼없이 나를 안채로 잡아끌었다. 난로가 있는데도 삥 둘러 방장을 쳐놔서 안방은 마치 동굴 속처럼 침침하고 아늑했다. 처음엔 아무도 없는 줄 알았는데 차츰 어둠에 눈이 익자 아랫목에 단정히 앉았는 한 노파를 볼 수 있었다. 미라에다 옷을 입혀놓은 것처럼 바싹 마른 노파는 무표정하게 나를 바라보며 고개를 좌우로 저었다. 나를 거부하는 몸짓 같아서 나는 어색하게 멈칫댔다. 그러나 아주머니는 한사코 나를 아랫목으로 끌어다 앉히고 손을 노파가 깔고 있는 포대기 밑에 넣어주었다. 노파의 입이 조금 웃었다. 그러나 고개를 저어 도리질을 하는 것은 멈추지 않았다. 아주머니는 나에게 우리 시어머니예요, 하고는 노파에겐 손님이에요, 하도 추워하시길래 안방으로 모셨어요, 했다. 그것으로 노파와 나와의 인사 소개는 끝났으나 노파는 여전히 도리질을 해쌓았다. 아주머니는 노파의 도리질에 대해 나에게 아무런 설명도 하지 않았다.

노파는 수척했으나 흰머리를 단정히 빗어 쪽 찌고, 동정이 정갈한 비단 저고리에 푹신한 모직 스웨터를 걸치고 꼿꼿이 앉았는 모습에 특이한 우아함이 있었다. 그것은 지극히 비현실적인 우아함이기도 했다. 도리질도 처음 내가 봤을 때보다 훨씬 유연해져 꼭 미풍에 살랑이는 것처럼 보였다. 아마 저러다가 멎으려니 했으나 아무리 기다려도 멎지는 않았다. 몸이 녹자 잠이 오기 시작했다. 누가 죽인대도 우선 한잠 자놓고 볼 일이다 싶게 꿀 같은 잠이 덮쳐왔다.

"이제 어지간히 몸도 녹았으니 아까 그 방에서 한잠 잘까 봐요. 참 온천장으로 나가는 버스는 몇 분만큼씩이나 있나요?"

"몇 분은요, 겨울엔 아침나절에 두 차례, 저녁나절에 두 차례밖에 안 다니는데, 타고 들어오신 게 아침나절 막차니까 이따 4시 반에나 있을걸요. 그리고 저어 점심은 어떻허시겠어요. 준비할 테니 드시고 가셨으면—"

오로지 졸리다는 생각뿐 밥 생각 같은 건 전연 없었으나 그렇게 하라고 했다. 아주머니는 몇 번이나 고맙다고 했다. 나는 그까짓 밥 한 상 팔아서 얼마나 남겠다고 저렇게 굽실대나 싶어 속으로 측은했다. 손님방으로 내려온 나는 따끈한 맨바닥에 다후다 포대기만 하나 덮고 깊은 잠 속으로 빠져들었다.

깨어나자마자 웬일인지 도리질하던 노파 생각이 먼저 났다. 꿈에서 봤던가, 현실에서 봤던가 그것조차 아리송한 채 메마른 노파가 고개를 젓던 모습만 선명히 떠올랐다. 졸음 때문에 미루었던 궁금증이 서서히 고개를 들었다. 시계를 보니 아직 2시도 채 안 된 시간이었다.

"손님, 아직도 주무세요? 시장하실 텐데."

미닫이 밖에서 아주머니의 나직한 소리가 들렸다. 나는 인기척을 내며 미닫이를 열었다. 행주치마를 두른 아주머니가 내가 이 집에 찾아들었을 때 반가워했던 것과 똑같은 모습으로 내가 잠에서 깬 걸 반가워해주는 것이었다. 너무 반가워해 저 아주머니 혹시 나를 약이라도 먹고 영영 잠들려는 손님으로 오해했던 게 아닌가 하는 생각까지 들었다.

곧 점심상이 들어왔다. 장에 삭힌 깻잎이나 풋고추, 더덕 등 짭짤한 솜씨의 밑반찬과 김치, 깍두기, 뭇국 등은 조금도 영업집 밥상 같지 않고 시골 친척집에 들러서 받는 밥상 같아서 흐뭇했다. 그러나 입속은 칼칼하고 식욕도 일지 않았다. 뭇국만 훌쩍대는 걸 보고 아주머니는 더운 뭇국을 또 한 대접 갖고 들어왔다. 나는 같이 좀 들자고 아주머니를 내 옆에 붙들어 앉혔다.

"원 별말씀을요. 저는 어머니 모시고 벌써 먹은걸요."

아주머니가 먼저 노파 얘기를 꺼냈기 때문에 나는 자연스럽게 노파의 이상한 도리질에 대해 물을 수가 있었다.

"할머니께서 제가 몹시 못마땅하셨나 보죠? 말씀은 안 하셨지만 제가 안방에 있는 내내 고개를 젓고 계셨어요."

"벌써 25년 동안이나 그러고 계신걸요."

"25년 동안이나!"

나는 기가 막혀서 벌린 입을 못 다물었다.

"네, 25년 동안이나 허구한 날, 자는 시간만 빼놓고 —"

나는 아주머니의 눈이 젖어오는 것처럼 느꼈으나 말씨는 침착하고 고즈넉했다.

그녀의 시어머니는 25년 동안을 자는 시간만 빼고는 허구한 날 도리질을 하는 게 일이란다. 건강과 기분이 좋을 때는 미풍에 살랑이는 것처럼 보일 듯 말 듯 유연하게, 건강이 나쁠 때는 동작이 크고 힘들게, 마음이 불안하거나 집안이 뒤숭숭할 때는 동작이 좀더 크고 단호하게, 마치 "몰라 몰라, 정말 모른다니까" 하고 발악이라도 하듯이 죽자구나 도리머리를 어지럽게 흔든다. 그것 때문에 없는 돈, 있는 돈 긁어모아 한약도 많이 써보았고 용하다는 침도 많이 맞아봤지만 허사였다. 먼저 지친 것은 그녀 쪽이었고 시어머니는 마치 죽는 날까지 놓여날 수 없는 업보처럼 그 짓을 고통스럽게, 그러나 엄숙하게 감당하고 있는 것이었다.

그것은 6·25동란 통에 발작한 증세였다. 동란 당시 젊은 면장이던 그녀의 남편은 미처 피난을 못 가서 숨어 살아야 했다. 처음엔 집에 숨어 있었지만 새로 득세한 패들의 기세에 심상치 않은 살기가 돌기 시작하고부터는 집에 숨겨놓는다는 게 암만 해도 불안했다.

어느 야밤을 타 그녀는 남편을 집에서 20리쯤 떨어진 광덕산 기슭의 산촌인 그녀의 친정으로 피신을 시켰다. 시어머니와 그녀만이 알게 감쪽같이 그 일은 이루어졌다. 어떻게 된 게 세상은 점점 더 못되게만 돌아가 이웃끼리도 친척끼리도 아무개가 반동이라고 서로 고자질하는 짓이 성행해, 피비린내 나는 끔찍한 일이 이 마을 저 마을에 하루도 안 일어나는 날이 없었다. 끔찍한 나날이었다. 이렇게 되자 그녀는 시어머니까지도 못 미더

워지기 시작했다. 어리숙하고 고지식하기만 해 생전 남을 의심할 줄 모르는 시어머니가 행여 누구 꾐에 빠져 남편이 가 있는 곳을 실토하면 어쩌나 싶어서였다. 시어머니 같은 사람이 살 세상이 아니었다.

그녀는 공부 못하는 아이에게 구구셈을 익혀주듯이 끈질기게 허구한 날 시어머니에게 '모른다'를 가르쳤다.

"어머님은 그저 모른다고만 그러세요. 세상없는 사람이 물어도 아범 있는 곳은 그저 모른다고 그러셔야 돼요. 난리 나던 날 집 나가고 나선 어떻게 됐는지 모른다고 딱 잡아떼셔야 돼요. 입 한번 잘못 놀려 사람 목숨이 왔다 갔다 하는 세상이에요. 큰 댁 식구들이나 작은댁 식구들이 물어도 그저 모른다고 그러셔야 돼요. 이쁜이 할머니가 물어도, 개똥이 할머니가 물어도 그저 모른다고 그러셔야 돼요. 아무도 믿으시면 안 된다구요. 네, 아셨죠, 어머님?"

그녀는 힘차게 도리질까지 곁들여가며 거듭거듭 이 '모른다'를 교습했다. 시어머니는 늘상 겁먹고 외로운 얼굴을 해가지고 혼자 있을 때도 "몰라요, 난 몰라요" 하며, 역시 도리질까지 해가며 열심히 연습을 하는 것이었다.

난리가 났다고는 하지만 순박하던 마을 사람들이 무슨 도척의 영신이라도 씐 것처럼 서로 죽이고 죽는 것 외에는 대포 소리 한 번 제대로 난 적이 없던 마을에 별안간 비행기가 날아와 기총소사와 폭탄을 쉴 새 없이 퍼붓고 앞산 뒷산에서 총소리가 며칠 계속해 콩 볶듯이 나더니만 이어서 죽은 듯한 정적이 왔

다. 집 속에 쥐 죽은 듯이 처박혔던 마을 사람들이 하나둘 조심
조심 고개를 내밀었다간 재빨리 움츠러들었다. 아직은 서로의
대화를 꺼리고 있었다. 빨갱이가 물러갔다는 증거도 안 물러갔
다는 증거도 없었다. 그쪽에 붙어서 세도 부리던 패거리들의 모
습은 안 보였지만 인민위원회가 쓰던 이장집 마당 깃대꽂이엔
아직도 그쪽 기가 펄럭대고 있었으니 말이다.

이런 어중간하고 모호한 때에 벌써 성질이 급한 남편은 야밤
을 타서 집에 돌아와 있었다. 서울이 이미 수복됐는데 제까짓
것들이 여기서 버텨봤댔자 며칠을 더 버티겠느냐는 거였다.

텃밭엔 이미 김장 배추를 간 뒤였지만 울타리엔 기름이 잘잘
흐르는 애호박이 한창 잘 열 찬바람 내기였다. 아침 이슬을 헤
치며 뒤란으로 애호박을 따러 나갔던 시어머니가 별안간 찢어
지는 소리를 냈다.

"몰라요, 몰라요. 정말 난 모른단 말예요."

소름이 쪽 끼치고 간담이 서늘해지는 처참한 비명이었다. 그
녀도 뛰어나가고 그녀의 남편까지도 엉겁결에 뛰어나갔다. 잠
깐 아무도 분별력이 없었다. 저만치 뒷간 모퉁이에 패잔병인 듯
싶은 지치고 남루한 인민군이 서너 명 일제히 총부리를 시어머
니에게 겨누고 있었다. 그들도 놀란 것 같았다. 그들은 처음부터
누굴 해치려고 나타났다기보다는 그냥 시어머니와 마주쳤거나
마주친 김에 옷이나 먹을 것을 달랄 작정이었는지도 모른다. 그
런데 그들이 무슨 말을 걸기도 전에 시어머니는 그 자리에 꼼짝
도 못 하고 못 박힌 채 고개만 미친 듯이 저으며 "몰라요, 난 몰

라요"를 딴사람같이 드높고 새된 소리로 되풀이했다. 패잔병 중
한 사람의 눈에 살기가 번뜩이는가 하는 순간 총이 그녀의 남편
을 향해 난사됐다. 그녀의 남편은 처참한 모습으로 나동그라지
고 그들도 어디론지 도망쳤다. 이런 일은 일순에 일어났다.

그 후 거의 실성하다시피 한 시어머니를 오랫동안 극진히 봉
양한 끝에 어느 만큼 회복은 됐지만 그때 뒷간 모퉁이에서 죽길
기를 쓰고 흔들어대던 도리질만은 그때 같은 박력만 가셨다 뿐
멈출 줄 모르는 고질병이 되고 말았다. 그래서 도리도리 할머니
라는 이 동네 명물 할머니가 됐다.

아주머니는 이런 얘기를 조금도 수다스럽지 않고 담담하고
고즈넉하게 했다.

"이젠 고쳐드려야겠다는 생각보다 도와드려야겠다는 생각뿐
이에요."

"도와드리다니요? 어떻게요?"

"당신 임의로는 못 하시는 일이고, 얼마나 힘이 드시겠어요.
삼시 잡숫는 거라도 정성껏 잡숫게 해드리고 몸 편케 보살펴드
리고, 뭐, 그런 거죠. 대사업을 완수하시고 돌아가시는 날까지
그거야 못 해드리겠어요."

치매가 된 채 허구한 날 도리질이나 해대는 걸 '대사업'이라
고 하는 아주머니의 농담에 웃으려다 말고 입을 다물었다. 아주
머니의 태도가 조금도 농담 같지 않아서였다. 정말 대사업을 힘
껏 보필하는 이의 사명감과 긍지로 아주머니의 얼굴이 은은히
빛나 보이기까지 했다. 나는 어쩌면 이 아주머니야말로 대사업

을 하고 있는 게 아닌가 하는 생각이 들면서 등골에 전율이 지나갔다.

점심값과 방값이 도합 8백 원이라고 했다. 나는 천 원을 내주면서 그냥 넣어두세요, 했다. 아주머니는 내가 불쾌할 만큼 굽실굽실 고마워했다. 아까 점심을 시킬 때도 그랬지만 통틀어 천 원인데 몇 푼 떨어지겠다고 저렇게 비굴하게 구나 싶었다. 아주머니의 비굴한 태도가 싫은 건 그만큼 내가 아주머니를 아끼고 좋아하기 때문일지도 몰랐다. 그러고도 그 아주머니의 비굴한 태도는 몸에 배지 않고 어색하게 겉돌아 더 보기 흉했다.

아주머니는 내가 준 돈 천 원을 소중하게 스웨터 주머니에 넣고 나더니 지극히 안심스럽고 감사한 얼굴을 하고는 또 한 번 이상스러운 소리를 했다.

"이걸로 노자 해가지고 서울 갈 겁니다. 오늘요."

"서울을요? 왜요? 하필이면 이 추운 날."

나는 나중 이 추운 날 소리를 하고는 내가 여행을 떠난다고 할 때 남편이 놀라면서 나에게 하던 말과 똑같은 말을 내가 했구나 생각했다. 문득 남편이 서럽도록 보고 싶어졌다.

"우리 아들이, 외아들이 서울에서 대학에 다니고 있어요. 그때 즈이 아버지가 그 지경 당하는 걸 내 등에 업혀서 무심히 보던 녀석이 벌써 그렇게 자랐거든요. 군대도 갔다 오고 3학년인데 아주 착실하고 좋은 애죠."

"그렇지만, 지금은 겨울방학 중일 텐데요."

"네, 그렇지만 학비라도 보탠다고 아이들을 맡아 가르치고 있어 못 내려오죠. 여기서 내가 제 학비쯤은 실컷 벌 수 있는데 글쎄 그 녀석이 그런답니다. 겨울 동안만 여기가 이렇게 쓸쓸하지 봄부터 가을까지는 여기 장사도 꽤 괜찮거든요. 관광 철에 공일이라도 낀 날은 방이 모자라 법석인걸요. 새 학기 등록금이랑 하숙비까지 다 해서 꽁꽁 뭉쳐놓았답니다. 겨울날 양식이랑 밑반찬도 넉넉하구요. 딴 영업집들은 이렇게 벌어놓으면 겨울엔 문을 닫고 집에 가서들 쉬죠. 우린 여인숙이고 또 여기가 살림집이기도 해서지만 늘 한두 방쯤 불을 때놓고 손님을 기다리죠. 돈 벌자고가 아녜요. 가끔 손님처럼 멋모르고 호숫가를 찾는 이에게 더운 방을 내드리는 게 그저 좋아서요. 정말이에요. 그럴 땐 돈 생각 같은 건 정말 안 한다니까요. 그야 몇 푼 주시고 가면 어머님 고기라도 사다 드리면 좋긴 하지만요. 근데 오늘은 그게 아니었어요. 돈 계산부터 츱츱하게 하면서 손님을 기다렸답니다. 손님이 안 드셨으면 어쩔 뻔했을까 모르겠어요. 손님, 고마워요."

이번에는 굽실대는 대신 내 손을 꼬옥 잡았다. 굽실대는 것보다 훨씬 기분이 좋았다. 그러나 영문을 모르긴 마찬가지였다.

"어제 글쎄 서울서 이상한 편지가 왔답니다."

"아드님한테서요?"

"아뇨, 아들이 하숙하고 있는 주인집 아주머니한테서요. 벌써 일주일이 넘도록 아들이 하숙집에 들어오지를 않는다는군요. 평소 품행이 허랑한 학생 같으면 이만 일로 고자질 같은 건 않겠는데 하도 착실한 학생이었던지라 만의 하나라도 무슨 일이 있는 게 아닌가 싶어 알리는 거니 어머니가 한번 올라와 수소문을 해보는 게 어떻겠느냐는 사연이었어요. 허랑한 학생 아니더라도 제 집도 아니고 하숙집이것다 나가서 친구 집 같은 데서 며칠 자고 들어올 수도 있는 일 아니겠어요? 그만 일로 편지질을 해서 사람을 놀라게 하는 하숙집 주인도 주인이지만 나도 나죠, 괜히 온갖 방정맞은 생각이 다 나지 뭡니까. 어젯밤에 한잠도 못 자고 뒤척이면서 온갖 주접을 다 떨다 미신을 하나 만들어냈는데, 글쎄 그게……"

"미신이라뇨?"

"네, 주책이죠. 오늘 우리 여인숙에 손님이 들어 그 돈으로 노자를 해갖고 서울 가면 아들의 신상에 아무 일이 없을 게고, 꽁꽁 뭉쳐논 돈을 헐어서 노자로 쓰게 되면 아들의 신상에 좋지 않은 일이 있을 게고, 뭐 이런 거랍니다. 이렇게 정해놓고 손님을 기다리려니 어찌나 초조하고 애가 타는지 혼났어요. 그런데 손님이 내가 만든 미신의 좋은 쪽 점괘가 돼주신 거죠. 정말 고마워요."

아주머니는 또 한 번 고마워했다. 나는 그런 기묘한 방법으로 외아들의 신상에 대한 크나큰 근심을 달래려 들었던 이 과부 아주머니에 대한 연민으로 가슴이 찡했다. 내가 점괘가 됐다는 게 조금도 언짢지 않았다.

"그럼 곧 떠나시겠네요."

"네, 준빈 다 됐어요. 이웃 사람에게 어머님 부탁도 해놨구요. 이제 곧 온천장으로 나가는 4시 반 버스만 오면 돼요."

"동행하게 됐군요."

"참 그렇군요. 4시 반 버스로 온천장으로 나가신댔지……"

"아뇨, 서울까지 동행할 거예요."

오늘 안으로 서울로 가리라는 결정을 나는 순식간에 내렸고, 그러자 마음이 그렇게 편안해질 수가 없었다. 아주머니가 시어머니에게 다녀오겠다는 인사를 하러 들어갈 때 나도 따라 들어갔다. 고부간의 비슷하게 늙은 손이 서로 꼭 맞잡았다.

"어머님, 저 서울 좀 다녀오겠어요. 물건 살 것도 좀 있고 방학인데도 공부 핑계로 안 내려오는 태식이 녀석도 보고 싶고 해서요. 어머님은 뒷집 삼순이가 잘 보살펴드릴 거예요. 아무 걱정 마시고 진지 많이 잡수셔야 돼요."

알아들었는지 못 알아들었는지 노파는 여전히 고개만 살래살래 흔들었다. 나에겐 그 도리질이 "몰라요 몰라요"가 아니라 "며늘아, 태식이 녀석에겐 아무 일도 없어, 글쎄 아무 일도 없다니까. 우리가 무슨 죄가 많아서 그 녀석에게까지 무슨 일이 있겠니" 하는 것처럼 보였다.

나는 불현듯 아직도 마주 잡고 있는 고부의 손 위에 내 손을 포개보고 싶어졌다. 남남끼리이면서 가장 친한 두 손, 대사업의 동업자끼리이기도 한 이 두 손 사이를 맥맥이 흐르는 그 무엇을 직접 내 손으로 맥 짚어보고, 느끼고, 오래 기억해두고 싶었다. 마치 이 세상 온갖 것 중 허망하지 않은 단 하나의 것에 닿아볼 수 있는 처음이자 마지막 기회라도 되는 듯이 나는 감지덕지 그 일을 했다. 거칠지만 푸근한 두 손 위에 내 유약한 한 손이 경건하게 보태졌다.

　"할머니, 안녕히 계세요."

　노파는 고개만 살래살래 흔들었지만 나는 노파가, "너는 결코 헛살지만은 않았어. 암, 헛살지 않았고 말고" 하는 것처럼 느꼈다.

(1975)

공항에서 만난 사람

어깨에 멘 여행 백은 자그마한 것이었지만 돌하르방이 몇 개 들어 있어서 몸이 비뚤어질 만큼 무거웠다. 게다가 한 관들이 제주 밀감 상자를 양손에 하나씩 들고 있었다.

제주도 갔다 오는 티가 더덕더덕 나는 내 꼴이 민망해 혼자서 열쩍게 웃으며 택시들이 늘어서 있는 곳을 향해 뒤뚱걸음을 하다 말고, 나는 문득 국제선 대합실에 가서 커피나 한잔 마시면서 쉬었다 가고 싶은 생각이 났다.

쉬기만 할 양이면 국내선 대합실 쪽이 한결 조용했고, 커피 맛이 국제선 쪽보다 못할 리도 없건만 나는 굳이 그러고 싶었다. 실상 나는 커피 맛도 잘 모르거니와 별안간 커피 생각이 간절했던 것도 아니다.

하루하루의 답답증을 주체 못 해 한번 한껏 멀리 벗어나보자고 벼르고 별러서 다녀오는 이 나라 끝 간 데가 실은 엎어지면 코 닿는 데였다. 새로운 답답증만 얻어가지고 돌아오는 셈이었다. 이런 답답한 마음은 밖으로 열린 이 나라 유일의 창구멍이라도 기웃거리며, 정말 먼 곳의 콧김이라도 쐬고 싶게 했다.

나는 나에게 주렁주렁 매달린 짐의 무게 때문에 아직도 몸의 균형을 잡지 못하고 있었으므로 불안해서 에스컬레이터도 못 타고 낑낑거리며 계단을 걸어 올랐다. 커피숍을 찾을 것도 없이 우선 공항 대합실 빈 의자에 짐부터 내려놓고 나도 앉았다.

내가 앉은 곳에선 출국하는 사람들이 배웅 나온 사람들과 마지막 인사를 나누고 나서 공항 직원한테 여권을 보이고 나가는 출구가 곧바로 바라보였다.

이름 있는 건설 회사 마크가 붙은 청색 작업복을 입은 기능공들과 그들의 가족들로 출구 근처는 장바닥처럼 무질서하게 붐비고 있었다. 그런 북새통에도 남을 밀치고 저희들끼리만 단합해서 기념 촬영을 하는 극성스러운 가족도 있었다. 주름이 깊게 파인 늙은 어머니가 1분 만에 나온 신기한 가족사진을 떠나는 아들에게 한 장 주고 자기도 한 장 간직하면서 손수건으로 눈두덩을 눌렀다.

아들이 그의 어린 자식의 뺨을 비비며 아내와 얘기하고 있는 사이에 뒷전에서 아들의 손가방에 도시락을 쑤셔 넣고는 지퍼가 안 닫혀 쩔쩔매는 또 다른 어머니의 모습도 보였다.

"홍콩에선 두 시간밖에 시간이 없어요. 단 두 시간, 그러니까……"

저만치선 또 딴 건설 회사의 인솔자인 듯싶은 건장한 남자가 그가 인솔해야 할 기술자들을 한자리에 둥그렇게 모아놓고 주의 사항을 들려주고 있었다. 단 두 시간을 강조하기 위해 높이 펴든 두 개의 손가락이 V 자로 보였고, 남자는 그런 일에 이골이 나 보였다. 그러나 듣는 쪽은 출국을 앞둔 금쪽같은 시간에 그따위 설교를 듣고 있어야 하는 게 몹시 못마땅한 듯 산만하고 떫은 표정들을 하고 있었다. 도리어 한쪽에 몰려 서 있는 가족들이 더 열심히 듣고 있었다. 가족들은 하나같이 시골 학교 입학식 날의 학부형들처럼 좋은 옷을 입고 있었고, 한마디도 안 놓칠 듯 긴장하고 있었고, 무작정 자랑스러워하고 있었고, 한없는 희망에 부풀어 있었다.

설교가 끝나자마자 한 사람 앞에 열 명도 넘는 환송객이 엉겨 붙으면서 출구 쪽으로 몰렸다. 이때 엉겨 붙지 않으면, 설사 아내나 어머니라도 가족 자격이 없어지기라도 하는 듯이 너도 나도 도깨비바늘처럼 필사적으로 엉겨 붙었다.

내가 앉아 있는 의자에 젊은 여자와 남자가 와 앉았다. 정확하게 말하면 여자가 남자를 억지로 끌고 왔다.

여자는 남자를 잠시 독차지해야 할 중대한 사정이라도 있었나 보다. 마스카라로 쇠꼬챙이처럼 빳빳하게 세운 속눈썹 속의 옴팍한 눈이 납치범처럼 살벌하게 반짝였다.

"글쎄, 왜 이래?"

남자는 한창 붐비고 있는 출구 쪽으로 고개를 길게 뺀 채 건성으로 말했다. 별안간 엉겨 붙을 대상을 잃은 그의 남은 가족들이 엉뚱한 사람한테 엉겨 붙지나 않을까 하고 근심하고 있는 것 같다. 나도 괜히 그런 걱정이 됐다.

남자는 표준형의 체격이었고 건축 회사 마크가 든 작업복을 입고 있었고, 착실하고 건강해 보였다.

"1년만 고생하고 나면 한 달 휴가 맡아서 집에 올 수 있다고 했죠?"

"글쎄 그렇다니까."

남자는 아직도 건성이었다. 비행기 뜰 시간이 가까운가 보다. 그의 동료들이 차례차례 출구를 통과하고 있었다.

"오지 마세요."

여자가 눈을 딱 감으며 모질게 말했다.

"뭐라고?"

남자가 비로소 한눈팔지 않고 여자를 똑바로 보며 말했다. 그러나 여자의 말을 이해한 것 같진 않았다.

"여기서 들으니까 휴가를 안 맡을 수도 있다면서요?"

"글쎄, 왜 주는 휴가를 안 맡느냐 말야?"

"휴가를 안 맡고 현장에서 견디면 거진 백만 원은 더 송금할 수 있다면서요? 백만 원이 어디예요."

"난 또 뭐라고. 그까짓 백만 원 땜에 남 다 맡는 휴가를 맡질 말란 말야?"

사람 좋아 뵈는 남자는 화를 내는 대신 어처구니없어 했다.

"어머머, 미처 돈도 벌기 전에 통만 커져가지고 그까짓 백만 원이라는 것 좀 봐. 그러면 못써요. 나는 열심히 모을 테니까 당신은 열심히 벌어야 해요. 이게 어떻게 잡은 기횐가 생각해봐요."

"알았어, 알았지만 휴가는 맡을 거야."

남자가 너그럽게 말했다.

"당신 정말 이렇게 말귀 못 알아듣기예요? 그래만 봐요. 휴가 맡아 와도 난 당신 안 볼 테니까. 내 몸의 털끝 하나도 못 건드리게 할 테니까. 방문턱도 못 넘게 대문 밖에서 내쫓아버릴 테니까."

여자가 입술을 물면서 숫제 협박조로 나왔다.

"아이고 아이고, 여기 신사임당 또 하나 났네."

남자가 농으로 받았다. 사임당의 일화 중의 그와 비슷한 얘기가 있는 것도 같았으나 여자의 악바리 같은 얼굴과 짙은 화장과 포도송이처럼 짧고 고슬고슬한 머리 때문에 그 비유는 썩 엉뚱하게 들렸다. 나는 폭소가 터질 것 같아 어금니를 물었다.

"낸들 오죽해서 이러겠어. 이게 어떻게 잡은 기회야. 고생하는 김에 좀더 해가지고 우리도 남과 같이 살아봐얄 게 아냐."

여자의 목소리가 떨렸다. 그러더니 급히 손수건을 꺼내 검고 진한 눈물을 닦아냈다.

남자가 말없이 여자를 포옹하고 싶은 몸짓을 했다. 그러나 평균치의 한국 남자답게 그것은 몸짓으로 끝났다. 마치 키스 신이 커트당한 텔레비전의 외화 프로를 볼 때처럼 나는 그게 애석했다.

"야들이 여기서 뭐 하고 있어?"

어머니인 듯싶은 노파가 그들 앞에 나타났다.

"먼 길 떠나는 사람 뭘 좀 입매를 해서 보낼 생각은 안 하고 그저 울고 짜긴, 쯧쯧."

노파가 못마땅한 듯 며느리한테 눈을 흘겼다. 그리고 팔뚝만큼이나 탐스럽게 만 시커먼 김밥을 아들의 입에 쑤셔 넣었다. 남자는 그걸 한 입만 베물고 노파한테 도로 주었다.

출구 쪽에서 뭘 우물대고 있느냐고 고함치는 소리가 났다. 남자가 서둘러 출구 쪽으로 달려갔다. 까만 수첩을 꺼내 보이고 나서 아내와 어머니가 있는 곳을 향해 손을 흔들더니 나가버렸다.

기술자들이 떠나고 배웅 나온 그들의 가족들도 하나둘 사라지고 나자 공항 대합실의 분위기도 바뀌었다.

피부색이 우리와 다른 사람들과, 색깔과 이목구비는 멀쩡한 우리나라 사람인데도, 우리말로 말을 시키면 알아들을 것 같지 않게 생긴 사람들이 판을 치기 시작했다. 나는 점잖은 댁 칵테일 파티에 모인 사람들을 창밖에서 구경하는 아이처럼 적당한 거리감과 적당한 호기심을 가지고 이 국제적으로 고상해 뵈는 사람들을 구경했다.

"이 쌍놈의 새끼들아."

어디선지 갑자기 여자의 우렁차고 씩씩한 욕설이 들렸다. 그것은 시중에 흔한 욕이었지만, 하도 세련이 넘치는 고장에서 들어서 그런지 진저리가 쳐질 만큼 생경한 것이었다.

"이 쌍놈의 새끼들아."

사람들의 시선을 모은 채 여자는 태평스럽게 욕하면서 손짓하고 있었다. 여자의 둘레로 고만고만한 세 소년이 모여들었다. 여자는 누구를 욕하거나 나무라고 있는 것이 아니라 뿔뿔이 흩어진 아이들을 불러 모으고 있었던 것이다.

소년들은 머리가 노랗고 앳된 얼굴에 비해 키는 여자보다 큰 서양 아이들이었다. 여자는 주책스럽다 싶을 만큼 울긋불긋한 옷을 입고 있었으나 늙은 여자였다. 아무리 짙은 화장으로도 감출 수 없는 주름이 난도질해놓은 것처럼 처참한, 거칠게 늙은 여자였다. 그리고 그 여자는 우리나라 사람이었다.

지금은 거의 우리 주위에서 씨가 말라가는, 곧 죽어도 머리칼 노란 사람보고는 양놈, 일본 사람보고는 왜놈, 중국 사람보고는 뙤놈이라고 얕잡아야 직성이 풀리는 터무니없이 오만한, 어쩔 수 없는 우리나라 사람이었다.

그 여자의 어쩔 수 없는 우리나라 사람다움 때문에 입은 옷도, 거느리고 있는 아이들도 다 그 여자와는 얼토당토않아 보였다.

그 여자는 만날 때마다 그렇게 얼토당토않은 모습을 하고 있었다. 그 여자는 그런 얼토당토않음 때문에 늘 둘레의 사람들의 웃음거리가 됐지만 나는 그 여자가 그 얼토당토않은 것에 얼마나 맹목적인 정열을 바치면서 살아왔나를 알고 있었다.

나는 그 여자에게 알은척하기 위해 나의 짐을 놓아둔 채 그 여자가 있는 곳으로 다가갔다.

"무대소 아줌마 아니세요?"

"아아니, 이게 누구야? 미시 박 아냐."

우린 서로를 그렇게 부름으로써 서로 소식 모르고 지내던 오랜 세월을 쉽사리 단축시킬 수가 있었다.

6·25사변 중의 한때를 나는 미8군 PX에서 점원 노릇을 한 적이 있다. 무대소 아줌마는 그때 그곳의 청소부였다.

지금 같으면 백화점 점원과 청소부와의 관계는 그저 얼굴이나 알고 지내는 관계겠지만 그때는 서로 없어서는 안 될 긴한 동업자끼리였다.

PX 물건이란 시중으로 갖고 나가기만 하면 곱절도 세 곱절도 넘는 장사가 되게 되어 있었지만, 문제는 어떻게 갖고 나가느냐였다.

훔친 물건이 아니라 엄연히 달러 들여놓고 그만큼의 물건을 손에 넣는 거였지만 그걸 지니고 있을 수도, 갖고 다닐 수도 없었다. 양키들은 우리를 도둑놈 지키듯 했고, 그네들 상품을 지니고 있다가 들키면 현행범으로 취급돼 물건 빼앗기고 패스포트 빼앗기고 블랙리스트에 올라 딴 미군 기관에 취직도 못 하게 전도를 막았다.

손님이 드나드는 문에는 MP가 지키고 있어 유엔군 외에는 통과를 안 시켰고 종업원만 출입하는 조그만 후문에는 감시원이 지키고 있어 종업원의 소지품이나 주머니 속은 물론, 옷 위로 온몸을 안마하듯 주물러보고 나서야 내보냈고, 이런 감시원을 또 감시하고 있는 MP가 교대로 버티고 서 있었다. 여종업원의 몸수색을 위해선 여순경이 배치돼 있었다. 여순경은 자주 갈렸지만 곧 우리에게 포섭됐다.

양키들이 도둑 잡으라고 갖다놓은 순경이 도둑 편이 된 걸 알면 기가 찰 노릇이지만, 우리 편에서 볼 땐 그 어려운 시기를 굶어 죽지 않고 살아남기 위해 우리가 동족끼리 한패가 된다는 건 지극히 자연스러운 일이었고 또 마땅히 그래야 할 일이었다.

암시장에서 달러를 바꾸어 수지맞을 만한 상품을 사놓는 일은 우리 점원들 일이었고, 그걸 외부로 운반해서 시장에 넘기는 건 청소부의 일이었고, 청소부를 무사히 외부로 통과시키는 일은 여순경의 일이었다.

이득의 분배에 참여하기 위해선 각자의 맡은 일만 충실히 하면 됐다. 가장 엄수해야 할 일은 사고가 나면 그 책임은 각자가 질 뿐, 절대로 연루자를 만들지 않는 일이었다.

제일 위험한 일을 하는 청소부 아줌마들은 그 일을 위해 독특한 복장을 하고 있었다. 주름이 많이 잡히고 풀이 잘 서는 무명 통치마에 품이 넓은 저고리를 입고 머리엔 수건을 쓰고 어기적어기적 일부러 느리게 걸어 다녔다. 양키 앞에서 귀가 어두운 흉내를 내거나, 눈이 어둡거나 머리가 모자라는 티를 내서 양키한테 미리 치지도외당하는 수법을 쓰는 청소부도 있었다.

매장마다 아침 진열이 끝나면, 빈 상자가 산더미처럼 쌓인다. 그중 하나둘은 빈 상자가 아니었고 청소부가 빈 상자를 치우는 척하면서 그중 한두 상자를 여종업원 전용 화장실까지 갖고 가는 데는 거의 난관이 없었다.

양키들은 PX에서 일하는 한국 사람은 일단 도둑놈으로 보는 고약한 심보를 가지고 있었지만 여자 화장실까지 넘볼 수 없다는 어수룩한 신사도 또한 가지고 있었다.

빼돌린 PX 물건을 몸에 차는 일은 주로 화장실에서 이루어졌다. 청소부들은 오뉴월 복중에도 긴 메리야스 내복을 입고 있다가 그걸 발목까지 내리고 발목서부터 담배나 치약, 초콜릿 따위를 한 줄 삥 둘러쌓고 그만큼만 내복을 올리고 고무줄로 동여 고정시키고는 같은 방법으로 그다음 줄을 쌓는 일을 되풀이해 발목에서 종아리로, 종아리에서 넓적다리로, 넓적다리에서 엉덩이로, 엉덩이에서 허리까지 물건을 한 켜 입히면 어마어마한 부피의 물건도 감쪽같았다. 껌이나 면도날같이 얇은 물건은 같은 방법으로 상체에 입혔다.

이렇게 온몸에 미제 물건을 갑옷처럼 입고 나서 허름하고 넉넉한 치마저고리를 입고 빗자루를 들고 서성대다가 점심시간만 됐다 하면 밖으로 나갈 수가 있었다.

출입문엔 MP가 지키고 있었지만 MP 하나 허수아비 만드는 건 문제도 아니었다. 여순경은 혹시 나중에 돌아올 분배에 속을까 봐 몸 안에 물건의 부피를 정확하게 파악하려고 MP가 보기에도 너무한다 싶게 몸을 샅샅이 주물러보았고, 그럴 때마다 청소부는 까르륵까르륵 간지럼까지 탔다. 간지럼은 순전히 청소부의 쇼였다. 만약 이런 쇼에 능하지 못하고 어색하게 굴면 단박 MP가 의심하게 되고, MP가 의심하는 눈치만 보이면 여순경은 잽싸게 MP 편에 붙어야 하는 게 출입문의 비정한 생리였다. 모든 것은 그날의 운수소관이었다.

PX에 취직했다 하면 아무리 막일꾼이라도 곧 일확천금할 것처럼 외부에선 알았지만 그런 달콤한 기대보다는 하루살이 신세를 각오하고 들어오는 게 편했다. 매일같이 무슨 트집이든지 잡혀 사람이 쫓겨나고 또 새로운 사람이 들어왔다.

껌 한 통 갖고 나오다 걸려도, 시계를 한 죽 차고 나오다 걸려도 걸렸다 하면 모가지 달아나긴 마찬가지니 이왕이면 크게 먹다가 걸리든지 한밑천 잡든지 해보자는 배짱은 너도 나도 있었지만, 그게 그렇게 뜻대로 되는 게 아니었다. 배짱이 좋아 하루살이 신세가 됐는지 하루살이 신세기 때문에 그런 배짱이 생겼는지 아무튼 그 시절의 우리의 삶을 지배하고 있던 의식은 PX라는 특수한 고장 아니더라도 하루살이스러운 것이었다.

무대소 아줌마는 남들의 이런 하루살이스러운 처세에 아랑곳없이 가장 오래 붙어 있으면서 가장 일 잘하는 청소부였다. 그렇다고 그녀가 남 다 하는 그 아슬아슬하고도 꿀맛 같은 돈벌이를 외면하고 온종일 쓰레질이나 하다 한 달 되면 월급 타는 것으로 만족하는 모범 청소부였던 것은 아니다.

그녀야말로 한 몸에 가장 많은 물건을 감쪽같이 숨길 수 있는 초능력자였다. 남보다 곱절이 넘는 물건을 차고도 좀더 차지 못해 걸근거렸다. 한없는 신축성을 가진 고무주머니처럼 그녀의 몸엔 물건이 한없이 들어갔고 욕심 또한 한이 없었다. 도대체 물건을 얼마나 앵기면 두 손 들까 알 수 없을 정도로 신비한 그녀의 몸의 수용 능력 때문에 무대소란 별명까지 붙었다.

나이는 몇 살인지 짐작도 할 수 없었다. 얼굴에 주름은 없었으나 머리를 구식으로 틀어 올리고 뻣뻣하게 선 검정 포플린 치마를 입고 사타구니에 밤송이라도 낀 것처럼 어기적어기적 안짱다리 걸음을 느리게 걷는 걸 보면 영락없이 몸이 굼뜬 중늙은이였다.

홑몸으로 일할 때도 꼭 이렇게 물건을 몸 하나 가득 찼을 때의 걸음걸이와 몸짓을 함으로써 그녀를 아는 매장의 양키나 MP들까지 그녀가 본디 그렇게 생겨먹은 줄 알도록 했다.

그러나 그녀가 여직껏 그렇게 운수가 좋았던 것은 그런 계획적인 의뭉스럼 때문만도 아닌 것 같았다. 그녀에겐 아무도 흉내 낼 수 없는 그녀만의 독특한 위엄 같은 게 있었다. 그녀의 처지로는 얼토당토않은 거였지만 묵살할 수도 없는 거였다.

아무리 경험 많고 뱃심 좋은 청소부라도 몸에 겹겹이 물건을 두르고 나가다가 매장 책임자인 싸진과 뜻하지 않은 곳에서 맞닥뜨리기라도 하면 안색 먼저 흔들리는 법이다. 그래서 '도둑이 제 발이 저리다'는 도둑 잡기의 초보적인 상식이요 만고의 진리건만 무대소는 언제 어디서나 한결같이 오만하고 당당했다. 양키가 의심할 허점을 보이지 않았다.

그러나 제가 무슨 뼛속까지 귀족이라고 우리한테까지 오만하게 구는 데는 질색이었다. 누구한테나 해라요, 누구한테나 함부로 욕이었다.

아무리 청소부라도 PX 물을 한두 달만 먹으면 굿모닝이니, 헬로니, 하아이니 하면서 윙크를 던지는 방법쯤은 쉽게 터득해 안면이 있는 양키한테 친한 척 써먹건만 그녀는 영어라면 욕 하나밖에 몰랐다.

그것도 웬만한 양키는 입에 담기 싫어하는 '선 오브 비치'라는 지독한 욕을 '쌍노메 베치'라고 고쳐서 써먹었다. 아마 우리의 욕인 '상놈의 새끼'하고 적당히 얼버무려서 그렇게 된 모양이다.

무대소는 말끝마다 아무한테나 이 '쌍노메 베치'를 함부로 써 먹었다. 매장에서 점원과 청소부의 관계는 서로 이용하고 이용 당하는 대등한 관계지만 그래도 칼자루를 쥐고 있는 쪽은 점원 이었으므로 이윤의 분배의 몫은 점원 쪽이 많았고 청소부는 늘 우리 주위에서 맴돌면서 시중도 들어주고 눈치나 보고 가끔 옷 이나 화장에 대해 칭찬도 해주고 점심시간에 졸졸 쫓아 나와 점 심값을 내주기도 했다.

그러나 무대소는 남 다 하는 이런 아부를 할 척도 안 했을 뿐 아니라 도리어 우리를 깔보고 핀잔주고 했다.

특히 양키하고 살림 차린 점원한테는 맞대놓고 말끝마다 '쌍 노메 베치' 아니면 '양갈보'였다. 그렇다고 그녀가 비교적 순진 하고 나이 어린 우리들한테는 곰살궂게 굴었냐 하면 그렇지도 않았다. 양갈보만 빼고 '쌍노메 베치'였다.

"야들아, 느들이야말로 진짜 쌍노메 베치다. 아무리 난리 통 이지만 하필 피약솔 다닐 게 뭐야. 훗날 생각을 해야지. 점잖은 집에서 누가 피약소 다니던 계집앨 데려가냐. 느들 존 데 시집 가긴 아저녁에 틀렸어야. 젠장 세상도 쌍노메 베치."

간혹 기분이 좋을 때는 이런 소리도 했다.

"느들 말이야, 이 담에 평화된 년에 꼭 이런 일 한번 생기고 말 게다. 신랑 자린 맘에 들어 꼭 그리로 시집가곤 싶은데 신랑 자리 집에선 느들 피약소 다닌 것 갖고 트집 잡는 일 말이다. 그 럴 땐 우물쩡 대지 말고 즉시즉시 날 불러라. 그럼 내가 느들은 양놈 한번 거들떠도 안 보고 곱게 곱게 피약소 다닌 걸 보증 서

줄 테니깐, 알았쟈? 젠장 무슨 놈의 세상이 이렇게 가도 가도 쌍노메 베친지."

무대소가 그런 걱정할 만도 했다. 우리가 당시의 궁핍했던 서울 바닥에선 너무 야하게 하고 다니기도 했고, 그중에는 정말 양키와 살림 차리고 사는 여자도 적지 아니 있어서 시중에서 PX 다니는 여자들에 대한 인식은 아주 나빴다.

여북해야 우리가 저녁에 한꺼번에 퇴근할 때면 주변의 쌔고쌘 거지, 구두닦이 소년들이 벌 떼처럼 달려들며 "양갈보, 똥갈보, 어디를 가느냐, 엉덩짝을 흔들며 어디를 가느냐, 깜깜한 뒷골목 나 혼자 걸어서 하우 마치, 완 타임 × 팔러 간단다" 이렇게 합창을 하며 따라왔고 질 나쁜 거지는 앙괭이를 그린 얼굴을 험하게 찡그리고 오물이 든 깡통을 들이대며 "이 똥갈보야 돈 내놔, 안 내놓으면 옷에 똥 묻혀줄 테다" 하고 협박을 해도 당할수밖에 없었다.

그러나 속사정을 아는 무대소가 우리들을 통틀어 깔보고, 때로는 불쌍해하고, 심지어는 양키들 앞에서까지 거침없이 당당하게 구는 까닭은 일종의 우월감 때문이었는데, 알고 보면 그우월감 역시 터무니없는 것에서부터 비롯되고 있었다.

무대소의 남편이 국군이라는 것이었다. 그녀는 그 소리를 매우 엄숙하고 품위 있게 했다. 그러나 계급이 뭔지 지금 어디서 싸우고 있는지에 대해선 말하지 못했다. 1·4후퇴 당시 40세 미만의 장정은 일제히 소집됐고, 그때 나가서 아직 소식 없는 남편이 군인이 되어 최전방에서 싸우고 있겠거니 믿고 있을 뿐이었다.

그래서 그녀는 후방에서 군복에 줄 내고, 군화에 광내고 다니는 국군도 경멸했다. "쌍노메 베치, 지금이 어느 때라고 군인 나갔으면 전쟁터로 돌 것이지 서울 바닥에 무슨 볼일이 있담. 쌍노메 베치."

이렇게 입이 걸고 안하무인인 무대소와 우리가 오래도록 거래를 계속했던 것은 물론 그녀의 무대소스러운 유능함 때문도 있었지만, 그 터무니없는 당당함에 압도당한 때문도 있었다. 그 무렵엔 참으로 당당한 사람이 귀했다. 그녀가 거침없이 잘난 척하는 게 밉살스럽다가도 문득 부럽고 보배로워지는 걸 어쩔 수 없었다.

그러나 무대소 아줌마도 쫓겨나는 날이 왔다. 딴 청소부들처럼 물건 차고 나가다 들켜서 한 번만 봐달라고 울고불고 빌붙다가 쫓겨난 게 아니라 가장 무대소답게 당당하게 쫓겨났다.

그때 서울의 전기 사정은 말이 아니었다. PX는 특선이었지만 정전이 잦았다. 지하에 스낵바가 새로 생기고 나서 얼마 안 되어서의 일이다.

무더운 여름날이었는데 온종일 전기가 나갔다.

다음 날 이상한 소문이 꼬리에 꼬리를 물고 퍼졌다. 스낵바에 있는 대형 냉장고 속에 저장한 고기와 계란을 한강에다 갖다 버린다는 거였다. 고기와 계란은 한 트럭도 넘는 부피라고 했다.

그들에겐 정해진 시간 이상 냉장고에 정전이 됐을 때, 그 속의 음식을 절대로 먹을 수 없다는 법이 정해져 있는데, 어제 정전은 바로 그 정해진 시간 이상 계속됐다는 거였다.

그러나 거기서 일하는 한국인 종업원의 말에 의하면 워낙 딱딱하게 얼은 고깃덩어리라, 언 것이 먹기 좋을 만큼 녹았을 정도지 상하려면 아직 아직 멀었다는 거였다.

전기냉장고라는 게 어떻게 생겼는지 구경도 못 해본 때였다. 푸줏간에서도, 가운데 톱밥이나 처넣고 이중으로 만든 나무통에 얼음 몇 장 넣고 고기 넣고 팔면 위생적인 걸로 알아줄 때였다. 그리고 미군 부대에서 흘러나온 음식 찌꺼기를 모아서 한데 넣고 끓인 꿀꿀이죽이 서울 사람의 최고의 영양식이던 때였다.

저희가 못 먹을 거면 우리한테 선심이나 쓰면 어때서 그걸 실어다가 한강 물에 던질 게 뭐냐 말이다. 아무리 배부른 족속이기로서니 하늘 무서운 줄을 알아야지. 세상에 벼락을 맞을 짓을 해도 분수가 있지.

우리 한국 사람들은 여기저기서 수군대며 칼끼리 칼을 갈듯이 양키들에 대한 우리의 적의를 서로 확인하고 맞비비고 날을 세웠다. 그러나 그날은 아무도 그들 앞에 세우진 못했다. 그들의 확고한 원리 원칙에다 대면 우리의 날이란 게 얼마나 얼토당토 않다는 걸 알고 있었기 때문이다.

스낵바에서 일하면서 양키 책임자한테 신임도 얻고 친하게도 지내는 한국 종업원 하나가 한강에 버릴 고기 중에서 집에서 기르는 개에게 주게 한 덩이만 달라고 해본 것이 고작이었다. 개의 생명도 사람의 생명과 마찬가지로 존중되어야 하거늘 어찌 사람이 못 먹도록 상한 걸 개에게 줄 수 있다고 생각하느냐고 면박만 당한 건 물론이다. 고기를 집에 있는 개 주고 싶단 말도 거짓말이었지만.

그때 우리는 양키들이란 우리가 상상도 못 하게 위생적이라는 것, 위생적이라는 것은 가장 사람을 위하는 일 같지만 실은 가장 비인간적인 것하고 통하는 것이라는 것 때문에 충격받고 혼란을 겪고 했지만 감히 그걸 내색하진 못하고 들입다 욕만 했다.

만일 그들이 우리에게 고기와 계란을 베풀었어도 우린 그들을 욕했을 것이다.

즈네들 못 먹을 걸 우리 먹으라고? 먹고 죽나, 배탈 나나 실험해보려고? 그렇지만 죽지도 배탈도 안 날걸. 우리 배 속은 적어도 고춧가루로 길들여진 배 속이란 말이다. 이러면서 그 고기와 계란을 아귀아귀 포식하고 싶어서 너도 나도 환장을 할 것 같았다.

그날 점심시간이었다. 밖에 나가려고 출입문에서 몸수색을 기다리고 서 있는 줄엔 무대소 아줌마도 끼어 있었다. 그녀는 언제나와 같이 몸집은 대부등만 했고 거동은 거침없이 당당했다. 그녀가 지금 홀몸인지 아닌지는 만져본 여순경이나 알 일이지 아무도 짐작할 수 없었다.

그녀가 무사히 몸수색을 당하고 출입문 밖으로 벗어났을 때였다. 문 밖은 뒷골목이었고, 지하실 스낵바로 식료품을 나를 때만 쓰는 작은 철문이 나 있었다. 마침 그 문은 열려 있었고, 스낵바의 책임자 싸진이 진두지휘하는 중에, 잡역부들이 상자에 든 것들을 날라다가 대기하고 있는 트럭에 얹고 있었다.

싸진뿐 아니라 MP들까지도 철문과 트럭 사이에 도열하여 물샐 틈도 없는 삼엄한 경비를 하고 있었다.

우리는 누구나 한강에 갖다 버릴 고기와 계란을 실어내는 중이라고 짐작했다. 폭탄이라도 실어 나르는 것처럼 삼엄한 경계를 하고 있는 꼴이라니, 가관 중에도 가관이었다. 우리는 모두 발길을 멈추고 냉소로 얼굴을 일그러뜨리고 그 구경을 했다. 그러나 그들이 조금이라도 허술한 틈을 보인다면 결코 그게 온전히 한강 물의 고기밥이 될 수 없다는 걸 우리는 알고 있었다.

이때였다.

"씽노메 배치!"

간담이 서늘하도록 노여웁고 우렁찬 외침과 함께 무대소 아줌마가 표범처럼 날렵하게 싸진한테로 돌진했다. 성성이처럼 털이 무성한 팔에 매달리면서 "윽" 하더니 그녀의 이빨이 싸진의 팔뚝에 깊이 파고들었다. 싸진이 발을 구르며 비명을 질렀다. MP들이 달려들어 그녀를 억지로 떼어낼 때까지 그녀는 조용히 확고부동하게 팔뚝을 물고 있었고, 눈을 말똥말똥 뜨고 있었다. 그녀의 눈은 멸종돼가는 맹수의 눈처럼 완벽하게 고독해 보였다. 그리고 그때의 '쌍노메 베치'야말로 그녀의 수없는 '쌍노메 베치' 중에서도 압권이었다.

그녀가 그때 홀로 맹수였다면 우린 얼마든지 간에 붙었다 콩팥에 붙었다 할 수 있는 토끼나 다람쥐 나부랭이였다.

무대소는 곧 MP한테 끌려가고 싸진은 피 흘리는 팔뚝에 응급치료를 하고 중상이라도 입은 것처럼 병원으로 실려 갔다. 다행히 무대소가 해고당하는 것으로 그 일은 끝났다.

그녀는 해고당하고 나서도 조금도 기죽지 않고 큰소리 뻥뻥 쳤다.

"야들아, 글쎄 하필 그때 내가 홀몸이 아니었잖니? 그런 꼴로 헌병대에 끌려갔으니 어떡허니, 느들도 아다시피 내가 한번 찼다 하면 얼마나 미련하게 많이 차니, 그까짓 거 이판사판이다, 들통 나기 전에 내 맘으로 쏟아놓자 싶어 치마를 훌러덩 걷고 허리에 찬 것부터 하나하나 꺼내놓기 시작했지. 느들도 알다시피 그렇게 찬 것이야 어디 한꺼번에 우르르 쏟아놓을 수나 있던. 하나하나 꺼내려니까 더 많은 것 같더라. 아랫도리에서 꺼낸 것만도 산더미만 한데, 다시 윗도리엣것을 꺼내려고 하니까 MP가 별안간 숨넘어가는 소리로 스톱 스톱 하더니만 눈깔을 허옇게 뒤집고 기절을 하더라니까. 양키들이란 그저 허우대만 컸지, 간뎅이는 형편없이 작은 것들이라니까."

그녀는 마지막으로 이런 얼토당토않은 거짓말로 우리를 웃기고는 쫓겨났다. 그 후에 그녀가 여직껏 열 식구 가까운 시집 식구를 혼자서 벌어먹여왔다는 소문을 듣고 그런 처지에 어째서 그런 얼토당토않은 반항을 할 수 있었을까 이상하게 생각하다가 곧 그녀에 대해 잊어버렸다.

곧 휴전이 되고 정부가 환도하자 나는 PX를 그만두고 결혼했다. 아마 첫애를 낳고 나서였을 것이다. 길에서 우연히 무대소 아줌마를 만났다. 그녀 쪽에서 먼저 "미시 박, 미시 박" 하면서 반가워하지 않았으면 못 알아볼 만큼 그녀는 날씬해져 있었고, 옷도 몸에 맞는 정상적인 것을 입고 있었다. 걸음걸이도 젊은 여자다웠다.

우리는 케이크집에 마주 앉았다. 나는 거기서 처음으로 그녀가 나보다 세 살밖에 더 먹지 않은 여자라는 것과 젊으나젊은 나이에 과부가 됐다는 걸 알았다.

"저런, 전사를 하셨군요?"

나는 그녀가 군인 나간 남편을 얼마나 자랑스러워했던가를 생각해내며 이렇게 물었다.

"전사면 좋게, 객사라니까. 굶어 죽지 않았으면 얼어 죽기밖에 더 했겠어."

그녀보다 열 살이나 위인 그녀의 남편은 몸과 마음이 남달리 허약한 편이었는데 당시 제2국민병으로 소집돼 후퇴해서 군인으로 뽑히지 못하고 해산당한 사람이면 누구나 겪어야 했던 고초를 이기지 못하고 집에 돌아오기도 전에 객지에서 그렇게 되고 말았다는 것이다. 무대소 아줌마는 남편 얘기를 하면서 계속해서 눈물을 흘렸다.

"사람이 아무 때 죽어도 한 번은 죽는 거, 나 그 사람이 전사만 했어도 이러지 않는다구. 지지리도 못난 사람, 그래도 전쟁 덕에 사람 노릇 좀 해보는구나 싶어 나 그 사람 군인 나갈 때 좋아서 엉덩춤을 춘 사람이라구. 그런데 그렇게 명목 없이 죽어버리다니……"

나는 처음에 무대소 아줌마를 잘 못 알아본 게 그녀가 날씬해졌기 때문이 아니라 풀이 죽어 있기 때문이라고 알아차렸다. 무대소가 풀이 없다는 건 고추가 맵지 않은 것과 같았다.

나는 터무니없이 오만하던 때의 그녀가 좋았으므로 세상도 좋아졌겠다, 이제부터 재미난 세월 살아도 늦지 않으니 어서 기운을 내서 재혼할 생각이나 하라고 부추겼다.

"기운을 냈으니까 내가 지금 이만이나 하지. 그 사람 죽은 거 알고 나서 처음엔 나도 꼭 따라 죽을려고 했다니까. 내가 이래 봬도 한다면 꼭 하고 마는 성민 거 알지? 곡기라곤 미음 한 숟갈 안 마시고 빼빼로 일주일을 누워 있으려니까 아닌 게 아니라 정신이 들락날락 저승과 이승을 오락가락하는데, 이승보다는 저승에 가 있는 시간이 점점 더 많아지는 게 죽을 날이 가깝더구만. 하나도 무섭지도 않고 어디 아프지도 않고 마음이 그렇게 편할 수가 없는 기라. 그때 그냥 놔두면 곱게 눈감는 건데, 친정어머니가 어디서 소식을 듣고 오셔갖고 울고불고 애걸을 하시더군. 어쩌면 어머니가 그러시는데도 살고 싶은 마음이 요만큼도 안 우러나는지 사람이 죽기 전에 먼저 목석이 되더군. 그런데 어머니가 무슨 생각을 하셨는지 부엌으로 나가셔서 밥을 지으시잖아. 이윽고 문구멍으로 뜸 들이는 냄새가 솔솔솔 들어오는데, 세상에 이런 일도 있어? 정신은 여전히 가물가물 손끝 하나 까딱할 수 없는데 별안간 배 속에서 뭔가가 불끈 들고 일어나는 거야. 그래가지고 꼭 성난 짐승같이 요동을 치는데 당최 걷잡을 수가 있어야지. 나종 생각하니 그놈의 짐승이 아마 목숨이었나 봐. 나는 그때까지도 사람 마음하고 사람 목숨하곤 같은 건 줄 알았는데 그게 아니더라니까. 마음 따로, 목숨 따로야. 그래서 어머니가 해 들여온 밥을 미친년처럼 퍼먹었는데 세상에,

세상에 안 먹고 죽기는커녕 열이 먹다 아홉이 죽어도 모르게 맛
있더라니까. 정작 죽을 뻔한 건 그때 너무 먹어 관격을 해서였
으니……"

그녀는 오랜만에 이렇게 나를 웃겼다.

그 후 다시 10여 년이 흘렀다.

우리 집에 놀러 와서 같이 점심을 먹고 난 친구가 음식 칭찬
을 안 해주고 우리 집 그릇들이 보잘것없다고 흉을 봤다. 그러
고 나서 미제 물건 장수가 이태원에 사는데 그 집에 가면 탐나
는 외제 그릇이 쌔고 쌨으니 한번 구경가보지 않겠느냐고 했다.

그때는 나도 단산도 하고 살림 형편도 좀 넉넉해졌을 때라 그
런 말에 쉽게 솔깃했다. 나뿐 아니라, 우리 둘레의 사람들이 거
의 다 먹기 걱정을 일단 놓고 먹는 그릇 걱정을 해야 할 만큼 살
림들이 자리를 잡혀갈 무렵이었다.

친구하고 같이 찾아간 그 외제 장수는 이태원에 있는 아담한
이층집에 살면서 방마다 화장실과 부엌이 딸리게 꾸며서 미군
하고 살림하는 양부인한테 빌려주어 월세 받고 또 거기서 흘러
나오는 외제 물건을 사서 장사도 하면서 이중으로 짭짤한 재미
를 보는 멋쟁이 과부였다.

그 집엔 참 예쁜 외제 그릇이 많기도 했다. 이것저것 다 사고
싶은 것들뿐이었다. 뚝배기보다는 장맛을 믿어온 내 살림 솜씨
가 미련하고 부끄럽게 생각됐다. 그러나 부르는 값은 엄청났다.

"값을 국산하고 비교하면 생전 이런 거 못 사십니다. 질을 비
교해야죠. 질을 비교할 줄 알게 되면 이게 아무리 비싸도 비싼

게 아니라는 걸 알게 되죠."

외제 장수는 얕잡는 것처럼 나에게 말했다.

이때 이층에서 많은 유리그릇이 한꺼번에 깨지는 소리가 났다. 이어서 장작 패는 소리가 났다. 아이들이 악머구리 끓듯 우는 소리가 났다. 그리고 여자의 "쌍노메 베치, 쌍노메 베치……" 하는 소리가 났다.

나는 숨을 죽였다. 아이들 우는 소리가 더 높아지고 남자의 알아들을 수 없는 낮은 소리가 계속되는 가운데 "쌍노메 베치" 소리가 지겹도록 가속되고 고조됐다.

"또 지랄 났군. 사흘이 멀다고 저 지랄이니, 창피해서…… 미안합니다, 손님."

외제 장수가 상냥하게 사과를 했다.

우당탕 소리가 나면서 늙고 보잘것없는 양키가 계단을 굴러 떨어지더니 가까스로 일어나 씩 웃고는 밖으로 나가버렸다. "쌍노메 베치, 쌍노메 베치" 하면서 계단을 반쯤 쫓아 내려오던 여자가 지친 듯이 뒷짐을 지고 서더니 한숨을 쉬었다.

나는 쌍노메 베치 소리를 처음 들을 때부터 무대소 아줌마 생각이 나긴 했지만 정작 거기 그렇게 뒷짐 지고 서 있는 여자가 무대소 아줌마인 데는 놀라지 않을 수가 없었다. 그동안 고생이 심했던 모양으로 짙은 화장이 민망하도록 폭삭 늙어 있었지만 싸움에 이겨서 그런지 예전처럼 거침없이 당당해 보였다. 우리가 안에서 엿보고 있는 걸 알 리 없는 무대소는 이층으로 올라가버렸다. 뒷짐 진 손에 방망이를 들고 있었다.

집 안이 다시 조용해졌다. 외제 장수는 자기 집에서 일어난 일에 지나치게 신경을 쓰며 묻지도 않은 말을 늘어놓았다.

"모르는 사람들은 양놈하고 살면 호강하는 줄 알아도 그렇지도 않아요. 양놈 중에도 별의별 악질이 있답니다. 사흘들이로 계집 패는 놈이 없나, 주사 부리는 놈이 없나, 노름꾼이 없나, 난봉꾼이 없나. 우리 이층 여편네는 그래도 제가 때리긴 해도 매는 안 맞아요. 그러니 또 오죽합니까. 아무리 양놈 서방이기로서니 서방한테 매 드는 년은 오죽해야 들겠어요. 서방이 순 거지 건달이에요. 손끝 하나 까딱 안 하고 계집 등골을 빼서 편안히 먹고 노름하고 계집질까지 하는……"

"남자가 군인 아닙니까?"

"동거하긴 군인 때부터였대요. 여자도 처음부터 양색시질 했던 건 아니고, 양색시들 집에서 식모처럼 일하다가 지금 저 녀석하고 눈이 맞았는지 겁탈을 당했는지 글쎄 트기를 하나 낳았대지 뭐예요. 그래놓고 본국으로 돌아가게 되니까, 그 작자 새끼가 신통했든지, 계집이 쓸 만했든지 글쎄 제대하면 꼭 돌아와서 결혼하겠다고 벼르더래요. 그렇지만 그걸 누가 믿었겠어요. 이 바닥에서 양놈의 그런 헛소리 믿을 사람 아무도 없습니다. 그랬는데 정말 돌아와서 저렇게 같이 살고 정식 결혼 신고도 했답니다. 어수룩한 한국 여자 등을 빼 일생 놀고먹기로 아주 작정을 하고 온 거죠. 그것도 모르고 여자가 워낙 무식해놔서 양놈하고 사는 걸 무슨 벼슬이라도 하는 줄 아는지 어찌나 거만하게 구는지 말도 못 해요. 하긴 양놈하고 산다는 것만 가지고도 밥 벌어먹기는 문제없으니 그것도 벼슬이라면 벼슬이지만……"

"양놈하고 사는 것만 가지고도 벌어먹긴 문제없다뇨?"

"카미서리니 피엑스니 맘대로 드나들며 달라로 물건을 살 수 있으니까요. 그래도 여자가 그 짓을 워낙 너무해먹으니까 걸려들기도 여러 번 걸려들었나 봅디다. 걸렸다가 나와서도 창피한 줄도 모르고 으스대는 꼴은 또 말도 못 해요."

"으스대다뇨? 어떻게요?"

"내가 나 먹자고 이 짓 하는 줄 아느냐. 미국 놈 먹여 살리려고 이 짓 한다. 네놈들은 우리 3천만이 다 네놈들 덕 본 걸로 알지만 한국 사람 덕으로 굶어 죽지 않고 사는 미국 놈도 있단 말이야. 내가 바로 미국 놈 먹여 살리는 한국인이고 내 남편은 그 미국 놈이다. 이렇게 호령을 하면서 뻐긴다는 거예요. 그렇지만 그걸 누가 믿어요."

"왜 못 믿으세요?"

나는 따지듯이 물었다.

"그 무식한 여자가 그렇게 길고 어려운 영어를 어떻게 했겠어요. 애를 셋씩이나 낳고 10년이나 넘어 사는 제 남편하고도 한다는 소리가 싸울 때는 쌍노메 베치, 한창 좋을 때라야 아이 러뷰가 고작인걸요. 여북해야 아이들도 생긴 것만 트기지, 제대로 영어 한마디 못 한다니까요."

이치로 따지면 옳은 소리였다. 나는 그 말을 무대소 아줌마가 했을 것을 믿었다. 못 알아들으면 대순가. 우리말로라도 그 말을 했을 것이다. 3천만이 양키 덕을 입는 입장이거늘 그녀 혼자 그것을 거슬러 홀로 양키에게 덕을 베풀려 들다니, 그것은 얼마나 고독하고 얼토당토않은 짓인가. 그렇지만 그녀라면 할 수 있었을 것이다.

나는 오래전 그녀가 얼토당토않게도 굶주린 동포의 설움을 분풀이해야 할 책임을 홀로 걸머지기라도 한 것처럼 스낵바 싸진의 팔을 물어뜯었을 때의 그 완벽하게 고독했던 얼굴을 떠올리며 그렇게 믿었다.

그러나 거기 대해 외제 장수한테 설명하진 않았다.

그날, 나는 외제 그릇을 비싸다는 핑계가 아니라 가지고 가기가 겁난다는 핑계로 안 샀기 때문에, 그 후로는 외제 장수가 우리 집을 드나들게 됐다. 외제 그릇은 살 듯 살 듯 하기만 하고 안 사고 기껏 후춧가루나 핸드 로션 따위나 하나씩 샀기 때문에 외제 장수의 발걸음은 차츰 뜸해졌다. 그러나 그녀를 통해 무대소 아줌마의 소식은 가끔 들을 수 있었다. 너무 싸움이 잦아 내쫓았다고 했고, 그 근처로 이사해서 그럭저럭 산다고 했고 워낙 술이 과하던 늙은 양키가 어느 날 갑자기 죽어서 무대소 아줌마가 다시 과부가 됐다는 소식을 마지막으로 외제 장수는 발길을 끊었다.

그러고 이렇게 만난 것이다.

"어디 가세요?"

나는 시장 가다 만난 이웃집 아줌마한테 말하듯이 가볍게 물었다.

"미국, 이 상놈의 새끼들을 어떡허든 사람 만들어야겠기에."

"아줌마, 쌍노메 베치는 어떡허구 자꾸 상놈의 새끼래."

나는 그 마당에 엉뚱하게도 그녀의 말을 고쳐주려고 했다.

"아냐, 내가 미국만 가봐. 그까짓 혀 꼬부라진 미국 욕 안 한다구. 내 나라 말로 실컷 내 나라 욕하면서 살지."

그녀는 미국 가는 목적이 실컷 욕이나 하는 데 있는 것처럼 희망찬 소리로 말했다. 나는 잠자코 고개만 끄덕였다.

발등을 밟히고도 오히려 "엑스 큐스 미" 한다는 간사한 문명인들 사이에서의 홀로의 무서움증을 욕이라도 하지 않고는 어찌 감당할까.

아무도 알아듣지 못하는, 아무에게도 전수되지 않을 고독한 욕을 유일한 밑천 삼아 타국에서 고달프게 부대낄 아줌마를 위해서 나는 우리의 욕이 풍부하고 다양하다는 걸 축복스럽게 생각했다.

드디어 그녀도 세 아이를 데리고 출구를 나갔다. 그녀가 보이지 않게 되고 나서도 나는 멍하니 서 있었다.

생각해보니 그동안 참 많은 친척과 친구를 그 출구를 통해 내보냈다. 공부를 하러, 학위를 따러, 달러를 벌러, 구경을 하러, 자유의여신상에 연정을 호소하러 많은 사람들이 떠났고 나는 배웅했다.

그러나 아무리 친한 친구나 동기를 떠나보내고도 이렇게 쓸쓸했던 적은 없었던 것처럼 느꼈다.

(1978)

침묵과 실어失語

편집회의 결과가 왜 그렇게 됐는지 그는 이해할 수가 없었다. 차라리 안 하니만 못한 회의였다. 그는 허둥지둥 누구든지 걸고 넘어져 탓을 해야 된다고 생각했다. 그건 그의 오랜 버릇이었다. 그러나 회의장 안엔 이미 그 혼자밖에 남아 있지 않았다. 그의 시선에 붙들린 건 겨우 회의장을 마지막으로 물러나면서 흘끗 돌아본 애송이 여사원의 얼굴이었다. 그나마 잠깐이었다. 아직 능구렁이가 되기 전인 신출내기이기 때문일까. 그녀의 얼굴엔 상전에 대한 능멸과 연민이 조금도 절제되지 않은 채 풍부하게 남아 있었다. 그는 뜨끔하면서 일이 그렇게 된 책임이 자신에게 있음을 충격처럼 어쩔 수 없이 받아들였다.

그리고 모든 사원이 그렇게 생각하리라는 조바심으로 가슴이 옥죄는 것 같아 안절부절을 못하다가 담배를 피워 물었다. 회의장은 주간인 그의 방이기도 했다.

전자 벽시계는 8시에 육박하고 있었고, 창밖의 어둠에는 멀리 아파트 단지의 불빛이 별처럼 무수히 박혀 있었다. 회의가 길어지는 바람에 퇴근 시간을 훨씬 넘기고 있었다.

'그게 왜 내 탓이란 말인가. 회의란 여러 사람이 모여서 의논을 하는 것이거늘 나 혼자 지껄이도록 한 게 누구인데? 결국은 이렇게 되고 말리라는 건 누구나 다 알고 있었고, 그래서 그 더러운 책임을 면하기에만 급급했었겠다? 다만 입 다물고 귀먹은 척하고 있는 걸로. 비열한 것들.'

그는 일이 그렇게 된 탓을 아무에게도 돌릴 수 없게 되자 저희들끼리만 짜고 완전무결하게 책임을 회피한 부하 직원들에 대해 주체할 수 없는 노여움을 느꼈다. 그는 담배를 끄고 힘껏 몸을 솟구쳤다. 다시 회의를 소집하리라. 이번만은 누구든지 한 마디씩 입을 열지 않고는 못 배기게 하리라. 이렇게 벼르면서 거칠게 문을 열었다. 주간실은 곧장 편집실로 통하게 돼 있었다.

당직 사원이 혼자서 두 다리를 책상 위에 길게 뻗고 전화질을 하고 있을 뿐 편집실은 텅 비어 있었다. 그는 그의 부하 직원이 그를 의식하면서도 책상 위로 뻗은 다리를 움츠리려고도, 불요불급한 실없는 수작을 줄이려고도 하지 않는 데 별반 불쾌감을 느끼지 않았다. 그건 그가 솔선해서 가족적인 분위기를 부추겨 온 조그만 잡지사의 종래의 관습 그대로의 것일 뿐 조금도 새로운 게 아니었기 때문이다.

"우리 식구들 퇴근 빠르게 하는 건 하여튼 알아줘야 한다니까."

정말로 회의를 다시 소집할 작정도 아니었으련만 그는 회의를 다시 하려야 할 수 없이 된 데 대해 새삼스럽게 안도하며 중얼거렸다. 정말이지 달라진 건 아무것도 없었다. 한 달 중 가장 한가한 시기인, 새달 치 잡지의 OK 교정까지 끝내놓고 난 무렵의 편집실의 오후 8시 반의 풍경은 종전 그대로였다. 당직 사원 책상 위에 놓인 깍두기 보시기와 포개놓은 설렁탕 뚝배기까지도.

"수고하게."

그는 말없이 편집실을 빠져나갈까 하다가 종래의 버릇이 생각나서 한마디 했다. "아, 네" 정도의 대꾸라도 했는지 말았는지 젊은 직원은 그를 돌아다도 안 보고 전화질만 계속했다. 그는 무엇에 놀란 것처럼 눈을 크게 뜨고 그런 젊은이의 뒤통수를 바라다보았다. 젊은이의 버르장머리 없음을 탓하려는 건 아니었다. 마치 손질 잘한 여자의 파마머리처럼 웨이브가 멋들어진 젊은이의 곱슬머리 뒤통수에서 그는 뜻하지 않게 그에 대한 능멸과 연민을 읽은 것처럼 느꼈기 때문이었다. 그건 아까 신출내기 여사원의 얼굴에서 본 거와 같은 것이었지만 뒤통수이기 때문에 한층 적나라했다.

'그럴 리가 없지. 뒤통수에 무슨 표정이 있을 수가 있담. 딴 표정도 아닌 그런 복잡 미묘한 표정이.'

그는 그를 사로잡는 미망迷妄을 떨치듯이 도리머리를 치면서 편집실 문을 쾅 소리 내어 닫았다. 엘리베이터가 없는 구식 빌딩의 칠층 계단을 한눈에 내려다보며 그는 그 역시 하루를 대과 없이 보내고 퇴근했음을 실감했다.

편집회의는 다달이 정기적으로 있어왔고 또 부정기적으로도 한 달에 몇 번이고 있을 수 있었다. 새로운 편집 계획을 발표도 하고 활발하게 토론도 하고, 그게 격해져서 싸움이 붙는 경우도 자주 있었다. 그럴 때의 주간으로서의 그의 역할은 주로 사원들 간의 그런 싸움을 부채질하는 것이었다. 그런 싸움이야말로 그들이 만든 잡지를 살아 있게 하는 활력소라고 그는 믿고 있었다.

그러나 오늘 있었던 편집회의는 여직껏 있었던 그런 회의하곤 사뭇 성격이 다른 거였다. 그 잡지는 주간 말고 경영주가 따로 있었지만 사원들이 평소 경영주의 존재를 느낄 기회는 전혀 없었다. 경영주와 수지 타산, 그 두 가지에 대해선 절대로 신경 쓰지 말고 오로지 좋은 잡지 만드는 데만 힘쓰라는 게 경영주의 소신이나 부탁이었고 경영주는 그걸 몸소 실천해서 좀처럼 자기를 나타내는 법이 없었다. 고소원固所願이나 불감청不敢請인 좋은 주인이었다.

그런 경영주가 요새 갑자기 그 존재를 나타내기 시작했다. 그렇다고 그 모습을 나타내서 참견을 하는 것도 아니었으니 그림자를 드리우기 시작했다고 할까. 아무튼 그 그림자는 모두의 신경에 몹시 거슬렸다. 주간인 그의 입장도 다른 사원과 별로 다를 바 없었다. 그 그림자를 벗어나기 위해 신경을 있는 대로 소모하고 나면 기진맥진해서 좋은 잡지를 만들기 위해 합심할 힘 같은 건 남아나 있지도 않았다. 그렇다면 그 그림자를 한 번이라도 벗어나보았다는 자신감이라도 있으면 좋으련만 그렇지도 못했다. 아등바등해봤자 그림자 안에서의 일이었다.

경영주와 실무자 간의 이런 암투를 곧이곧대로 거슬러 올라

가면 흔한 말로 시국관의 차이 같은 데 부딪치게 마련이었다. 우선 어려운 시대에 살고 있다는 덴 서로 이견이 없었다. 결국 이견은 어려운 시대에 있어서의 활자의 구실에 있었다. 실무진은 활자가 이 시대의 어려움을 본질적으로 천착하는 데 이바지해야 된다고 여기고 있는 반면 경영주는 어려움에 대한 천착은 커녕 관심마저 딴 데로 돌림으로써 어려움을 잊게 하는 데 활자는 이바지해야 된다고 굳게 믿고 있었다.

그것으로써 하려고 하는 바가 다를 뿐 활자에 대한 애정은 양쪽이 다 막상막하였다. 그래서 더욱 타협의 실마리는 보이지 않았고 마침내 편집실의 쑥덕공론은 이쪽에서 활자를 포기하자는 쪽으로 무르익어갔다. 사랑하기 때문에 헤어지고 어쩌고 하는 현대판 싸구려 사랑의 윤리라면 이미 구역질의 단계를 지난 그들이건만 활자에 대한 애정을 그것을 포기함으로써 표시하려는 그들의 마지막 결의는 거짓 없이 비통한 바가 있었다. 밥줄이 걸린 문제였다. 밥줄을 걸고 타협 못 할 난제가 없으련만 그러지 못하는 데 그들의 애정의 순수성이 있었고 주간으로서의 그는 그 순수의 앞잡이였다.

그는 편집실의 쑥덕공론으로 정당한 공론을 만들고 각자의 비통한 결의를 모아 당당한 의사표시를 할 필요성을 느꼈다. 포기하기 전에 상대방에게 그 정도의 의견 전달도 안 한다는 건 싸우지도 않고 패배를 인정하는 것처럼 비열한 짓이라고 여겨졌다.

그래서 소집한 편집회의였다. 그는 미리 사표까지 써서 안주머니에 간직했었다. 밥줄에 연연하지 않는 한 겁날 건 아무것도 없었다. 그러나 편집실에서 그렇게 무성하던 쑥덕공론이 막상 정식 회의로 접어들자 꿀 먹은 벙어리처럼 잠잠해지는 건 그로서도 뜻밖이었고 당해낼 도리가 없었다. 오해의 여지가 전혀 없는 명백한 일들이 갑자기 아리송해지면서 그는 외롭게 갈팡질팡했고 일단 체계가 선 걸로 믿었던 사고도 걷잡을 수 없이 지리멸렬해졌다.

그러나 정작 그를 당황하게 한 건 그런 내적인 갈등이 아니라 그의 혀였다. 그는 어느 때보다 유창하게 잘 지껄였다. 돌이켜 생각해도 자신의 내부엔 자신의 허약을 은폐하기 위한 남달리 간교한 반사작용이 잠재해 있었다고밖엔 설명이 되지 않은 청산유수의 달변이었다. 사원들이 의도적으로 입을 다물고 있었던 게 아니라 어쩌면 그가 한 번도 사원들에게 말을 할 기회를 안 주었는지도 모른다는 생각이 뒤늦게나마 들 지경이었다.

그런 달변으로 그는 회의를 이끌어 마침내 당초의 그들의 목적과는 정반대로 공론을 만들었고, 그건 영락없이 경영주의 목적에 부합되는 것이었다. 그 솜씨는 스스로 생각해도 찬탄을 금할 수 없을 만큼 신기한 것이었다. 가고자 벼르고 닦은 길과는 정반대의 길을 가면서도 어쩌면 단 한 번의 우여곡절조차 없이 마냥 그렇게 매끄럽고 순탄할 수만 있었을까. 그는 자신의 혀의 농간에 아연했다.

결단코 누구로부터 사주받은 바 없거늘, 그는 칠층 계단을 단숨에 뛰어내린 허탈감과 점점 조급해지는 번화가의 잡답雜沓 사이에 끼여서 꼼짝을 못 하면서 이렇게 중얼거렸다. 맹세코 그 누구로부터도 사주받은 바 없거늘, 그는 같은 소리를 되풀이 강조했다. 그러나 그걸 누가 믿어준단 말인가. 신출내기 여사원의 얼굴과 당직 사원의 뒤통수에서 본 능멸과 연민은 바로 그가 사주받고 있음을 믿어 의심치 않는 표시이기도 했으렷다.

하긴 의기충천하던 사기가 어이없이 꺾인 젊은 사원들은 스스로의 고민을 그런 방법으로라도 위로하고 싶었을 거다. 일개 주간에게 회유당했다기보다는 더 큰 힘에 의해 사주받고 있는 주간에 의해 꺾였다고 생각하는 쪽이 자신의 비열을 변명하기 위해 훨씬 유리할 테니까. 그뿐 아니라 더 큰 힘을 제멋대로 크게 꾸며 상상하는 걸로 자신의 비열을 정당화하면서 일찌거니 속 편해졌는지도 모른다. 누구나 자신을 위한 치유제는 자신 속에 갖고 있게 마련이니까.

그는 탁류에 떠내려가는 검부러기처럼 힘없이 도시의 잡답에 밀려 낮은 곳으로 낮은 곳으로 흘렀고 마침내 지하철을 탔다. 그러나 그의 집은 전철 연변이 아니었다. 그는 마냥 타고 갈 듯이 빈자리에 냉큼 엉덩이를 붙이고 눈을 감았다.

편집회의에서 그의 장황한 발언 내용이 토막토막 두서없이 생각났다. 사원들이 강경 일변도로 나올 것에 미리 대비해 어줍잖게 노자老子까지 인용했던 것 같다.

"우리가 저항해야 할 대상이 강하다고 해서 우리 역시 강경하게 맞선다는 건 지혜롭지 못해요. 이 세상에서 물보다 유약한 게 없는 것 같지만 굳고 강한 것을 공격하는 데 있어서 물보다

나은 것 또한 없지 않아요? 부드러움만이 굳은 걸 이길 수 있고, 약한 자가 강한 자를 이긴다는 게 천하의 이치건만 실행하는 사람은 없음을 옛 성현도 통탄했어요. 나중에 후회하지 않으려면 신축성 있고 부드럽게…… 지는 게 이기는 거고 이기는 게 지는 거예요. 내 말 무슨 뜻인지 아셨죠?"

어쩌고 했던 말을 떠올리며 그는 유식有識이 견강부회牽強附會할 수 있는 범위의 무한함에 구역질을 느꼈다.

그는 제 생각에 깊이 잠겨서 열차가 어디로 가고 있는지엔 전혀 관심이 없는 것 같았지만 다음 역이 개봉역이란 차내 방송을 듣자 벌떡 자리에서 일어나 문가로 비집고 나왔다. 그러나 열차를 내려 역 구내를 빠져나와 낯선 거리에 서자 그는 왜 거기에서 내렸는지를 자문하듯이 연방 고개를 갸우뚱거리며 오도 가도 못 했다. 그의 집은 정릉 쪽이었다. 전철로 다시 시내까지 들어갈밖에 없겠으나 그럴수록 개봉이란 고장에 강한 미련이 남는 건 참으로 이상한 일이었다. 그러나 그 까닭은 숨바꼭질처럼 그를 애먹일 뿐 좀처럼 분명해지지 않았다. 그는 점점 늦어지는 시간에 신경을 쓰면서도 허우적대듯이 급하게 역 근처의 번화가를 벗어났다.

읍으로 승격한 지 얼마 안 되는 시골의 작은 고장처럼 번화가는 곧 끝나고 들판이 나왔다. 들판 너머 아득한 곳에 아파트군의 불빛이 보이자 그는 다시 한번 고개를 갸우뚱대며 가던 길을 되돌아왔다. 그리고 번화가를 어느 만큼 벗어난 곳에 있는 작은 다방 문을 밀고 들어갔다.

다방 속은 와자지껄했으나 손님은 서너 명밖에 안 됐다. 구석배기 세모난 선반 위에 있는 텔레비전이 정면으로 보이는 자리에 턱을 쳐들고 앉았다.

때는 바야흐로 태평성대였다. 무인도를 찾아 집 나간 다섯 소년이 인천에서 발견되어 가족들의 손에 인계됐다는 이야기가 오늘의 톱뉴스였다. 뉴스에 이어 어린이들의 무단가출 문제가 장장 한 시간짜리 특집으로 나오고 있었다. 어린이들이 가족들과 재회하는 장면을 화면은 또다시 붙들고 늘어졌다. 불과 서른여섯 시간 만의 재회였다. 어린이들의 얼굴이 울까 말까 망설이는 것처럼 어색하고 계면쩍어 보이는 건 당연했다. 그러나 가족들, 특히 어머니들은 하나같이 엉엉 통곡들을 했다. 뭘 잘못했는지 아이를 부둥켜안고 연방 잘못했다고 용서를 빌며 몸부림치는 어머니도 있었다. 뭔가 말 못 할 사연이 있는 가정인 것 같았다. 어머니들이 하도 섧게 우니까 아이들도 하나둘 손등으로 눈을 부비기 시작했다.

화면은 먼저 이런 울음바다를 효과적으로 보여주고 나서 마치 미스터리를 풀듯이 용의주도하게 어른들이 그렇게 통곡하며 용서를 빌어야 하는 까닭으로 좁혀들어갔다. 먼저 명사들이 나와서 대화 없는 가정, 시험 점수에 대한 과도한 관심과 그 밖의 것에 대한 무관심 등 아이들로 하여금 무인도를 동경하게 한 어른들의 잘못을 능숙하게 진단했다. 이어서 화면은 명사들의 서재에서 거리로 옮겨졌다. 옛말에 '길을 막고 물어보라'는 말이 있다. 자기의 정당성이 만인의 공인을 받을 수 있다는 자신이 있을 때 사람들은 흔히 '길을 막고 물어보슈' 하면서 큰소리쳤었다. 그러나 정말 길을 막고 만인에게 물어보는 일이란 그렇게 쉬운 일이 아니어서 실제로 그런 일이 있었던 것 같진 않다.

그러나 현대란 쉽사리 만인에게 물음을 던질 수 있는 시대였다. 더욱 놀라운 것은 시장바구니를 든 평범한 가정주부도 운전대를 잡은 털털한 아저씨도 마이크만 들이댔다 하면 청산유수였다. 다섯 아이들이 무인도를 가려다 못 간 사실이야말로 오늘을 사는 우리 모두의 최대 관심사였고, 제각기 그 일에 대해 할 말을 가지고 있었다. 모두 막힘없이 유창하게 그 일에 대해 자기가 생각한 바를 말했다. 길을 막고 물어봐도 어른의 잘못은 의심할 여지가 없었다. 대화가 단절된 냉랭한 가정, 시험 점수에 대한 어른들의 지나친 집착 등이 그 죄목이었다. 각본에 의한 드라마보다는 훨씬 짜임새 있게 거기 출연한 만인은 일정한 결론을 위해 자기의 역할을 다했다. 저렇게 말 잘하고 자녀 교육에 일가견을 가진 유식한 어른들 천지이거늘 어떻게 냉랭한 가정, 점수만 아는 자격 없는 부모가 있을 수 있단 말인가. 마치 서로 다른 세상 이야기 같았다.

만인의 공인을 얻어 한층 권위 있는 결론을 아나운서가 다시 한번 정리해서 복창한 다음 한 시간짜리 특집 방송은 끝났다. 그제서야 그는 뒤늦게 그 권위 있는 공론에 이의를 제기하고픈 충동을 느꼈다.

그도 어릴 적 가출의 경험을 가지고 있었다. 무인도로 가려다 만 다섯 소년처럼 그의 가출도 실패로 끝났지만 지속 시간은 소년들보다 길어서 장장 48시간은 됐다고 기억하고 있다. 그러나 그때는 텔레비전도 없었거니와 지금처럼 태평성대가 아닌 일제 말기의 흉흉한 시절이어서 그 일은 집안 내의 일로 그치고 말았지 사회적인 물의를 일으키진 못했다.

어린 그가 동경한 것은 봉천奉天이었다. 봉천에 대해 그가 아는 건 토끼 꼴의 반도를 벗어나 압록강을 건넌 대륙 속의 한 지명이라는 것밖에 없었다. 그가 방학 때마다 내려가는 외가는 경의선 연변의 한 작은 읍이었고 경의선 개찰구 바로 옆이 봉천행 개찰구였다. 개찰구나 매표구에 씌어진 지명 중 이 땅의 지도에서 찾을 수 없는 것은 오로지 봉천 하나였다. 그것만으로도 그 답답한 시대의 소년이 동경을 바치기에 충분했다. 봉천은 그 무렵의 그의 무지개였고 그의 출구였다. 봉천행 개찰구에 서 있는 사람까지 남달라 보였다. 그는 경의선 개찰을 기다리는 사이를 헤집고 다니면서 그들의 옷깃에서 이국의 냄새를 맡은 것처럼 느끼면서 가슴을 울렁거렸었다. '호오뗑, 호오뗑' 하고 개찰을 알리는 방송이라도 울려 퍼지면 그의 울렁거림은 절정에 달해 곧 가슴이 터질 것 같았다. 그러다가 그만 어느 해 여름방학이던가 같이 가던 외삼촌 몰래 봉천행 개찰구에 섞이고 말았고, 무사히 기차를 탔다. 압록강 못 미쳤던가 건넜던가 생각나지 않지만 아무튼 날 저물고 나서 꼬박 하룻밤을 달려도 목적지까지 도달하지 못한 채 그는 승무원에 의해 발각되어 서울로 보내졌다. 느닷없이 엄습한 배고픔과 두려움 때문에 승무원에게 발각당하지 않을 수 없도록 창피하게 굴었던 것을 지금까지도 적지 아니 아쉬운 심정으로 똑똑히 기억하고 있다.

돌아온 아들을 맞은 그의 어머니는 다짜고짜 그의 엉덩이를 까고 사매질을 퍼부었다.

"욘석아, 에미 속 좀 작작 썩여라. 이 웬수야, 아이구, 얼마나 혼이 나야 철이 좀 날꼬. 다시 또 이렇게 엄마 속 썩일래, 안 썩일래?"

그는 볼기짝이 얼얼하고 화끈화끈해서 깡충깡충 뛰면서 다시는 안 그러겠다고 싹싹 빌었었다. 그의 어머니는 특별히 엄하지도, 자기 화를 자식에게 분풀이할 만큼 소견 좁지도 않아서 그는 자주 얻어맞는 편은 아니었지만, 그래도 1년에 몇 번씩은 꼭 크게 얻어맞을 짓을 저지르고 말았다. 그렇게 이골이 나게 얻어맞은 매 중에서 그때 봉천 가다 말고 붙들려 와서 맞은 매처럼 사정없이 아픈 매도 없었지만, 그때의 매처럼 흡족하고 감미로운 매도 없었으니 이상한 일이었다. 매를 다 맞고 나서 어머니가 차려다준 밥상에서 닥치는 대로 꾸역꾸역 밥과 반찬을 처넣으면서 맛본, 집에 돌아왔다는 편안감과 행복감은 더할 나위 없이 완벽했었다. 만약 어머니의 매가 없었던들 그때의 편안감이 그토록 완벽할 수가 있었을까.

그때만 해도 지금과는 달리 기차가 굼벵이처럼 느리던 때라 그 작은 소요에 소모된 시간이 48시간이나 되었고 그동안 그의 어머니가 몰라보게 늙어 있었던 게 어린 마음에 깊은 인상을 남겼지만 결코 상처는 아니었다.

어렸을 적의 그의 집은 특별히 대화가 단절된 냉랭한 집도 아니었고, 그의 어머니 역시 자상한 분이었지만 자식의 시험 점수보다는 시부모 공양, 시동생들 시중에 더 골몰해야 하는 대가족의 맏며느리였다. 그러니까 당시로선 유별날 게 하나도 없는 평균값의 보통 집안이었고, 그 역시 그 무렵의 평균값의 보통 아이였다. 그런데도 그는 감히 가출을 했었다. 지금은 그때와 세상 사정이 여러모로 많이 달라졌다. 같은 일을 당한 모자의 태도만 봐도 그렇다. 이건 숫제 거꾸로다. 아이가 잘못했다고 비는 게 아니라, 어머니가 엉엉 울면서 잘못했다고 빌고 있다. 만약 옛날의 그의 어머니가 매를 드는 대신 그에게 잘못했다고 빌었으면 어땠을까? 그런 어머니란 상상만 해도 소름이 돋을 것처럼 징그러웠다.

그러나 변하지 않은 게 단 하나 있었다. 그건 평균값의 소년의 마음엔 예나 이제나 변함없이 무지개 걸린 몽상의 출구가 있다는 거였다. 그는 뜻하지 않은 곳에서 뜻하지 않게 그의 소년 시절을 돌이켜보면서 화면에서 본 다섯 소년들에게 동기간 같은 친화감을 느꼈다. 여북해야 소년들이 못 얻어맞은 매를 부모를 대신해서 한 대씩 때려주고 싶어 손이 근질근질할 지경이었다. 그 또래의 꿈의 실수엔 따끔하되 모질지만은 않은 매가 제일이라는 걸 그는 경험으로 알고 있었다.

그럴수록 그는 어버이가 자식 때릴 겨를도 주지 않고 끼어든 카메라가 괘씸했다. 실상 카메라에게 중요한 건 아이들 따위가 아니었을 것이다. 중요한 건 오로지 자신들의 음모였을 테고 아이들이나 유명 인사나 시장바구니 든 아줌마나 기사 아저씨나 수많은 구경꾼이나 그 음모를 거들고 완성시켜주긴 마찬가지였을 것이다.

그는 퍼뜩 꿈에서 깬 듯 정신이 났다. 화면의 농간을 통해 그가 장차 부릴 수 있는 활자의 농간을 암시받는 것 같은 생각이 들었기 때문이다. 활자를 가지고 농간을 부리기로 마음먹으면 화면에 지지 않을 수도 있었다. 활자의 농간의 가능성 역시 무궁무진했다. 그는 전율했다.

사표를 품에 넣고 활자를 포기할 각오를 굳힌 게 불과 몇 시간 전이건만 무지개 걸린 몽상의 출구를 가지고 있었던 소년 시절처럼 아득하게 느껴졌다. 그 비장한 각오 또한 한낱 부질없는 꿈이었더란 말인가.

그는 잡지사 주간인 동시에 작가였다. 자칭 이류였지만, 그는 후자를 훨씬 더 소중하게 여겼다. 지금에야 비록 헛된 것이 되고 말았지만 거짓 없는 마음으로 사표를 쓸 때만 해도 그는 작가로서의 침묵까지도 각오했었다. 장차 활자가 지향해야 할 바가 경영주가 생각하는 대로라면 작가로서도 침묵을 지키는 게 마땅하다고 생각했었다. 그렇다고 작가로서의 그가 끊임없이 왕성한 활동만 해온 건 아니었다. 자칭 이류답게 혹평이나 무관심에 민감해서 자주 붓을 놓았고 슬럼프에 빠지는 주기도 남보다 잦고 길어서 사실 그의 작가 활동은 지지부진한 것이었다. 그러나 그가 사표를 쓰면서 꿈꾼 침묵은 적어도 의식이 있는 침묵이었고, 그건 생각보다 어려웠다. 그가 그런 방법으로 회의를 교묘하게 이끌어 그의 사표뿐 아니라 사원 전원의 사표를 없었던 일로 만든 것은 남 보기에 당연히 밥줄과 관계있어 보였을 것이다. 그래서 동정의 여지, 아니 칭송의 여지마저 있었을 것이다. 부하 직원들이 그에게 보인 능멸조차 실은 껍데기일 뿐 속 알맹인 칭송과 안도였을지도 모른다.

차마 사표를 던질 수 없었던 까닭은 그만이 알고 있었다. 자신의 밥줄이나 부하 직원들의 밥줄 때문만은 아니었다. 작가로서의 침묵의 용기마저 없었기 때문이었다. 의식이 있는 침묵이란 소년 시절의 무지개 걸린 출구처럼 그를 울렁거리게 했을 뿐 실제로 잡힐 것 같진 않았다.

그는 정릉까지 돌아갈 시간에 신경을 쓰며 자리를 일어섰다. 그러나 거기까지 왔다가 그냥 돌아갈 순 없다는 강박관념이 비오는 날의 신경통처럼 음산하고 기분 나쁘게 그의 마디마디를 조이고 있었다.

카운터를 보는 소녀가 아까부터 졸고 있는 줄 알았는데 그게 아니었다. 무릎 위에 술 두꺼운 책을 놓고 읽고 있었다. 그게 꽤 괜찮은 문학 전집류인 걸 확인하자 그는 불쑥 미리 계획한 바 없는 질문을 던지고 말았다.

"아가씨, 말 좀 물읍시다. 이 동네에 윤상하 선생님이 사셨댔는데 아직도 사는지? 참 윤상하 선생님이 누군지나 알겠나 모르겠는데……"

"아저씨, 사람 무시하지 마세요. 아무리 그 유명한 윤상하 선생님을 모를라구요."

"쳇, 그 늙은이가 그렇게 유명한가……"

그는 불량소년처럼 어깨를 곱지 않게 추스르며 중얼거렸다.

"뭐라구요, 아저씨?"

"아니, 아무것도 아니에요. 아직도 그분이 이 동네 사시냐니까!"

"네, 사세요. 사시니 어쩔래요?"

소녀는 그가 몹시 못마땅한 듯 입을 뾰족하게 오므리고 시비조로 말했다.

"어쩌긴, 잠시 만나봤으면 싶어서. 어디쯤 사시는지 좀 가르쳐줬으면 싶은데."

그가 태도를 돌변해서 부드럽고 점잖게 말했다.

"아저씬 누군데요?"

"난 그 어른의 제자야. 나도 소설가지. 그 어른처럼 유명하진 않지만."

"그러세요? 진작 그러시지. 이 앞길로 곧장 가다가 왼쪽으로 꼬부라지면 등성이가 나오잖아요? 그 등성이만 넘으면 동네가 나오는데 그 선생님 댁은 금방 눈에 띄어요. 참, 밤이니까 찾기 힘들지도 모르겠네. 그럼 舊마을을 물으세요. 구마을에서 아직도 남아 있는 집은 그 댁밖에 없으니까요."

"아아, 그럼 예전 그 댁에 아직도 사시는군요?"

"초행이 아니시군요?"

"초행은 아니지만 하도 많이 달라져서 얼떨떨해요. 아까 제대로 찾아갔댔었는데 등성이 못 미처 전에 못 보던 아파트군이 바라다보이길래 그만 길을 잘못 든 줄 알고 돌아오고 말았지. 고마워요, 아가씨."

"선생님 성함은 뭐예요?"

"일러줘도 아마 모를걸. 유명해지려면 아직 풋내기이니까."

그는 소녀에게 한 눈을 찡긋해 보이며 말했다.

"아저씨 같은 늙은이가 아직 풋내기라니 안됐다."

그의 윙크에도 불구하고 소녀는 심각하고 슬프게 중얼거렸다. 그는 쫓기듯이 다방을 나와 아까 돌쳐나온 길을 다시 허우적대며 더듬어 올라갔다.

비록 번번이 문전에서 거절당하긴 했지만 윤상하 선생 댁은 취재차 몇 번 방문한 적이 있었다. 그게 불과 2, 3년 전이었는데 그동안에 동네가 그렇게 몰라보게 변해 있었다. 실은 그와 윤상하 선생과의 관계는 그보다 훨씬 더 거슬러 올라갈 수도 있었다. 그러나 결코 좋은 관계는 아니었다.

지금으로부터 10여 년 전 그가 제법 문제작을 써내 주목을 받을 때였다. 뜻밖이랄까 당연하달까 그가 어떤 문학상의 수상자로 결정이 됐다. 우리 문단의 원로 대가인 윤상하 선생이 사재를 털어 기금을 마련하고 자기의 이름을 따서 '상하문학상'이라고 명명한 이 문학상은 그 해가 비록 첫번째였지만 상금의 액수로 보나, 제정한 사람의 명성으로 보나, 상업주의와 전혀 무관한 순수한 문학 사랑의 그 뜻으로 보나, 앞으로 가장 권위 있는 문학상으로 성장할 것은 아무도 의심할 여지가 없는 유력한 상이었다. 그런 상의 1회 수상자가 됐다는 건 누구나 부러워할 만한 행운이요, 무상의 영광이요, 이로써 문학을 한 보람을 느낄 만한 경사라는 게 누구나의 공통된 생각이었다. 더러는 헐뜯어 말하는 사람도 있었으나, 상 그 자체에 대해서가 아니라 수상자의 자격에 대해서였다. 1회 수상작으론 그 작가의 그 작품이 약간 아쉽지 않겠느냐는 정도의 이의쯤은 수상의 영광을 더욱 빛내줄지언정 조금도 누가 되진 못했다.

그러나 그는 그 상의 수상을 거부했다. 아무하고도 의논한 바 없는 순전한 그의 독단이었다. 그는 자기가 쓴 작품의 줄거리는 커녕 작품명 하나도 제대로 외고 있지 못했고 자기 작품을 통틀어 걸레쪽 같은 것들이란 혹평을 서슴지 않았지만, 그때 그가 지상을 통해 발표한 짤막한 수상 거부의 변만은 지금도 줄줄이 외고 있을뿐더러 마치 자기가 쓴 일생일대의 걸작처럼 아끼고 사랑해서 술만 취했다 하면 낭랑한 소리로 그걸 낭송까지 했다.

'나는 상이란 것을 전혀 모른다 할 만큼 초연한 사람은 못 된다. 그러나 평소 절대로 그렇게 살진 말아야겠다고 부정적으로 거울삼던 분의 이름이 붙은 상에 허겁지겁할 만큼 상에 연연하진 않았다고 자부하고 있다. 일제 말기의 그 가혹한 시기를 그분이 최소한도 침묵만 지켜주었더라도 그분의 이름이 붙은 상의 수상을 일단 고려는 해보았을 것이다.'

이런 당돌한 수상 거부의 변은 당시 문단뿐 아니라 일반에게도 적지 않은 충격을 주었다. 그분은 20년대에 등단해서 50년 동안을 줄기차게 정력적인 문필 활동을 해왔다. 따라서 그분이 쌓아온 업적은 일제 말기의 암흑기에도 중단됨이 없이 일어로 된 소설이나 수필, 하다못해 천황 폐하를 위해 목숨을 걸고 충성을 다하자는 격문 같은 게 되어 남아 있었다. 그러나 그건 그분이 쌓아온 방대한 업적에 비하면 하나의 작은 생채기에 불과했다. 본인이 숨기려는 생채기를 구태여 들추지 않는 게 점잖은 사람들의 예의였다. 더구나 이 땅은 예의지국이었다. 그걸 까마득한 후배이자 아직 말석을 못 면하고 있는 주제인 그가 감히 들추고 나서 만천하에 고해 그분을 망신 줄 것을 누가 상상이나 했겠는가. 받은 밥상이 싫으면 고이 물리면 될 것을 그걸 들어 엎어 주인의 면상에다 던지는 따위 행패는 질 나쁜 폭력이나 다름없다는 비난의 소리가 그에게로 퍼부어진 반면 도리어 그분은 각계각층의 심심한 동정과 위로를 받았다.

그러나 그 일이 있은 후 윤상하 선생의 그 정력적인 문필 활동은 가위로 실을 끊듯이 중단되고 그 원로 문인은 차츰 잊혀갔다. 하긴 그때 이미 칠십 고령이었으니 그건 괘치 않다고 치더라도 첫밧에 초를 쳤다고는 하나 그래도 큰 뜻을 내세워 제정한 문학상까지도 그 후 유야무야가 돼서 2회로 이어진 일이 없는 걸 보면 그 사건이 그분에게 미친 충격은 의외로 컸던 듯도 싶다. 근래에 문득문득 그분의 근황이 궁금해 취재차 찾아갔다가 목적을 이루지 못한 일은 있었지만 이렇게 목적 없이 여기까지 와보긴 처음이었다. 목적 대신 강박관념이 점점 세게 그를 옥죄었다.

윤상하 선생의 고가는 예나 다름없이 펑퍼짐한 언덕을 온통 마당 삼고 외롭게 서 있었으나, 주위의 규모가 일정한 작은 양옥이 다닥다닥 들어서서 그런지 왕년의 위엄과 기품은 간데없고 퇴락한 산신당처럼 흉흉해 보였다.

그는 불빛 하나 새어 나오지 않는 거대한 고가의 대문을 힘껏 흔들었다. 의외로 곧 슬리퍼 끄는 소리가 났고, 제자라는 말 한 마디로 대문은 수월하게 열렸다.

중년의 수수한 여인은 그를 사랑채로 안내하면서 따라 들어와 자리에 누운 노인을 일으켜 앉히고 양쪽에서 안석으로 받쳐주더니 소리 없이 나갔다. 그는 까닭 없이 놀라서 새가슴처럼 할딱이는 가슴을 가까스로 진정하고 노인을 바라보았다. 백발이 성성했으나 여든이 넘은 연세를 생각할 때 혈색도 좋은 편이었고 살집도 좋아 보였고 눈엔 부드러운 미소가 어려 보였다.

그는 당황한 김에 넙죽 절을 했다. 부드러운 미소는 눈에서 자연스럽게 입가로 흘러내렸다. 필시 의치義齒이겠으나 너무도 고르고 단단해 뵈는 이가 섬칫했다. 그는 울컥 화가 났다.

"웃지 마세요. 제가 누군 줄 알면 그런 부처님 같은 미솔랑 당장 거두시고 말겠지만, 저 정해철입니다."

그는 노인의 얼굴을 스쳐가는 티끌만 한 표정도 안 놓치겠다는 듯이 고개를 똑바로 쳐들고 눈을 부릅뜨고 말했다. 그러나 노인의 얼굴엔 화선지에 물감이 번지듯이 부드럽게 미소가 번지고 있을 뿐 아무런 변동도 없었다.

"기억이 안 나시는군요? 이래도 기억을 못 하시겠습니까? 제 1회 상하문학상을 보기 좋게 거부함으로써 선생님의 욕된 과거를 들춰내 다시 똥칠을 하고 세상에 물의를 일으킨 정해철이란 놈입니다. 그때야말로 정해철의 전성시대였죠. 이놈 꼴도 보기

싫으니 썩 물러가라고 호령을 하세요, 네? 어서요. 저를 눈앞에
보고도 화가 안 나십니까, 선생님?"

그는 마침내 굶주린 배를 움켜잡고 한 푼을 구걸하는 거러지
보다도 더 비루하게 노인의 노여움을 애걸했다. 그러나 노인의
얼굴에선 미소가 고무줄 빠진 팬티처럼 걷잡을 수 없이 흘러내
리고 있을 뿐이었다. 그래서는 안 된다고 생각하면서 도리어 정
해철이 노여움을 걷잡지 못했다. 그는 코를 벌름대며 어깨로 숨
을 쉬며 목청껏 외쳤다.

"끝내 모르는 척 시침을 떼시는군요. 좋습니다, 좋아요. 그때
그 대단한 상을 거부하면서 한 제 발언을 들려드릴 수밖에 없겠
군요. 설마 그래도 모른다고는 못 하실걸. '나는 상이란 것을 전
혀 모른다고 할 만큼 초연한 사람은 못 된다. 그러나 평소 절대
로 그렇게 살진 말아야겠다고 거울삼던 분의 이름이 붙은 상에
허겁지겁할 만큼 상에 연연하진 않았다고 자부하고 있다. 일제
말기의 그 가혹한 시기를 그분이 최소한도 침묵만 지켜주었더
라도 나는 그분의 이름이 붙은 상의 수상을 일단은 고려해보았
을 것이다.'"

그는 마치 시 낭송이라도 하듯이 구절구절 감정을 넣어가며
낭랑하게 외쳤다. 그러나 노인의 얼굴엔 아무런 변화도 일지 않
았다. 그는 당황했다. 10여 년 동안 그를 감동시킨 명문이건만
그게 정작 겨냥한 노인에게 돌팔매 정도의 충격도 줄 수 없었다
는 걸 깨닫자 헛소리처럼 초라하고 허황한 푸념인 게 드러나고
말았다. 그는 기를 쓰듯이 고래고래 소리를 높여 그 소리를 되

풀이했다. 그러나 일단 헛소리로 판명된 걸 명문으로 복권시킬 순 없었다. 동시에 그걸 일생일대의 걸작처럼 오만하게 떠받들고 산 그의 작가적인 생애까지 졸지에 우스꽝스럽고 남루하게 타락해버린 것처럼 느꼈다.

노인은 여전히 웃고 있었다. 도대체 어디로부터 그런 웃음이 무진장 흘러나는 걸까. 모두가 그 웃음 때문이었다. 그 웃음을 멈추게 할 수만 있다면. 그는 무턱대고 분하고 억울해서 손이 와들와들 떨렸다.

"제발 웃지만 말고 뭐라고 좀 그래봐요. 제가 왜 여기 온 줄 아세요. 선생님의 변명을 들으러 왔단 말입니다. 왜 침묵을 못 지켰나 뭐라고 좀 변명을 해보세요, 선생님. 그때만 해도 제가 너무 기고만장했든지 순수했든지 선생님의 변명을 들어드릴 아량이 전혀 없었지만 지금은 아녜요. 그걸 듣고 싶은 아량이 생겼단 말입니다. 아량이 아니라 필요성일지도 모르죠. 전 어떡하든 그게 듣고 싶단 말입니다. 네, 선생님. 말씀해보세요. 변명을 해보세요. 변명이 싫으면 증언이라도…… 제 아량을 위해, 아니 제 비열을 위해 제발 뭐라고 한마디 해보세요."

노인은 여전히 웃고 있었다. 노인의 입에서 무슨 소리든지 짜내기 위해선 우선 저 무진장 흘러내리는 웃음부터 막아야 할 것 같았다. 그는 벌떡 일어서서 손을 떨면서 서둘렀지만 어디를 어떻게 틀어막아야 할지 몰라 쩔쩔매고 있었다. 이때 중년 여인이 쟁반에 김이 모락모락 오르는 차를 받쳐 들고 들어왔다.

"왜 그러세요? 어디가 불편하세요?"

여인이 그의 거동이 수상쩍은 듯이 물었다.

"아, 아닙니다. 선생님이 어디가 불편하신 것 같아서……"

"그래요?"

여인이 너부죽한 코로 사냥개처럼 킁킁댔다.

"맞았어요. 뒤를 보셨나 봐요."

"네?"

"이 밖에 마루방이 있어요. 거기서 차 들면서 기다리실래요? 금세 되니까요."

"네?"

"어서요."

여인이 먼저, 차 쟁반을 마루방 다탁에 갖다놓고 와서 채근을 했다.

"괜찮습니다. 저도 지켜보겠습니다. 도와드리고 싶습니다."

여인이 안석을 치우고 노인을 눕히더니 비닐 조각을 깔고 바지를 벗겼다. 그때서야 그는 심한 구린내를 맡았다.

"혼자서 할 수 있으니 나가 계시라니까요."

여인이 짜증스럽게 말했으나 구태여 강제할 뜻은 없어 보였다. 노인은 바지 속에 여자들이 입는 것 같은 꼭 끼는 팬티를 입고 그 속에 유아용 일회용 기저귀를 차고 있었다. 여인은 침착하고 능숙하게 그러나 정 없이 기계적인 손길로 똥 보따리를 다리 사이에서 벗겨내고 물을 떠다가 아랫도리를 씻기기 시작했다.

"도와드릴까요?"

마치 수분受粉이 안 돼 맺히다 말고 말라비틀어져버린 오이

꼬투리처럼 형편없는 남근을 포함한 아랫도리를 여인이 너무도 함부로 다루는 게 무참해서 그는 비명처럼 부르짖었다.

"아뇨, 혼자서 할 수 있어요."

여인은 쌀쌀맞게 말하고 대야와 비닐 조각에 똥 보따리를 둘둘 만 걸 문 밖으로 내놓고 나서 새로운 기저귀와 새 팬티를 순식간에 갈아입히는 것이었다.

"선생님하곤 어떻게 되시나요? 며느님 되십니까?"

그는 고도로 능숙하면서 정 없는 손길을 의식하며 이렇게 물었다.

"아뇨, 요즘 어떤 효부가 이런 짓을 한답니까?"

여인이 흘긋 그를 쳐다보더니 냉소적인 미소를 띠고 말했다. 처음 보는 미소였지만 여인을 향한 그의 경직된 마음을 풀 만한 것은 아니었다.

"그럼 따님?"

그는 까닭 없이 불쾌한 걸 억누르며 말했다.

"아뇨, 직업적인 시중꾼입니다."

여인이 누굴 놀리는 것처럼 또박또박 말했다.

"저런!"

그가 신음처럼 말했다.

"동정하실 거 없어요. 보수는 충분히 받고 있으니까요."

"뜻밖이군요. 선생님께선 무척 다복하시다고 들었는데. 여러 자녀가 각기 다른 분야에서 성공을 거두었고 또 효성스럽다고."

"그건 틀림없어요. 그러니까 이 노인이 이만큼 호강을 하는 거 아니겠어요."

"자녀분들이 직접 모시고 살지는 않는군요."

"다 외국에들 사는걸요. 참, 밤이 늦었는데 가보셔야죠. 문병 감사합니다. 요즘은 문병객 발길도 아주 끊겨버려서요."

"네, 문병을 겸해서 선생님께 긴히 여쭤볼 말씀이 있어서요. 조금만 더 지체하겠으니 용서하십시오."

그는 여인보고 자리를 피해달라는 시늉으로 문 쪽을 눈짓하며 단호하게 말했다.

"혹시 아직 모르고 계신 거나 아닌지?"

여인이 순순히 나가려다 말고 수상쩍은 듯이 말하고 돌아섰다.

"뭘 말입니까?"

"이 노인은 벌써 여러 해 전부터 중풍에 실어증까지 겸하고 계신데 제자라면서 그것도 모르셨던가요?"

여인의 얼굴에 의혹이 좀더 짙어지면서 공포마저 얼룩졌다.

"실어증이요?"

그는 날카롭게 반문했다. 당장 주저앉을 것처럼 맥이 빠졌다. 노인의 입에서 변명을 짜내려는 그의 노력이 완전한 헛수고였던 걸 깨닫자 오늘까지 열심히 허덕인 그의 삶 자체가 온통 터무니없는 헛수고였다는 허망감이 그를 엄습했다.

"나가요, 나가란 말예요. 집만 크지 이 집엔 돈도 값나갈 것도 없단 말예요."

여인이 마침내 사시나무 떨듯이 떨면서 애걸했다. 여인의 오해를 풀어주는 게 무엇보다도 급했다. 그러나 노인의 실어증이 옮아 붙은 것처럼 그는 아무 말도 할 수가 없었다. 별수 없이 그게 아니라고 손짓을 해 보였으나 공포에 질린 여인은 기성을 지를 뿐이었다. 듣기 싫은 소리였다.

참다못한 그는 방문을 박차고 뛰어나갔다. 밖은 깜깜했다. 그는 허둥지둥 고개를 등지고 뜀박질을 했다. 고가의 뜰은 밤새도록 뛰어도 벗어날 수 없을 것 같아, 그는 진땀이 났다. 그는 맨손으로 목과 얼굴에 축축이 흘러내리는 진땀을 닦아냈다. 남의 손처럼 이물스러운 감촉에 흠칫 놀라면서 그는 자신의 손에 묻어난 걸 밤눈에 똥처럼 느꼈다. 뜰은 끝이 없고, 끝없이 깜깜했다. 온통 똥이다,라고 그는 생각했다. 그건 기묘한 쾌감이었다.

(1980)

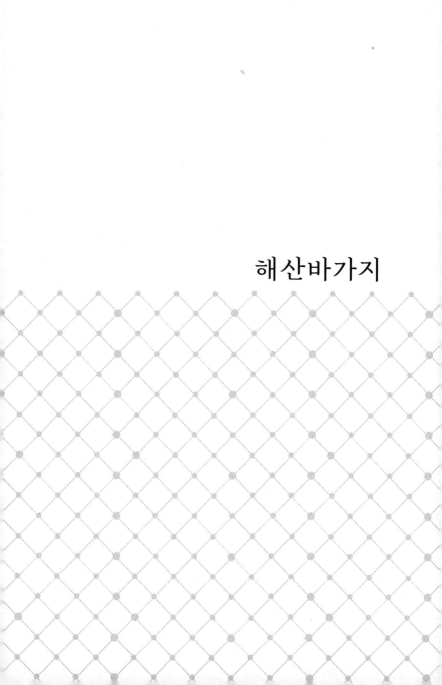

해산바가지

서로 깊이 좋아하면서도 일부러 만날 기회를 만들 필요 없이 생각만으로도 푸근해지는 친구가 있는가 하면 며칠만 목소리를 못 들어도 궁금증이 나서 전화질이라도 해야 배기는 친구도 있다. 오늘 아침 설거지를 하다 말고 나중 경우에 속하는 친구 목소리를 못 들은 지가 일주일은 된다는 데 생각이 미치자 불현듯 좀이 쑤셔서 일손을 놓고 허겁지겁 전화통에 매달렸다. 용건 같은 건 따로 없었다. 애써 용건을 꾸며대자면 나의 고질적이고 주기적인 우울증이 듣기만 해도 절로 세상만사가 별거 아닌 것으로 여겨질 만큼 낙천적인 그녀의 목소리에 의해 무산될 수 있길 은근히 바랐다고나 할까.

하마터면 전화 잘못 건 줄 알고 끊을 뻔하게 친구의 목소리는 침울하게 가라앉아 있었다.

"느이 파산했구나?"

나는 그 친구와의 평소의 버릇대로 이렇게 농지거리부터 해

보았다. 생판 농지거리만은 아닌 것이 씀씀이가 헤프고, 해놓고
사는 게 친구들 사이에선 가장 화려해서 우리가 샘을 낼라치면
언제 파산할지도 모르는 신세라고 엄살을 떨곤 했었기 때문이
다. 그녀의 남편은 중소기업 정도의 사업체를 갖고 있는 유능한
사업가지만 대기업도 하루아침에 물거품처럼 꺼지는 세상이니
그 정도의 엄살은 부릴 만도 했다.

"아냐, 차라리 파산이라도 했으면 좋게……"

"뭐라구, 그럼 더 나쁜 일이 생겼단 말이니?"

"글쎄 더 나쁜 일이라면 좀 이상하지만, 파산을 했다고 해도
이렇게 서운하진 않을 것 같아. 그까짓 돈이야 있다가도 없고
없다가도 있는 거 아니니?"

"난 또 뭐라고. 조 사장이 바람을 피웠나 보구나? 맞지?"

"얘는 생각하는 것하고…… 바람은커녕 어제부터 맥이 빠져
회사에도 못 나가고 지금도 내 옆에 쓰고 드러누워 있단다."

"무슨 일이야, 그럼?"

"내가 또 손녀를 봤단다. 또 딸을 낳을 게 뭐니."

"이번이 참 둘째지? 약간은 섭섭하겠지만 곧 나아져. 낳을 때
섭섭한 거 벌충하고도 남을 만큼 예쁘게 구는 게 딸 아니니?"

"남의 일이니까 그렇게 말할 수 있는 게지. 당해보면 심각하
다 너. 우리 영감은 숫제 쓰고 드러누웠다니까. 맥이 풀려 사업
이고 돈이고 다 귀찮대."

"알 만해, 네 목소리만 들어도. 그렇지만 어쩌겠니? 임의로 할
수 있는 노릇이 아니니 며느리한테도 행여 그런 내색 하지 마."

"왜 임의로 못 하니? 양수 검사니 초음파검사니 아들딸 미리 알 수 있는 방법이 얼마든지 있는데 제가 뭐 잘났다고 그런 것도 안 해보고 겁 없이 또 딸년을 덜컥 낳아놓느냐 말야. 시집을 우습게 봐도 분수가 있지!"

"아들딸을 미리 알 수 있을지는 몰라도, 딸을 아들 만들 수는 없는 거라면 그거 안 해본 걸 나무랄 수는 없잖니."

"딸을 아들 만들지는 못해도 딸인 줄 알면 안 낳을 수는 얼마든지 있잖느냐 말야. 다들 그러려고 양수 검사하지, 미리 궁금증이나 풀어보려고 하는 사람이 어딨니? 요새 애 떼는 게 무슨 큰일이라고."

"애, 우리 피차 살 날이 창창한 것도 아닌 늘그막에 그런 하늘 무서운 소린 안 하도록 하자."

"넌 왜 꼭 나만 나무라려고 그러니? 우리 며늘애 걔가 보통 애 아닌 건 너도 알지?"

"그럼, 소문난 재원才媛이지. 외며느리 그만큼 보기 어렵다고 다들 얼마나 부러워했니."

"애 애, 듣기 싫다. 그건 다 옛날 고릿적 얘기고, 걔 콧대 세고, 시집 어려운 줄 모르는 고약한 성깔 말야."

"여직껏 잘 지내고서 지금 와서 그게 무슨 소리니? 성깔 때문에 딸을 낳은 것도 아니겠다."

"걔가 딸만 내리 둘 낳은 것 때문에만 내 속이 이렇게 상하겠니? 나도 말이다, 딸 낳으면 아들 낳는 날도 있겠지 마음 눅쳐먹고 기다릴 아량도 있는 시에미다 너. 근데 적반하장도 분수가 있지, 이번 애 뱄을 적부터 시부모 앞에서 고개를 꼿꼿이 세우고 한다는 소리가 '아들이고 딸이고 둘까지만 낳아보고 그만 낳을 테니 그런 줄 아세요' 글쎄 이러지 뭐니? 제가 남의 집 외며느리로 들어와서 그게 글쎄 할 소리니? 그래도 그때만 해도 속으로 필시 쟤가 양수 검사라도 해서 아들 밴 걸 미리 알고 저렇게 큰소리치려니 하는 한 가닥 희망이 있었기에 나무라고 싶은 것을 꾹 참을 수가 있었는데, 딸년을 배고 시부모 앞에서 감히 그런 발칙한 소리를 한 생각을 하면 괘씸하고 분해서 미칠 지경이지 뭐니. 앞으로 그 고집을 어떻게 꺾어 또 아이를 갖게 할 것이며 억지로 하나를 더 갖게 한들 그게 아들이란 보장이 있는 것도 아니고…… 글쎄 이런 법도 있니? 외며느리 입에서 딸이라도 둘만 낳겠다는 소리가 감히 어떻게 나올 수가 있느냐 말야."

"얘야, 좀 진정을 해. 세상이 그런 걸 어떡허니. 아들딸 가리지 말고 둘만 낳자가 둘도 많다로 변한 것도 몰라? 꼭 그대로 해야 된다는 법적 제약이 있는 건 아니지만 요즈음 젊은 부부라면 의당 인구문제를 모른 척할 순 없는 거 아니니? 내버려둬. 그 애들 자녀의 수는 그 애들 스스로 알아서 결정하게 내버려둬야지, 우리네 부모가 섣불리 나설 일이 아니라고 생각한다, 나는."

나는 꽤 조심스럽게 내 생각을 말했는데도 기가 팍 죽었던 친구의 목소리가 별안간 귀청이 째지게 날카로워졌다.

"넌, 넌 아들 하나 낳으려고 딸을 넷씩이나 낳았기에 내 이 속 타는 걸 알아줄 줄 알았더니 어쩜 그렇게 남 복장 찢을 소리만 골라서 하니. 나는 지금 우리 집안의 손이 끊길지도 모르는 중

대한 고비를 맞아 미치고 환장을 할 지경인데 인구문제가 나하고 무슨 상관이야. 지는 아들 하나 낳으려고 딸을 넷씩이나 내리 낳은 주제에 누구한테 인구문제를 뒤집어씌우려고……"

이렇게 마구 지껄이더니 분에 못 이겨 전화를 끊고 마는 게 아닌가. 나의 오남매는 주시는 대로 낳을 수밖에 없었던 시대의 오남매일 뿐인데, 그중 딸 넷을 마치 막내로 아들 하나를 얻기 위한 네 번의 시행착오에 불과한 것으로 단정하는 친구의 말투가 어이없었지만 변명할 겨를도 없었고, 또 그러고 싶지도 않다. 아무 데나 마구 싸움을 걸고 싶게 착란돼 있는 친구의 상태가 측은하기도 했지만 남자 여자 문제라면 더욱 갈피를 못 잡는 이 시대의 우리 의식의 갈등과 혼란이 한동안 나를 우울하게 했다. 다음 날 그 친구로부터 전화가 왔다.

"오늘 나한테 시간 좀 내주지 않을래?"

"왜? 아들딸 푸념 더 하고 싶어서? 미안하지만 사양하겠다."

"오늘 퇴원한다니까 한번 가봐야지 않겠니?"

"가보긴 가봐야 한다니, 누구 말야?"

"누군 누구야. 우리 잘난 며느리 말이지."

"그럼 여직껏 한 번도 안 가봤단 말이니? 그리고 퇴원한다니까 가봐야겠다니, 집으로 퇴원하는 거 아냐?"

"그동안 가볼 기운이 어딨니? 밥해 먹을 기운도 없어서 정 배고프면 아무거나 한 그릇 시켜 먹으면서 산걸. 우리 영감도 오늘 겨우 출근했다. 그것도 나갈래 나간 게 아니라 사장님 아니면 안 되는 일이 있다고 야단법석들을 해서 마지못해 나간걸.

퇴원은 즈이 친정으로 하지 왜 우리 집으로 하니? 그건 딸을 낳았대서가 아니야. 아들을 낳았어도 마찬가진데 다만 사돈집에서 면목이 있고 없고의 차이는 있겠지."

"딸이 딸을 낳으면 친정에서까지 면목이 없어야 하니?"

"그래, 그걸 몰라서 묻니? 그러니까 딸은 애물이고 어떡허든 아들은 있어야 한다는밖에."

"몰랐어. 모를 수밖에. 딸이 넷씩 되지만 다 아직 출가 전이잖니."

"그러니까 네가 세상 물정 모르는 소리만 탕탕 해서 남의 기통을 터뜨려놓아도 내가 봐주는 거야. 하나만 출가를 시켜보렴. 어떤 맛인가. 딸 아들 똑같단 생각이 하루아침에 회까닥 뒤집힐 테고, 내 섭섭한 심정도 이해가 될걸. 정말이야. 네가 몰라서 그러지 나 조금도 심한 시에미 아니다 너."

"알았어, 알았으니 용건이나 빨리 말해."

"병원에 같이 가보자구. 시간 있으면 말야."

"시간은 있지만 좀 우습다."

"뭐가?"

"축하가 될지 문병이 될지 모르지만 그런 걸 네 쪽에서 요청한다는 게 말야."

"혼자 가기가 암만 해도 어색해서 그래. 친정어머니도 와 있고 할 텐데 좋지 않은 기색 드러내기도 그렇고, 아무렇지도 않은 척할 자신도 없고 네가 중간에서 이쪽저쪽 위로도 좀 해주고 분위기를 좀 잡아주라. 친구 좋다는 게 뭐니?"

나는 내키지가 않았지만 승낙을 하고 말았다. 그쪽에서 청하지 않아도 가서 축하해줄 만한 사이였지만 축하가 아닌 심심한 위로를 해야 할 판이고 보니 우선 자신의 감정 처리가 문제였다. 한편 호기심도 없지 않아 있었다. 친구 며느리가 얼마나 당당한 여자라는 걸 잘 알고 있는 나는 그녀가 시어머니의 부당한 죄인 취급으로부터 어떻게 자신을 지키나, 또 사돈끼리는 그런 문제에 어떻게 대처하나, 좀 안된 얘기지만 구경해보고 싶었다.

우리는 K대학 부속병원 일층 엘리베이터 앞에서 만나기로 약속을 했는데 피차 어찌나 시간을 잘 지켰던지 앞서거니 뒤서거니 거의 동시에 닿은 택시에서 나란히 내렸다. 친구는 생각보다 더 초췌하고 늙어 보였다.

"화장이라도 좀 하지 않구……"

자기가 얼마나 속상하다는 걸 한껏 과장하려는 친구의 속셈을 은근히 경멸하면서 나는 이렇게 핀잔을 주었다. 그리고 조금 웃었다. 화장 타령은 친구가 나를 만날 때마다 하던 소리였기 때문이다. 친구는 웃지도 않고 대꾸도 안 하고 앞장섰다.

면회 시간 중의 신생아실 유리창엔 사람들이 다닥다닥 붙어 있었다. 미키마우스 그림이 붙은 쇼윈도 너머론 신생아실이 훤히 들여다보였지만 아기를 보여주는 간호사는 한 명밖에 없어서 차례로 잠깐씩만 보여주는 것 같았다. 자연히 감질이 난 가족들이 유리창에 잔뜩 얼굴을 갖다 대고 저만치 소쿠리 같은 침대에서 새근새근 잠든 아기들 중에서 자기네 아기를 찾아내려고, 또는 방금 유리창 옆에서 선을 보이고 있는 남의 아기와 자

기의 아기를 비교하려고 눈을 빛내고 있었다. 아기 아버지인 듯
싶은 젊은 남자는 어찌나 유리창에 얼굴을 바싹 갖다 댔는지 코
가 짜부라져 바보같이 보였지만 눈빛만은 진지하고 심각했다.

"어쩜, 무슨 애가 저렇게 클까. 신생아 같지도 않네."

"글쎄 3.5킬로래. 저 눈 뜨고 두리번대는 것 좀 보게나."

"3.5킬로나요. 조그만 엄마가 어쩌면 저렇게 크게 낳았을까.
그것도 첫아들을. 형님, 앞으로 며느리한테 더 쩔쩔맬 테니 눈꼴
시어서 어찌 보지."

"왜, 샘나나?"

나는 친구의 손녀는 어디쯤 누워 있나 찾는 것도 아니면서 그
큰 유리창 앞에서 멈칫대며 빙글대고 있었다. 참으로 즐거운 쇼
윈도였다. 나는 새롭고 이상한 행복감이 스멀대며 전신에 퍼지
는 걸 느꼈다.

"우리도 아기 먼저 보고 나서 산모 보러 가자."

나는 응석 부리듯이 친구에게 동의를 구했다.

"안 돼, 싫어."

친구가 단호하게 신생아실을 외면하고 입원실 쪽으로 앞장섰
다. 나는 그 이상한 행복감에서 갑자기 깨어난 것도 아까웠지만
신생아실에 전혀 매혹당하지 않는 친구의 미욱스러움이 혐오스
러워 거기까지 따라간 것을 후회했다. 무엇보다도 나는 곧 목격
해야 할 지긋지긋하고도 잔혹한 대결이 두려워서 잠시라도 유
예의 시간을 얻고 싶었던 것이다.

병실은 예상과는 달리 시끌시끌하고 명랑하게 들떠 있었다.

젊고 교양 있어 보이는 한 떼의 남녀가 산모의 침대를 에워싸고 주스 깡통으로 막 축배를 들려는 찰나였다. "득남을 축하하네." "첫아들이라니 짜아식 홈런 깠잖아." "정말 장하십니다." "득남 턱은 언제 낼 건가." 그런 소리들이 어울려 축제 분위기가 한껏 고조돼 있었다.

"방을 잘못 알았나 봐."

친구가 씹어뱉듯이 말하며 내 소매를 잡아끌었다. 나 역시 그렇게 생각하고 멈칫 돌아서려는데 초췌한 노부인이 울상을 하면서 친구를 가로막았다.

"사부인 나오셨습니까? 뵐 면목이 없습니다."

그 병실은 2인실이었던 것이다. 사태는 내가 예상했던 것보다 더욱 나빠질 게 뻔했다. 남이야 어찌 됐건 깡통을 서로 요란하게 부딪치고 난 득남 축하객들은 계속해서 떠들기 시작했다. "그 녀석 장군감이던데. 백날 아기만 해." "몇 킬로나 되나?" "3.8킬로야. 아마 그 신생아실에선 우리 아들이 1등일걸." "이 친구 벌써부터 1등 바치는 것 좀 보게." "내가 뭐라던, 배가 두루뭉실한 게 아들 낳겠다고 안 하던?" "그래도 우리 시어머니는 자꾸만 딸이라고 그러시잖니? 뭐 태점에 딸이라고 나왔다나." "그게 시어머니 곤조라는 거야." "그래도 제일 기뻐하시는 게 시어머니더라." "친정어머니가 더 기뻐하시는 거 아니니?" "그건 기뻐하는 것하곤 다르지. 큰 근심 하나 덜어서 개운하신 것뿐이지." "하긴 우리 어머니도 내가 첫딸 낳고 두번째 아기 가졌을 때 어찌나 조바심을 하시는지 정말 못 봐주겠더라." "딸이 시집가서 아기 낳을 때까지 그렇게 속을 태워야 하니 딸이 애물일 수밖에." "정말 딸 낳을 건 아냐. 헛수고 중에도 그렇게 고약한 헛수고는 없을걸." "헛수고면 좋게. 헛수고는 아무것도 안 남는 거지, 딸이 왜 아무것도 안 남니? 딸이 또 딸 낳을까 봐까지 전 전긍긍해야 할 생각을 하면 악순환이야." "얘 그만 해두라. 남자들 좋아할라." "우린 똑똑히 들어두었습니다. 김 선생님의 중대한 실언을." "제가 무슨 실언을 했다고 그러세요?" "김 선생님처럼 우리나라에서 알아주는 남녀평등주의자가 그런 보수적인 발언을 하시다니."

그들은 서로 잘 아는 사이인 듯 남자는 남자끼리 여자는 여자끼리 지껄이다가 이번엔 남녀가 공방전을 펼 낌새였다. 나도 김 선생이라고 불리는 우리나라에서 알아주는 남녀평등주의자라는 여자를 눈여겨보았다. 그럴싸해서 그런지 신문이나 잡지 같은 데서 많이 본 듯싶은 얼굴이었다. 소위 명사가 하나 끼여 있다고 생각하니 그 명사와 흉허물 없이 지껄이는 그들이 모조리 어딘지 명사다운 데가 있어 보였다. 젊은 나이에 교양과 옹졸함이 너무 드러나 보이는 사람들이었다.

"있는 그대로의 현실을 말했을 뿐이에요. 현실을 외면하고 어떻게 주의나 운동이 있을 수가 있겠어요." "그렇지만 주의나 운동의 본뜻이 현실 개조에 있는 거라면 주의자가 앞장서서 그릇된 현실을 바로잡아야 하는 거 아닙니까?" "그런 면으론 이름난 여권운동자보다 간호사가 한 수 위더군. 아들은 아드님이에요 하고 딸은 공주님이에요 하니 말야." "자넨 모를 걸세, 그 공주님이에요 소리를 처음 들었을 때, 아버지가 된 남자의 속이 얼마나 철썩 내려앉나를. 그 아찔한 실망을 모르면 가히 복 받은 남자라 할지어다.""어머머, 저 남자들 말하는 것 좀 봐.""남자들보다 김 선생, 당신을 성토해야 할까 봐. 당신 여권운동 거꾸로 하는 거 아냐? 우리 때만 해도 첫딸은 세간 밑천이라고 해서 그래도 대우를 해주었는데 요샌 어떻게 된 세상이 첫애 때부터 아들 아들 아들만 바치니.""어떡허든 남보다 앞서가고 이겨야 된다는 경쟁사회적인 심리 아닐까?""결국 아들은 이기는 거고 딸은 지는 거라는 남성 우위이구먼.""남성 우위라기보다는 경제성 우위 아닐까. 딸이 얼마나 손해라는 것은 길러본 사람 아니라도 다 아는 사실 아냐? 시집보낼 때 봐, 기둥 하나씩 빼 가던 건 옛날 얘기고 네 기둥을 다 빼 가니 말야. 집 한 채 값은 우습게 든다지, 아마.""설마.""설마가 뭐야. 그야 집도 집 나름이긴 하지만 아무튼 호화 주택에 살 만한 사람이면 호화 주택 값이, 오막살이에 살면 오막살이 값이, 셋집에 살면 전셋값만치는 들어야 딸 하나를 치우는 모양이니 경제제일주의 사회에서 손해가 내다보이는 게 환영 못 받는 건 당연하잖아.""아무렴, 인간의 가치라는 게 별거야, 돈을 얼마나 벌 수 있느냐는 경제적 가치를 빼면 뭐 남을 게 있다구.""어머머 그건 너무했잖아요, 윤 선생님.""뭐가 너무합니까. 탁 까놓고 말해서 우리가 일생 공부하고 노력해서 추구하는 게 뭡니까. 이상? 학문적 완성? 자기 성취? 그건 다 그럴듯한 속임수고 실상은 자신의 경제적 가치를 높이는 일 아닙니까? 난 미국 가서 전공까지 바꾸었습니다. 왠 줄 아시죠? 처음 전공 가지고 학위 따봤댔자 돌아와서 취직하기도 어려울 것 같아서였죠." "남의 경사에 와서 왜 언성들을 높이고 야단일까." "놔둬, 그것도 축하야. 절대로 취직이 보장 안 된 딸을 안 낳아 얼마나 다행이냐고 득남의 기쁨을 새삼스럽게 할 수 있잖아?" "정말 아들 낳기 잘했어." "공주면 어쩔 뻔했니?" "아들이란 소리 들으니까 제일 먼저 떠오르는 생각이 다신 그 무서운 고생 안 해도 되겠다는 해방감이더라." 산모가 응석이 섞인 소리로 말했다.

"그러니까 너도 딸이면 더 낳을 작정이었구나? 아들딸 가리지 않고 하나 이상 절대로 안 낳는다고 큰소리 땅땅 치더니." "마냥 낳겠다는 것보다 더 지독한 각오지, 아들 낳을 때까지는 낳아야겠다고 생각했으니." "어쩜 남편이 외아들도 아닌데 그런 생각을 할 수가 있니?" "아들을 갖고 싶다는 건 본능 같은 거지 누가 시켜서 되는 거 아니잖아." "본능이자 남편에 대한 의무 아닙니까? 아들이 이렇게 좋은 건 줄은 나도 애아버지가 되기 전엔 미처 몰랐댔죠. 최상의 기쁨이에요. 아들이 소중한 나머지 내 몸 소중한 걸 알겠더라니까요. 습관적으로 차를 마구 몰다가도 아서라, 우리 아들을 위해 오래 살아야지, 이러면서 살살 몰면서 느끼는 벅찬 기쁨, 아내는 남편에게 그 정도의 기쁨은 선사할 의무가 있는 거 아닙니까?" "그만해두게. 징그럽네 징그러워, 젊은 사람이." "왜 샘나나?"

새로 아버지가 된 남자와 그의 친구가 여자들끼리처럼 서로 옆구리를 간질이며 킬킬댔다. 그제서야 비로소 내가 정작 문병

온 산모도 잊고 팔려 있던 그들의 화제에 구역질 같은 혐오감을 느꼈다. 친구의 며느리는 모포를 머리끝까지 뒤집어쓰고 누워 있었다. 늘 당당하고 쾌활한 태도에 어울리게 늘씬하고 볼륨 있는 그녀의 몸매를 알고 있는 나는 반쯤 침대 속으로 잦아든 것처럼 얄팍하게 위축된 모습에 가슴이 찡한 연민을 느꼈다.

"안녕하세요? 어머니께서 애 많이 쓰십니다. 산모는 어떻습니까? 미역국이나 잘 먹는지요."

나는 겨우 이렇게 뒤늦은 인사치레를 사돈한테 했다. 내 친구는 아직도 저쪽 이야기에 깊이 빠져 며느리는 알은척도 안 하고 있었다. 친구의 표정이 폭풍 전야처럼 암울하고 험악했다. 산모를 보러 오기까지 가까스로 억제했던 분통이 그들의 철딱서니 없는 화제 때문에 다시 지글지글 끓어오르고 있음이 분명했다. 그들이 다시 한번 왁자지껄 목청 높고 과장된 축하 인사를 남기고 한꺼번에 병실을 나갔다. 남자가 네 명, 여자가 세 명 도합 일곱 명의 축하객은 서로 나이뿐 아니라 풍기는 것도 엇비슷해서 동창이나 직장 동료쯤 되는 관계로 보였다.

"뭐 저렇게 무식한 사람들이 다 있어요?"

나는 그동안 안쓰럽도록 몸 둘 바를 모르고 쩔쩔매고 있는 사돈 마님한테 위로 겸 이렇게 그쪽 흉을 봤다. 한방 산모가 두번째 딸을 낳고 누워 있다는 걸 모르지 않을 텐데 첫아들 축하를 너무도 거침없이 대대적으로 하는 그들의 몰인정과 잔혹성을 나로서는 그렇게밖에 표현할 길이 없었다.

"무식하긴요. 다 이 대학 교수들일 텐데요. 아기 아빠가 이 대

학 공대 교수라니까요. 온종일 겪음내기로 저렇게들 드나든다
니까요. 쟤나 나나 못 할 노릇이죠 뭐."

사돈 마님이 쓰고 누운 딸한테 눈물이 그렁한 눈길을 보내며
한숨처럼 말했다.

"천하에 무식한 것들 같으니라구."

사돈 마님은 극구 부정했지만 나는 계속해서 입속으로 그들
의 무식을 강조했다. 전엔 그렇게 생각한 바가 전혀 없었음에도
불구하고 그 자리에선 왠지 무식함과 잔혹함이 한 치의 어긋남
도 없는 동일한 것으로 여겨졌다. 산모의 어깻죽지가 세차게 흔
들리는 게 모포 밖으로 여실히 드러났다. 그녀의 자존심이 죽자
꾸나 억제하고 있으련만, 미미하지만 처절한 흐느낌도 밖으로
새어 나오고 있었다.

친구의 눈길이 잠깐 이런 며느리의 모습을 스치고 나서 사돈
마님을 똑바로 봤다. 험악하다 못해 살기가 등등한 눈빛이었다.
나는 앞으로 일어날 일에 지레 겁을 내며 원망스럽게 옆의 침대
를 건너다보았다. 앞으로 일어날 일의 책임의 반 이상은 그쪽에
있다 싶었다. 그러나 방금 축하객을 전송하고 난 그쪽 산모는
나른하게 포만한 표정으로 머리맡의 가습기의 방향을 조절하고
나서 창 쪽으로 모로 누웠다. 이웃에 대한 철저한 무관심 때문
에 그 여자는 일자무식보다 훨씬 더 답답해 보였다.

"쟤가 시에미 대접을 어찌 이리 할 수가 있습니까? 한 번쯤
쳐다봐도 제가 시에미 같은 건 안중에 없다는 걸 모를 내가 아
닌데."

친구가 착 가라앉은 그러나 떨리는 소리로 사돈 마님한테 이렇게 쓰고 드러누운 며느리를 나무랐다.

"저도 면목이 없어서 안 그럽니까. 잘 먹지도 않고 시시때때로 저렇게 울고 속을 끓이니 저 애 꼴이 말이 아닙니다."

"아니죠, 쟤가 시에미 알기를 워낙 개떡같이 아는 앱니다. 벼르고 별러서 한마디 해도 어느 바람이 부나 하는 식이죠. 그러니 말해 뭘 하겠습니까. 그래도 이번 일만은 어른 된 입장에서 한마디 다짐을 받고 넘어가야겠다 싶어 이렇게 왔더니만 바로 내가 하고 싶은 말을 아까 그 사람들이 다 해주지 뭡니까? 저도 귀가 있으니까 들었겠죠. 더 보태지도 덜지도 않을 테니 그 사람들한테서 들은 소리를 고스란히 명심하고 있으라 이르세요. 나 절대로 심한 시에미 아닙니다. 이번에 또 딸 낳은 것 가지고 뭐라지 않아요. 이 친구는 딸을 넷 낳고 기어이 아들을 낳았답니다. 딸 둘이 흉될 것 하나 없어요. 그렇지만 남의 집 대를 끊어놓겠다는 걸 어떻게 가만히 보고만 있습니까. 그건 안 될 말이죠. 부처님 가운데 토막도 눈을 부라릴 일입니다. 알아들으셨죠, 사돈 마님? 더 긴 말은 안 하겠어요. 아까 그 사람들이 내 속에 들어갔다 나온 것처럼 내 하고 싶은 말 다 해줬으니까. 그 사람들처럼 젊고 교양 있는 사람들이 그렇게 말했으니 이 시에미 생각을 덮어놓고 구닥다리 낡은 생각으로 치지도외하지는 못하겠죠. 이만 가보겠습니다. 지가 시에미 꼴 안 보려고 흉물을 떨고 있는데 시에미라고 제 꼴 보고 싶겠습니까? 애, 가자."

친구가 서슬이 퍼렇게 말하고 나서 내 소매를 잡아끌었다.

"이대로 가면 어떡허니? 안 오니만도 못하게."

나는 친구 눈치를 봐가며 모포 위로 슬며시 산모의 어깨를 잡았다. 격렬한 떨림이 손아귀에 닿자마자 나는 미리 준비한 축하와 위로를 겸한 인사말을 까먹고 말았다.

"가자니까, 시에미 우습게 아는 게 시에미 친군들 안중에 있을라구."

친구는 내 등을 떠다밀다시피 해서 먼저 문 밖으로 내쫓고 따라 나왔다. 뒤쫓아 나온 사돈 마님은 참회하는 죄인보다 더 기운 없이 고개를 떨구고 파리한 입술을 간신히 들먹여 면목 없다는 소리만 되풀이했다.

면회 시간이 끝나갈 무렵의 부속병원 택시 정류장은 들어오는 차는 드물고 기다리는 손님은 밀려 끝이 보이지 않게 긴 줄을 이루고 있었다. K대학 본부로 넘어가는 고갯길가엔 앵도꽃인지, 키 작은 나무에 흰 꽃이 만발해 먼먼 한적하고 평화로운 마을로 이어진 듯한 착각을 일으켰다. 그 환상적인 길을 뒤통수가 준수한 청년이 환자복을 입은 소녀가 탄 휠체어를 천천히 밀면서 거닐고 있었다. 소싯적에 가졌던 병이니 입원이니 하는 것에 대한 감미로운 동경이 아련하게 되살아났다. 그들이 고개를 넘어 보이지 않자 아름다운 환각에서 깨어난 것처럼 정신이 아뜩하면서 속이 메슥거렸다. 친구의 희끗희끗하고 부스스한 파마머리와의 간격을 바싹바싹 좁혀가며 택시를 기다리는 일이 별안간 참을 수 없이 고역스럽게 여겨졌다. 정문까지의 비스듬하고 드넓은 잔디밭은 아직은 군데군데만 파릇파릇했다. 유난히 파란 부분은 곧 구박받고 제거당할 토끼풀 무더기인지도 몰랐다. 거기 삼삼오오 모여 앉은 흰 가운의 젊은이들의 머리카락이 미풍에 나부끼는 게 참으로 보기 좋았다.

"저기서 좀 쉬었다 가지 않을래?"

나는 미풍처럼 친구의 귓전에 속삭였다. 딴 뜻은 없었다. 그냥 쉬고 싶었고 바람이 허락한다면 희끗희끗한 머리나마 나부껴보고 싶었다. 나는 친구의 동의를 기다릴 것 없이 그 지루한 기다림의 행렬에서 이탈했다. 친구도 순순히 뒤따라왔다. 우리는 누가 야단칠까 봐 감히 잔디밭에 들어가지 못하고 가장자리에 걸터앉았다. 할 말을 다 한 친구도 그닥 유쾌해 보이지 않았다. 그러나 사나워 보였다. 요즈음 아이들은 생명에 대한 존엄성을 모르거든. 점점 미워져가는 요즈음 아이들을 보면서 한탄하던 상투어가 밑도 끝도 없이 문득 생각났다.

"무슨 말이든지 좀 해봐."

친구가 사나움이 많이 가신 목소리로 말했다. 아마 나의 말없음을 자신에 대한 비난으로 받아들인 모양이다. 무슨 말이든지? 나는 친구의 말을 속으로 되뇌면서 불쑥 하고 싶은 얘기가 생각났다. 그 이야기는 내가 살아온 이야기 중의 한 토막이어서 당연히 시시할 수밖에 없었고 친구도 대강은 다 아는 이야기였다. 그럼에도 불구하고 나는 그 시시한 이야기 속에 우리가 이 세상을 살아가며 허구한 날 맺는 온당한 인연, 온당치 못한 인연이 훗날 무엇이 되어 돌아오나를 풀 수 있는 암시 같은 게 들어 있는 것처럼 느꼈다. 아니 그렇게 복잡한 까닭이 아닌지도 몰랐다. 나는 친구에게 그저 겁을 주고 싶었다. 친구가 이 세상에 두려운 거라곤 없는 것처럼 구는 게 견딜 수가 없었다. 나는 마치 아이에게 겁을 주기 위해 손가락으로 제 입을 찢고 제 눈을 까뒤집어 도깨비 형상을 만들듯이 과장법을 써야겠다고 마음먹었다. 그렇게 해봤댔자 이 겁 없는 친구가 무서움을 타게 되리란 보장은 물론 없었다. 그러나 생각만으로 미리 즐거웠다.

내가 시집갈 때, 신랑이 하필 과부의 외아들이라고 해서 친정에선 참 걱정들을 많이 했다. 그러나 나는 그 과부 시어머니를 처음 뵈었을 때부터 싫지가 않았다. 친정어머니는 신식 학력은 없었지만 아는 것이 많으셨다. 한글은 물론 한학에도 조예가 깊으셨고 어쩌다 하루 신문이 안 오면 신문사에 전화를 걸어 호통을 치실 만큼 세상 돌아가는 일에도 관심이 많으셨다. 지식욕이 강한 사람이 흔히 그렇듯이 어머니도 꼬치꼬치 따지길 좋아했고, 꼬치꼬치 따질 대상이 집안일과 자식들 일밖에 없는지라 당하는 자식들은 피곤할밖에 없었다. 그래 그런지 친정어머니가 지닌 일종의 지적인 분위기가 빠진 어수룩한 시어머니에게 나는 단박 호감을 느꼈다. 편하게 시집살이할 수 있을 것 같은 확실한 예감이 왔다. 이모나 고모들은 예로부터 전해내려오는 갖은 해괴망측한 외아들의 홀시어머니 노릇을 수집해다가 나를 위협했지만 내 마음은 변하지 않았다. 어머니는 워낙 똑똑한 분이라 말려봤댔자 소용없다는 걸 미리 알고 계셨는지 그것도 네 팔자지 하는 태도로 일관했다. 어머니는 그런 분이셨다. 나는 어려서 등잔불을 만지고 싶어 안달을 했다고 한다. 식구들은 다 그런 나를 등잔불로부터 멀리 떼어놓으려고 조심했지만 어머니는 어린 내가 등잔불을 만져볼 수 있도록 도와줌으로써 불이 얼마나 뜨겁다는 걸 체험하게 해 그 버릇을 고쳤다는 걸 자랑스럽게 말씀하시곤 했다.

시어머님은 내 관상이 적중해 나는 마음 편히 시집살이를 할 수가 있었다. 실상 시집살이랄 것도 없었다. 나는 두 살 터울로 아이를 다섯씩이나 낳았지만 젖만 먹였다 뿐 기른 건 시어머님이셨다. 그때만 해도 식모가 흔할 때여서 우리도 식모를 두고 살았지만 그분은 식모에게 절대로 기저귀를 빨리거나 아이를 업히는 법이 없었다. 왜 내 천금 같은 손자 똥을 남이 더러워하고 찡그리게 하느냐는 것이었다. 업히는 것도 질색이었다. 업고 갈 데 안 갈 데 가는 것도 싫지만 혹시 아기를 떨어뜨리거나 부딪혀도 안 그랬던 척 속일지도 모른다는 거였다. 젖만 떨어지면 데리고 자는 것도 그분의 일이었다. 아이가 에미 애비하고 한방 쓰면 아이에게도 부모에게도 이로울 게 하나도 없다는 게 그분의 생각이었다. 그분은 한글도 제대로 해독을 못 했다. 한때 언문은 깨쳤었지만 써먹을 데가 없다 보니 거의 다 잊어버리고 말았다는 것이었다. 깨친 글도 써먹을 바를 모를 만치 지적인 호기심이 결여된 분이었지만 자기 나름의 확고한 사랑법을 가지고 있었다.

그분은 안방을 쓰고 우리는 건넌방을 썼었는데 작은 집이라 귀를 기울이면 그분이 칭얼대는 손자를 잠재우려고 토닥거리는 소리와 함께 나직하고 그윽한 자장가 소리를 들을 수 있었다.

자장 자장 우리 아기, 잘도 잔다 우리 아기, 금자동아 은자동
아, 금을 주면 너를 사랴, 은을 주면 너를 사랴, 자장 자장 우리
아기, 잘도 잔다 우리 아기, 멍멍 개야 짖지 마라, 꼬꼬 닭아 우
지 마라, 우리 아기 잠을 잔다.

　그분의 자장가를 듣고 있노라면 나도 착하고 무구無垢한 아
기가 되어 너그럽고 큰 손에 안겨 온갖 세상 시름과 악으로부터
보호받고 있는 듯한 편안감에 잠기곤 했다. 고모나 이모한테서
들은 해괴한 홀시어머니 노릇이란 거의가 아들의 침실을 엿본
다든가 아들을 데리고 자고 싶어 한다든가 하는 다분히 성적인
거여서 신혼 초엔 내 쪽에서 문득 침실 밖을 살피기도 했었다.
강박관념에서라기보다는 일종의 호기심이었다. 그러나 그런 일
은 처음부터 일어나지 않았고, 앞으로 일어날 가망도 없었다. 그
렇게 서로 구순하고 편안하게, 서로 사랑한달 순 없어도 자꾸
만 늘어나는 새 식구를 더불어 사랑하고 예뻐 어쩔 줄을 모르면
서 어느새 그분은 일흔 고개의 정상에, 나는 마흔 고개의 정상
에 다다랐으니 말이다. 일흔다섯까지도 그분은 정정해서 손자
들 도시락 찬을 챙기고 싶어 했고, 입시가 있을 때마다 절에 가
서 천 번이나 절을 하고 그 생색을 내고 싶어 했고, 증손자 볼 때
까지 살고 싶다는 생의 의욕에 충만해 있었다. 좀 지나치리만치
건강하시어 고혈압으로 쓰러지실 때까지도 우리는 그분의 혈압
이 높다는 것도 모르고 있었다. 반신불수가 될 것 같다는 우려
와는 달리 그분은 얼굴이 약간 비뚤어졌을 뿐 신속하게 건강을
회복했다. 식욕은 더욱 왕성해졌고, 목소리는 더욱 쨍쨍해졌고

아침잠은 더욱 엷어졌다. 나는 일흔다섯 살의 이런 정력적인 재기를 경탄해 마지않았지만 때때로 배은망덕하게도 부담스러워하기도 했던 것 같다. 우리 시어머님은 아마 백 살은 사실 거예요, 이러면서 입술을 삐죽댔으니 말이다.

그분의 망가진 부분이 육신보다는 정신이었다는 걸 알아차린 건 그 후였다. 우리는 그걸 서서히 알아차리게 됐다. 처음엔 아이들 이름을 헷갈려 부르는 정도였다. 노인들이 흔히 그러는 걸 봐온지라 대수롭지 않게 알았다. 그러나 바로 가르쳐드려도 믿지를 않고 한사코 자기가 옳다고 주장하는 건 묘하게 신경에 거슬렸다. 숫제 치지도외하기로 했다. 어쩌면 나는 그걸 기화로 그때까지도 그분이 한사코 움켜쥐고 있던 살림 권리를 빼앗을 수 있어서 은근히 기뻤는지도 모르겠다. 그러니까 그분의 노망을 근심하는 소리는 집 안에서보다 집 밖에서 먼저 났다. 오랜만에 고모님을 뵈러 온 당신 조카한테 당신 누구요? 하며 낯선 얼굴을 해서 조카를 당황하게 하더니 어찌어찌해서 그가 조카라는 걸 알아보고 나서 아이가 몇이냐고 물었다. 아들이 둘이라고 하자 아이구 대견해라 일찌거니 농사 잘 지었구나라고 정상적인 대답을 했다. 그러나 곧 똑같은 질문을 하고 똑같은 덕담을 했다. 똑같은 질문은 한없이 되풀이됐다. 그는 내가 애써 차려준 점심을 뜨는 둥 마는 둥 진저리를 치며 달아나버렸다. 그렇게 해서 그분이 노망났다는 소문은 그분의 친정 쪽으로부터 먼저 퍼졌다.

집에서도 같은 말의 되풀이가 점점 심해졌다. 그 대신 그분의 주된 관심사에서 제외된 어휘는 급속도로 잊히는 것 같았다. 쌀 씻어놓았냐? 빨래 걷었냐? 장독 덮었냐? 빗장 걸었냐? 등 주로 의식주에 관한 기본적인 관심이 온종일 되풀이되는 대화 내용이었다. 하루 이틀도 아니고 허구한 날 같은 말에 같은 대꾸를 해야 된다는 것도 쉬운 일은 아니었다. 더구나 그 빈도가 하루하루 잦아지고 있었다. "쌀 씻어놓았냐?" "네." "쌀 씻어놓아라. 저녁때 다 됐다." "네, 씻어놓았다니까요." "쌀 씻어놓았냐?" "씻어놓았대두요." "쌀 씻어놓았냐?" "쌀 안 씻어놓으면 밥 못할까 봐 그러세요. 진지 안 굶길 테니 제발 조용히 좀 계세요." 이렇게 짜증이 나게 마련이었다. 그렇다고 그 줄기찬 바보 같은 질문이 조금이라도 뜸해지거나 위축되는 것도 아니었다. 남들은 몇 년씩 똥오줌 싸는 노인도 있는데 그만하면 곱게 난 망령이라고 나를 위로했지만 나는 온종일 달달 볶이고 있는 것처럼 신경이 피로했다. 차라리 똥오줌 치는 게 온종일 같은 말대꾸하는 것보다 덜 지겨울 것 같았다.

사태는 점점 더 나빠졌다. 언제부터인지 우리 방문 창호지에 손가락에 침 묻혀 뚫은 것 같은 구멍이 하나둘 생겨났다. 어느 날 밤, 인기척도 같고 야기夜氣와도 같은 섬뜩한 느낌에 깬 나는 그 구멍에서 음험하게 반짝이는 눈빛을 보았다. 시집오기 전 고모와 이모한테서 들은 해괴망측한 외아들의 홀시어머니 노릇을 이 나이에 당할 줄이야. 억압된 성性이 얼마나 무서운 화근이라는 걸 어설프게 얻어들은 프로이트까지 떠올리며 재확인한 것처럼 느꼈다. 그렇다고 그분의 소싯적의 불행과 고독을 손톱만큼이라도 동정할 수 있었던 것은 아니다. 오직 소름이 끼치게 혐오스러울 뿐이었다. 우리 부부는 이미 누가 침실을 엿본다고 해서 우리 자신의 성적 불만이 축적될 만큼 젊지가 않았다. 그러나 그분이 징그럽고 혐오스러운 것은 성적 불만보다 더 참기가 힘들었다. 때때로 혐오감이 고조될 땐 살의를 방불케 해 섬뜩한 전율을 느끼곤 했다. 이런 정서적인 불균형을 은폐하고, 아이들 앞에서나 이웃이나 친척 보기에 여전히 좋은 며느리처럼 보이려니 여간 힘이 들지 않았다. 나는 점점 못쓰게 돼갔고 때로는 자신의 몸과 마음이 망가져가는 걸 즐기기도 했다. 저 늙은이가 저렇게 며느리를 못살게 굴다가 필시 며느리를 앞세우고 말걸. 두고 보라지. 이렇게 악담을 함으로써 복수의 쾌감 같은 걸 느꼈다. 그러나 그건 어디까지나 내 비밀스러운 속마음일 뿐 겉으론 음전한 효부 노릇을 해야 했으므로 나는 어느 틈에 신경안정제를 상습적으로 복용하고 있었다. 그러나 그 음험하고 초롱초롱한 눈동자는 문 밖에만 머물러 있으려 하지 않았다. 언제고 문 안에 들어오려고 호시탐탐 노리고 있다는 걸 나도 알고 있었다. 어느 날 밤, 화장실에 가려고 미닫이를 열던 남편이 억 소리를 지르며 주춤했다. 그때까지도 우리의 침실을 지키고 있는 밤눈이 있다는 걸 모르고 있던 남편이 흰머리를 산발하고 내복 바람으로 문 밖에서 떨고 있는 귀신 같은 노인을 보고 비명을 지른 건 당연했다. 그러나 그다음에 놀란 건 오히려 나였다. 시어머님은 기다리고 있었다는 듯이 밤눈에도 반짝반짝 빛나는 놋요강을 남편한테 내밀면서 말했다.

"내 이럴 줄 알고 요강을 닦아놓았느니라. 요강을 놓아두고 뭣 하러 그 먼 뒷간에 가냐 가길. 감기 들려고."

남편이 반짝거리는 놋요강에 소피보는 소리를 들으며 나는 이불을 뒤집어쓰고 오래도록 진저리를 쳤다. 화장실이 시골집처럼 멀달 순 없어도 구옥이라 마루를 지나 댓돌을 내려서 대문간까지 나가야 있었다. 그러나 나는 요강은 야만적이라고 시집올 때 해 온 놋요강을 마루 밑에 처박아두고 쓰지 않았다. 남편이나 나나 밤중에 화장실에 가는 일은 어쩌다나 있었으므로 조금도 불편한 줄 몰랐다. 아마 이사를 한 대도 그 요강이 거기 있는 걸 잊어버렸을 테고 생각났다고 해도 버리고 떠났을 것이다. 그런 요강을 언제 어떻게 꺼내서 무슨 생각과 무슨 기운으로 그렇게 반짝반짝 광을 냈을까? 나는 진저리를 치다가 기어코 몸부림을 치면서 울기 시작했다. 뭔가 견딜 수가 없어서 미칠 것 같았다. 자신이 미쳐가고 있다는 것을, 정신에도 미친 세포가 있어 정상적인 온당한 세포를 마구 잡아먹고 마침내 그 질서를 증오와 광란의 도가니로 만들어가고 있음을 역력히 감지한다는 것은 무서운 일이었다. 오밤중에 그런 일이 있은 다음 날부터 시어머님은 큰 구실이 하나 생긴 셈이었다. 아침 일찍 우리 방으로 건너와 요강을 내가고 밤이 이슥해 어리어리 잠이 들 만하면 요강을 받쳐 들고 와서 머리맡에 놓고 나갔다. 우리 부부는 이상하게도 그날부터 밤 오줌을 누기 시작했다. 나도 남편이 잠들었건 말건 궁둥이를 허옇게 까고 놋요강에다 사뭇 요란스럽게 방뇨를 했다. 행여 그 일을 누구한테 빼앗길세라 첫새벽에 요강을 비우러 들어올 때나 이슥한 밤에 요강을 들고 들어올 때의 그분의 표정은 아무도 흉내낼 수 없을 만치 특이했다. 가장 신령스러운 일에 영혼이 부림을 당하고 있는 무당처럼 요괴스러워 보이기도 하고 자기 아니면 안 되는 일에 헌신한다고 생각하는 독재자처럼 고집스럽고 당당해 보이기도 했다. 나는 내가 숨쉬기 위해 매일 밤 그분을 죽였다. 밝은 날엔 간밤의 내 잔인한 소망을 부끄러워했지만 내 잔인한 소망은 매일 밤 살쪄갔다. 그 기운을 조금이라도 죽일 수 있는 방법은 신경안정제밖에 없었다. 은밀히 먹던 그 약을 남편 앞에서 당당히 입에 털어 넣었고 분량도 여봐란듯이 늘려갔다. 그가 약을 빼앗으려는 시늉을 하면 마귀처럼 무섭게 이를 갈며 덤볐다.

"괜히 이러지 말아요. 이 약 없으면 내가 당신 어머니를 죽일 거예요. 그래도 좋아요? 그것보다는 당신 어머니가 나를 죽이는 게 나을걸요. 그게 낫다는 걸 알기 때문에 이 약을 먹는단 말예요. 이래도 당신 말릴 수 있어요?"

요강을 계기로 시작된 시어머님의 우리 방 밤출입은 그 빈도가 점점 잦아졌다. 문 창호지 구멍으로 엿보다가 미풍처럼 가볍게 문을 열고 들어와 머리맡에서 속삭였다.

"아범 대문 빗장 걸었나?" "어멈아, 아범 자리끼 떠다놨냐?" 이렇게 하찮은 걸 물어보기도 하고 방이 차서 발을 녹이러 왔다고 요 밑에다 하얀 맨발을 넣으며 부르르 진저리를 치기도 했다.

"그럴 리가 있습니까? 안방이 제일 외풍 없는 방이고 연탄불이 괄하던데요."

참다못해 이렇게 말하면 내가 거짓말시켰나 가보자고 굳이 우리 두 사람을 다 끌어내어 당신 방 요 밑을 만져보게 했다. 절절 끓어도 소용이 없었다.

"아범 봤지? 냉골이지? 내가 얼마나 서러운 세상 산다는 걸 아범도 이제 알았지? 세상에 이런 법은 없는 게야. 젊으나 젊은 것들은 절절 끓는 방에서 자고 외로운 홀시에민 냉골로 혼자 내치다니."

이러면서 앙상한 몸을 돌돌 말아 일으켜 세운 양 무릎 사이에 산발한 머리를 파묻고 훌쩍훌쩍 울었다. 그런 그분의 모습은 늙었다기보다는 열서너 살 먹은 소녀처럼 미숙해 보여 남편의 얼굴엔 비통한 연민이 어렸다.

"왜 이러세요, 어머니! 절 봐서라도 망령 좀 그만 부리세요. 네, 어머니!"

그러나 내 눈엔 그분의 그런 짓이 평범한 망령으로 보이지 않았다. 빌어먹을 프로이트 때문인지 성적인 연상을 하고 내 속에 또 하나의 지옥을 만들었다. 그분은 점점 더 자주 우리 방으로 야행을 하였다. 당신 방으로 아들을 불러냈다. "아범, 추워 죽겠어. 정말이야, 냉골이라니까. 늙은이 얼어 죽는 꼴 안 보려면 한 번만 와서 만져봐." "아범, 나 배고파 죽겠어. 어멈이 나를 굶겨. 정말이야, 배가 등갓에 붙었어. 와서 한 번만 만져보라니까." 이렇게 새록새록 구실을 만들어냈다. 구실만 새로워지는 게 아니라 망령 노릇도 새록새록 새로워졌다. 겨울에서 봄이 되어도 엷은 옷으로 갈아입기를 한사코 마다고, 가을에서 겨울로 접어들어도 두터운 옷으로 갈아입히기가 며칠은 걸릴 만큼 힘든 일이 되었다. 그런 증세가 점점 심해져 옷 자체를 안 갈아입으려 들어 어쩔 수 없이 강제로 내복을 갈아입히려면 동네가 떠나가게 비명을 지를 만큼 망령은 날로 심해졌다. 갈아입기를 싫어하고부터는 씻지도 않았다. 목욕을 시키기는 갈아입히기보다 더 힘이 들었다. 순순히 몸을 맡겨도 애정이 없는 분의 속살을 만진다는 건 극기를 요하는 일인데 길길이 뛰며 마다는 걸 씻길 엄두가 나지 않았다. 그분이 정성과 힘을 다해 하루도 빠지지 않고 닦아주는 건 오로지 아들의 놋요강밖에 없었다.

이렇게 나는 구원의 가망이 조금도 안 보이는 지옥을 살면서도 아이들이나 친척과 이웃들에겐 여전히 무던하고 참을성 있는 효부로 보이길 바랐다. 내가 양다리를 걸친 두 세계 사이의 심한 격차로 미구에 자신이 분열되고 말 것을 번연히 알면서도 나는 나의 이중성에 악착같이 집착했다. 어쩌면 나는 내가 처한 고통으로부터 벗어날 수 있는 길이 자신의 분열밖에 없다는 자포자기한 생각을 하고 있었는지도 모른다.

그 무렵 집에 드나들던 파출부가 어느 날 나한테 이런 소리를 했다.

"세상 사람들이 눈이 멀어도 분수가 있지. 왜 사모님 같은 분을 효부 표창에서 빠뜨리느냐 말예요. 별거 아닌 사람들이 다 효자 효녀 효부라고 신문에 나고 상금도 타던데."

그 여자가 순진하게 분개하는 소리를 들으며 나는 나의 완벽한 위선에 절망했다. 나는 막다른 골목에 쫓긴 도둑이 살의를 품고 돌아서듯이 그 여자에게 돌아서서 무서운 얼굴로 말했다.

"오늘 우리 어머님 목욕을 좀 시키고 싶은데 아줌마가 좀 도
와줘야겠어요."

"그러믄요, 도와드리고말고요."

"목욕탕에 물 받으세요."

나는 벌써부터 내 속에서 증오와 절망적인 쾌감이 지글지글
끓어오르는 걸 느끼고 있었다. 아줌마 보는 앞에서 시어머님의
옷부터 벗기기 시작했다. 조금도 인정사정 두지 않고 거칠게 함
부로 다루었다. 목욕 한번 시키려면 아이들까지 온 집안 식구
가 총동원되어 좋은 말로 어르고 달래가며 아무리 참을성 있고
부드럽게 다루다가도 종당엔 다소 폭력적으로 굴어야 겨우 그
게 가능했다. 그러나 이번엔 처음부터 폭력적으로 다루기로 작
정하고 있었다. 그분도 내 살기등등한 태도에 뭔가 심상치 않은
걸 느끼고 그 어느 때보다도 심한 반항을 했다. 믿을 수 없을 만
큼 강한 힘으로 저항했지만 나 역시 거침없이 증오를 드러내니
까 힘이 무럭무럭 솟았다. 옷 한 가지를 벗겨낼 때마다 살갗을
벗겨내는 것처럼 절절한 비명을 질렀다. 보다 못한 아줌마가 제
발 그만 해두라고 애걸했다. 알지 못하면 가만있어요. 이 늙은이
는 이렇게 해야 돼요. 나는 씨근대며 말했다. 그리고 아줌마도
내 일을 도울 것을 명령했다. 노인은 겁에 질려 목쉰 소리로 갓
난아기처럼 울었다. 발가벗긴 노인을 반짝 들어다 탕 속에 집어
넣고 다짜고짜 때를 밀기 시작했다. 나 죽는다, 나 죽어. 저년이
나 죽인다. 노인이 온 동네가 떠나가게 비명을 질렀다. 나는 그

러면 그럴수록 더 모질게 때를 밀었다.

"너무하세요. 그렇게 아프게 밀 게 뭐 있어요?"

아줌마가 노인 편을 들었다. 그녀는 이제 아무 도움도 안 됐다. 혼비백산한 얼굴로 구경만 했다.

"알지 못하면 가만히나 있으라니까요. 아무리 살살 밀어도 죽는시늉할 게 뻔해요."

골치가 빠개질 듯이 떵하고 귀에서 잉잉 소리가 났다. 나는 남의 일처럼 내가 미쳐가고 있다고 생각했다. 골속에 아니 온몸에 가득 찬 건 증오뿐이었다. 그런데도 나는 자꾸자꾸 증오를 불어넣고 있었다. 마치 터뜨릴 작정하고 고무풍선을 불듯이. 자신이 고무풍선이 된 것처럼 파멸 직전의 고통과 절정의 쾌감을 동시에 느끼고 있었다. 별안간 아찔하면서 온몸에서 힘이 쭉 빠졌다. 그런 중에도 나는 냉혹한 미소를 잃지 않았다. 이래도 나를 효부라고 할 테냐고 묻고 싶었다.

그날 이후 나는 몸져누웠다. 파출부도 다시는 우리 집에 오지 않았다. 몸살에 신경안정제의 후유증까지 겹쳐 정신과 치료까지 받지 않으면 안 되었다. 집 안 꼴이 엉망이 되었다. 정신과 의사도 그런 귀띔을 했지만, 시어머님을 한동안 어디로 보낼 수 있었으면 하는 논의가 본격화된 것은 그분의 친정 조카들로부터였다. 그런 분을 잠시라도 맡아줄 만한 아들이나 딸이 또 있는 것도 아니니까 입원을 일단 생각해보았던 것 같다. 그러나 그때만 해도 의료보험 제도는 없을 때고 쉬 나을 병도 아니고 아직도 몇 년을 더 사실지 모르게 몸은 정정하시니, 우리가 부자가 아니란 걸 아는 그들이 비용 문제를 생각 안 할 수가 없었으리라. 달리 여기저기 수소문해본 끝에 양로원과 정신 치료를 겸한 수용 기관이 꽤 있다는 걸 알아내서 우리에게 권했다. 물론 유료였고 그게 그닥 싸달 수 없는 상당한 액수인 게 되레 우리를 솔깃하게 했다. 경치 좋고 공기 좋은 한적한 시골 정갈한 거처에서 비슷한 처지끼리 가벼운 운동과 이런저런 이야기로 소일하며 적절한 치료도 받을 수 있는 노인들의 천국이 꼭 있을 것 같았다. 우리는 물론 자주 면회를 갈 테고 또 자주 그분을 가정으로 초대할 테고, 상태를 봐가며 퇴원도 시킬 수 있으리라. 이런 꿈을 꾸며 남편이 직접 일요일마다 그런 수용 기관 중 시설이 괜찮다고 소문난 데를 찾아 나섰다. 그러나 번번이 기대에 어긋나는지 남편은 일요일마다 초주검이 돼서 돌아왔다. 어떻더냐고 캐물으면 못도가네야 못도가네, 하는 대답이 고작이었다. 남편이 노인들의 천국을 단념하고 나도 십자가를 다시 질 만큼 건강을 회복해갈 무렵 역시 시어머님의 친정 쪽에서 스님이 하는 아주 좋은 수용 기관이 있다는 소문을 들었다고 일러주었다. 왠지 남편이 또 솔깃해했다.

"불교 쪽보다는 기독교 쪽에서 하는 기관이 안 낫겠어요?"

"그건 또 왜?"

"그냥요, 기독교 계통이 학교도 더 많이 짓고 경영도 더 잘하는 것 같아서요."

나는 약간 근거가 희박한 소리를 했다.

"모르는 소리 말아요. 여직껏 내가 다녀온 데가 다 무슨 기도

원 이름이 붙은 덴데 망령 난 노인이나 정신병자를 다 함께 마귀 들린 걸로 취급하면서 마귀 쫓는 기도를 하는데, 마귀 쫓는 기도가 왜 꼭 마귀 목소리처럼 소름이 끼치던지……"

처음으로 남편한테서 그런 기관에 대한 구체적인 얘기를 들은 셈이었다.

"시설은 어때요? 살 만해요? 주위 환경은요?"

"그렇게 궁금하면 같이 가볼래? 우리가 무슨 일을 저지르려는지 당신도 어차피 알아야 할 테니까."

이렇게 해서 오랜만에 동부인해서 기차를 탔고, 완행열차나서는 작은 역에서 내린 우리는 다시 버스를 타고 포장 안 된 시골길을 한 시간이나 달렸다. 기도원 대신 무슨 암자라는 이름이 붙은 그곳은 거기서도 한참을 더 가야 한다고 했다. 마침 가을이었다. 논에서는 벼가 누렇게 익어가고 경운기가 겨우 다닐 정도의 소롯가엔 코스모스가 한창 보기 좋게 끝도 없이 피어 있었다. 우선 코스모스 길을 말없이 타박타박 걸었다. 남편이 윗도리를 벗어 들었다. 알맞은 기온인데도 그의 와이셔츠 등허리에 동그랗게 땀이 배어 있는 게 보였다. 나도 괜히 진땀이 났다. 조그만 마을이 나타났다. 마을 어귀엔 구멍가게도 있었다. 구멍가게 좌판엔 비닐통에 든 부연 막걸리와 라면이 진열돼 있을 뿐 주인은 보이지 않았다. 남편이 그 앞에서 걸음을 멈추었다. 그의 얼굴엔 막걸리가 먹고 싶다고 씌어져 있었다. 나는 너그럽게 웃었지만 속으론 까닭 없이 낭패스러웠다. 남편이 좌판에 털썩 주저앉았다. 그리고 주인도 찾지 않고 막걸리병 마개를 비틀었다. 등

허리뿐 아니라 이마에도 번드르르 땀이 배어 있었다. 서늘한 미풍이 숲을 이루다시피 한 길가의 코스모스를 잠시도 가만 놔두지 않았다. 색색가지 꽃이 오색의 나비 떼처럼 하늘댔다. 쾌적한 날씨였다. 그런데도 우린 둘 다 달군 프라이팬에 들볶이고 있는 것처럼 안절부절을 못했다. 막걸리를 병째 마시는 그가 조금도 호방해 보이지 않고 조바심만이 더욱 드러나 보이는 걸 나는 쓰라린 마음으로 곁눈질했다.

"라면이라도 하나 끓여 달랠까요?"

"당신 시장하오?"

"아뇨, 당신 술안주 하게요."

"안주는 무슨……"

나는 주인을 찾아 가게터 뒤로 돌아갔다. 좀 떨어진 데 초가가 보였다. 초가지붕 위엔 방금 떠오른 보름달처럼 풍만하고 잘생긴 박이 서너 덩이 의젓하게 자리 잡고 있었다.

"여보, 저 박 좀 봐요. 해산바가지 했으면 좋겠네."

나는 생뚱한 소리로 환성을 질렀다.

"해산바가지?"

남편이 멍청하게 물었다.

"그래요, 해산바가지요."

실로 오랜만에 기쁨과 평화와 삶에 대한 믿음이 샘물처럼 괴어오는 걸 느꼈다.

내가 첫애를 뱄을 때 시어머님은 해산달을 짚어보고 섣달이구나, 좋을 때다, 곧 해가 길어지면서 기저귀가 잘 마를 테니, 하

시더니 그해 가을 일부러 사람을 시켜 시골에 가서 해산바가지
를 구해 오게 했다.

"잘생기고, 여물게 굳고, 정한 데서 자란 햇바가지여야 하네.
첫 손자 첫 국밥 지을 미역 빨고 쌀 씻을 소중한 바가지니까."

이러면서 후한 값까지 미리 쳐주는 것이었다. 그럴 때의 그분
은 너무 경건해 보여 나도 덩달아서 아기를 가졌다는 데 대한 경
건한 기쁨을 느꼈었다. 이윽고 정말 잘 굳고 잘생기고 정갈한 두
짝의 바가지가 당도했고, 시어머니는 그걸 신령한 물건인 양 선
반 위에 고이 모셔놓았다. 또 손수 장에 나가 보얀 젖빛 사발도
한 쌍을 사다가 선반에 얹어두었다. 그건 해산사발이라고 했다.

나는 내가 낳은 첫아이가 딸이라는 걸 알자 속으로 약간 켕
겼다. 외아들을 둔 시어머니가 흔히 그렇듯이 그분도 아들을 기
다렸음직하고 더구나 그분의 남다른 엄숙한 해산 준비는 대를
이을 손자를 위해서나 어울림직했기 때문이다. 그러나 퇴원한
나를 맞아들이는 그분에게서 섭섭한 티 따위는 조금도 찾아볼
수 없었다. 그 잘생긴 해산바가지로 미역 빨고 쌀 씻어 두 개의
해산 사발에 밥 따로 국 따로 퍼다가 내 머리맡에 놓더니 정성
껏 산모의 건강과 아기의 명과 복을 비는 것이었다. 그런 그분
의 모습이 어찌나 진지하고 아름답던지, 비로소 내가 엄마 됐음
에 황홀한 기쁨을 느낄 수가 있었고, 내 아기가 장차 무엇이 될
지는 몰라도 착하게 자라리라는 것 하나만은 믿어도 될 것 같은
확신이 생겼다. 대문에 인줄을 걸고 부정을 기륺하는 삼칠일 동
안이 끝나자 해산바가지는 정결하게 말려서 다시 선반 위로 올

라갔다. 다음 해산 때 쓰기 위해서였다. 다음에도 또 딸이었지만 그 희색이 만면하고도 경건한 의식은 조금도 생략되거나 소홀해지지 않았다. 다음에도 딸이었고 그다음에도 딸이었다. 네번째 딸을 낳고는 병원에서 밤새도록 울었다. 의사나 간호사까지 나를 동정했고 나는 무엇보다도 시어머니의 그 경건한 의식을 받을 면목이 없어서 눈물이 났다. 그러나 그분은 여전히 희색이 만면했고 경건했다. 다음에 아들을 낳았을 때도 더도 아니고 덜도 아닌 똑같은 영접을 받았을 뿐이었다. 그분은 어디서 배운 바 없이, 또 스스로 노력한 바 없이도 저절로 인간의 생명을 어떻게 대접해야 하는지를 알고 있는 분이었다. 그분이 아직 살아 있지 않은가. 그분의 여생도 거기 합당한 대우를 받아 마땅했다. 나는 하마터면 큰일을 저지를 뻔했다. 그분의 망가진 정신, 노추한 육체만 보았지 한때 얼마나 아름다운 정신이 깃들었었나를 잊고 있었던 것이다. 비록 지금 빈 그릇이 되었다 해도 사이비 기도원 같은 데 맡겨 있지도 않은 마귀를 내쫓게 하는 수모와 학대를 당하게 할 수는 없는 일이었다.

나는 남편이 막걸리병을 다 비우기도 전에 길을 재촉해 오던 길을 되돌아섰다. 암자 쪽을 등진 남편은 더 이상 땀을 흘리지 않았다. 시어머님은 그 후에도 3년을 더 살고 돌아가셨지만 그동안 힘이 덜 들었단 얘기는 아니다. 그분의 망령은 여전히 해괴하고 새록새록해서 감당하기 힘들었지만 나는 효부인 척 위선을 떨지 않음으로써 조금은 숨구멍을 만들 수가 있었다. 너무 속상할 때는 아이들이나 이웃 사람의 눈치 볼 것 없이 큰 소리

로 분풀이도 했고 목욕시키거나 옷 갈아입힐 때는 아프지 않을
만큼 거칠게 다루기도 했다. 너무했다 뉘우쳐지면 즉각 애정 표
시에도 인색하지 않았다.

위선을 떨지 않고 마음껏 못된 며느리 노릇을 할 수 있고부터
신경안정제가 필요 없게 됐다. 시어머니도 나를 잘 따랐다. 마치
갓난아기처럼 천진한 얼굴로 내 치마꼬리만 졸졸 따라다녔다.
외출했다 늦게 돌아오면 그분은 저녁도 안 들고 어린애처럼 칭
얼대며 골목 밖에서 나를 기다리고 있곤 했다. 임종 때의 그분은
주름살까지 말끔히 가셔 평화롭고 순결하기가 마치 그분이 이
세상에 갓 태어날 때의 얼굴을 보는 것 같았다. 나는 마치 그분
의 그런 고운 얼굴을 내가 만든 양 크나큰 성취감에 도취했었다.

(1985)

복원되지 못한 것들을 위하여

"심사료를 참 많이 주네요."

시인 함소연이 영수증에 서명을 하면서 말했다.

"많긴 뭐가 많아."

나는 방금 서명을 끝낸 볼펜 꼭지를 송곳니 사이에서 씹다 말고 퉁명스럽게 말했다. 함 시인은 내 딸 또래의 젊은 시인이었지만 오늘 초면이어서 깍듯이 대했었는데 왜 느닷없이 반말을 했는지 모를 일이었다. 역시 정서 불안 증세인가. 어쩌다 손톱이나 볼펜 꼭지를 씹는 내 버릇을 보고 내 자식들이 놀리는 투로 붙인 병명이었다.

함 시인의 말대로 3, 40장 정도의 수기 심사료가 30만 원이면 후한 편이었다. 광고가 본문의 갑절은 되는 여성지의 경우 예선도 안 거친 수기의 심사료가 통상적으로 10만 원이었다. 거기 비하면 깔끔한 예선을 거쳐 읽을 만하게 간추려진 글을 심사위원 둘이서 서너 편씩 나누어 읽고 그만큼 받았으니 후하기보다는 과하다 해야 옳을 것이다. 더구나 이 잡지는 팔릴 것 같지 않은 교양지였다. 게다가 정부 시책을 합리화시키고 홍보하는 구실을 하는 정부 투자 기관의 연구소에서 발행하는 것이었으니 어용을 꺼리는 지식인층은 거저 줘도 마다할 만한 잡지였다. 공짜인지 강매를 한 것인지 동사무소나 은행 같은 데는 으레 비치돼 있지만 대중적인 인기나마 있는 것 같지 않은 어중간한 교양지가 앞으로 살아남을 가망 또한 때가 때니만치 여간 불투명하지가 않았다.

때는 6·29선언이 있고 나서 오랜만에 국민이 직접 뽑는 대통령 선거를 앞두고 온갖 다양하고 새로운 욕구와 희망이 도처에 팽배해 있을 때였다. 내 심보도 나에게 심사를 의뢰한 잡지의 이런저런 불리한 여건은 아무래도 좋았다. 다만 어용한테서는 아무리 파격적인 대우를 받아도 시큰둥 약소하게 받아들여야 한다고 생각했다.

"무슨 잡지사 사장실이 그렇게 으리으리하죠?"

함 시인은 쑥색 대리석이 유리알처럼 매끄러운 복도를 패션모델처럼 보기 좋은 걸음걸이로 앞서다가 문득 나를 기다려주면서 말했다. 작년에 내 집 장판방에서 발목을 삐끗한 게 인대가 늘어났다 해서 한 달 남짓 깁스를 하고 고생한 적이 있는 나는 지레 겁을 먹고 벌벌 기고 있었다.

"누가 아니래지. 염불엔 마음이 없고 잿밥에만 마음이 있는 친구겠지, 보나마나."

우리가 심사하는 동안 쓴 장소는 사장실이었는데 잡지사 사장실답지 않게 으리으리하고 권위주의적이었다. 심사 방법은 원고를 합평 전까지 돌려가며 읽는 게 아니라 각자에게 돌아온 원고에서 두 편씩 추려낸 원고만을 그 자리에서 바꿔보고 나서 최우수, 우수, 가작 세 편을 뽑는 방법을 취했기 때문에 시간이 좀 걸렸다. 두 시간 가까이나 사장실에 머물렀건만 사장 코빼기도 못 봤을 뿐 아니라 담당 기자 외에는 편집실이 어디 가 붙었는지도 모르게 돼 있었다.

"차나 한잔 같이 하고 가시죠?"

엘리베이터에서 내리자 맞은편이 다방이었다.

"아뇨, 그동안 두 잔이나 마셨잖아요."

"참 그렇네요. 차 안 가져오셨죠? 제가 댁까지 모셔다드릴게요. 방향이 비슷하니까요."

"차가 있어야 가져오죠. 신경 쓸 거 없어요. 난 시내에 나온 김에 여기저기 들러 갈 데가 좀 있으니까."

차 잡기 어려운 시간에 괜한 거짓말을 해서 아까운 차편을 놓치고 터덜터덜 지하철 입구를 찾아 걷기 시작했다. 여직껏 마치 함 시인하고 뭐가 잘 안 맞아 마음이 그렇게 삐딱하게 꼬였던 것처럼 혼자가 되니까 한결 편해졌다. 그러나 전철 속에서 나는 다시 손톱을 씹었고 동네 다 와서 장을 보다가 핸드백 속에서 심사료가 든 봉투를 발견하고는 괜히 화가 나고 창피해서, 에라 모르겠다 마구잡이로 필요하지도 않은 물건을 몇 가지 샀다.

"엄마 또 스트레스 받았나 봐."

막내딸이 내 시장 보따리를 끌러보며 말했다. 나는 왜 샀는지 설명이 안 되는 충동구매를 하고 나서 곧잘 엄마의 유일한 스트레스 해소법이니 봐주라는 투의 변명을 해왔던 것 같다. 나는 서양 사람처럼 어깨만 한번 으쓱해 보였다. 그러나 도대체 어디서 비롯됐는지 알 수 없는 나의 고약한 울분과 수치심은 그렇게 간단히 해소될 수 있는 게 아니었다.

사흘쯤 지나고 나서였다. 아침을 먹고 나서 한가롭게 조간신문을 뒤적이고 있는데 전화벨 소리가 났다. 딸아이가 냉큼 받더니 나를 불렀다.

"엄마 전화예요. 『앞서가는 조국』 잡지사래요."

"없다구 그러잖구."

나는 안 해도 될 소리를 중얼대며 전화를 받았다. 아니나 다를까 수기 심사 때의 담당 기자였다.

"선생님 예측이 딱 들어맞았지 뭐예요. 최우수작 당선자가 당선을 없었던 걸로 해달래요. 선생님 선견지명 덕분에 여벌로 한 편을 더 뽑아놓았으니까 잡지사로선 아무런 문제도 없지만 심사위원 선생님도 알고는 계셔야겠기에 전화드립니다."

원래는 침착하고 사무적인 담당 기자의 말투가 내 선견지명에 대한 경탄으로 약간 들떠 있는 것처럼 들렸다. 나는 즉각 그걸 경멸로 받아들였고 모멸감을 만회해보려고 허둥댔다.

"아니, 사양한다고 옳다꾸나 그걸 받아들이면 어떡해요. 성의껏 권해보기는 했어요?"

"그러믄요. 부장님이 현지까지 내려가서 하룻밤 주무시면서 설득을 하셨는데도 막무가내더래요."

"그 사람 참 이상한 사람이네, 여간 공들여 쓴 글이 아니던데 쓸 때는 언제고 발표하길 싫어할 건 또 뭐람. 후환이 두려워서 그러나 본데 그 점은 보장해주마고 안심을 시키지 그랬어요. 지금이 어떤 세상이라고……"

"부장님도 그 수기를 큰 수확이라고 좋아하셨으니까 놓치고 싶지 않아서 별의별 소리를 다 하셨나 봐요. 그렇지만 본인이 그 얘긴 정말이 아니다, 소설처럼 꾸민 이야기니까 수기의 조건을 어겼으니 안 된다고 딱 잡아떼더라니 우린들 어쩌겠어요."

"그게 꾸민 이야기가 아니란 건 내가 보장해도 되는데…… 김 기자, 혹시 잡지사에서 그런 글 안 실으려고 일부러 일을 그렇게 꾸민 거 아니오? 『앞서가는 조국』지라면 능히 그럴 수도 있을 것 같은데."

"어머 선생님, 무슨 말씀을 그렇게 하세요. 우리 잡지 새 시대에 부끄럽지 않게 거듭나려고 요새 얼마나 애쓰고 있는지 아시면서."

심사할 수기를 가지고 집에 왔을 때도 김 기자는 그와 비슷한 얘기를 했었다. 관변 잡지라는 종래의 잡지 성격에 맞추려는 글보다는 거기 도전하는 글이 나오길 바란다는 요지의 얘기를 들으면서 물에 빠진 자가 검부러기라도 잡으려고 애쓰는 모습을 보는 듯했었다. 수기 나부랭이로 한번 굳어진 이미지가 쇄신될리 만무하건만 그런 기대를 하는 게 그만큼 불쌍해 보였다. 나자신 여성 수기를 심사해보고 넌더리를 낸 경험에 비추어 수기라면 신세 한탄 나부랭이 이상으로 보지 않았기 때문이다.

그러나 내건 상금이 파격적이어선지 예선을 통과한 수기들이 다 놓치기 아까운 수준이었고 소재도 고루 다양했다. 이렇게 수준이 고를 때는 되레 당락이나 1, 2등을 정하는 데 애를 먹게 마련인데 이번엔 그럴 걱정도 없었다. 최우수작으로 뽑은 「복원復元」은 그중에서도 단연 돋보였다. 두 사람 이상의 심사위원이 응모작을 나누어 볼 때 자기에게 돌아온 글이 그저 그럴 때는 괜히 풀이 죽어서 심사에 임하게 되지만 이거야말로 당선작감이라고 눈에 번쩍 띄는 글을 만났을 때는 절로 신바람이 나게 마련이다. 그래도 겉으로는 시침 딱 떼고 「복원」과 또 한 편을 후보작으로 함 시인 앞에 내놓았고, 함 시인도 그녀가 추려가지고 온 두 편을 나에게 내놓으며 말했다.

"수준이 고르긴 한데 뛰어난 게 없어서 애먹었어요. 선생님 보신 건 어때요?"

그렇담 「복원」의 최우수작 당선은 떼놓은 당상이 아닌가. 나는 속으로만 빙긋 회심의 미소를 지었을 뿐 짐짓 무표정하게 함 시인이 뽑은 두 편을 빠르게 속독하기 시작했다.

"선생님 큰 거 건지셨네요."

「복원」을 반쯤 읽다 말고 함 시인이 말했다.

"내가 건지긴. 우리가 건졌지."

이렇게 해서 「복원」을 최우수작으로 하는 건 쉽게 합의를 보았고 다음 우수작 가작은 한 단계 뚝 떨어진 채 비등비등해서 함 시인이 하자는 대로 결정했다. 쏙 마음에 드는 작품을 만났기 때문에 그다음 2등 3등짜리에 대해선 그만큼 시들했다. 심사에 들어가기 전에 커피를 주더니 끝마치고 나니까 인삼차와 과일이 나왔다. 느긋한 시간이었다. 아무리 예상 밖의 좋은 글을 만났다고는 하나 순수문학의 등용문도 아니고 논픽션 부문에서 권위 있거나 알려진 관문도 아닌 별 볼 일 없는 잡지의 수기를 심사한 푼수로는 우리는 너무 만족해하고 있었다. 나의 만족도는 거의 행복감에 가까웠다. 그 까닭을 꼭 집어내듯이 함 시인이 말했다.

"참 세상 좋아졌죠? 예전 같으면 감히 그런 걸 폭로할 엄두를 어떻게 냈겠어요. 그것도 순박한 시골 사람이……"

그렇다. 우리가 좋아하고 있는 건 그럴듯한 당선작을 만나서가 아니라, 그런 얘기가 당당한 제 목소리를 낼 수 있는 새로운 세상이었다. 그러니까 함 시인이 말한 예전은 불과 몇 달 전인 6·29 전을 의미할 터였다.

「복원」은 유신을 전후한 두 번의 국회의원 선거 때 한 씨족 마을이 교묘하게 저지른 선거 부정 이야기였다. 그 당시 그 작자作者는 그 마을의 이장이었을 뿐 아니라 문중에서 항렬이 높아 머리가 허연 노인들로부터도 대부大父 소리를 듣는 한창 나이의 장년으로 몇백 년을 한결같이 척박한 땅만 파먹고 사는 침체된 마을을 어떡하면 잘살게 할 수 있을까 획기적인 변화를 꿈꾸고 있었다. 마침 문중에서 유일한 대학생의 전공이 축산이어서 그랬는지 젊은이들과 의논해보면 한결같이 내 고장의 살길은 농업에서 목축업으로 전환하는 거였다. 말이 쉽지 보수적인 마을에서 그런 엄청난 변화가 일어나려면 자체 내의 힘만으로는 어림도 없었다. 운명을 타파할 비전을 주고, 힘차게 밀어주고, 가능하면 앞일을 보장까지 해주는 믿음직한 바깥의 힘을 필요로 했다. 그 힘이 지목이나 수로 변경, 자금 지원 등 마냥 까다롭고 힘 빼는 일까지 대행해주길 바란다면 그 힘이란 마땅히 권력이 될 수밖에 없었다. 이같이 빽이 되어줄 권력을 목말라할 무렵 선거 때가 되었고 그는 생각할 것도 없이 당시의 여당인 공화당 입후보자에게 붙기로 했다. 붙기 위한 노력은 조금도 필요하지 않았다. 그 마을뿐 아니라 선거구 전 지역에 이장의 친인척은 고루 분포돼 있었으니 친인척 간의 그의 영향력을 아는 입후보자라면 되레 그에게 빌붙는 일에 군침을 안 삼킬 수가 없었다. 그러니까 양쪽은 마치 음양이 끌리듯이 힘 안 들이고 극히 자연스럽게 협력 관계를 맺었다. 그가 먼저 그의 포부를 말하고, 당선되면 밀어주겠다는 약속을 받아내고자 한 건 말할 것도 없다. 공화당 입후보자는 그의 계획에 전폭적으로 찬동했을 뿐 아니라 한술 더 떠서 그걸 조금도 수정하거나 가감함이 없이 그대로 공약 사업으로 내걸어주었다. 그 역시 그의 영향력을 최대한으로 발휘해 선거운동에 발 벗고 나선다. 그런 과정에서 입후보자의 인격에 실망하기도 하고 서울서 따라 내려온 딴 운동원들과 마찰을 빚기도 하지만 오로지 자기 마을을 잘사는 마을로 만들어보겠다는 일념 하나로 꾹 참고 일편단심 충성을 다한다. 선거전이 막바지에 이르렀을 무렵 그가 미는 입후보자의 복잡한 여자 관계가 소문나 불리해지자 그는 누가 시키기도 전에 여자를 사서 야당 후보에게 버림받아 실성한 행세를 연기하며 선거구를 누비도록 하는 짓까지도 한다. 이렇듯 온갖 위법과 추악한 짓을 닥치는 대로 하고 나서 그걸 상대방에게 씌우기를 여반장으로 했을 뿐 아니라 투표일에는 좀더 실속 있는 부정을 한다. 공개투표, 무더기투표, 사전투표, 대리투표, 개표 부정 등 자유당 말기에 신문 기사를 통해 그런 못된 짓이 있다는 것만 알고 있던 온갖 수법을 다 써본다. 그러면서 공화당 후보의 운동원이기 때문에 그런 못된 짓을 자유자재로 할 수 있다는 것도 저절로 깨닫게 된다. 그런 깨달음은 그를 더욱 대담하게 그리고 희망에 부풀게 한다. 그가 미는 입후보자가 당선만 되면 세상에 안 되는 게 없을 것 같다.

그러나 일단 당선이 되자 그가 당선시켰단 자세를 할 새도 없이 국회의원은 서울로 가버리고 공약도 그의 노고도 꿩 구워 먹은 자리가 되고 만다. 기다리다 못해 서울까지 찾아가 어렵게 만난 국회의원은 연구 검토 중이라고 거드름을 피우다가, 정국이 혼미하여 국운이 백척간두에 달린 이때 그런 청탁을 하면 어떡하냐고 노골적으로 귀찮아한다. 속았다는 느낌이 확실해질 무렵 계엄령이 선포되고 국회가 해산된다. 유신 시대가 막을 올린 것이다. 그가 당선시킨 국회의원의 단명이 고소하기도 한 한편 국운이 백척간두에 달렸다는 말이 참말이었다는 것 때문에 한 가닥의 신뢰감을 버리지 못한다. 유신 시대에 다시 공화당의 공천을 받은 같은 입후보자에게 그는 전번과 똑같은 언약을 받고 마치 배운 도둑질 써먹듯이 거침없고도 익숙하게 전번의 그 더러운 방법들을 그대로 써먹음으로써 또다시 당선을 시킨다.

그가 당선을 시킨 거나 마찬가지라고 생각한 국회의원이 그의 혁혁한 공로는 물론 자신의 언약까지를 금방 잊어버리는 것까지 전번의 각본과 똑같다.

그의 수기를 대강 이렇게 요약해놓으면, 선거 때마다 매번 경험하고 또 신문이나 텔레비전을 통해 넌더리가 나게 들은 흔해빠진 선거 부정 사례의 나열에 지나지 않는다. 물론 잡지에 싣고 싶어 하는 수기라면 으레 사랑에 속고 돈에 울고 식의 신세한탄이나 투병기 아니면 새마을 성공 사례와 유사한 자수성가기가 고작이라는 선입관에 젖어 있는 심사위원에겐 이런 소재가 특이하게 보였던 건 사실이다. 그러나 탁월하다고까지 생각한 건 소재보다는 그의 특출한 기술 방법이었다. 그는 마치 깨진 그릇의 파편을 주워 모아 원형을 재현하듯이 우직하고도 꼼꼼하게 한 지난 시대에 어떤 외진 고장에서 있었던 부정의 추악상을 본디 모양 그대로 드러내 보여주고 있었다. 그 드러냄이 어찌나 선명하고 여실한지 어떤 변두리에서 있었던 사건을 뛰어넘어 한 추악한 시대의 전형을 보는 느낌을 갖도록 했다. 그건 문장력 같은 것하곤 달랐다. 그런 걸 타고났거나 갈고 닦은 흔적이 조금도 없는 게 되레 그 수기의 미덕이었다. 그는 다만 하나의 부정을 완성하는 데 있어서 권력이 차지한 몫뿐 아니라 그 자신과 주변의 평범한 사람이 분담한 몫까지를 동정도 과장도 없이 정직하게 드러냈을 뿐이었다. 따라서 흔한 고발이나 폭로의 의도도 엿보이지 않았거니와 속죄양이 되어 모든 잘못을 자신이 뒤집어쓰는 것처럼 꾸미고, 실은 고백은 손톱만큼 하고 태산 같은 위선의 기쁨을 누리려는 참회록 따위하고도 달랐다.

그가 수기의 제목을 「복원」이라고 붙인 건 참으로 적절했다. 깨진 간장 종지 하나를 복원시키려도 더도 말고 그 파편들을 잃지도 보태지도 말고 고스란히 주워 모아야 하듯이 섬세한 부분도 잊어버리지 않고 있다가 제자리를 찾아 맞춘 그의 기억력은 감탄할 만했다. 십수 년의 세월과 그의 연령으로 미루어 기록해 두지 않으면 그럴 수도 없는 일이었다. 권력과 힘없는 평범한 사람들의 이해관계가 찰떡같이 맞물리면서 부정을 모의하게 된 경위뿐 아니라, 부정 자체가 지닌 인력 때문에 한번 발을 들여놓자마자 정신없이 빨려들게 되는 모습이 여실하면서도 그 꼼꼼한 기록성 때문에 그동안도 그가 깨어 있다는 걸 짐작하게 하는 거야말로 그 수기의 마지막 진가였다.

담당 기자한테 당선작을 통보할 때 함 시인이 말했다.

"이런 시시한 잡지에 신긴 어째 아까운 생각이 드는데."

"너, 우리 잡지 발행 부수가 얼만 줄이나 알고 그따위 소리 하는 거야."

"발행 부수 좋아하네. 거저 뿌리려면 백만 부는 못 찍을까."

"아무튼 엄격하기로 소문난 이 선생님까지도 흡족해하시는 작품이 나왔다니 저희 잡지도 아마 빛이 날 겁니다."

담당 기자가 나에게 말머리를 돌렸다. 두 사람은 여고 동창생이라고 했다.

그러고 나서 점잖게 심사료나 챙겨가지고 일어섰으면 오죽이나 좋았으련만, 내 촉새 같은 입이 나도 예기치 못한 말을 하고 말았다.

"한 편 여벌로 더 뽑아놓는 게 좋을 것 같아요. 마안약의 경우를 생각해서……"

나는 만약을 마안약이라고 사뭇 장중하고도 의미심장하게 끌면서 말했다.

"만약의 경우라뇨?"

"왜 있잖아요, 당선자가 당선을 사양하는 경우 말예요. 아직도 이런 유의 수기는 쓸 때하곤 달라서 발표하려면 용기를 요하는 거니까."

촉새같이 나불댄 깐으로는 그 까닭을 둘러대는 데 있어서는 신중하고 그럴듯했다. 그러나 담당 기자도 함 시인도 내 말을 알아먹은 것 같진 않았다. 그냥 나잇살이나 먹은 중견 작가에 대한 대접으로 내 말을 들어주는 것 같았다. 함 시인은 숫제 참견도 안 하고 나 혼자 의견으로 아깝게 탈락한 작품 중에서 한 편을 골라 여벌로 추가했다. 그 짓을 하는 동안 나는 벌써 내 촉새 같은 입에 대한 수치심과 후회로 기분이 엉망이 돼 있었다. 그러나 그 촉새처럼 방정맞은 예언이 적중할 줄은 그때까지만 해도 몰랐었다.

당선된 수기가 발표된 『앞서가는 조국』지가 책방에 나왔을 무렵에는 대통령 선거도 끝나 새 시대의 조짐이 보다 확실해지고 있었다. 우선 책방에 나와 있는 신간 서적만 보더라도 삼청교육대의 진상의 폭로가 있는가 하면 몇십 년 전 제주도에서 있었던 4·3사건을 비롯해서 여순반란사건, 거창학살사건, 근래의 광주사태까지 그동안 망각을 강요당한 사건들이 논픽션으로 또는 소설로 봇물을 튼 듯이 쏟아져 나와 있었다. 그러나 『앞서가는 조국』지에서 「복원」은 예선의 반열에도 끼지 못하고 깨끗이 말살돼 있었다. 나는 누가 나한테 그 책임을 물을 것도 아닌데 문득문득 나 때문은 아닐 거라는 독백인지 대답인지를 중얼대곤 했다. 나의 예언이 어떤 영향을 미쳤다고 해도 나의 촉새 같은 입의 잘못이지 내 진의는 아니라고 여기고 싶었다.

그런 일 말고도 1988년 4월은 어수선하고 어지러웠다. 국회의원 선거가 있는 달이었다. 그 과열 현상은 그 뒤에 불어닥칠 올림픽 열기까지를 감안해서 제발 조금만 덜 볶아쳐달라고 비명을 지르고 싶을 지경이었다.

한식날 성묘를 교통편이 혼잡할 거라는 핑계로 미루고 있다가 평일 날 혼자서 떠났다. 나는 그때까지 무엇에다 써먹자는 마련 없이 그냥 「복원」의 작자의 주소를 기록해서 간직하고 있었다. 힘 안 들이고 찾을 자신이 있었다. 공원묘지는 그가 이장을 지낸 광안리와 같은 면에 있었고 성묘할 때 거치게 되는 골프장과 호수는 그의 수기에도 몇 번 나왔었다. 광안리 사잇말에서 예전에 이장을 지낸 윤장선 노인 댁을 찾기는 어렵지 않았다.

"내가 기요만은……"

하면서 초록색 슬레이트 지붕을 인 일자집의 유리 분합문을 연 윤 노인은 상상한 대로 정정하고 깨끗한 노인이었다. 너무 쉽게 만나졌기 때문인지 나를 누구라고 말해야 할지 더군다나 용건이 뭐라고 해야 할지 얼핏 생각나지 않았다. 그동안 벼르고 벼른 용건이 당사자를 눈앞에 두게 되니 스르르 김이 빠진다 할까 열쩍어지는 것도 못 말릴 노릇이었다. 나는 비록 「복원」은 빛을 못 보게 됐지만 왜 빛을 못 보게 됐는지 그 진상이라도 캐내고 싶었다. 필시 어용 잡지가 작자로 하여금 당선을 사퇴하게끔 압력을 넣었을지도 모른다고 생각했다. 실은 그 생각이 가장 마음에 들었다.

"저어 몇 달 전에 『앞서가는 조국』이란 잡지에 투고하신 적이 있으시죠?"

나는 조심스럽게 말문을 열었다.

"그렇소만 그건 벌써 끝난 얘기 아뇨. 난 더 헐 말 업시다. 업었던 걸로 혀준다고 허구설라문에……"

윤 노인이 버럭 화를 내면서 분합문을 닫으려고 했다. 나는 넉살 좋게 얼른 열린 분합문 사이로 엉덩이를 디밀어 마루 끝에 걸터앉으며 말했다.

"저는요 선생님, 그 잡지사에서 보내온 사람이 아니구요, 그때 심사를 맡아본 소설가예요."

그러면서 통성명을 하자 윤 노인의 안색이 한결 누그러졌다. 그때 뒤란과 마주 뚫린 부엌문에서 쏜살같이 나타난 마나님이 푸성귀가 수북한 고무 함지박을 봉당에 내려놓으면서 사납게 말했다. 우리의 수작을 다 들은 모양이다.

"기어코 그 진정선지 고소장인지가 까탈을 부렸지유? 그치유? 그러게 내 뭐랬시유. 삼시 진지 뜨뜻허게 혀드리는 마누라 있겠다, 용돈 꼬박꼬박 부쳐주는 아들이 둘씩 있겠다, 뭐가 부족해서 붓대를 놀려요 놀리긴. 자식들헌테도 붓대보담은 기술로 벌어먹는 게 수라고 글강 외듯 허시던 양반이 망령이 나도 분수가 있지."

마누라한테 야단을 맞고 꼼짝 못 하는 윤 노인은 마치 의타심이 강한 어린애처럼 이 눈치 저 눈치 살피기에 바빴다.

나는 그 수기가 까탈을 부린 건 아무것도 없고 단지 그 수기를 심사한 사람으로서 왜 그렇게 공들여서 잘 쓴 글의 당선을 갑자기 취소하게 됐나가 궁금하기도 하고 안타깝기도 해서 지나던 길에 한번 들러보았을 뿐이라고 마나님에게 누누이 설명했다. 그러나 검은빛이 도는 입술이 앞으로 튀어나와 오리를 연상시키는 안노인은 내 말을 믿지 않기로 작정을 한 것 같았다.

"아이구, 이 시골구석을 지나가다 들러유. 여기가 무신 종로 바닥인 줄 아시나 봬."

나는 다시 어렵고 참을성 있게 그 집에서 마주 바라보이는 산등성이에 연한 공원묘지까지 성묘를 왔던 길이란 걸 납득시키고자 했다. 그러는 동안도 윤 노인은 내 역성을 들어주지도 않았고 자기 대신 나선 마나님을 면박 주지도 않았다. 나는 수기를 통해 평범하지만 자존심이 살아 있는 의연한 농사꾼을 연상하고 있던 터라 실망이 이만저만이 아니었다.

"내가 말렸시유. 내가 절대로 안 된다구 했시유. 그러니 어쩔 테유."

내가 불순한 염탐꾼이 아니란 걸 겨우 알아들은 것 같았지만 이렇게 도전적이었다. 그리고 한숨을 섞어가며 좀 뜻밖의 얘기를 했다.

"암튼 시상만 바뀌었다 허면 미리 설치는 건 이 집안 내력이라니께."

가뜩이나 기를 못 펴고 위축돼 있던 윤 노인의 표정이 더할 수 없이 불쌍해졌다. 제풀에 나에 대한 경계가 풀린 마나님이 술술 털어놓는 그 집안 내력인즉 실은 별것도 아니었다.

6·25 전까지 면장을 지냈던 윤 노인의 부친은 동란 중 쭉 숨어 지내야만 했다. 안식구들이 꾀 있게 군 덕으로 그동안을 무사히 넘기고 국군이 들어왔단 연통을 받은 면장님이 땅굴에서 나와 햇볕을 본 것까지는 좋았는데 저만치 국민학교 마당 깃대 박이 꼭대기에서 태극기가 나부끼는 걸 보자 그만 감격에 치받쳐 대한민국 만세를 부르며 날뛴 게 문제였다. 미처 도망치지 못하고 수수밭에 숨어 있던 인민군이 총을 난사해 그 자리에서 처참하게 숨졌을 뿐 아니라 총소리를 듣고 몰려나온 국민학교에 주둔해 있던 국군에 의해 인민군도 사살되고 수수밭을 수색해서 찾아낸 나머지까지 소탕되었다. 마나님 말에 의하면 조금만 참았더라면 목숨을 건졌을 걸 싶은 건 면장님뿐 아니라 인민군도 마찬가지였다. 그들도 그때 그 분한 고비만 넘겼더라면 밤에 산으로 도망갈 기회도 있었을 테고 하다못해 포로로 잡혔어도 죽지는 않았을 거 아니냐는 거였다. 며느리의 입장이었기 때문인지 어이없이 잃은 시아버지의 목숨에 대해 이렇게 비판적인 생각을 가지고 있긴 했어도 한이 맺혀 있진 않았건만도, 요새 새삼스럽게 그 사건이 예사롭지 않게 짚이는 데가 있어 깜짝

놀라곤 했다. 이를테면, 영감님이 케케묵은 옛날얘기를 미주알
고주알 캐물어가며 공책에다 뭔가 끄적거릴 때만 해도 말릴 생
각은 없었다. 공화당 때 얘기를 쓰는 줄은 알았지만 그들 세도
가 언제 적이라고 후환 같은 걸 염두에 두겠는가. 그보다는 시
골에서는 거액에 해당하는 상금이 혹시 굴러들어 오지 않나 싶
어 가슴을 울렁거리기도 하다가 에잇 우리가 무슨 복에 공돈이
생긴담, 하고 자제를 하기도 했다. 그래도 행여나 서울서 무슨
기별이 있을까 영감님의 글재주에 대한 한 가닥 기대를 못 버리
고 있는데 대통령 선거전이 시작되었다. 공화당을 만들다시피
한 구정치인이 대통령으로 입후보해서 그 얼굴을 포함한 대통
령감들의 얼굴로 마을 양회담이란 담은 온통 도배를 할 때부터
마나님은 켕기기 시작했다. 그 공화당 후보가 읍내에서 연설을
한다고 해서 구경을 갔더니 영감님이 수기에서 고발한 바로 그
장본인은 수행원으로 따라와 대통령 후보를 극진히 모시고 있
지 않은가. 세상 달라진 건 아무것도 없었다. 그때부터 그 글이
혹시나 당선이 되면 어쩌나 조마조마해지기 시작했다. 부전자
전도 유만부동이지, 어쩌면 그렇게도 선대의 어리석은 전철을
밟을 게 뭐람. 마나님 생각으로는 영감님도 시아버지처럼 조급
하게 때를 못 기다린 죄로 큰 재앙이 꼭 있고야 말 것 같았다. 그
날 그들 양주는 남이라 다 받는 식권도 안 받고 유세장을 떠났
다. 영락없이 도둑이 제 발이 저린 형국이었다. 바로 그 무렵 당
선 통지를 받았으니 영감님 제쳐놓고 마나님이 나서서 그 화근
덩어리를 없이하려 했다는 건 보잖아도 본 듯했다.

"그때만 혀도 저 영감님은 글시 돈 욕심이 나서 안 허겄단 소리 미적거리더라구요. 시방이야 그때 돈 안 타먹구 그 고발장 뺏어 오길 월매나 잘했는지 알겄지유. 저 양반이 고발헌 그 사람은유 이번 선거에선 서울서 나섰구유 우리게선 그 사람만 못헌 그 아랫사람이 나섰시니께유. 그럼유 둘 다 공화당으로 나섰지유. 사람덜마다 다 당선될 거라구덜 허니께 되겄지유 뭐. 그러니 내가 월매나 잘혔시유."

외부 압력 없이 그들 자의로 당선을 취소했다는 건 이제 의심할 여지가 없었다. 마나님이 설치는 동안 영감님은 내내 입 다물고 얌전히 있었다. 아마 잡지사에서 부장까지 내려왔을 때도 같은 장면이 벌어졌으리라 싶었다. 그간의 경위는 밝혀졌다손 치더라도 저렇게 등신 같은 노인이 그런 쫀쫀한 글을 썼다는 건 암만 해도 좀 미심쩍었다. 그러나 나는 곧 그 한 가닥의 의혹마저 풀고 허전해지지 않으면 안 되었다.

선거 유세장이 거기서 멀지 않은지, 어디 가까운 데 마이크 장치가 돼 있는지 느닷없이 친애하는 유권자 여러분, 하고 악을 쓰는 소리가 들렸다.

"우리두 저기 가서 점심이나 때우고 옵시다."

마나님은 나를 어서 쫓아버리고 싶은 눈치였다. 마이크 소리는 메아리가 져서 이중으로 들렸기 때문에 무슨 소린지 잘 알아들을 수 없었지만 5공이나 구시대의 척결 소리는 넘겨짚어서만 알아들을 만했다. 방에 들어가서 점퍼를 걸치고 웬 벙거지같이 생긴 모자를 들고 나온 윤 노인이 혼잣말처럼 중얼거렸다.

"척결 척결 허지만서두 복원두 허들 않고 척결부터 허겠단 소리 누가 믿남."

그러고는 나하고 눈이 마주치자 멋쩍게 웃었다. 담뱃진이 많이 낀 앞니가 하나 빠져 있었다. 나는 그가 틀림없는 수기의 작자고, 복원이란 제목도 명백한 의도를 가지고 붙였다는 걸 인정안 할 수가 없었다.

국회의원 선거 결과를 보면서도 나는 마나님의 내가 월매나 잘혔시유, 소리가 생각나서 쓴웃음이 나왔다.

오랜만에 책방에 들렀을 때다. 다행히 붓대 놀려 먹고사는 사람은 윤 노인 양주분들처럼 어리숙하지도 겁쟁이도 아니어서 책방엔 6·29 전에는 꿈도 못 꿀 책이 쏟아져 나와 서로 베스트셀러를 다투고 있었다. 해금된 과거의 금서뿐 아니라, 북쪽의 이념으로 최고의 가치를 부여한 그쪽 본바닥 소설까지 나와 눈길을 끌었고, 진실이 매몰된 사건들을 파헤치고 복원하고 고발한 소설이나 논픽션의 출판도 더욱 활발해진 것 같았다. 5공과 유신 시대를 풍자한 콩트들은 어찌나 신랄하고 재미가 있는지 서서 몇 페이지만 읽고도 포복절도를 할 지경이었다. 그러나 내가 마음으로부터 즐거워하고 있는 건 아니었다. 나는 속으로 매우 허전했고 무엇인가에 갈급이 나 있었다.

월북 납북 문인들의 문학 선집도 나와 있었다. 그들에 대해 언급하는 게 금기로 돼 있을 때부터 줄기차게 그들을 끌어들여 우리 문학사에 포함시켜온 평론가 Q 씨가 편編한 거였다. 정지용, 김기림, 이태준, 박태원 등 북으로 간 문인들의 이름들이 비로소 복자伏字로 결손되지 않은 온전한 이름을 내걸고 있었다. 상, 중, 하 세 권으로 돼 있는 이 선집에 수록된 복원된 이름들을 나는 걸신들린 것처럼 읽어 내려갔다. 그리고 마침내 송사묵 선생님의 이름을 찾아냈다. 6·25 전까지 이 땅에 살았던 송사묵이란 문인은 정지용 김기림처럼 그 이름을 빼면 문학사가 제대로 안 씌어질 만큼 비중 있는 작품을 남기지도 않았고 또 한때나마 대중적인 인기를 누린 인기 작가도 아니었다. 그래도 Q 씨가 펴낸 현대문학사를 보면 해방을 전후한 시기에는 그의 이름이 결코 가볍지 않은 비중으로 거론되고 있었다. 물론 그의 성명에서 사思 자는 뻥 뚫린 결손된 이름으로서였지만 나는 일급의 평론가인 Q 씨가 여러 가닥의 우리 문학사를 잇는 한 작은 고리로나마 빠뜨리지 않고 그의 이름을 건져 올려준 걸 은근히 고맙게 여기고 있었다.

송사묵은 해방을 전후한 10여 년 동안 그닥 재미는 없지만 씹을 맛 있는 소설을 꾸준히 발표해온 소설가였고 나의 고등학교 시절의 국어 선생님이었다. 장차 소설을 써보는 게 꿈이었던 문학소녀 때 진짜 소설가가 국어 선생님으로 부임해왔다는 건 가슴 울렁거리는 사건이었다. 어떡하든지 그 선생님한테 인정을 받고 싶었고, 그래서 그의 작은 칭찬도 잊지 않고 인정의 표시로 간직하게 되었고, 그걸 훗날 소설을 쓰기 시작할 때 비빌 언덕으로 삼을 수가 있었다. 이렇듯 나에게 거대한 영향을 끼친 분이 문학사에 오르내리는 게 반가우면서도 성명 가운데 자가 실종된 채인 게 서운하고 죄송스럽더니만 이제 떳떳이 복원된 걸 생각하니 감개가 무량했다.

오래 살고 볼 일이야. 세상이 좋아지긴 과연 좋아졌구나. 나는 송사묵이란 이름과 함께 복원된 이름들을 훑어 내리면서 우선 세상 칭송부터 했다. 그러나 내 만족감은 오래가지 않았다. 복원된 건 그의 성명 세 자뿐이었기 때문이다. 우선 그 문학선의 표제는 '월북 납북 문인 선집'으로 돼 있는데 송사묵 선생은 사형을 당한 것이지 월북을 한 것도 납북당한 것도 아니었다. 월북이나 납북이 사형보다 듣기에도 좋고, 보다 희망을 걸 여지가 남아 있는 것은 사실이나 그분의 진상은 아니었다. 망가지고 흩어진 걸 복원하는 데 있어서 제 조각을 찾으려는 노력 없이 딴조각으로 메운 걸 진정한 복원이라고 볼 수 있을까. 설사 그 딴조각이 금이라 해도 말이다.

몇 년 전 실제로 어느 도자기 수집가 댁을 방문해서 소장품을 감상하던 중 결손된 부분을 금으로 메운 연적을 구경한 적이 있다. 복숭아 모양의 백자 연적이었는데 끝의 뾰족한 부분이 결손된 채 손에 넣게 되었다고 했다. 때깔이 빼어난 그 연적은 살짝 비튼 것처럼 생긴 끄트머리의 금빛 자태 때문에 무척 요요해 보였었다. 그래도 그 소장가는 불만이었다. 결손된 부분이 하도 아쉽고 안타까워 그렇게 해놓고 보니 금빛 부분만 튀는 게 암만 해도 본디 모양은 그게 아니었지 싶다는 거였다. 그럼 왜 하필 비싼 금으로 했느냐, 빛깔과 질감이 비슷한 사기질로 감쪽같이 때울 수도 있었을 텐데, 하고 물었더니 그 수집가는 분명히 나를 경멸하는 투로 말했었다.

복원되지 못한 것들을 위하여　　　173

"그랬다가 아무도 이 연적이 깨졌었다는 걸 못 알아보면 어떡하지요. 그건 속임수잖아요. 할 짓이 아니죠."

그제서야 나는 그가 돈 자랑을 하려고 금으로 메운 게 아니라 결손된 부분을 분명히 나타내려고 그랬을 거라고 생각을 돌릴 수가 있었다.

나는 아직 일면식도 없는 Q 씨지만 조만간 정식으로 찾아가서 송사묵의 문학을 50년대에 실종한 걸로 취급하지 말고 거기서 끝난 걸로, 그 나름으로 완성된 걸로 봐주길 요구할 작정이었다. 도매금으로 넘기지 말고 그의 독자성을 따로 취급해야 할 까닭이 Q 씨로서는 없다고 할지도 모른다. 그의 문학만을 떼어내어 취급해야 할 만큼 탁월한 작품을 남긴 특수한 작가라면 모를까 작품이 도매금으로 넘어가는 수준의 작가의 특수한 운명까지 Q 씨처럼 바쁜 평론가가 어떻게 일일이 알은척할 수 있겠는가. 어쩌면 그는 알고도 귀찮아서 적당한 도매금으로 넘겼는지도 모른다. 그래도 나는 말해주고 싶었다. 그 사실로 뭐가 어떻게 달라지길 바라서가 아니었다. 다만 그게 사실이니까, 납치보다는 훨씬 더 끔찍하지만 그래도 그게 진상이니까, 잘못 알고 있다면 가르쳐줘야 할 것 같았다. Q 씨가 내 말을 듣고도 그 사실을 대수롭지 않게 흘려버릴지 혹은 그가 쓴 문학사에서 한 줄쯤 수정할 생각이 들지 그건 내가 알 바 아니었다. 그건 전적으로 그의 자유일 테고 진상을 알리고 싶은 건 나의 의무였다. 혹은 먼 훗날, Q 씨가 지금보다 한가해져 문득 그 선량하고 평범한 작가가 어쩌다 사형까지 당했을까 궁금하게 여겨 파 내려가

볼 수도 있을 것이다. 그 결과 한 시대의 광기와 잔인성은 동시대 지식인의 비열한 보신책하고 얼마나 밀접하게 연관돼 있나와 부딪히게 된다고 해도 그건 어디까지나 Q 씨가 수고해서 얻은 달갑지 않은 소득이지 내가 준 덤은 아닐 터였다. 거기까지는 나도 막연히 혐의를 두고 있을 뿐 확인한 진상은 아니기 때문이다.

그러나 Q 씨를 만나러 갈 엄두는 쉽게 나지 않았다. 납치를 사형으로 고쳐달라는 건 왠지 상식에 어긋나는 짓 같았다. 또 나보다 사실의 왜곡을 여태껏 묵인하고 있던 유가족의 심중은 어떤 것인지 그 전에 한번 헤아려볼 필요도 있었다. 송사묵 선생님은 그 시절에도 다복하다 할 만큼 여러 자녀를 둔 걸로 알고 있었다. 그렇게 미적거리고 있을 무렵 뜻밖에도 송사묵 선생님의 막내 자제라는 이로부터 만나자는 전화를 받게 되었다. 아버지의 제자 중 소설을 쓰고 있는 이가 있다는 건 어머니로부터 들어서 벌써부터 알고 있었다고 했다.

만나본 그는 우리를 가르칠 때의 송사묵 선생님을 너무나도 빼닮아 사람이 자식을 남기고 죽는 한 아주 죽는 게 아니라는 걸 소름이 끼치도록 분명히 깨닫게 했다.

"왜 그렇게 놀라세요?"

"하마터면 아버님이 살아 오신 줄 알고 악을 쓸 뻔했어요."

"저의 어머님도 저더러 젤 많이 아버지를 닮았다고 그러시죠."

"젤 귀염받겠네요."

"이 나이에 귀염은요."

"실례지만 올해 몇 됐어요?"

"마흔셋입니다."

그러면서 명함을 내놓았다. 꽤 알려진 제약 회사 부장이라는 걸 알 수 있었다.

"아버님이 우리 가르치실 때도 아마 지금의 송 부장 비슷한 연세셨을 거예요."

"네, 맞습니다. 아버님이 마흔넷에 납치당하셨다니까요."

"납치라고요?"

나는 어벙한 질문을 했다. 가족이 송 선생님의 죽음을 모를 리가 없는데 송 부장은 정말 아무것도 모르는 것 같았다.

"그러니까 아버님이 그 일을 당하셨을 때 송 부장은 몇 살이었어요?"

"제가 다섯 살 때 납치당하셨다는데 전 아버님에 대한 기억이 통 없어요."

"그래요, 다섯 살 적이었다면 그럴 수밖에 없겠네요."

나는 고개를 끄덕거리며 다섯 살짜리 막내에겐 그 사실을 숨길 수밖에 없었다는 걸 납득하려고 했다. 그렇지만 지금은 마흔 셋이라지 않나. 충격이나 상처받을 나이가 지나고 나면 진실을 알도록 할 것이지, 하는 생각이 들었다.

"막내라 마냥 귀염만 받았나 봐요."

나는 내가 속으로 품은 유감의 뜻을 겨우 그 정도로 표현할 수밖에 없었다. 내 속뜻을 알 리 없건만 송 부장의 표정이 심란해졌다.

"맏이라고 응석, 막내라고 귀염, 그런 건 다 부잣집 아이들한 테나 해당되는 소리 아닌가요?"

"어머님이 고생 많으셨겠어요."

"그걸 어떻게 말로 다 합니까. 자그마치 오남매를 두고 북으로 가셨으니까요. 맏형은 그때 겨우 고등학생이었구요."

"어머님이 참 장하세요. 혼잣손으로 이렇게 잘 키워놓으셨으니."

"형님 덕도 크죠. 형님은 그때 학교 그만두고는 다시는 학교 문 턱에도 못 가보고 동생들 먹여 살리는 일에 뛰어들었으니까. 어 머님하고 형님하고 죽자꾸나 고생했지만 제대로 된 대학 나온 건 겨우 저 하나뿐이에요. 그래도 효도는 형님이 다 하니 제가 송구 스럽죠. 어머님 잘 모시죠, 게다가 이번엔 아버님 전집까지……"

송 부장이 나를 만나자고 한 것은 송사묵 선생의 전집에 관한 건 때문이었다. 맏형이 원해서 그동안 아버지가 남긴 작품을 모 아보니 장편이 한 편, 중단편이 40여 편이나 되어서 세 권쯤의 전집으로 꾸밀 만하더라는 것이었다. 여직껏 가만히 있다가 별 안간 그런 생각을 하게 된 건 말할 것도 없이 여태껏 금기하던 작품들이 쏟아져 나오고, 복자 뒤에 숨었던 이름들이 복원되는 해빙 무드와 무관하지 않았다. 그러나 예나 지금이나 그의 작품 이 상업성이 없긴 마찬가지라 몇 군데 다녀본 출판사마다 다 뜨 악해한 모양이다. 거기까지 일을 맡아 진행한 건 막내였는데 출 판사가 달가워하지 않는다는 소리를 듣고 치사하니 자비로 하 겠다는 결정을 내린 건 맏이라니 맏이가 그만큼 재력도 든든하

단 얘기였다. 서울 위성도시에 주유소를 가지고 있고 시내에서
도 자동차 부품 업소를 경영하고 있어서 형제 중 가장 알부자라
고 했다. 다 된 일에 나를 만나자고 한 건 전집 끄트머리에다 아
버지의 친구 문인과 나처럼 문인이 된 제자의 글을 첨부하고 싶
어서라고 했다. 아버지의 친구 중 아직도 현역인 소설가와 시인
을 각각 한 사람씩 찾았는데 쾌히 승낙해주더라며 나한테는 편
지글이 어떻겠느냐고 했다.

"편지글을 어떻게······"

나는 저승에다 어떻게 편지를 쓰겠느냐고 하고 싶은 걸 그 정
도로 얼버무렸다.

"친구분 중 시인 되시는 분은 일화 중심으로 써주신다고 했으
니까 아마 아버님의 인간성을 그리시게 될 테고 소설가 선생님
은 아버님 문학을 대강 짚고 넘어가시겠다고 하셨어요. 그러니
까 선생님께서는 제자로서 북에 계신 예전 선생님께 선생님의
자식들이 잘 자랐고 자수성가해서 이렇게 전집까지 꾸미게 된
내력과 감격, 축하 뭐 그런 거 있잖습니까, 그런 걸 써주시면 됩
니다. 실상 우리 자식들이 우리가 하는 일을 직접 자화자찬하기
도 뭣하구요. 선생님이 지금 어엿한 문인이 되신 것도 우리 아
버님 영향이 컸다는 걸 말씀해주시면 더욱 영광이겠구요."

다 된 각본이었고 송사묵 선생님을 위한 일인데 각본대로 못
움직여줄 것도 없었다. 그렇지만 송사묵 선생님이 사형당한 걸
뻔히 알고 있으면서 어떻게 북한에 있는 것처럼 가정을 할 수
있겠는가. Q 씨의 오류를 바로잡기는커녕 내가 이미 기정사실

화된 거짓 위에다 또 하나의 거짓을 덧칠할 판이었다.

편지 쓰는 건 일단 승낙을 했다. 제목을 북에 계신 송 선생님 보십시오,로 하건 저승에 계신 송 선생님 보십시오,로 하건 쓰고 싶은 사연은 크게 달라질 게 없겠거니 해서였다. 그러나 막상 편지를 쓰려고 하니까 그걸 먼저 정해놓지 않고는 아무것도 쓸 수 있을 것 같지가 않았다. 속 들여다뵈는 거짓에 동조하는 게 아무리 송 선생님의 유가족을 위하는 도리라고 해도 나에겐 유가족보다도 송 선생님이 더 중요했다. 비록 방대하거나 화려하진 않지만 그분이 남긴 문학을 몽땅 모아놓는 자리라면 의당 그분의 생애도 정직하게 복원돼야 마땅했다. 그건 내 감수성이 가장 순수했을 때 존경과 동경을 바쳤던 분에 대해 이 나이에도 할 수 있는 유일한 공경의 방법이었다. 그분은 사람이고 문학이고 요사스러운 걸 가장 싫어했다. 그때는 국어 시간에 문장 지도도 했었는데 제발 못 써도 좋으니 요사만은 떨지 말기를 엄하게 경계하던 그 카랑카랑한 목소리는 지금까지도 잊히지 않는다. 겉멋, 허영, 장식으로서의 여고생 문학 취미도 적당히 봐주지 않던 그분이 철 지난 늙은이들이 꾸미는 이 요사스러운 장난을 보면 뭐라고 할 것인가. 머리가 희끗희끗한 나이에도 유난히 맑고 진국스럽던 그분의 눈빛이 생각났다.

혹시 송 선생님 사모님이 자식들의 교육상 철저히 숨겨온 게 그만 기정사실화되어 여직껏 내려왔을 가능성도 있었다. 아버지가 빨갱이 짓 해서 사형까지 당했다면 그 자식들이 얼마나 가위눌리며 살았으리라는 건 짐작 못 할 바 아니었다. 어머니로서

의당 숨기고 볼 일이었으리라. 그러나 이제 그 자식들은 아이들이 아니다. 막내까지 마흔이 넘은 자식들이라면 아버지와 아버지를 사형시킨 시대를 포함해서 이해할 수 있는 나이다. 가위눌릴 것도 창피해할 것도 그렇다고 자랑스러워할 것도 없이 진상을 다만 바로 보기만 하면 된다.

나는 유족들의 의사와 상관없이 독자적으로 송사묵 선생님의 생애의 마지막 부분을 복원해서 전집의 마지막에 첨부하려고 마음을 굳혔다. 그러기 위해선 그걸 입증해줄 제삼자의 도움이 필요했다. 사모님이 인정하지 않는 한 그 사실을 아는 건 나밖에 없는 꼴이 되기 때문이다.

1950년 9월 28일 서울이 수복되자 시민들의 기쁨은 가히 광희狂喜였다. 내 경험으로도 해방됐을 때보다도 기뻤던 것 같다. 굶주림과 공포에서 해방된 시민들은 복수를 원했다. 부역자를 철저히 색출하는 데 앞장섰을 뿐 아니라 사사로운 미움 때문에도 저놈 빨갱이라는 등 뒤로 손가락질 한 번으로 당장 오라를 지게 만들기도 했다. 요행 매 맞고 풀려나거나 재판을 받을 수도 있었지만 군이나 청년 단체에서 임의로 즉결 처분을 하기도 했다. 운수소관이었다. 자유롭고도 흉흉한 시대였다.

집안 내에서 숙부가 밀고를 당해 붙들려 갔다. 인공 치하에서 이밥 먹고산 죄였다. 숙부는 큰길가에서 도매상을 하고 있었는데 난리가 나자 가게는 저절로 문을 닫게 되었다. 그러나 잠긴 가게터가 꽤 넓은 게 화근이었던지 인민군 군관 숙소로 쓰겠다고 했다. 어느 영이라 싫다고 하겠는가. 그러나 거기서 자진 않고 말도 매놓고 군수품 같은 것도 갖다 쟁여놓는 것 같았다. 그리고 숙모더러는 그들의 삼시 식사를 부탁했다. 워낙 식사 분량이 많아 숙부까지 그 일에 매달렸고 덕분에 식구들이 밥걱정은 안 하게 됐다. 그 죄밖에 없는데 숙부는 내외가 다 동네 사람의 밀고로 연행이 됐고 다행히 즉결은 면하고 서대문형무소에 수감이 되어 재판을 받게 됐다. 사촌이 아직 나이 어려 내가 옥바라지를 하게 됐는데 워낙 형무소가 터지게 부역자를 잡아들여 면회고 뭐고 없었다. 그 일대가 한마디로 난장판이었고 옷 한 벌을 차입하려도 그 근처 여관에서 자고 통금이 해제되자마자 당도해도 그날로 넣을 수 있을까 말까였다. 부역자는 가족까지도 숫제 개돼지 취급이었고 간수라도 한 사람 연줄이 있었으면 얼마나 좋을까 싶은 게 그때 가족들이 꿀 수 있는 최고의 꿈이었다. 죄수들을 재판소로 실어 나를 때는 뚜껑도 없는 트럭을 이용했는데 그 대신 얼굴을 알아보지 못하게 용수를 씌웠다. 어느 날이 즈이 식구 재판 날인지 알 리 없는 가족들은 혹시 용수 쓴 모습이라도 볼 수 있을까 해서, 아니 그보다는 용수를 통해서라도 이쪽의 모습을 보이려고 허구한 날 영천 일대를 벌산을 했다. 나 역시 그러다가 같은 처지의 사모님을 만났다. 졸업하고 대학에 붙고 나서 선생님을 댁으로 찾아갔을 때 뵌 그 조촐하고도 기품 있던 사모님하고는 딴판이었다. 나는 더 딴판이 돼 있었는지 내가 먼저 알아보고 누구누구라고 누누이 설명을 해도 알아본 것 같지 않았다. 알아보려고 노력도 안 하고 건성으로 고개만 주억거리더니만 갑자기 내 손을 붙들고 외진 데로 가더니 부탁 좀 하자고 했다. 그리고 허리춤에서 꼬깃꼬깃하게 접은 편지지를 꺼내서 펼쳐 보였다. 진정서였다. 나도 이름을 알 만한 대가급의 문인들, 고등학교 때 교장 선생님과 몇몇 선생님 성함이 진정서 말미에 적혀 있었다.

선생님은 난리 통에도 숨어 있지 않고 학교에도 나가시고 문학가 동맹 사무실에도 나가셨다고 한다. 나가서 특별히 한 일은 없어도 암튼 그 세상이 그렇게 빨리 끝날 줄 모르고 어물쩍댔으니 학생들 볼 면목도 없고 해서 수복 후는 집에서 자숙하고 있었다고 했다. 자숙하고 있는 동안도 동료 교사들이 찾아와 학교에 나오기를 권고하기를 한두 번이 아니어서 큰 죄를 진 건 아니구나 안심하고 있을 무렵 연행되어 이 지경이 됐으니 누가 고발을 했음에 틀림이 없다고 사모님은 장담을 했다. 누가 말하기를 밀고로 애매하게 붙들린 사람한테는 그 사람의 부역 사실이 대단치 않고 또 6·25 전의 사상이 온건했다는 사실을 밝혀 관용을 요망하는 진정서를 첨부하면 재판 때 매우 유리할 거라고 했다. 진정인들이 유력하거나 유명 인사라면 그 효력은 더욱 확실해질 거라는 소리를 듣고 사모님이 작성한 명단이 그것이었다. 선생님이 그만큼 발이 넓었다고 생각되자 사모님은 비로소 힘과 희망이 생겼다. 그러나 선생님과 평소 교분이 두텁다고 사모님이 철석같이 믿고 있었던 그분들은 하나같이 사모님을 문전박대했다. 간신히 만날 수 있었다고 해도 무슨 핑계로든지 도장을 안 찍으려 했다. 가장 흔한 핑계는 누가 먼저 찍으면 찍겠다는 거였다. 사모님은 아직까지도 그 먼저 찍어줄 사람을 못 만난 것이었다. 나에게 하고 싶다는 부탁은 내가 나서서 그 먼저 찍어줄 사람을 찾아냈으면 하는 거였다. 선생님을 위해 제자가 발 벗고 나서면 딴 유명 인사는 몰라도 동료 선생님들 마음이야 움직일 수 있지 않을까 기대하는 것도 무리는 아니었다. 그러나 나는 해보지도 않고 나 역시 옥바라지하는 처지임을 빙자해서 못 하겠다고 거절을 했다.

"그 사람들 중에서 누가 밀고를 했을 거야."

사모님이 느닷없이 봉두난발을 흔들면서 사납게 말했다. 도장을 안 찍어주는 사람들한테 품는 사모님의 앙심이 섬뜩했다. 나도 그 사람들 중의 하나가 된 게 무서워서 도망치듯 사모님과 헤어졌다. 그리고 다시는 그 근처에서 사모님을 만나지 못했다. 어쩌면 만나는 걸 내 쪽에서 피하고 있었는지도 모른다.

숙부가 언제 재판을 받는지도 모르고 있었는데 출감한 사람을 통해 숙부가 보낸 쪽지를 받아보게 되었다. 누런 편지 겉봉 찢어진 데다 연필로 쓴 편지는 간략하고 처절했다.

'재판에서 사형을 받았다. 하늘도 무심하지. 변호사를 좀 대다우. 짐승처럼 죽기 싫다. 송사묵 선생도 사형받고 죽었다. 솜바지저고리는 잘 받았는데 솜이 너무 얇더라. 좀 두둑하게 두어서 넣어다오.'

숙부는 내 졸업식에 와서 송 선생과 인사하고 사진까지 찍은 적이 있었다. 우리는 숙부의 부탁을 하나도 들어주지 못했다. 곧 혹한이 닥치면서 전세가 불리해지고 수감자도 더러 남쪽으로 이감을 시키기 시작했단 소문도 들렸지만 확인해볼 새도 없었다. 그 후 숙부는 사형을 당했는지 병사를 했는지 가족은 아무런 통보도 못 받았지만 그 안에서도 밖에서도 영영 찾을 수 없는 사람이 되고 말았다. 지금 생각하면 어떻게 그럴 수가 있었나 싶지만 그 안에 있는 사람 일은 천명에 맡길 수밖에 없을 만큼 밖에서 치른 우리 집안의 곤욕과 빈핍 또한 혹독했었다. 숙부가 그 안에서 짐승처럼 죽어갔다면 우리는 밖에서 짐승처럼 살아남았던 것이다.

이렇게 송사묵 선생님의 죽음은 확실하지만 그걸 입증해줄 제삼자 역시 이 세상 사람이 아니었다.

그러다 문득 또 하나의 제삼자가 떠올랐다. 형무소의 죄수까지 다 가는 피난도 못 가고 텅 빈 서울에 우리 식구만 남아 있을 때였다. 그 공백 상태 속에서도 시장은 몇 군데 서서 소규모의 물물교환이 행해지고 있었다. 필요한 게 있어서라기보다는 우리 말고도 사람이 살고 있다는 걸 확인해보고 싶어 시장에 갔다가 고등학교 동창인 혜진이를 만나게 됐다. 얼굴은 창백하고 손등은 동상에 걸려 꼴이 말이 아니었지만 표정이 더할 수 없이 해맑아 이상한 느낌을 주었다. 졸업 후 대학에 안 가고 집에서 살림을 돕던 중 6·25를 만나 동네 민청에 나가게 된 게 화근이 되어 감옥살이를 하고 나왔다고 했다. 나와보니 가족들은 이미 피난을 가고 빈집만 남아 있어서 따라 내려갈 기력도 없고 집안에 식량은 충분히 남아 있길래 그냥 머무르고 있다고 했다.

"아직 식구도 못 만났지만 살아서 이렇게 하늘 보는 것만도 꿈만 같아. 그 안에서 얼마나 많이 죽는다구. 송사묵 선생님도 그 안에서 돌아가셨어."

혜진이의 눈이 그렁해졌다. 나는 이미 알고 있는 사실이라 따져 묻진 않고 듣기만 했더랬다. 여자와 남자는 물론 따로 수용돼 있지만 워낙 감옥이 초만원 상태라 간수들이 이름 부르는 소리를 서로 들을 수가 있었다. 불과 반년 전까지도 선생님이었던 분의 이름을 듣는 느낌은 형언할 수 없이 착잡하더니 언제부턴가 못 듣게 되자 또 그렇게 허전할 수가 없었다. 그 안의 독특한 통신 방법으로 알아보니 출감한 게 아니라 죽었다고 하더라는 얘기를 들은 생각이 나자 나는 즉시 몇몇 동창생들한테 연락을 취해 혜진이의 전화번호를 알아낼 수가 있었다. 내가 통성명을 하자 혜진이는 호들갑스럽게 반색을 했다.

"어머머…… 이게 얼마 만이니. 졸업하고 처음이지, 그치?"

"왜 1·4후퇴 후에도 만났잖아?"

내가 그 말을 하자 혜진이의 음성이 갑자기 뜨악해졌다.

"응, 그때 ─ 전화 왜 걸었어?"

"그때 너한테 송사묵 선생님 얘기 들은 걸 다시 확인해보려고. 전화로 이럴 게 아니라 우리 어디서 만나자. 오래간만에 회포도 풀 겸."

혜진이가 뜨악해진 낌새를 타고 내가 수다스러워졌다.

"여봐, 이 여사."

이번엔 뜨악한 대신 전혀 딴사람처럼 위엄을 꾸미며 말했다.

"이 여사 나하고 억하심정 있어?"

이번엔 어미가 떨리는 게 느껴졌다. 나는 어쩔 줄을 몰랐다.

"왜 그래? 혜진아, 이 여산 또 뭐고."

"나 우리 남편한테 거기 들어갔다는 거 속이고 결혼했어. 그이도 시집 식구도 아무도 모르고 나 여직껏 잘 살아왔어. 무슨 얘길 듣고 싶은지 모르지만 내가 입을 열 것 같아? 소설이나 극으로 써먹지 뭐 할 짓이 없어 남의 비밀을 캐냐, 캐길."

그리고 전화를 딱 끊었다. 어처구니가 없어 멍해져 있는데 이번엔 그쪽에서 전화를 걸어왔다.

"아깐 정말 미안했어. 너무 놀라서 그만 제정신이 아니었어. 그때 일은 우리 친정 식구하고 너밖에 몰라. 네 말 한마디로 꽃밭에 불을 지를 수도 있어. 그럴 리야 없겠지만. 아무한테도 그 얘기 안 했지? 그래 고마워. 너만 믿어. 그리고 우린 앞으로도 서로 상종은 안 하는 게 좋을 것 같아. 약점 잡힌 사람 만나는 게 별로인 기분 너두 알 거야. 암튼 너만 믿을게. 아깐 정말 미안했어."

화를 낼 때보다 후환이 두려워 비굴하게 구는 게 나로서는 더 상대하기 고역스러웠지만 그녀가 원하는 대로 충분한 다짐과 맹세를 해서 안심을 시키는 수밖에 없었다. 나를 사로잡은 복원의 꿈은 이미 반 넘어 허물어져 있었다.

그러나 그 후 며칠 있다가 어떤 칵테일 파티에서 백민세 옹을 만나자 불현듯 또 그 생각이 났다. 그 노인이라면 도움이 될 수도 있을 것 같았다. 한때는 소설을 쓴 적도 있지만 60년대 초부터 관직에 발을 들여놓더니 문공 문교 계통의 꽤 높은 관직을 두루 거치고 지금은 은퇴해서 유유자적한 노후를 즐기고 있는 다복한 노인이었다. 그러나 나는 백 옹의 그런 순탄한 경력보다는 사모님의 진정서에 백민세란 이름이 올라 있었다는 게 한결 흥미로웠다. 그때 그의 이름은 맨 첫째 줄에 올라 있었고 몇 번씩이나 문전박대한 사람을 사모님이 특별히 힘주어 원망할 때도 그의 이름이 대표로 오르내렸던 걸 나는 잊지 않고 있었다. 그렇다고 그걸 상기시켜 백 옹을 난처하게 하거나 원망을 하려는 건 아니었다. 백 옹이라면 송사묵 선생님이 북으로 갈 새 없이 체포 수감되었다는 걸 누구보다도 잘 알 터였다. 옥중에서 죽음에 이르렀다는 것까지는 모르고 있더라도 그것만이라도 확실히 증언해주면 나로서는 소기의 목적을 달성한 셈이었다. 그 파티는 모 일간지의 창간 몇십 주년 축하 파티여서 대성황이었다. 나는 가끔 그런 유의 초대장을 받긴 하지만 참석해보긴 처음이어서 좀 어리둥절했다. 시내에서 만나기로 한 동료 문인이 그 장소에서 만나자고 할 때부터도 뜨악했다.

"왜 그래, 공짜로 저녁 잘 얻어먹고 사람 구경 실컷 하고 나서 우린 어디 가서 따로 차나 마시고 노닥거리면 얼마나 경제적이야."

"나 파티 체질 아닌 건 당신도 알잖아."

"군중 속의 고독이 무서워서 그러지. 알았어 내가 옆에 붙어 있어줄게."

말은 그렇게 해놓고 저 혼자 어찌나 인파를 잘 누비고 다니면서 담소를 즐기는지 나는 곧 외톨이가 되었다. 외톨이가 됐을 때 제일 곤란한 건 눈길을 어디다 질정할지 몰라 두리번거리게 되는 건데 그러다 노신사들 사이에서 파안대소하고 있는 백민세 옹을 발견하게 된 것이었다. 나는 그에게로 곧장 걸어갔다. 그리고 소설 쓰는 아무개라고 자기 소개 먼저 하고 나서 뵙게 돼서 영광이라고 했다. 왜 그렇게 말이 잘 나오는지 몰랐다. 그의 초기 작품에 대해서도 아는 척을 좀 했다. 왕년에 소설 한 편 못 써본 사람 서러워서 어디 살겠느냐고 노신사들이 엄살을 부리면서 백 옹을 부러워했다. 그리고 찡긋쨍긋 음흉한 미소로 서로 신호를 하더니 슬금슬금 자리를 피해줬다. 옆에서 참견하는 사람들이 없어지자 나는 서둘러 용건부터 말하려고 했다.

"송사묵이라는 소설가 아시죠?"

"아다마다, 내가 키운 작간걸. 참 아까운 사람이 납치당했지."

또 납치였다. 맥이 빠졌다.

"납치라뇨. 그게 아니잖아요. 선생님은 아시면서."

나는 손가락 사이로 빠져나가려는 미꾸라지를 움켜쥐는 것처럼 허둥대며 그러나 재빠르게 체념부터 하며 말했다.

"월북했단 소리도 더러들 한다는 건 나도 알고 있어요. 그렇지만 그건 모함이에요. 무슨 놈의 인심이 있지도 않은 사람까지 모함을 하려 드는지. 그 사람은 절대로 제 발로 북쪽에 갈 사람이 아녜요. 월북이건 납북이건 살아나 있으면 좋으련만. 미국 영주권 가진 내 친구 중에서 더러 북한 방문도 하나 봅디다. 그럴 때마다 생사나 확인해보라고 부탁하게 되는 보고 싶고 궁금한 사람이 몇 있는데 송사묵도 그중의 하나지요. 부탁은 하느라고 하지만 아직 시원한 소식은 못 들어봤어요. 내 친구들이 부실해서가 아니라 그쪽 사회라는 게 이쪽 상식 가지고는 도무지 종잡을 수 없이 돼 있나 봐요. 그 착하디착한 천성의 소시민을 끌고 간 것만 봐도 종잡을 수 없는 놈들이죠. 참 송사묵하곤 어떤 사이죠?"

그는 필요 이상 많은 말을 하고 나서 물었다. 나는 그동안 그 우아하고 고상하게 늙은 노인이 어떤 얼굴로 그런 시침을 떼나 차마 직시하지 못하고 그가 손바닥에 올려놓고 다른 한 손으로 괜히 빙글빙글 돌리고 있는 칵테일 잔에 시선을 고정시키고 있었다. 그런 무의미한 손놀림에서나마 그의 갈등을 읽고 싶었다. 어떤 청년이 다가와 공손하게 안부를 묻는 걸 기화로 백 옹은 곧 나의 존재를 잊어버렸다.

송 부장한테 부탁받은 편지글은 아직도 첫 줄에 걸린 채였다. 북쪽에 계신……으로 할 것이냐 저승에 계신……으로 할 것이냐 사이에서 헤매고 있는 사이에 송 부장이 아무리 늦어도 몇 월 며칠까지는,이라고 당부한 날을 훨씬 넘겼다. 그럭저럭 나에게 준 기간이 갑절이나 지났는데도 재촉 전화도 없었다. 하긴 날짜 맞춰 나와야 하는 잡지도 아니겠다, 그동안에 계획이 변경됐을 수도 있고 아예 계획 자체를 파기해버렸을지도 모른다. 내가 몸달 일이 아니었다. 그런데도 매사에 그 첫 줄이 걸림돌이 되어서 제대로 손에 잡히는 일이 없었다.

그러나 송 부장으로부터 다시 연락을 받았을 때는 오히려 내쪽에서 급하게 굴었다.

"아니 어떻게 된 거예요. 책 나온다는 날짜 지난 지가 언젠

데……"

"선생님 글이 안 들어갔는데 어떻게 책이 나옵니까?"

"그럼 미리미리 독촉을 해야죠."

"우리가 뭐 빚쟁이인가요. 급할 것도 없구요."

책을 낼 의사가 정말 있는 건지 없는 건지조차 종잡을 수 없는 말투였다. 나는 그게 그렇게 화가 날 수가 없었다.

"그럼 이 전화도 원고 독촉이 아니겠네요."

"네, 실은 형님이 선생님을 좀 뵙자고 해서."

"나를 왜요?"

"불쑥 어려운 청탁만 해놓은 것 같아 모시고 식사라도 하시고 싶은가 봐요. 여직껏 도리가 아니었다고……"

"결국은 원고 독촉이네요, 그죠?"

"아, 아닙니다."

"괜찮아요, 원고 독촉이라도."

"죄송합니다. 형님이 워낙 그래요. 장사꾼이라서요."

"장사꾼이 장사꾼식으로 하는 게 당연하잖아요."

그렇게 돼서 강남의 어느 시끌시끌한 갈비집에서 만난 송사묵 선생님의 장남은 털털하고 배가 나오기 시작한 전형적인 장사꾼이었다. 몇 개의 업소의 대표이사로 돼 있는 명함을 내놓으면서 말했다.

"이젠 살 만합니다만 한참 어려울 땐 밑천 안 드는 장사를 이것저것 궁리하다가 나도 소설이나 써볼까 한 적이 있었지요. 생각보단 어렵드구먼요. 그래 그런지 아버님 피를 받아서 그런지 지금도 젤 부럽고 존경스러운 게 작가 선생님이지요. 이렇게 모시게 돼서 영광입니다."

그가 유창하게 너스레를 떨수록 나는 속아만 산 사람처럼 또 속아선 안 된다고 생각했다. 나는 단도직입적으로 물었다.

"아버님에 대해서는 어느 만큼 알고 계신지요?"

"글쎄요. 아버님이 돌아가셨을 때 제 나이 열다섯이었으니까……"

"그럼 아버님이 돌아가신 걸 알고 있었단 얘기군요."

"그러믄요, 그걸 어떻게 잊어버리겠어요."

"막냇동생 되시는 분은 전혀 모르고 있는 것 같던데……"

"네에, 그거요. 납치당하신 것처럼 말하는 것 말이죠. 그건 우리 식구의 말버릇이죠. 사형이나 옥사보다 얼마나 듣기 좋아요."

"말버릇이라고요?"

"네, 말버릇이요. 묵계라고 해도 좋구요. 그렇지만 그런 말버릇을 우리 식구가 먼저 창안한 건 아니에요. 언제부턴지 북쪽으로 간 사람들의 문학이 거론되기 시작하면서 아버님도 그 안에 포함되는 걸 보고 우리 식구는 다만 동조한 것뿐이죠."

"그건 진실이 아닌데 가족은 마땅히 정정을 해야지 동조를 하다니 그게 말이 됩니까?"

"좋은 일에선 특별나고 싶을지 모르지만 나쁜 일일수록 다수의 편에 서는 게 그나마 편하거든요. 일종의 자구책이죠. 불행해진 것도 억울한데 홀로 특별하게 불행해지는 거라도 면해보자는."

원고의 첫 줄을 북쪽에 계신……으로 할 것인가 저승에 계신……으로 할 것인가를 그와 의논하는 대신 나는 갈비를 아귀아귀 뜯었다.

누구나 빠져나갈 구멍 먼저 마련해놓고 있었다. 진실이 마치 함정이나 덫이라도 된다는 듯이. 남 나무라 무엇 하랴. 누구보다도 내가 그렇게 살아왔다는 증거로 나는 하필이면 나의 촉새 같은 입놀림을 생각해냈다. 나는 나의 촉새 같은 입을 그에게 들킬까 봐 그렇게 열심히 갈비를 뜯고 있는지도 몰랐다.

송 사장은 송 사장대로 열심히 다들 성공한 그의 동생들 얘기를 하고 있었다. 그 바로 밑의 동생은 공고만 나왔는데도 지금은 큰 회사에서 공장장까지 올랐고, 두 누이동생도 겨우 여고만 졸업시켰건만 연애를 잘해서 교수한테도 시집을 가고 사업가한테도 시집을 가 떵떵거리고 산다고 했다. 내가 만나본 막내도 결혼을 잘해서 처가가 학자 집안이고 계수도 지금 박사과정 중이라는 얘기도 했다. 요컨대 그는 송사묵 선생님의 오남매가 다 얼마나 잘됐나를 내 편지글 속에 나열해주길 바라고 있었다. 그러니까 사장님이 글쟁이한테 청탁을 하고 있었다. 겨우 갈비와 소주를 먹이면서 말이다.

나는 점점 헤프게 헤실헤실 웃으면서 자작으로 연거푸 축배를 들었다. 복원되지 못한 것들을 위해서.

(1989)

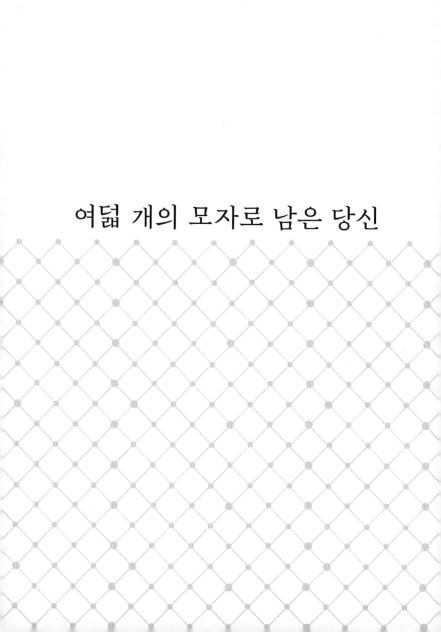

여덟 개의 모자로 남은 당신

우리 집 오동나무 이층장 위 칸에는 남자 모자가 여덟 개나 들어 있다. 아래 칸은 비어 있다. 그 장 위에는 한 남자의 독사진이 놓여 있다. 미소 짓고 있는 사진이지만 쓸쓸하고 복잡한 미소다. 때에 따라서는 우는 것처럼 보일 적도 있다. 원래 그 사진은 독사진이 아니었고, 웃음도 그렇게 쓸쓸하고 복잡하지 않았다. 사진으로 한번 찍힌 표정이 때에 따라 변한다면 정신이 살짝 어떻게 된 사람의 수작 같지만 정말이다. 그 사진을 찍을 때 그는 건강하고 기쁨에 넘쳤었다. 그날은 그의 환갑날이었고, 우리의 아들딸 손자들이 하나도 안 빠지고 다 모여 잔치를 벌이며 즐거워했으니까. 카메라 사진을 수없이 찍었는데도 사진관에서 나온 사진사가 우리 부부를 중심으로 가족과 일가친척을 다 불러 모아 단체 사진을 찍고, 가족사진 따로 찍고, 마지막으로 우리 부부만 앉혀놓고 찍었다. 사진사가 "김치" 하는 대신 "자아, 찍습니다. 입 좀 다무세요. 너무 웃으면 첫딸 낳습니다" 하고 농지거리를 할 정도로 우리는 싱글벙글하고 있었다. 우리가 그날 더할 나위 없이 즐거웠던 건 환갑잔치 때문이 아니라, 한 치 앞도 내다볼 수 없었기 때문이다.

그날 우리 부부가 나란히 앉아 찍은 사진 중에서 그를 혼자 떼어내어 독사진을 만들기는 그날로부터 3년도 안 돼서였다. 영정으로 쓰려면 독사진이라야 하는데 그에겐 마땅한 독사진이 없었다. 나는 그의 영정을 그가 죽기 전에 만들었다. 폐암이 뇌로 전이되고 나서 그의 목숨은 무거운 추를 단 끈처럼 무서운 속도로 죽음의 나락을 향해 곤두박질치고 있었다. 나는 그가 곧 죽게 되리라는 걸 알면서도 거짓 희망으로 그를 들볶았다. 병원 약과 방사선 치료만으로도 지칠 대로 지친 그에게 좋다는 한약 생약을 다 실험하려 들었다. 탕약·환약·인삼·영지·어성초·알로에, 온갖 채소와 약초의 녹즙을 그의 입에 처넣으면서 꼭 고쳐놓고 말 테니 두고 보라고 장담을 하곤 했다. 전부터 친히 지내던 한의사 한 분이 중국에서 구한 희귀한 비방대로 만들었다는 환약은 크기가 꼭 수수알만 한데 한 알에 만 원씩 하는 고가품이었다. 값보다는 복용 방법이 문제였다. 그 작은 알약은 그냥 삼키면 약효가 반감되니까 꼭 혓바닥 위에 얹어놓고 반쯤 녹을 때를 기다렸다가 침으로 삼키라고 했다. 메마르고 백태가 앉은 혓바닥 위에서 아무리 작은 환약이라지만 쉬 녹을 리가 없었다. 그래서 그는 그 약 먹는 걸 제일 싫어했다. 그럼 난 무서운 얼굴로 그 약이 얼마나 신효한 약이라는 걸 강조하면서 그를 윽박질렀다. 나도 믿지 않는 걸 믿게 하려니 무서운 얼굴을 할 수밖에 없었다. 매일 밤 그의 손을 꼬옥 붙들고 잤다. 행여 내가 잠든 사이에라도 당신의 영혼이 육신을 훌쩍 떠나가지 않도록 지키고 있다는 몸짓이었고, 그도 그걸 알아주길 바랐다.

이렇게 결코 그를 혼자 죽게 내버려두지 않을 것처럼 굴면서 나는 뒤로 조금씩 그의 장사 치를 준비를 하고 있었다. 그와 나의 교적이 있는 본당 연령회장 댁 전화번호를 비롯해서 오랫동안 격조했지만 알려야 할 친척들의 연락처까지 수소문해서 메모해놓는가 하면, 임종의 장소를 집으로 할 것인가 병원으로 할 것인가를 자식들과 수군수군 의논하기도 했다. 그리고 환갑 때 찍은 사진 중 부부의 사진을 딸을 시켜 사진관에 보내 아버지만 홀로 떼어내어 영정으로 쓰기에 적당한 크기로 확대를 해오도록 했다. 넉넉한 사랑을 받으며 나이 먹은 티가 역력한 흡족하고 평화로운 미소가 마음에 들어 골라잡은 사진이었다. 그러나 미리 만든 영정 사진을 받아보고 나는 그만 나쁜 짓을 하다가 들킨 것처럼 가슴이 뜨끔하고 말았다. 장식 없는 나무틀 속에 확대된 그의 미소는 암만 해도 나하고 나란히 앉아 찍은 환갑 사진 속의 그가 아니었다. 그는 내가 끊임없이 불어넣은 거짓 희망에 속아주고 있을 뿐 결코 정말 속고 있는 건 아니라고 말하는 것 같았다. 엷은 미소가 감도는 눈매는 남의 속을 지그시 들여다보면서도 노염을 타거나 무안을 주려는 게 아니라 연민으로 감싸는 쓸쓸함 때문에 우는 것 같기도 하고 괜찮아, 괜찮아, 하면서 되레 나를 위로하는 것 같기도 했다.

여덟 개나 되는 모자는 다 그가 죽음을 앞둔 마지막 1년 동안에 사 모은 것이다. 모자가 유행하는 시대도 아닌데, 1년 동안에 모자를 여덟 개씩이나 사다니, 누가 들으면 그가 몸치장 따위에 취미가 각별한 멋쟁이 신사였다고 여길지도 모르지만 전혀 아니다. 나는 그의 유품을 정리하면서 어쩌면 이렇게 단 한 가지도 값나가는 게 없을까 놀라고 민망해한 적이 있다. 그럼에도 불구하고 자식들을 비롯해서 가깝게 지내던 조카들은 그가 쓰던 걸 뭐든지 한 가지씩이라도 얻어 갖길 원했다. 다들 그렇게 아쉬운 처지가 아닌데도 그런다는 건 그 뜻이 소유나 쓸모에 있지 않고 애장愛藏에 있으려니 싶어 나는 목이 메게 감격을 했다. 크게 성공하거나 성취한 건 없어도 생전에 주위 사람들로부터 많이 사랑받았다는 증거 같아서 나는 기쁜 마음으로 그의 유품을 공평하게 노느매기를 했다. 그러나 모자는 다 내가 가졌다. 그건 누가 달라지도 않았지만 달라고 해도 안 주었을 것이다.

마지막 1년은 참으로 아까운 시절이었다. 죽을 날을 정해놓은 사람과의 나날의 아까움을 무엇에 비길까. 애를 끊는 듯한 애달픔이었다. 세월의 흐름이 빠른 물살처럼 느껴지고 자주자주 시간이 빛났다. 아까운 시간의 빛남은 행복하고는 달랐다. 여덟 개의 모자에는 그 빛나는 시간의 추억이 있다. 나만이 아는.

마지막 1년은 새벽잠을 설치게 하는 그의 기침 소리로부터 비롯됐다. 담배를 워낙 즐기는 그는 새벽 참에 쿨룩거리길 잘했다. 그러나 참아도 될 걸 가장이 일어났다는 표시로 일부러 소리를 내보는 것 같은 약간은 허세스러운 것이었다. 나는 어려서부터 기침과 기침起枕을 동일시하는 말버릇에 익숙해져 있었다. 어린

날 사랑에서 할아버지의 엄엄한 기침 소리가 들리면 어머니는 할아버지 기침하셨구나, 하면서 나에겐 양칫물과 소금 그릇을 들리고 당신은 세숫대야를 들고 종종걸음을 치셨다. 남자들이란 나이 먹어 아침잠이 줄면 으레 일어났다는 표시로 기침을 하는 거려니 예사롭게 듣던 소리가 어느 날부턴지 문득 귀에 거슬렸다. 일부러 내는 게 아니라 억지로 참으려 해도 복받치는 소리로 들렸다. 그러나 그는 괜찮다고 했다. 새벽 담배가 안 좋은가 봐, 안 피우면 괜찮아지겠지, 하는 정도로 눙치려 들었다. 그도 그럴 것이 자각증상이 전혀 없고 기침도 새벽녘의 잠시 동안뿐이었으니까. 그래도 나는 병원에 가봐야 한다고 우겼고, 그가 마지못해 따라나선 게 기침 소리에서 이상한 걸 감지한 지 불과 사나흘 만이었건만 엑스선 소견만으로도 폐암이 거의 확실하다는 진단을 받았고 당장 입원해서 정밀 검사를 한 결과 역시 틀림이 없었다. 아주 초기니까 항암제로 치료가 가능하다고 자식들은 나를 위로했다. 그러나 나는 그 전에 벌써 자식들이 전화로 수군대는 소리를 엿듣고 말았다. "스몰 셀.""엑스텐디드." 내 짧은 영어 실력으로 어찌하여 그 뜻은 그다지도 명료했던지. 특히 EXTENDED는 정확한 스펠과 함께 그 뜻이 가슴속에서 차가운 얼음 조각이 명치로 내려앉듯이 통로가 분명한 차가움으로 느껴져와 나는 전화기를 놓치고 가슴을 움켜쥐었다. 가슴속의 차디찬 이물감은 차차 손끝 발끝으로 시리게 퍼졌다. 스몰셀이란 폐에 생기는 암의 종류 중의 하나로 문자 그대로 작은 암세포가 고루 퍼지는 소세포암을 이름인데 진행이 빠르고 초

기에도 수술이 불가능한 대신 항암제는 아주 잘 듣는 암이라고
했다. 아주 잘 들으면 완치될 수 있단 소리냐고, 나는 주치의와
역시 의사인 아들과 사위에게 따로따로 추궁을 했고, 그럼요,
그럼요, 하는 그들의 선선한 대답을 얻어냈지만 믿지 않았다.
그의 새벽 기침에서 여느 때와 다른 불길한 울림을 가려내고부
터 갑자기 민감해진 눈치로 자식들의 선선한 대답이 거짓임을
알아차리는 건 어렵지 않았다. 스몰 셀이 문제가 아니라 엑스텐
디드가 문제였다. 주치의한테서도 자식들한테서도 그 이상 알
아낼 수 없게 되자 나는 집에 있는 의학 책들을 뒤져 그 상태의
폐암이면 적절한 치료를 받아도 8개월 내지 1년밖에 못 산다는
걸 알아냈다. 2년 이상 생존율은 2.5퍼센트. 이왕이면 완치율이
라고 할 것이지 인색하게 2년 이상 생존율은 또 뭐람. 환자들에
게 희망을 주기보다는 자기들 책잡히지 않을 것만 우선으로 한
의사들의 야박한 말버릇이었다.

　항암제 주사는 바늘이 꽂힐 때 한 번 따끔하고 마는 보통 주
사하곤 달랐다. 꼬박 사흘 동안 입원해서 수도 없는 주사를 시
간과 순서에 따라 번갈아 맞아야 하는 거창한 주사였다. 하룻밤
사이에 맞아야 할 주사약만 해도 바퀴 달린 테이블에 하나 가득
넘쳤고, 그 각기 다르면서도 위세등등한 모습은 마치 하룻밤 동
안에 쏘아대야 할 대포알을 방불케 했다. 아닌 게 아니라 투병
은 곧 전쟁이었다. 항암제가 몸 안으로 흘러들면 환자는 곧 오
장육부까지 쏟아낼 것처럼 심한 구역질을 시작했고, 항암제와
함께 빠른 속도로 주입되는 링거 때문에 변기를 줄창 대고 있어

야 할 만큼 오줌 마려움에 시달려야 했다. 그놈의 대포알이 암을 명중시키기 전에 사람 먼저 잡을 모양이었다. 그러나 하룻밤만 악전고투를 치르고 나면 다음 이틀은 한결 수월했다. 더욱 신기한 건 그 첫번째 항암제 주사로 거짓말처럼 말끔히 새벽 기침을 안 하게 된 거였다. 암이란 자각증상이 없어졌다고 해서 안심할 수 있는 게 아니라고 누구이 들어서 알고 있으련만도 그 악명에 비해서는 너무 쉽게 기가 꺾인다 싶었다. 앞으로도 3주에 한 번씩 그런 치료를 언제까지나, 암이 이기든 인체가 이기든 결판이 날 때까지 받아야 했으므로 그의 퇴원은 재진과 재입원이 예약된 거였다. 그럼에도 불구하고, 아니 그럼으로 하여 더욱 병원 문을 나서자마자 건강한 사람이 누릴 수 있는 온갖 자유가 보장된 바깥세상은 그에게 황홀했으리라. 그는 어디 가서 맛있는 걸 사 먹자고 했고, 그 말이 떨어지자마자 급한 마음에 우리는 채 그 동네도 벗어나지도 못하고 동숭동 일대에 널린 음식점 중에 하나를 골라잡았다. 그는 돌솥비빔밥을 맛있게 먹으면서 내가 시킨 갈비탕에서 갈비까지 한 대 건져다 먹었다.

항암제를 맞으면 맞는 동안은 물론 그 후 며칠간은 속이 느글거려 아무것도 못 먹는다, 항암제를 맞으면서 체력을 유지하려면 그저 잘 먹는 게 수다, 항암제는 또 백혈구를 감소시켜 그로 인하여 주사를 못 맞게 되는 수가 곧 생긴다, 주사를 못 맞게 되면 끝장이다, 백혈구 생산을 위해서도 잘 먹는 수밖에 없다. 그가 입원해 있는 동안 딴 환자 가족으로부터 수없이 얻어들은 정보는 대강 그러했다. 도대체 어쩌란 소린지. 고약한 병답게 진퇴

양난의 섭생법이 기다리고 있었다. 그의 왕성한 식욕을 보자 나는 그가 그중의 한 고비를 거뜬히 뛰어넘은 것 같아 마음이 놓이고 기분이 좋았다. 그러나 그는 식당을 나와서 택시도 잡기 전에 먹은 것을 길바닥에 다 토해놓고 말았다. 그가 토악질을 하는 동안 나는 그의 괴로움보다는 길 가는 사람에게 미안하고 창피해서 어쩔 줄을 몰랐다. 자기 몸 상태에 대해 그 정도도 모르고 마구 먹어낸 그의 미련함이 싫은 생각도 났다. 토하고 난 그는 아무 일도 없었던 것처럼 사무실에 들렀다 집에 갈 테니 나 혼자 가라고 했다.

"당신 미쳤어?"

나는 하도 어처구니가 없어 코웃음 치는 소리로 말했다. 투병의 초긴데 벌써 이상하게 굴려는 것 같아 노방의 토악질보다 더 불길한 생각이 들었다.

"내버려둬, 나 하고 싶은 대로……"

그가 슬픈 목소리로 말했다. 슬프고도 단호한 느낌 때문에 나는 아무 말도 못 하고 그를 길에서 놓아주었다. 그가 가야 한다는 사무실은 실상 별것도 아닌 데였다. 은퇴한 노인들 몇이서 공동으로 경비를 부담하고 유지하는 사랑방 같은 곳이었다. 그동안 못 나갔다고 밀린 일이 있을 것도 아니겠다 퇴원하자마자 얼굴을 내밀어야 할 까닭이 없었다. 나는 그가 이상해지고 있다고 생각했다. 그것도 암 환자 가족들로부터 들은 이야긴데, 가장 못할 노릇은 육신이 손을 들기 전에 정신이 먼저 망가지는 걸 지켜보는 고통이라고 했다.

혼자 집으로 돌아온 나는 입이 타게 조바심하며 저녁 준비를 했다. 손이 예가 뇌고 제가 뇌고 도무지 내 정신이 아니었다. 부엌 조리대에선 작은 창을 통해 버스 정거장을 내다볼 수가 있었다. 저녁노을 속으로 그가 돌아오고 있었다. 손엔 2홉들이 소주병을 달랑 들고. 그건 그의 몸에 아무 이상이 없던 평상시의 모습 그대로였다. 그는 은퇴하기 전이나 후나, 예고하지 않고 늦는 일이 없었고, 저녁 먹을 때에 한하여 2홉들이 소주 3분의 1 내지 반병 정도의 반주 습관이 있었다. 집에 소주가 남아 있는데 더 사 오는 일도, 없는데 안 사 오는 일도 없는 그였다. 어머, 소주가 떨어졌나 봐, 나는 그렇게 생각하면서 맥없이 쉽게 마음을 놓았다. 그리고 그가 하고 싶어 한 게 별게 아니라 보통 때처럼 구는 거였다는 걸 알아차렸다. 그러나 나는 그를 보통 때처럼 바라볼 수가 없었다. 내 눈엔 그의 모습이, 그의 존재가 시간과 마찰하면서 빛을 내는 것처럼 빛나 보였다. 나는 신혼 때처럼 가슴을 울렁이며 그를 마중했고, 그는 어디까지나 보통 때처럼 저녁 반찬 뭐냐부터 묻고 씻는 둥 마는 둥 밥상을 받고 소주 반병을 아껴가며 마셨다.

"담배를 끊으니까 술맛이 유별난데."

"거봐요, 담배 끊기 잘했지 뭐예요."

우리는 약속이나 한 것처럼 마치 술맛을 위해서 담배를 끊은 것처럼 굴었다. 그는 안주로 먹은 적지 않은 밥반찬도, 보통 때와 다름없이 맛있게 먹은 저녁밥도 토하지 않았다. 잘 자고 기침 없이 깨어나 손수 커피 끓여 마시고 내 머리맡에도 한 잔 갖다 놓았다. 제 시간에 버스 타고 출근했다가 제 시간에 버스 타고 돌아왔다. 달라진 게 있다면 달라진 게 아무것도 없다는 사실이 그렇게 고마울 수가 없는 거였다. 너무 감지덕지해서 감히 입 밖에 내서 말하기도 겁났다.

어느 날부터인지 그가 자고 일어난 자리에서 주워 모은 머리카락이 한 움큼씩 되었고, 그건 날로 늘어나 두번째 항암 주사를 맞고 나서부터는 걷잡을 수가 없었다. 우리 인체에서 가장 암세포와 닮은 세포가 머리카락 세포여서 항암제를 맞고 머리카락이 빠지는 것은 암이 그만큼 죽어간다는 것을 눈으로 확인하는 거와 마찬가지라고 이미 들어서 아는 바였다. 그럼에도 불구하고 그의 숱 많은 머리칼이 수시로 한 움큼씩 빠져 단시일 내에 아주 없어져가는 걸 지켜보는 마음은 뭐라고 형용할 수 없이 우울하고 참담했다. 무성하던 머리칼이 한 오라기도 안 남은 늙은 남자의 두상은 그 나이에 흔한 대머리하고는 또 달랐다. 대머리는 보통 피부보다 더 유들유들 윤이 나 한눈에 강인한 인상을 주지만 그의 머리 빠진 두상은 마치 머리칼이 귀하게 태어난 갓난아기의 두상처럼 피부가 희고 여려 보였다. 정말이지 크기만 좀 크다뿐 머리 귀한 갓난아이 두상과 다를 게 하나도 없었다. 자세히 들여다보면 아주 대머리는 아니고 보오얀 솜털이 성기지만 고루 뒤덮여 있는 것까지 똑같았다. 그러나 아기의 솜털은 장차 머리카락이 될 희망이지만 그의 여려 보이면서도 결코 근절되지 않는 솜털의 의미는 무엇일까.

그때부터 자식들이 아버지를 위해 모자를 사들이기 시작했다. 제일 먼저 사 온 모자는 갈색 쎄무 캡이었다. 의외로 모자가 잘 어울렸다. 써보기 전엔 형사나 무슨 기관원이나 쓸 것 같은 모자여서 별로 탐탁지 않더니만 써보니 10년은 젊어 보였다. 무엇보다도 장난꾸러기처럼 보이는 게 마음에 들었다. 그러나 점퍼엔 괜찮은데 신사복엔 암만 해도 좀 어색했다.

"왜 중절모로 사 오잖구, 이왕이면 최고급으루다."

나는 자식들에게 이렇게 불평을 했다. 나는 그의 갓난아기처럼 애처로운 민둥머리에다 최고의 사치를 시켜주고 싶었다. 그러나 자식들은 내 말뜻을 알아들은 것 같지 않았다. 지금은 중절모가 유행하는 시대가 아니다.

우리가 혼인할 때는 다들 지금보다 훨씬 못살 때였고 게다가 전쟁 중이었는데도 어른 남자가 출입할 때 모자는 필수적이었다. 문자 그대로 의관衣冠을 갖추지 않으면 행세할 수가 없었다. 염색한 군복을 입었으면 역시 염색한 군모를 얹고 다녔고, 두루마기엔 약간 찌그러진 듯한 중절모가 제격이었다. 혼인날을 받아놓은 어느 화창한 봄날, 그가 양복을 맞추러 가는데 같이 가달라고 했다. 조선호텔 앞에 있는 양복점이었는데 환도 전의 적막하고 헐벗은 서울에서 그 집은 딴 세상처럼 으리으리해 보였다. 영국산 양복지가 첩첩이 나긋하고도 품위 있게 걸려 있고, 같은 양복지로 빼입은 지배인 역시 나긋하고 품위가 있었다. 그는 그 비싼 양복을 두 벌이나 맞추었고, 나는 그를 위해 양복지를 고르면서 그가 부잔가 보다고 생각했다. 나는 그하고 2년이나 넘어 연애를 했지만 한두 번 가본 집이 제 집이라는 것밖에는 그의 재산 정도에 대해서 아는 바가 없었다. 궁금해하지도 않았으니까. 혼인할 남자가 부자일지도 모른다는 생각은 과히 기분 나쁘지 않았다. 그러나 한편으로는 여간 서글프지가 않았다. 그가 무작정 들뜨고 행복해 보이는 게 괜히 안돼서였다.

내가 어느 날, 느닷없이 결혼할 남자가 생겼다고 했을 때, 식구들의 놀라움은 내가 예상했던 것보다 훨씬 더 컸다. 아마 배신감도 섞인 분노가 아니었을까 싶다. 그때까지 나는 식구들을 벌어먹이는 입장이었다. 6·25 난리 통에 식구 한둘쯤 잃지 않은 집이 어디 있을까마는 오빠가 비명에 가고 난 우리 집의 후유증은 좀 유별났다. 오빠는 어머니에겐 하늘 같은 외아들이었고, 올케에겐 신혼 3년째의 새신랑이었고, 연년생의 조카들에겐 생명만 주었을 뿐 낯도 익히기 전에 가버린 무책임한 아빠였다. 그일을 당했을 때, 어머니나 올케의 비통은 꼭 따라 죽을 기세였다. 그래도 시일이 지나면 어린것들을 생각해서라도 살아나갈 궁리를 할 줄 알았는데 그게 아니었다. 성질이 모질지 못해 비록 스스로의 목숨을 끊지는 못할망정 살아갈 궁리를 할 의욕이 전혀 없는 것만은 사실이었다. 그들이 따라 죽고 싶은 건 조금도 엄포나 거짓이 아니었다. 그러나 난 그럴 수 없었다. 나 역시 그들 못지않게 오빠를 사랑했지만 오빠를 따라 죽을 만큼은 아니었다. 나는 살고 싶었다. 나는 순전히 내가 먹고살기 위해 폐허나 다름없는 황량하고 살벌한 최전방 도시에서 겁 없이 일자리를 찾아 헤맸다. 요행 미군 부대에 취직이 되어 얼떨결에 식구들을 부양하는 입장이 되었는데, 그것도 해보니 나쁘지 않았다. 특히 난리 나던 해의 9월, 함포 사격과 무차별 폭격 중에 태어나, 젖과 보살핌의 부족으로 사람 될 것 같지 않던 어린 조카가 우유를 실컷 먹을 수 있게 되자 토실토실 살이 오르기 시작한 건 기쁨이자 보람이었다. 아기의 놀라운 생명력은, 무덤의 곁방살이인 양 살아 있는 건지 죽어 있는 건지 분간이 안 될 만큼 침체된 생활에 하루하루 생기를 불어넣었다. 식구들은 아기를 따라 웃기 시작했고, 나에게 미안해할 줄도 알게 되었다. 올케에게 살아보겠다는 의욕이 생기자 딴사람처럼 용감해졌다. 당시 부녀자들이 할 수 있는 가장 손쉽고도 이문이 많이 남는 장사가 양공주들이 밀집해 있는 기지촌으로 옷가지나 화장품 따위를 이고 다니며 파는 보따리 장사였는데 올케가 그걸 할 수 있으리라고는 아무도 상상을 못 했다. 증조모까지 생존해 계신 양갓집 맏딸로, 여고 졸업 후 줄곧 부모 슬하에서 엄한 훈도를 받다가 시집온 올케는 어머니 마음엔 들었을지 모르지만 나 보기엔 여간 답답한 맹추가 아니었다. 그 시절의 기준으로도 요새 세상에 저런 여자가 있을까 싶을 정도로 얌전하기만 하던 올케가 어찌어찌해서 장사 중에서도 가장 상스러운 기지촌 보따리 장삿길을 트더니만 1년 만에 변두리 시장에 가게터를 하나 얻을 만한 돈을 모았다. 올케의 자립 능력을 믿게 된 나는 그 가게가 개업할 무렵 내 혼인 얘기를 꺼냈다. 그때야말로 내가 집을 떠나기에 전혀 무리가 없는 적기로 판단했던 것이다. 그러나 식구들의 생각은 달랐다. 올케가 그렇게 빨리 목돈을 모은 건 그동안 내가 전적으로 식구들을 먹여 살렸기 때문이란 걸 알아준 건 고마웠지만, 그래서 더욱 나를 놓치고 싶지 않은 거였다. 조금만 더 같이 고생해주면 살 만해질 게 확실한데 그동안을 못 참고 시집을 가겠다니 괘씸하고 야속한 게 친정 식구들의 인지상정이자 욕심이었다. 생전 데리고 살 것도 아니면서 다만 때가 이르다는 식구들의 생각과, 바로 이때다 싶은 내 생각과의 차이는 단지 시기의 문제에 불과하련만도 그렇지가 않았다. 특히 어머니는 사사건건 사위 될 사람에 대해 트집을 잡고 싶어 했다. 당신도 외며느리 거느리고 살면서, 너만은 시집살이시키고 싶지 않았다고 그가 부모를 모셔야 하는 외아들인 걸 못마땅해하는 것까지는 그런대로 이해가 됐지만, 그의 성이 벽성僻姓인 걸 가지고 너무 오래 탄식하고 얕잡는 건 정말 견디기 어려웠다.

"세상에 우리 집안이 어떤 집안이라고, 헌다헌 양반 중에서도 노론老論허구 아니면 통혼을 안 하던 집안인데 아무리 쑥밭이 됐기로서니 백줴 상것한테 내 딸을 내주다니, 아이고 우세스러워."

이런 식이었다. 마침내 그를 집으로 데려와도 좋다는 허락이 떨어졌다. 나는 우리 식구들이 허세 부리고 있다는 걸 알기 때문에 그런 허락을 그닥 중요하게 여기지 않았지만 그가 당해야 할 고비를 생각하면 절로 한숨이 서렸다. 어머니는 우리 집에 어른 남자가 없다는 약점을 보강하기 위해 외삼촌을 대기시켜놓고 있었다. 외삼촌은 평생 돈벌이라곤 안 해보고 놀고 지낸 분인데 언변이 유창하고 박식했고, 특히 양반 족보에 통달했다. 내 꼬인 생각인지는 몰라도 신랑감이 만의 하나라도 양반 행세를 하면 여지없이 폭로해 망신을 주려는 어머니의 포석임이 분명했다. 사위 될 사람에 대한 기대나 호의는커녕 일말의 호기심조차 없이 트집 잡을 궁리만 하고 진을 치고 있는 식구들 사이로 그를 불러들여야 하는 내 심정은 심란할 수밖에 없었다. 남의 속도 모르고 그는 초대된 것만 좋은지 싱글벙글하면서 나타났다. 차 한 잔을 앞에 놓고 외삼촌은 "우리 집안으로 말할 것 같으면……"을 서두로 우리가 얼마나 뼈대 있는 집안이란 걸 늘어놓고 나서 그의 지체를 캐묻기 전에 짐짓 난감하고도 동정적인 표정을 지어 보였다. 그러나 그는 그닥 오랫동안 외삼촌의 시험에 들지 않고, 선대가 종로에서 선전을 하던 중인中人 집안이라고 그의 지체를 털어놓았다. 양반이 아니면 사람도 아니라고 여기고 싶어 하는 사람들 앞에서 스스로를 중인이라고 말하는 그의 태도가 어쩌면 그렇게 담담하고 떳떳한지 나는 속이 다 후련했다. 그리고 그때까지도 확신이 잘 서지 않던 나의 선택에 자신감이 생겼다. 그를 망신 주려던 외삼촌의 작전은 이렇게 보기 좋게 빗나갔다. 그러나 아직 마음을 놓을 단계는 아니었다. 그를 보내놓고 나서 기가 차다는 표정으로 어머니는 외삼촌에게 물었다.

"선전을 했다니, 그게 아전보담 좀 나은 벼슬인가? 못한 벼슬인가?"

"누님도 참, 선전 시장의 비단 감듯 한다는 속담도 못 들으셨수? 벼슬을 했단 소리가 아니라 포목전을 했단 소리예요."

"그게 무슨 자랑이라구."

"보아하니 그 사람 그게 창피하다는 것도 모르는 눈칩디다."

어머니와 외삼촌은 이렇게 다시금 그를 깔볼 수 있는 발판을 마련했지만 형식적으로라도 몇 마디쯤 반대를 할 줄 알았는데, 저 애 고집을 누가 꺾겠냐는 식으로 허락이 떨어졌다. 그렇다고 아주 호락호락한 허락은 아니었다. 지체가 떨어지는 데로 시집 가는 대신 아무것도 해줄 수 없다는 단서가 붙었으니까. 우리가 혼수를 장만할 수 있는 형편이 아니라는 건 나도 빤히 아는 사실이었다. 이왕 못 해 보내는 거 듣기 좋게 서로 위로할 수 있는 말도 얼마든지 있으련만 이렇게 야박하게 굴었다. 비록 딸자식을 맨몸으로 시집보낼망정 당당하고 싶은 거였다. 나는 절대로 굽잡히기는 싫어 안간힘 쓰는 우리 집안의 이런 체면 차리기가 면구스러웠고, 그런 야박스러운 허락에도 감지덕지해가며 양가에서 나누어 해야 할 혼인 준비를 혼자 떠맡은 그가 안쓰러웠다. 그렇다고 심정적으로나마 어느 쪽을 역성들 수도 없는, 짓눌리는 듯 무력하고 우울한 시기였다.

양복을 맞추고 난 우리는 미장원에 들러 신부 화장이랑 면사포를 예약했다. 뭐든지 다 최고급으로 해달라며 예약이고 뭐고 없이 전액을 지불하는 그를 보며 또 한 번 그가 부자일지도 모른다는 생각을 했다. 그러나 양복점에서처럼 그 생각이 기분 좋지만은 않았다. 울고 싶도록 울적했다. 미장원을 나와서 점심을 먹으면서도 그는 신부 쪽에서 꼭 장만해야 할 것이 무엇무엇인지 알고 싶어 했다. 그는 바보처럼 눈치가 없었다. 내 우울을 도무지 눈치채지 못했다. 나는 그에게 불쑥 나도 그에게 뭐 하나

사 주고 싶은 게 있다고 말했다. 직장에서 받은 마지막 월급만은 집에 내놓지 않고 꿍쳐 가지고 있었다. 그는 덮어놓고 괜찮아, 괜찮아 했다. 그러나 입가로 비죽비죽 웃음이 새어 나오고 있었다.

"모자를 사 주고 싶어요, 최고급으루다."

"모자도 곧 살 거니까 염려 말아요."

"내가 사 주고 싶다니까."

"비쌀 텐데……"

양복지도 그렇지만 모자도 국산품이란 아예 있지도 않을 때였다. 우리는 명동에 몇 안 되는 양품점을 다 뒤져 꼭 마음에 드는 중절모를 찾아냈다. '필그림'이란 상표가 붙은 고가품이었다. 밝고도 기품 있는 회색빛 몸체에다 그보다 약간 짙은 빛깔의 본견 리본이 달린 순모의 중절모는 가볍고도 부드러웠다. 그에게 썩 잘 어울렸다. 문득 중학교 1학년 영어책 첫 장이던가, 둘째 장이던가에 나오는 잇 이즈 어 캡, 잇 이즈 어 햇 생각이 났다. 그 문장 삽화에 나오는 햇을 쓴 신사만큼이나 그의 모자 쓴 모습이 멋있어 보여서였다. 그러나 우리 집안 어른들 앞에서 저희는 중인 집안입니다고 말할 때보다는 덜 멋있었다. 내가 정말 그에게 반한 건 바로 그때부터였다고 속으로 되새기며 나는 은밀한 행복감을 맛보았다.

예로부터 혼수 없이 몸만 가는 시집을 허리춤에 참빗 하나 찔러 넣고 간다고 했는데 나는 중절모 하나 달랑 들고 가는 시집이었다. 어머니의 아무것도 안 해주기는 아주 철저했다. 그 대신 딸이 시집가서 역시 지체 높은 집에서 데려온 며느리는 다르다는 소리를 듣게끔 교육시켜 보내려는 조바심은 무슨 앙심처럼 집요하고도 정열적이었다. 이를테면 시부모님한테 조석 문안드리는 법도로부터 집 안내와 친척들을 촌수와 아래위턱에 따라 어떻게 부르는 게 점잖은 집안의 예절에 합당한지를 시시콜콜 가르치고 복습을 시키느라 정작 급하게 배워야 할 밥 짓는 법이라든가, 저고리 동정 다는 법 따위는 치지도외였다. 그때만 해도 그런 것도 안 가르쳐 보내는 거야말로 친정어머니가 욕먹을 짓이었는데도 우리 어머니는 그러했다. 하긴 시집에 있지도 않은 하인한테 쓰는 말씨, 잡도리하는 법까지 가르쳤으니까. 그런 걸 가르치다가 친시누이는 없지만 시집 근방에 시외가가 살고 있어 자주 만나게 될 사촌 시누이는 여럿 있다는 걸 안 어머니는 갑자기 돌변한 태도를 보였다.

"반가의 풍습은 손아래 시누이를 깍듯이 작은아씨라고 불러야 한다만 그까짓 중인한테 작은아씨는 뭐. 그 사람들 풍습 따라 아가씨라 부르도록 해라. 알겠느냐?"

이런 식이었다. 그러나 시대착오적이면서도 사람 헷갈리게 하는 이런 양반집 규수다운 법도야말로 어머니가 장만할 수 있는 유일한 혼수인 걸 어쩌랴. 자연히 피로연까지도 그의 몫이 되었다. 그는 그 당시 서울에서 제일 큰 중국 요릿집인 아서원에다 양가의 하객수를 다 먹일 만한 피로연 자리를 마련했다. 우리 친정 친척들은 먼 친척 가까운 친척, 외가 진외가 할 것 없이 모두 모두 양반님네였으므로 어쩌다 딸년 하나 중인한테 시집보내 지체를 떨어뜨린 분풀이로 너무도 당당하게, 털끝만치도 굽잡히지 않고, 한 사람도 빠지지 않고 모두 모두 그 피로연에서 마음껏 먹고 마셨다. 그래도 돈푼이나 있는 집인가 봐, 그나마 다행이지 뭐유. 이렇게들 수군대면서. 그러나 막상 시집을 가보니 남들이 수군대고 나도 은근히 기대한 것만큼 그는 부자가 아니었다. 작지만 제 집을 지니고 있었으니 아주 가난뱅이라곤 할 수 없어도 스물아홉 노총각이 되기까지 착실히 모아둔 돈은 색시 하나 싸데려오기 위해 고스란히 탕진한 뒤였다. 어처구니가 없었지만 탓할 계제도 아니었다. 먹고살 만큼 벌어오는 직장이 있으니 그나마 다행이었다.

신혼 생활의 이런저런 추억 중 가장 아늑하고 따스운 추억은 역시 모자와 관계가 있다. 나는 처음부터 그가 출근 준비를 혼자서 할 수 있도록 길들였지만 넥타이 매는 것만은 아무리 가르쳐도 제대로 할 줄 몰랐다. 나도 그걸 어디서 따로 배운 바가 있는 건 아니고 그가 하도 속 가닥과 겉 가닥의 길이를 들쭉날쭉하게 매길래 매듭 만드는 법은 그에게서 배워가며 가지런히 매주기 시작한 게 그만 버릇이 되고 말았다. 넥타이를 매주고 나면 모자를 건네줄 차례였다. 그동안 잠깐 모자를 매만졌다. 고가품답게 잘빠진 모양은 늘 일정했지만 나는 괜히 가운데 누르는 부분과 둥근 테의 곡선을 조금씩 손보면서 그 부드럽고 따스운 감촉을 즐겼다. 소탈한 그에게 사치스러운 모자가 잘 어울리는 것도 묘한 즐거움이 되었다. 그가 지닌 유일한 사치품이 주는 낙은 약혼 시절 그가 부자일지도 모른다고 꿈꾸던 낙과도 비숫하니 철없는 것이었지만, 생각보다 재미없고 어쩔 줄 모를 것 투성이인 시집살이를 그래도 견딜 만하게 해주는 정서적 돌파구였다.

처음 그와 부부로 맺어졌을 때, 신혼의 서투른 행복에 적절한 소도구처럼 끼어들었던 모자를, 35년 후 그를 홀로 떠나보내야 할 시간이 시시각각 임박해올 무렵 생각해낼 게 뭐였을까. 세월의 덧없음을 거슬러보려는 부질없는 생각은 그러나 절절했다. 자식들이 기회 있을 때마다 아버지에게 모자 선물을 하기 시작했다. 그때마다 내 눈치를 보면서 어머니 이게 맞아요? 하고 자문을 구했다. 자식들은 에미의 의중에 있는 그 우아하고 품위 있는 최고급품 중절모를 이해하지 못했다. 요새는 아무도 그런 걸 쓰고 다니지 않으니 그런 걸 파는 데도 없나 보다. 나도 백화점에 갈 일이 있을 때마다 모자 파는 데부터 기웃거려보았지만 자식들이 사 오는 모자와 대동소이한 것밖에 팔고 있지 않았다. 중절모는 중절모이나 테가 너무 좁아 점잖지 못하고 질도 코르덴, 화학섬유, 혼방, 면, 모 등 다양하고 줄무늬와 체크무늬로 된 것까지 있어 멋스럽긴 하나 경박해 보였다. 무엇보다도 우리의 최초의 중절모는 꿰맨 자국이 한 군데도 없는 통짜였는데 요새 것은 다 바느질해서 만든 거였다. 그러나 집에서 물세탁을 해도 감쪽같이 새것처럼 보이는 이점이 있었다. 우리의 최초의 중절모는 당시의 미숙한 드라이클리닝 기술 때문에 2년 만에 못쓰게 되고 말았었다.

내가 속으로 흡족지 못해한 것과는 상관없이 그는 자식들이

사 온 모자는 뭐든지 다 좋아하며 번갈아 쓰고 다녔다. 어떤 모자를 쓰면 퇴직하여 유유자적하는 노교수처럼 보이기도 하고, 어떤 모자를 쓰면 현역의 유행가 작사자처럼 보였다가, 또 어떤 모자를 쓰면 평생 연예인에 연연하며 한 번도 빛을 못 본 불우한 딴따라처럼 보이기도 했다. 다 그와는 인연이 먼 것들뿐이었다. 역시 요새 모자는 취미로서의 모자지 정통 의관으로서의 모자는 아니었다. 나의 다양한 평가와는 달리 그는 아침에 모자를 쓰고 나갈 때마다 현관 거울을 보며 말했다. 어때, 나 예술가 같지? 결혼 전 한때는 토목 기사였다지만 객지 생활을 많이 해야 하는 게 싫어서 장사꾼으로 전향한 후 한 번도 딴 일에 한눈을 팔아본 일이 없는 그와 예술처럼 안 어울리는 직업이 또 있을까. 그의 숨은 마음에 예술에 대한 동경이 있었다면 혹시 글쟁이인 마누라에 대한 콤플렉스가 아니었을까. 나는 별것도 아닌 것에 신경을 쓰면서 그를 배웅했다. 실제로 내가 내 일을 하면서 그에게 신경을 쓴 적은 거의 없으면서 말이다. 내가 내 일이 잘 안 되어 두억시니 같은 모습으로 아이들이나 집안일과 부딪칠 때마다 그는 말했다. 쉿 조용히 하자, 느이 엄마 또 거짓말이 딸리나 보다. 혹은 손수 커피를 타가지고 와서 당신 또 거짓말이 막혔나 보구려 하고 놀리기도 했다. 그럴 때처럼 그의 시선이 따뜻하고 정겨울 때도 없었다. 그러면 나도 슬며시 웃음이 나오면서 그래, 한낱 거짓부리인 것을 하고, 죽자꾸나 덤벼들던 그 참담한 악전고투에서 한 걸음 물러날 여유가 생기곤 했다. 그렇다고 내 소설 쓰기가 그에겐 한낱 거짓말 만들기로밖엔 안 보였으리라곤 생각하지 않았다.

그는 모자로 멋 부리는 것 외에는 보통 때와 같은 시간에 보통 때와 같은 모습으로 출근을 했지만 내 일상은 보통 때와는 같을 수가 없었다. 이 보통 때와 같은 나날이 오래 지속되지이다 기도도 하고 보통 때와 같은 날을 연장시킬 수 있는 음식이나 생약을 얻어들은 잡다한 정보에 따라 구하러 다니기도 하고 만들어보기도 했다. 그는 병원의 지시나 처방해준 약은 잘 지켰지만 수많은 비방의 생약에 대해서는 매우 냉담해서 먹이기가 여간 힘들지가 않았다. 아무개도 이걸로 나았고 누구도 이걸 먹고 감쪽같아졌댄다고 설득을 해도 도무지 믿는 눈치가 아니었다. 열심히 구하고 만든 날 봐서 먹어달라고 애걸을 하는 게 차라리 빨랐다. 그쪽에서 나에게 애원을 할 적도 있었다. 여보, 제발 우리 현대 의학 하나만 믿도록 합시다. 이왕 자식을 둘씩이나 의학 공부시켰으니 그 정도의 의리는 지켜야 하지 않겠소. 별, 말도 안 되는 의리였다. 그런 태도는 현대 의학에 대한 믿음보다는 자식들에 대한 애정과, 자기 목숨에 대한 담담함에 연유했음직하다. 밀가루도 약으로 믿고 먹으면 효험을 본다지만 아무리 좋은 약도 환자가 믿지 않으니 무슨 약효가 있을까 싶어생약을 연구하고 만드는 일은 자꾸 서글퍼만 졌다. 그 대신 저녁 식사 준비는 신이 났다. 그가 지금 가장 열심히 하고자 하는 일은 병나기 전의 보통 때처럼 사는 거였다. 보통 때 그는 집에서 저녁을 먹을 때, 제일 흡족하고 살맛이 나 보였었다. 거의 유일한 취미가 식도락인 그는 음식 잘한다는 집을 찾아다니는 것도 좋아했지만, 그건 휴일 날 점심에 한하고, 보통날 저녁은 꼭 별식을 한두 가지쯤 장만한 내 집 식탁에서 2홉들이 소주를 반 병이 채 안 되게 비우면서 이런 얘기 저런 얘기를 한없이 오래 하며 먹고 싶어 했다. 부엌에서 음식을 하면서 버스 정거장 쪽을 내다볼 수 있다는 건 좋은 일이었다. 그가 모자를 쓰고 있다는 건 더 좋은 일이었다. 내 아물아물한 시력으로도 꾸역꾸역 내리는 사람들 속에서 쉽게 그를 가려낼 수가 있었다. 아아, 오늘도 그가 무사히 보통 때와 다름없는 모습으로 내 곁에 돌아오고 있다. 그동안 그를 기다린 타는 목마름은 그가 휘적휘적 집으로 걸어오는 동안도 탐조등처럼 그를 비추며 좇았다. 그가 보통 때와 다름없이 맛있는 저녁 식사에 대한 기대에 한껏 부푼 표정으로 현관에 들어서면 나는 신혼 때처럼 종종걸음으로 그를 마중해 모자 먼저 받아 걸었다. 비록 늙은 얼굴에 걸맞지 않은 갓난아기 같은 민둥머리를 하고 있을망정 그는 매일매일 멋있어졌다. 너무 멋있어 가슴이 울렁거릴 정도로 황홀할 적도 있었다. 일찍이 연애할 때도 신혼 시절에도 느껴보지 못한 느낌이었다. 그건 순전히 살아 있음에 대한 매혹이었다. 그러고 나서 풍성한 식탁에 마주 앉으면 우린 더불어 살아 있음에 대한 안타까운 감사와 사랑으로 내일 걱정을 잊었다. 그 시간 그의 구미에 맞는 한 그릇의 두부찌개는 누가 천 년까지 먹고살 보화를 가지고 와서 바꾸자고 해도 거들떠도 안 볼 값진 것이었다. 남들이 10년 후를 근심하고 백 년을 위한 계획을 세우는 동안 우리는 순간을 아까워했다. 죽음은 모든 살아 있는 것의 피할 수 없는 운명이고, 동물도 죽을병이 들거나 상처를 입으면 괴로워하기도 하고 저희들 나름의 치료법도 있으리라. 그러나 죽음을 앞둔 시간의 아까움을 느끼고, 그 아까운 시간에 어떻게 독창적으로 살아 있음을 누리고 사랑할 것인가를 생각해야 하는 건 인간만의 비장한 업이 아닐까. 그가 선택한 인간다운 최선은 가장 아까운 시간을 보통처럼 구는 거였고, 내가 할 수 있는 최선은 그에게 순간순간 열중하는 것이었다. 이렇게 우리 부부에게 일생 중 가장 행복한 시간이 열 달이나 계속됐다.

항암제를 3주일에 한 차례씩, 때로는 백혈구 부족으로 한 주일 연기해서 4주일에 한 차례씩 무려 열 번을 맞는 데 8개월이 걸렸고, 8개월 후의 정밀 검사 끝에 폐암은 거의 완치된 걸로 본다는 진단을 받았다. 거의 완치란 얼마나 애매하고도 반지빠른 말투인가. 그러나 주치의가 꼭 그렇게 말한 것은 아니고, 지금까지의 치료 효과는 희귀한 케이스에 들 만큼 양호하나, 재발이나 전이의 가능성을 아주 배제할 수는 없고, 그렇다고 마냥 항암제를 맞는다는 것도 인체가 견딜 노릇도 아닐뿐더러 또 지금까지의 임상 경험으로 봐서 무한정 맞는다고 재발이나 전이를 방지할 수 있는 것도 아니라는 뜻의 어렵고 우회적인 말을 그렇게 풀이했을 뿐이다. 만일 재발했을 경우 신속하게 발견해서 항암제를 다시 맞을 수 있게끔 매달 정기적인 검사를 받기로 하고 항암 주사는 일단 중단을 했다. 그동안 그에겐 일곱 개의 모자가 생겼다. 매일 아침 일곱 개의 모자를 이것저것 번갈아 써보며 멋 부리는 버릇도 여전했다. 그가 어때? 나 예술가 같지? 하고 물으면 나는 예술가 좋아하시네, 꼭 난봉꾼 같네,라고 응수하기도 했다. 그냥 농담처럼 말했지만 속으로는 진담이었다. 아아, 그에게 마지막으로 로맨스가 생길 수는 없는 것일까? 이왕이면 불꽃같은. 보통으로 살기도 초인적인 힘이 드는 그를 두고 나는 이렇게 화려한 일탈을 꿈꾸었다. 남편의 연인을 가상해도 조금도 질투가 나지 않는 이 하해와도 같은 관대함은 실은 인간의 운명의 속절없음을 거슬러보려는 작은 몸부림 같은 거였다. 항암제를 중단한 지 두 달 만에 그의 민둥머리에 삐죽삐죽 머리털이 돋아나는 게 보였다. 그도 거울로 그걸 확인하고 환성을 질렀다. 그는 소생하고 있는 걸까? 그는 암세포와 가장 비슷한 세포가 머리카락 세포라는 소리를 벌써 잊었는지 나도 같이 기뻐해주길 바랐다.

"당신은 모자가 아깝지도 않수?"

나는 도저히 꾸밀 수 없는 내 침울한 표정을 이렇게 변명했다. 언제 돌아올지 모르는 새벽 기침을 전전긍긍 기다리느라 잠 못 이루는 밤이 계속됐다. 그러나 암세포는 한번 왔던 길로 되돌아오지 않았다. 그날도 부엌 창문으로 그의 귀가를 지켜보고 있었다. 물론 버스에서 내릴 때부터 그를 딴 사람과 가려낼 수가 있었다. 모자 때문이었다. 그날 그는 갈색 줄무늬가 있는 모자를 쓰고 있었다. 그의 걸음걸이가 이상했다. 꼭 비실비실 옆길로 새고 싶은 걸음걸이였다. 기분에 따라 또는 몸 컨디션에 따라 걸음걸이가 달라질 수도 있으련만 괜히 가슴 먼저 후들댔다. 그가 집으로 들어서자마자 왜 그렇게 이상하게 걷냐고 따지듯이 물었다.

"당신 보기에도 그랬어? 참 별일이야. 똑바로 걸으려고 해도 자꾸만 비뚜루 나가잖아."

그가 웃으면서 말했고 나 역시 웃으면서 그 얘기를 아들에게 했다. 설마 비뚜루 걷는 병도 있는 줄은 몰랐다. 그러나 아들의 반응은 심각했고 당장 누나와 매형에게 전화해서 여러 말을 수군대더니 그 밤으로 그들이 달려왔다. 그들은 아버지한테 베란다 쪽으로 똑바로 걸어가보라느니, 손가락으로 코끝을 가리키라느니, 두 팔로 앞으로 나란히를 해보라느니 꼭 세 살 먹은 어린애 재롱 보듯이 시험을 했다. 그러고 나서 내일 당장 뇌를 CT 촬영해야 한다고 했다. 그게 아직도 수련의 아니면 기초의학 전공인 그들의 진단의 한계였다. 그러나 나는 수도 없는 검사를 거친 노련한 주치의의 진단보다 더 확실하게 그의 몸이 돌이킬 수 없는 파국을 향해 치닫고 있다는 걸 알아차렸다. 그러나 그놈의 암이 뇌 속으로 옮아갔다는 걸 인정하는 건 너무도 무섭고 분노스러웠다. 견딜 수 없이 비참한 밤을 보내고 나서 그래도 한 가닥 희망을 품고 찾아간 병원에서 그러나 CT 촬영은 불가능했다. 노사분규가 극도에 달했던 88년 초였다. 그가 그동안 입원과 통원 치료를 받아오던 종합병원도 막 그날 아침부터 간호사를 비롯한 종업원들이 파업에 들어가 병원 업무가 마비돼 있었다. 환자들은 하릴없이 발길을 돌리면서도 한마디씩 한탄을 하거나 욕을 했다. 이층에선 일손을 놓고 권리를 부르짖는 근로자들의 노랫소리, 구호 소리가 우렁차게 들려왔다. 뭔가 참을 수 없는 기분에 떠밀려 나는 발길을 돌리는 대신 이층으로 뛰어 올라갔다. "거기서 뭣들 하고 있어, 지금 내 남편이 죽어가는데, 제발 내 남편 좀 살려줘." 이런 아우성이 목구멍까지 차오르고 있었다. 그들은 이층 로비에 모여서 선창자를 따라 주먹을 휘두르며 구호를 외치거나 노래를 부르고 있었다. 뒤에서 사담을 소곤대거나 시시덕대는 패도 있었다. 그러나 하나같이 머리에다 띠를 두르고 있었다. 머리띠에 붉은 물감으로 쓴 구호가 마치 상처에서 배어나온 핏자국처럼 분위기를 살기등등하게 만들고 있었다. 나는 무작정 뛰어 올라온 기세와는 달리 잠시 우두망찰을 하고 서 있었다. 내가 어쩔 줄을 몰라 했던 건 그들이나 그들이 자아내는 활기차면서도 살기등등한 분위기에 대해서가 아니라 나 자신에 대해서였다. 노사분규의 현장을 처음 보는 것은 아니었다. 가까운 백화점에 쇼핑하러 갔다가도 쇼핑 대신 종업원들의 축제처럼 흥겨운 데모 구경만 실컷 한 적도 있고, 택시나 지하철도 시한부로 파업을 예고해놓고 있었다. 텔레비전 화면이 연일 대기업의 노사분규로만 채워지던 때였다. 남들이 겪는 것만치 불편도 겪고 걱정도 하면서도 나는 내가 노동자 편이라는 걸 한 번도 의심해본 적이 없었다. 내가 노동자라서가 아니라 억압하는 쪽보다는 억압당하는 쪽을, 가진 자보다는 못 가진 자를 편드는 건 내 기본적인 도덕심이었다. 더군다나 남편의 잦은 입원과 통원 치료로 종합병원과 1년 가까이 관계를 맺어오면서 그 권위주의적 관료주의적 체제에 넌더리가 난 뒤였다. 큰 병원 또한 대기업 못지않게 시급히 달라져야 할 가장 비민주적인 기구라는 걸 뼈아프게 느껴왔다. 그럼에도 불구하고 막상 그런 거대하고 오만한 체제의 말단에서 짓눌려만 온 노무자들의 권리 행사에 맞닥뜨리자 동질감보다는 반감이 앞섰고, 끓어오르는 분노를 억제할 수가 없었다. 홀로 막다른 골목에 몰린 절망감과 피해 의식 때문이었을까, 나에겐 그들 또한 막강한 강자로 보였다. 강자란 무엇인가? 목청 높은 가해자가 곧 강자인 것을. 그들이야말로 지금 그 두 가지를 완벽하게 겸비하고 있다고 나는 생각했다.

다음다음 날 딴 병원으로 CT 촬영을 하러 갈 때였다. 자식들이 수소문하고 청을 넣고 해서 간신히 예약을 한 병원이었다. 그쪽 지리에 서투른 나는 입구를 잘못 알고 미리 차에서 내렸기 때문에 긴 병원 담을 끼고 한참 걷지 않으면 안 되었다. 그는 자꾸만 비틀비틀 담으로 가서 부딪치면서 한없이 더디게 걸었다. 다시 전전날의 분노가 생생하게 되살아났다. 화를 안 내면 미칠 것 같았다. 그에게 화낼 일은 아니었지만 그럼 누구한테 낸단 말인가.

"제발 똑바로 좀 걸어봐요. 꼭 쥐구멍 찾는 게처럼 걷지 말고……"

나는 발까지 굴러가며 모질게 악다구니를 쳤다. 60년대 초까지만 해도 민물게가 지금처럼 귀물이 아니었다. 시골에서 벼가 누렇게 익을 무렵 동대문시장에 가면 좀 비싸긴 해도 배꼽이 둥근 산 암게가 많이 나와 있곤 했다. 암게 딱지 속에 고약같이 검고 찐득한 알이 잔뜩 들어 있을 때였다. 그때를 맞춰 반 접쯤의 게장을 담그는 건 김장 못지않은 우리 집의 연례행사였다. 식구들이 다 같이 유별나게 게장을 좋아했다. 산 게를 여러 마리 항아리 속에다 가두고 한 마리씩 꺼내 산 채로 손질하려면 한바탕 소동이 벌어지곤 했다. 집게발가락에 물리지 않도록 조심도 해야 하지만, 줄줄이 딸려 나온 게들이 제각기 도망을 치는 것이 큰 문제였다. 시어머니는 게가 쥐구멍으로 들어가면 평생 가난하다는 묘한 미신을 믿고 있었다. 오래된 한옥엔 유난히 쥐구멍이 많았다. 게는 빠르다고는 볼 수 없지만 인간과는 다른 횡적인 방향감각 때문에 까딱 잘못하다간 놓치기 일쑤였다. 시어머니는 손질은 당신이 하면서 달아나는 게가 쥐구멍으로 들어가기 전에 붙들어 오는 막중한 역할은 꼭 나한테 시켰다. 그러나 게에다 간장을 부어 죽인 후에도 다시 세어보아야만 안심을 할 정도로 면밀했으니 나는 자연히 그 일에 전전긍긍할 수밖에 없었다. 나중에 남편한테 그 일을 고해바치며 그의 어머니 흉을 한바탕 보아야만 다소 스트레스가 풀릴 지경이었다. 그런 옛일에 얽힌 농담이라면 얼마든지 재미나게도 그윽하게도 할 수 있었으련만 나는 고약한 성깔에 잔뜩 치받쳐 있었다. 여북해야 그가 딱하다는 듯이 그러나 역시 농담으로 받았다.

"당신이야말로 왜 그래? 꼭 틈바구니에 낀 쥐 같잖아."

그리고 피식 웃더니 탄식하듯 덧붙였다.

"생전 틈바구니에 끼여봤어야지."

그의 목소리가 하도 연민에 차 있어서 나는 대꾸하지 못했다. 죽어가는 사람으로부터의 연민은 감동적이었다. 울어버릴 것 같았다.

CT 촬영은 참으로 놀라운 첨단 과학이었다. 뇌를 가로 세로 여러 장으로 슬라이스하듯이 나누어 찍은 단면 사진은 내 눈으로도 고루 퍼진 암을 확인할 수 있을 만큼 선명했다. 뇌는 혈관의 회로가 달라서 항암제가 미치지 못한다고 했다. 그에게 남아있는 유일한 치료법은 방사선을 뇌에다 쬐는 거였다. 방사선 치료란 죽는 연습이었다. 그 치료엔 아무도 입회하지 못했다. 방사선과 의사까지도 그를 치료대에 혼자 고정시켜놓고 나와서 밖에서 컴퓨터 화면을 보며 조종했다. 그 안에서 그는 어떤 기분으로 고립되어 있으며, 방사선이란 어떻게 생긴 빛일까? 그 깊이 모를 외로움과, 너무 밝아 차라리 암흑과 상통할 것 같은 빛에 대한 공포감은 죽음에 대한 상상력과 너무도 유사했다. 그는 이마가 까맣게 타도록 방사선 치료를 받았지만 다시 해본 CT 촬영에서 암은 소멸되지도 줄지도 않은 채였다. 미국 가 있는 막내를 잠시 귀국토록 했다. 부고 받고 장사에 대오려고 허둥대는 것보다는 생전에 뵈러 오는 게 효도가 아니겠느냐는 게 딴 자식들의 의견이기도 했다. 아버지한테 뭐 사다 드리면 좋겠느냐고 막내가 전화로 물어왔다. 약 종류를 묻는 말투였다. 그러나 그의 병세도 그렇지만, 때도 이미 미국엔 별의별 신효한 약, 불로초 같은 것까지도 있는 것처럼 여기던 촌스러운 시대가 아니었다. 나는 막내에게 모자를 사 오라고 말했다. 최고급으로 사오라는 말도 잊지 않았다. 과연 막내가 사 온 모자는 내 마음속에 있는 그의 모자의 원형과 가장 가까웠다. 순모로 된 통짜 중절모였고 견직 리본이 달려 있었다. 그러나 테가 너무 넓어 신사 모자라기보다는 카우보이모자를 연상시켰다. 아니나 다를까, 네 살짜리 손자 녀석이 그 모자를 보더니 "와아, 장고 모자다" 하면서 그걸 빼앗고 싶어 했다. 녀석이 좋아하는 만화영화의 주인공 장고가 그런 모자를 쓰고 있다고 했다. 그는 모자를 쓴 채 안 빼앗기려고 이리저리 도망을 다녔다. 여전히 비틀대며. 손자가 울음을 터뜨려도 그는 그 모자를 내놓지 않았다. 손자와의 마지막 장난이었다. 마지막 한 달가량 자리보전하고 있을 때를 빼고는 그는 집에서도 줄창 그 모자를 쓰고 있었다. 막내에 대한 사랑 때문에도 그 모자를 아꼈겠지만, 넓은 테는 방사선 치료로 시꺼멓게 탄 이마를 가려주는 데 안성맞춤이었다. 그 장고 모자가 그의 여덟번째 모자이자 마지막 모자가 되었다.

　나는 요새도 가끔 그가 남긴 여덟 개의 모자를 꺼내본다. 그 안에서 머리카락 한 오라기라도 찾아보려고 더듬어보지만 번번이 헛손질로 끝난다. 그 여러 개의 모자는 멋이나 체면을 위한 것이 아니라, 단지 민둥머리를 가리기 위한 것이었다. 그의 몸을 차디찬 땅 속에 묻은 건 확실한데 아침마다 우수수 지던 그 숱한 머리카락은 지금 어느 만큼 멀리 흩어져 티끌로 떠도는 걸까. 생명의 가엾음이 티끌과 다를 바 없다는 속절없는 생각에 잠기기도 한다. 그의 흔적을, 남긴 물질에서 찾는 것보다는 남긴 말이나 생각에서 찾는 게 그래도 조금은 덜 허전하다. 그는 평범한 사람이고, 잘난 척할 줄도 몰랐기 때문에 담소는 즐겼지만 그럴듯한 말은 할 줄 몰랐다. 우리 집엔 그 흔한 가훈도 없다. 그의 말이 생각나는 것도 그가 끼면 편안하고 여유로워지는 담소 분위기이지, 멋있거나 뜻 깊은 말뜻은 아니다.

오직 틈바구니만이 예외다. 내가 생전 틈바구니에 끼여보지 않았다는 게 무슨 뜻일까? 그런 생각이 나를 자꾸 심각하게 한다. 그가 나 대신 가주던 동회나 세무서에 볼일 보러 가서 똑똑지 못하게 굴다가 구박 맞으면 이게 틈바구닌가 싶기도 하고, 사용자와 노동자, 가진 자와 못 가진 자, 칼자루를 쥔 자와 칼날 쥔 자, 통일꾼과 반통일꾼이 서로 목청을 높여 싸우는 걸 봐도 전처럼 선뜻 어느 쪽이 옳거니 양자택일이 안 되고, 또 그놈의 틈바구니에 사로잡히게 된다. 여봐란듯이 틈바구니에 끼기 위해선 거친 두 목청 사이에 낀 틈바구니의 숨결을 찾아내야만 할 것 같다. 어쩌면 그는 그때 삶과 죽음의 틈바구니에서 어느 만큼은 내 원색적인 분노를 관조할 수도 있었기에 해본 단순한 연민의 소리일 뿐인 것을 내가 괜히 심각하게 굴었는지도 모르겠다. 그래도 여전히 틈바구니는 아무것도 아닌 게 되지 않는다. 그가 남긴 모자가 나에겐 모자라는 물질 이상이듯이 틈바구니란 말 또한 말뜻 이상의 것, 한없이 추구해야 할 화두임을 면할 수가 없다.

(1991)

꿈꾸는 인큐베이터

동생의 전화 목소리는 속사포처럼 빨랐다. 충분히 상냥했고 응석이 깔려 있었음에도 불구하고 대답할 틈을 전혀 주지 않았기 때문인지 명령조로 들렸다.

　"그럼 언니 부탁해, 어머머 큰일 났다. 오늘 직원 조횐데 또 교장 눈총 맞으면서 들어가게 생겼네. 언니 지금 통탄 통탄 하고 있지? 날 옆으로 끌어들인 거 말야. 그렇지만 때는 이미 늦었수. 우리 언니의 요 꿀맛을 안 이상 악착같이 붙어 다닐 테니까. 약 올르지롱."

　제 할 소리 다하고 농지거리까지 하고 나서 가타부타 이쪽의 사정 따위는 들을 척도 안 하고 전화는 찰카닥 끊겼다. 동생의 용건은 제 자식 슬기 유치원에서 재롱 잔치가 오늘 오후에 있는데 학기 말 성적 처리 때문에 도저히 그 시간에 빠져나올 수가 없으니 나더러 대신 가달라는 거였다.

　동생은 여자고등학교 가정 선생이었다. 가정이 살림 솜씨를 가르치는 과목은 아니라고 해도 동생이 가정 선생이라는 건 웃기는 일이었다. 살림에는 솜씨도 뜻도 없이 다만 최소한으로 하는 거 하나가 주특기였다. 잘 기르기 위해 하나만 낳겠다고 공언하고 외아들 슬기를 낳은 후에도 학교를 안 그만두었다. 산전산후 휴가 동안에 비로소 전업주부가 되는 일에 대해 진지하게 생각해보았는데 도저히 그럴 수가 없다는 걸 알고 깜짝 놀랐다고 했다. 그때부터 내가 동생의 가정 선생 노릇을 하지 않을 수가 없었다. 파출부를 고용할 때 면접하는 일부터 임금 협상, 길들이기 등을 뒤에서 코치했고, 우리 장볼 때 동생네 것도 같이 봐가지고 가 파출부에게 요리 실습까지 해 보였고, 아기 옷이나 기저귀 빨래에 비눗기가 남아 있지 않나 의혹의 눈초리를 번득이기도 했다. 같은 강남이긴 해도 그닥 가깝다고는 할 수 없는 두 집 사이를 오가며 일주일에 적어도 한두 번씩은 그 짓을 할 수 있었던 것은 손수 운전할 수 있는 내 차 덕도 컸다. 그러나 파출부한테 아무리 공을 들여봤댔자 직업의식을 기대하기는 어려워서 예고 없이 안 올 적이 종종 있었다. 그런 날은 비가 오든 눈이 오든 어린것을 포대기에 싸갖고 달려들어 짐 부리듯이 현관에다 동댕이를 치고 총총히 출근을 했다. 동생도 동생의 남편도 각각 제 차를 가지고 있어서 기동성은 그만이었고, 동생의 남편이 혼자서 어린것을 싣고 올 적도 있었다. 그럴 때는 내 쪽에서 되레 동생 남편의 눈치가 보여 싫은 내색은커녕 보물단지처럼 반색을 하며 안아 들여야 했다. 더욱 난처한 것은 워낙 칠칠치 못한 동생인지라 젖먹이가 이동하려면 반드시 안동해야 할

잡다한 물품 중 한두 가지는 으레 빠져 있는 거였다. 그럴 때는 참을 수 없도록 울화가 치밀어 다시는 받지를 안 할 것처럼 푸념을 하다가도 짐짝처럼 끌려다니는 어린것이 안쓰러워 마음을 풀곤 했다. 잔손 갈 나이는 지났다고 해도 내 자식도 셋이나 되었다. 남편이나 아이들이 나의 이런 동생네 치다꺼리를, 유별나게 아기를 좋아해서 사서 하는 고생쯤으로 밉지 않게 봐주는 게 그나마 다행이었다. 동생은 우리 식구들한테 얌체라는 별명으로 통할 만큼 나한테 신세진 것에 대해 미안해하는 기색이 조금도 없었다. 온종일 뼛골 빠지게 애를 봐주고 나서도 좋은 소리 듣기를 기대하긴 어려웠다. 맡겼던 보물단지를 찾아가기 전에 혹시라도 없어진 거나 달라진 게 없나 점검하듯이 아이를 이리저리 살펴보고 안아보고, 냄새까지 맡아보고 나서 하룻 동안에 홀쭉하고 꾀죄죄해졌다는 소리나 하기 십상이었다. 어쩜 저럴 수가 있을까? 나는 기가 막혔지만 드러내놓고 탄한 적은 없었다. 세대 차에서 오는 이질감이 흔히 그렇듯이 단지 내가 그렇게 할 수 없다는 이유 하나만으로 동생이 하는 짓이 미워지지가 않았다. 숫제 우리 아파트 단지로 이사를 오면 어떻겠느냐는 말을 먼저 꺼낸 것도 나였다. 그렇게 되면 동생이 나한테 더 기대게 될 건 뻔했지만 이사가 그렇게 쉬울 줄은 몰랐기 때문에 그냥 해본 소리일 수도 있었다. 그러나 동생은 내 쪽에서 먼저 그런 말이 나온 걸 기화로 마치 나를 위해서 이사를 하는 것처럼 생색까지 내가며 제까닥 제 집을 팔아버렸고, 우리 동네에 새집을 구하는 건 나만 믿고 걱정도 안 했다. 집값이 뛸 때라 어물어물하다가 동생네 집 날리는 꼴 보게 될까 봐 나 혼자 후끈 달아서 옆 동에 마땅한 집이 나는 즉시 계약을 했다. 동생은 잔신경 쓰는 일은 질색인 반면 되레 이사처럼 큰일은 힘 안 들이고 휘딱 잘도 해치웠다. 한 단지 내에 붙어 살게 되고 동생네가 편해진 건 말할 것도 없지만, 나는 더 자주 불려 가거나 아이를 떠맡게 되어, 내가 자초한 일에 비명을 올린 적도 부지기수였다.

첫돌을 바라볼 때 이사 온 녀석이 내년이면 학교 갈 나이가 되었으니 다 기른 셈이었다. 동생은 얌체답게 그동안 나한테 진 태산 같은 신세를 고작 우리 언니 맛이 꿀맛 따위 식의 경박한 표현밖에 못했지만 그 정도라도 생각해주는 건 그래도 양호한 편이었다. 언니 곁으로 이사 오고 나서 팔자가 늘어지다 보니 허리 치수가 해마다 1인치씩 늘어난다는 투정을 더 자주 들었다. 내가 단지 어린애를 좋아해서 그 낯 안 나는 치다꺼리를 하고 있다고 여기는 우리 식구들의 생각은 실은 맞지 않았다. 한 치 건너 두 치라고 조카보다는 얌체 짓까지도 감싸주고 싶은 동생에 대한 애정 때문일 것이다. 아니다. 그것도 아니다. 애정 따위하곤 다르다. 동생이 때때로 내 생활을 훼방 놓아주기를 나는 바라고 있는 것이다. 그것도 사뭇 열정적으로.

그런 생각 때문에 유치원 문턱까지 와서야 중요한 걸 빠뜨리고 온 생각이 났다. 동생은 슬기가 출연하는 연극을 포함해서 중요한 장면들을 비디오로 찍어달라고 했다. 엄마가 안 와서 섭섭했을 아이에게 엄마하고 다시 한번 재롱 잔치를 볼 수 있다는 건 크나큰 위로가 될 터였다. 비디오카메라는 우리 집밖에 없었지만 그것을 요긴하게 쓰는 건 주로 동생네였다. 일본 갔다 올 때 그걸 사 온 남편도 남이 가진 것은 일단은 다 갖추고 봐야 한 다는 소유욕 때문이지 그 방면에 취미가 있어서 장만한 건 아니 었다. 놀러도 잘 다니고 아이 하는 짓도 한창 예쁠 때라 그렇겠 지만, 그걸 쓸 일은 우리보다 동생네한테 더 자주 생겼다. 그러 나 툭하면 빌려다가 뭘 그렇게 찍어대는지는 알 바가 아니었다. 찍은 걸 동생도 보여주려 들지 않았고 나도 보고 싶어 하지 않 았다. 그렇게 제 뒷바라지를 시켜먹고도 동생은 이런 내 성격 을 차갑다고 비난했지만 옆에서 신물이 나게 보는 사람의 일상 적인 행동을 화면에서 다시 보는 일이 뭐 그리 재미있을까. 자 기 자신이나 가족의 모습이라 해도 크게 다를 바가 없었다. 나 보기엔 그걸 재미있어 하는 사람이 되레 이상했다. 영화나 텔레 비전 연속극 따위를 좋아하는 건 나도 보통 사람과 다를 바 없 지만 그건 하늘의 별처럼 아득하게 빛나는 사람들이 내가 이룰 수 없는 세계를 펼쳐 보여주기 때문이다. 즉 현실이 아니기 때 문이다.

서둘러 집으로 돌쳐와서 아무리 찾아도 비디오카메라는 온 데 간 데가 없었다. 동생의 신신당부가 아니더라도 이번만은 나 도 비디오로 찍는 일을 대수롭지 않게 여길 수가 없었다. 슬기 는 연극의 주연이라지 않나. 주연이 아니더라도 연극에 출연한 다는 것은 자기가 자기 아닌 남이 돼보는 일이다. 빨리 찾아야 한다는 조바심은 이상하게도 절대로 못 찾을 것 같은 절망감하 고 붙어 다녔다. 종종 있는 일이었다. 뭘 찾다 찾다 안 나오면 어느 순간 뭘 찾고 있었는지조차 생각나지 않게 되면서 모든 생각이 정지되는 일종의 치매 현상이 올 적도 있었다. 남편은 나의 그런 상태를 갱년기 현상이라고 별명 짓고 즐거워하는 것 같았다. 나는 군더더기 없는 갓 마흔이었다. 동갑내기 동창 중엔 늦둥이를 임신 중이어서 우리 모두를 기대에 부풀게 하는 친구도 있는데 갱년기 현상이라니 말도 안 되는 소리였다. 그러나 지금도 그 증상이 올까 봐 미리 두려워하는 마음 때문에 손끝을 가늘게 떨고 있었다. 비디오카메라를 귀중품 취급해서가 아니었다. 외출하려는데 열쇠가 없다든가, 한참 바쁜 등교 시간에 빨아서 챙겨놓은 중학생 딸의 덧신이 안 보일 때도 그 증상이 왔다. 마치 이 세상이 끝장나버릴 것처럼 눈앞의 사물뿐 아니라 머릿속의 생각까지 가물가물 무화無化돼가는 느낌은 아주 고약했다. 이 세상 마지막 느낌이 고작 공포와 절망이라니. 이렇게 내가 뭘 못 찾아 우두망찰을 하고 있는 걸 남편한테 들키면 사정은 더 나빠졌다. 그는 매우 부드럽고 침착하게 굴었다.

"여봐 그렇게 덮어놓고 서둘지만 말고 차근차근 생각을 정리하라고. 자아 차근차근. 그래 그렇게 심호흡을 하고 나서 지금 현재 그게 어디 있을까 하는 생각은 일단 잊어버려요. 그까짓건 당신 털끝 하나만도 못한 거니까. 그러고 나서 편안한 마음으로 그 물건을 마지막 보았을 때나 마지막 사용했을 때 상황을 떠올리는 거야. 옳지 옳지 그렇게."

남편의 친절한 인도로 나는 어제 딸의 덧신을 누가 빨았나부터 생각하기 시작한다. 어제는 파출부 아줌마가 오는 날이니까,

그녀가 빨았겠구나. 그녀는 베란다 장독 언저리에다 신발 빤 걸 너는 버릇이 있지. 아 참, 저녁때 화초에 물을 주다가 덧신이 덜 마른 걸 보고 욕실 스팀 위로 옮겨놓았었지, 하는 데까지 더듬어 올라가면 현관 신장과 딸의 방 책상 언저리만 뱅뱅 돌던 행동반경을 비로소 벗어난다. 물론 바삭하게 마른 덧신은 스팀 위에 가지런히 놓여 있다. 이렇게 남편의 도움으로 곤경에서 벗어날 수 있었음에도 불구하고 나는 남편이 사정을 더욱 악화시켰다고 생각하는 버릇이 있었다. 그럴 때의 남편은 꼭 즈이 어머니한테 하듯이 나에게 대했다. 그가 어머니를 대할 때 가면처럼 뒤집어쓰는, 과장되고 위선적인 친절과 공손을 나한테까지 써먹으려 드는데 내가 어떻게 구역질이 안 나겠는가. 그래도 결국은 남편한테 배운 방법으로 카메라의 행방을 소급해 올라가 동생네가 빌려간 걸 아직 돌려받지 못했다는 데까지 생각이 미치게 되었다. 동생네로 뛰어가서 좀 모자라는 듯하여 붙박이로 오래 붙어 있는 아줌마하고 한동안 온 집안을 들쑤셔려 그놈의 카메라를 찾아낼 수가 있었다.

그럭저럭 반 시간은 넘어 지체를 한 모양이다. 재롱 잔치가 시작된 지도 아마 그쯤은 되었으리라. 슬기가 다니는 유치원은 이 동네뿐 아니라 강남 일대에서도 시설 좋고 잘 가르치기로 소문난 데였다. 원아를 끌려고 전단을 돌리고 가정방문까지 하는 군소 유치원하곤 달라서 선착순으로 뽑는 정원 안에 들기 위해 새벽부터 줄을 서야 하는 게 그 유치원의 자랑스러운 전통이었다. 무얼 어떻게 잘 가르친다는 건지 그 실속보다는 줄을 서야 한다는 소문 때문에 자꾸만 더 유명해져서, 내년에는 필경 그 전날 밤부터 유치원 문간에서 오리털 이불을 뒤집어쓰고 새지 않으면 뽑히기 어려울 거라고들 했다. 2년 전 슬기가 들어갈 때만 해도 새벽 4신가 5신가에 지금 있는 아줌마를 대신 내보내 줄을 서게 함으로써 겨우 선착순에 들 수가 있었는데 2년 전이 옛날이지 뭐유, 하며 동생이 다행스러워하는 소리를 몇 번인가 들은 적이 있다. 시간에도 가속이 붙는 걸까. 스쳐 지나간 시간들이 너무 빨리 옛날이 된다.

이름난 유치원답게 마당의 정원수 중 추위를 타는 나무들이 벌써 짚으로 맵시 있게 월동 준비를 하고 칙칙한 상록수와 늠름한 낙엽수 사이에 서 있는 게 밍크코트를 입은 귀부인처럼 품위가 있다. 양지바른 곳을 차지한 놀이터의 놀이 기구들도 목재로 돼 있어서 친밀감을 주면서도 어느 한 군데 허술한 데 없이 견고해 보였다. 나는 서울대학 학부모라도 된 것처럼 한껏 으스대는 마음으로 거만하게 마당을 가로질러 아담한 단층 건물로 다가갔다. 투명한 유리창을 가린 커튼의 동화적인 무늬가 문득 병원 신생아실을 연상시켜 나는 가슴이 울렁거렸다. 그러나 어물어물하진 않았다. 학교로 치면 대강당에 해당하는 넓은 홀엔 학부모들이 발 디딜 틈 없이 꽉 들어차 있었고, 무대에선 여자아이하고 남자아이가 짝을 지어 포크댄스를 추고 있었다. 무대 옆벽에 재롱 잔치 순서가 붙어 있었다. 슬기가 주인공으로 출연한다는 동극이 그다음 차례인 걸 확인하고 나는 안도의 숨을 쉬었다. 비디오카메라 때문에 늦으면서도 그걸 가져오는 게 유난스러워 보일까 봐 쭈뼛쭈뼛하는 마음이었는데 적어도 이런 유치원에 자식 보내는 집치고 그거 안 가진 집은 없는 것 같았다. 무대 앞은 포크댄스를 찍으려는 엄마들이 출연하는 아이들 수효보다 더 여럿이 붐비고 있었다. 손잡고 춤추던 아이들 중 한 쌍이 별안간 싸우기 시작했다. 누가 먼저랄 것도 없이 멱살을 잡더니 엎치락뒤치락 레슬링으로 변했다. 음악은 그대로 이어졌지만 춤판은 그냥 추는 아이와 레슬링을 구경하는 아이들로 갈라졌다. 그냥 춤을 추는 아이들도 마음은 싸움 구경에 가 있다는 게 눈에 보였다. 순식간의 일이었다. 선생님이 무대로 뛰어오르고, 싸우는 애의 가족인 듯싶은 사람들도 가세해서 아이들을 뜯어말렸다. 관람석이 시끌시끌한 웃음판이 되었다. 안되겠다싶었는지 음악이 멎고 아이들도 깔깔대며 무대 뒤로 사라졌다.

"사내 녀석끼리 짝을 지어놓으면 저렇다니까."

"그럼 어떡해요? 여자애가 모자라는걸."

이런 수군댐으로 미루어 남자끼리 짝이 된 아이들이 춤을 추다 말고 싸움이 붙은 모양이었다. 선생님들이 무대 뒤에서 뭘 어떻게 수습했는지 포크댄스는 다시 계속됐다. 싸움이 붙은 쌍만 아니라 남자끼리 짝지어진 쌍은 다 제외시킨 듯했다. 아이들이 허룩하게 줄었다는 걸 알 수가 있었다. 포크댄스보다는 싸움구경이 훨씬 재미있었기 때문에 무대나 관람석이나 다 같이 시큰둥 열없어졌다. 다음이 슬기가 출연하는 연극 차례였다. 일곱마리의 새끼 염소와 늑대 이야기였다. 동생이 주연이라고 뽐낸슬기의 배역은 늑대였다. 올해 졸업하는 세 반 중 한 반이 총출연하는지라 억지로 만든 배역도 많았다. 토끼나 다람쥐, 오리나 황새로 분장하고 염소 일가가 겪는 수난을 구경만 하는 배역도 여럿 되었으니까 늑대쯤 되면 중요한 배역이었다. 슬기가 몸이 큰 것도 늑대 역할에 맞았다. 털이 북실북실한 천을 두르고 갈고리처럼 험악하게 생긴 발톱이 달린 커다란 신을 신은 슬기는 다른 아이들보다 곱절은 더 큰 것 같았다. 험악하게 꾸몄는데도 내 조카라 그런지 엉성하고 우스꽝스러워 보였다. 나는 얼른 케이스에서 비디오카메라를 꺼내면서 찍기 좋은 자리를 찾으려고 이리저리 사람들 사이를 비집고 앞으로 나갔다. 그러나 막상 카메라를 들이대고 보니 눈앞이 깜깜했다. 렌즈가 닫혀 있다는 건 알겠는데 어디를 어떻게 돌리고 눌러야 되는지 도무지 생각이 나지 않았다. 처음 찍어보는 건 아니라 해도 동생네하고 한자리에 있거나 어디 놀러 갔을 때 동생이 찍다 말고 저도 찍히고 싶으면 나한테 넘겨주었고 그럴 때 잠깐잠깐씩 찍어본 게 고작이었다. 마치 관광지에서 지나가는 사람에게 셔터 좀 눌러주세요, 하고 카메라를 넘겨줄 때 위치나 거리뿐 아니라 어떤 것이 셔터라는 것까지 가르쳐주어, 카메라에 대한 지식이 전혀 없는 사람도 찍을 수 있듯이, 주인 의식 없이 시키는 대로 만져보았을 뿐이었다.

엄마 염소가 새끼들을 돌아다보고 또 돌아다보면서 무대 뒤로 사라져갔다. 바위 뒤에서 웅크리고 망을 보던 늑대가 나타날 차례였다. 나는 초조하게 요기저기 돌리고 눌러보면서 다시 들여다봤지만 역시 아무것도 안 보였다. 급하게 뭘 찾다가 안 찾아질 때나 다름없이 정신이 지리멸렬해지면서 손끝이 떨려왔다. 여러 사람 앞에 나의 쓸모없음을 드러내 보이고 있다는 마음의 떨림을 보는 것 같았다.

"도와드릴까요."

아주 듣기 좋은 저음이었다. 키가 훌쩍 큰 남자였다. 남자는 웃고 있었지만 비웃는 웃음은 아니었다. 그는 엉거주춤 허리를 굽혀 나하고 같은 눈높이가 되면서 빨간 단추를 살짝 만지고 나서 카메라를 내 눈에다 대주었다.

"이제 보이지요?"

그러나 나는 뭐가 보이나를 확인하기 전에 그를 다시 한번 쳐다보았다. 선량하고 친절한 인상이 마음에 들었다. 바위 뒤에 숨어 있던 늑대가 사방을 휘둘러보면서 걸어 나왔다. 나는 카메라로 늑대를 쫓다 말고 키 큰 남자를 돌아다보면서 물었다.

"그냥 이러고 있으면 찍힙니까?"

남자가 다시 허리를 굽혀 들여다보더니 또 한 군데를 만졌다. 화면의 영문 글자가 스탠바이에서 카메라로 바뀌었다. 바뀌는 걸 보기 전에는 거기 자막이 있다는 것도 모르고 있었다.

"그럼 여지껏 건성으로 들고 있었단 말예요?"

그는 나에게 따지듯 물었다. 그러나 곧 그의 위로하는 듯한 웃음을 따라 웃고 말았다. 그는 나하고 카메라를 번갈아 들여다보면서 이것저것 설명을 하려고 했다. 나는 듣는 척하다가 알아들을 자신이 없다는 표시로 한숨을 쉬면서 어깨를 한번 으쓱했다가 축 늘어뜨려 보였다.

"제가 찍어드려도 되겠습니까?"

그는 내 손에서 스르르 카메라를 넘겨받으면서 물었다. 나는 고개를 끄덕였고, 그는 나에게 들고 있던 서류 봉투를 넘겨주었다.

"잘 찍으세요. 늑대가 우리 아이예요. 조카지요."

그가 남의 아이들까지 골고루 찍을까 봐 나는 이렇게 영악한 소리로 못을 박았다. 그는 엄마들이 붐비는 앞자리에서 되레 뒤쪽으로 물러나 적당한 자리를 잡았다. 그렇게 하는 게 그의 큰 키에 어울렸지만 나는 혹시나 그가 카메라를 노리는 좀도둑일지도 모른다고 의심하는 마음이 생겨 자꾸 고개를 비틀고 돌아다봐야만 했다. 또한 아이들의 연기가 웃음을 자아낼 때도 저런 장면을 잘 찍어야 된다는 뜻으로 그를 돌아다보았다. 그럴 땐 그도 나를 흘긋 보았다. 그렇게 눈길이 마주칠 때마다 기분이 좋았다. 공감 때문이었다. 아이들의 재롱을 같이 귀여워하고 있다는 단순한 공감의 즐거움이 군중 속에서 고개를 뒤로 튼다는, 다분히 피곤한 일을 조금도 힘 안 들게 했다. 재롱 잔치가 끝난 후 그와 나는 자연스럽게 같이 나왔다. 아니, 그건 자연스럽지 않았다. 대부분의 엄마들은 아이하고 같이 가기 위해 또는 선생님의 노고도 치하하며 제 자식 똑똑하단 자랑도 늘어놓기 위해 남아 있었다. 동생도 내가 마땅히 그런 뒤풀이까지 해주려니 하고 있을 터였다. 끝나자마자 나오는 학부모는 거의 없어서 그와 나는 어깨를 나란히 하고 겨울 해가 아쉽게 엷어지는 마당을 거닐듯이 천천히 걸어 나왔다. 유치원 정문에서 길 건너가 바로 우리 아파트 단지 후문이었다. 그가 같은 단지에 살지 않는 한 헤어지게 돼 있었다. 그가 어디로 가나 해서 홀긋 쳐다봤을 때 그가 황급히 말했다.

"추워 보이시는군요. 어디 가서 차 한잔할까요?"

뜻밖의 제안이기도 했지만, 놀란 것처럼 붕 뜬 목소리 때문에 나는 나의 순간적인 눈빛이 갈고리가 되어 그를 낚아챈 것처럼 느꼈다. 내가 내 눈빛에 그렇게 자신이 있었다기보다는 그와 헤어지는 걸 아쉬워하는 마음을 나도 모르게 진하게 드러낸 생각이 나서였다. 짐짓 못 이기는 체 그가 가는 대로 상가 쪽으로 따라갔다. 그러나 꽤 분위기 있는 찻집으로 안내한 건 나였다. 조명과 음향을 은은하게 줄인 찻집에 마주 앉자 비로소 이건 내가 안 하던 짓일 뿐 아니라 나에게 너무도 안 어울리는 짓이라는 떨떠름한 낭패감이 왔다. 나는 교활하게도 이렇게 된 건 전적으로 네 책임이라는 듯이, 그러나 네가 어떤 개뼈다귀이든 관심 없다는 듯이, 쌀쌀하고 고상한 표정을 꾸몄다.

"조카라고 그러셨던가요? 그 늑대가."

나의 지어먹은 마음에 개의치 않고 그가 소탈하게 말했다.

"예, 동생의 아들이죠. 이웃에 살기도 하지만 동생이 선생이라 제가 가끔 엄마 노릇을 대신할 적이 있답니다."

"우리하고 사정이 비슷하군요. 아직 맞벌이를 하다 보니 아이들한테 오늘 같은 일이 생길 때는 장모님이 학부모 노릇을 해주시곤 했는데 요새 마침 효도 관광을 떠나신 후라서. 집사람은 내가 유치원에 들른 거 모를 겁니다. 오늘 아침에 즈이 엄마 몰래 아이하고 손가락 걸고 약속을 했거든요. 아빠가 꼭 가봐줄 테니 열심히 하라구요. 아주머니 조카만 주연을 한 줄 아세요? 우리 아이도 주연이었답니다. 딸내미가 여주인공으로 나오는데 아비가 어떻게 안 가보냐고 회사에다가도 큰소리치고 나온걸요."

"직장 가진 엄마들보다 낫네요. 같은 직장 내에서도 확실히 남자가 여자보다 융통성이 있는 것 같아요."

"직장 나름이죠. 잡지사니까 밖에 나올 구실을 만들기가 비교적 쉽다 뿐이죠. 어떻게 맨으로 땡땡이를 칩니까."

나는 아까 잠시 맡아가지고 있던 서류 봉투에서 눈여겨본 꽤 괜찮은 종합지 이름이 생각나 신분이 불확실한 사람을 따라온 건 아니로구나 하는 생각을 했다.

"주연이면 엄마 염소였겠군요?"

"아니죠. 그 극의 주연이 어떻게 엄마 염숩니까? 시계 속에 숨어서 혼자 살아남았다가 해피엔드를 만들어내는 막내 염소죠."

"아아, 고 꼬마. 참 예쁘고 당차던데요."

"뭘요, 역할이 역할이니까 그래 보였던 거죠."

칭찬 한마디에 제 딸이 주연이라고 핏대를 올릴 때와는 딴판으로 겸손해지는 그가 보기 좋았다.

"그건 그래요. 제 조카도 덩치만 컸지 계집애한테도 맞기만 하는 허풍선이랍니다. 그런 주제에 그 역할을 그렇게 좋아하고 으스댄대요. 나중에야 어찌됐건 당장 여자애들한테 위협적인 존재가 되는 게 신나나 봐요. 사내 코빼기가 뭔지. 참 몇 남매나 두셨습니까?"

242

"남매가 아니라 자매를 두었습니다. 국민학교 1학년짜리하고 오늘 꼬마 염소 노릇한 녀석하고 딸만 둘입니다."

"어머, 그럼 또 낳으셔야겠네요."

"아뇨. 둘이면 족합니다. 아이들도 건강하고 우리 능력도 그렇고, 지구환경한테도 미안하고."

"말씀은 그렇게 하셔도 속마음은 아니실걸요. 남 다 있는 아들 자기만 없어 보세요. 얼마나 비참하고 섭섭한가. 물건이면 당장 훔치고 싶다는 옛말이 조금도 그르지 않죠. 하긴 요새처럼 편리한 세상에서야 훔칠 것까지야 있나요, 뭐. 수단 방법 안 가리게 되는 거죠, 그까짓 거."

나는 걷잡을 수 없이 수다스러워지다가 무엇에 놀란 것처럼 입을 다물었다. 수다가 걷잡을 수 없었던 것보다 더 지독하게 수치심을 걷잡을 수가 없었다. 마치 실수로 중인환시에 속바지를 까 내렸다가 치켜올린 것처럼 황당하고 망신스러웠다. 다행히 그가 내 치부를 본 것 같진 않았다. 그래도 나는 속으로 그럴 리가 없어, 저 자식은 시방 능청을 떨고 있는 거야,라고 은근히 겁을 먹고 있었다.

"섭섭하지 않다고는 안 했습니다. 아내가 둘째 애를 뱄을 때는 아들이길 바란 것도 사실이고요. 이왕이면 아들딸 섞어서 색색가지로 갖고 싶은 게 인지상정 아닙니까?"

"그거하곤 다르지요. 첫아들 낳은 사람이 둘째는 딸이었으면 하는 건 괜히 그래보는 배부른 수작이라구요. 그 사람들 조금도 절실하지 않아요. 두번째도 아들이면 즈네는 특별한 기술이라도 있는 사람처럼 으스대면 으스댔지 손톱만큼도 섭섭해할 줄 아세요, 아시겠어요?"

나는 다시 열 오른 목소리가 되었다. 그제서야 남자는 고개를 갸우뚱하더니 바보 같은 목소리로 말했다.

"모르겠는데요. 왜 내가 그걸 알아야 하는지는 더욱 모르겠구요."

"지금 행복하지 않으시죠? 내 말이 맞죠? 아들이 없다는 건 결혼 생활의 행복의 중대한 결격사유라는 걸 인정하셔야 돼요."

"왜 그걸 강요하십니까? 본인이 조금도 그렇게 안 느끼는 걸 가지고."

그는 여간 곤혹스러워 보이지 않았다. 암만 그래도 나보다는 덜 곤혹스러우리라. 나는 이 세상에 아들이 있고 없고 하고 인생의 행 불행하고를 연관 지어서 생각해본 적이 한 번도 없는 것 같은 남자를 만난 게 대단히 곤혹스럽고도 기분이 나빴다. 뭐 저런 족속이 다 있나 재수 옴 붙었다 싶으면서도 그 남자를 행복한 채로 놓아주기가 싫었다. 그것은 거짓 행복이고, 거짓은 깨부숴야 한다는 사명감이 대단한 정의감처럼 치뻗쳤다.

"야구 구경 좋아하지 않으세요?"

나는 화제를 바꾼 것처럼 전혀 딴소리를 했지만 어림없었다. 속으로는 점점 더 집요해지고 있었다.

"어떻게 아셨어요? 운동은 다 좋아하지만 야구엔 특히 광이죠."

떨떠름하던 그의 표정이 반짝 환해졌다. 나도 속으로 옳지 너

잘 걸렸다 싶었지만 애써 무표정을 꾸미고 말했다.

"야구장에도 가끔 가시겠네요?"

"그럼요. 고교 야구 시즌에는 못 참죠. 지금은 그렇지도 않지만 나 다닐 때만 해도 우리 모교가 야구 명문이었거든요. 선수는 아니었지만 그때 버릇이 남아서 그런지 1년에 한두 차례라도 구장에서 직접 목이 터져라 열광을 해야 살맛이 난달까, 스트레스가 풀린 답니다."

"혼자서만 즐기세요?"

"어디가요, 나갈 땐 혼자라도 자연히 동문들과 만나게 되니까, 끝나면 이겼다고 한잔, 졌다고 한잔, 오래간만에 만났다고 한잔하다 보면 돌아올 땐 엉망으로 취해서 꼬리까지 달고 들어와 마누라 머리에 뿔을 돋게 하는걸요."

"아들하고 야구 구경 다니고 싶단 생각 없으세요?"

나는 너 약 좀 올라봐라 하는 듯이 눈을 가느스름히 뜨고 조롱하는 투로 말했다.

"또 아들 타령입니까. 내 참, 솔직히 말해서 아들하고 같이 와서 부전자전으로 열광하는 친구를 보면 부럽지 않은 것도 아니라니까요. 여북해야 큰딸을 길들이려고 했겠어요. 실패했어요. 커갈수록 야구장 따라가는 걸 고역스러워하길래 놓아주었어요. 그렇지만 작은애가 또 있으니까 희망이 아주 없는 건 아니지요. 남자보다 비율이 낮다 뿐이지 여자라고 야구를 즐기지 말라는 법은 없으니까요."

"구차스럽게 그럴 것 없이, 부인한테 솔직히 아들 데리고 야구장 다니는 친구가 부러워서 죽겠다는 시늉을 자꾸만 하세요."

"부부간에 뭣 하러 상처를 줍니까? 그 사람이 무슨 죄가 있다고."

"상처뿐이겠어요. 모욕이고 모독이죠. 그래야 부인도 별수 없이 아들 낳을 방도를 강구하게 될 거라, 이거죠."

나는 앞에 있는 그를 의식하지 않고도 괜히 자신감이 넘쳤다. 그러나 그게 얼마나 허망한 자신감이라는 걸 알기 때문에 곧 꺼지게 될 게 두려웠다.

"글쎄요. 만일 나에게 아들만 있는데 아내가 옆에서 콩나물 다듬어줄 딸 하나 없다고 아무리 구시렁거려도 단지 콩나물을 다듬게 할 목적으로 내가 딸을 만들고 싶어 할 것 같진 않네요. 혹시 내가 그 정도로 싹수머리 없는 인간이라 해도 아들딸이 마음대로 되지 않는 마지막 장치가 남아 있으니 얼마나 다행입니까? 음양의 조화만은 아직도 신의 영역인 게 감사할 따름이죠."

그러면서 그는 팔운동을 하듯이 큰 동작으로 손목시계를 보았다. 나하고 상대하기 싫다는 걸 적나라하게 드러내 보이기 위한 몸짓이리라. 그 마지막 장치인지, 음양의 조화인지가 신의 영역을 벗어난 지 오래라는 것도 모르는 주제에 잘난 척하긴. 순진한 탓일 거야. 몇 살이나 되었을까. 나하고 동갑 아니면 기껏해야 서너 살 아래일 것이다. 저런 남자하고 자는 것은 어떤 기분일까. 나는 내가 무슨 말을 하다 말았는지 생각나지 않을 정도로 나른한 기분으로 그런 생각을 했다. 그는 내가 무슨 생각을 하고 있는지 모르고 아마 말문이 막힌 줄 알고 이때다 싶었나 보다.

"그럼 이만 실례하겠습니다. 실은 인터뷰 약속을 해놓고 그 사이에 잠깐 틈을 낸 거라서."

"요령이 좋으신가 봐요."

"요령은요. 남 보기엔 시간의 구애를 덜 받는 직장처럼 보이지만 남들이 잠자는 시간에도 일해야 하는 게 이놈의 팔자랍니다. 찻값은 제가 계산하겠습니다. 그럼."

그는 필요 이상 서둘고 있었다. 누가 잡아먹나. 순진하긴. 그가 그럴수록 나는 그를 놓치고 싶지가 않았다. 구체적으로 어째보겠다는 건 아니었다. 마음속으로 갖고 놀고 싶었다. 조금만 더. 나는 따라 일어서서 그를 뒤따랐다. 그러나 찻값을 내가 내겠다고 날치진 않았다. 나는 남들이 그런 일로 투사처럼 열렬하게 다투는 걸 보는 것조차 질색이었다. 그 대신 나는 그가 돈을 받는 걸 지켜보는 동안 기막힌 생각을 해낼 수가 있었다.

"명함 있으면 한 장 주세요."

"왜요? 참 명함이 어디 있더라."

그는 양복 주머니엔 손도 넣지 않고, 겉으로만 위아래를 양 손바닥으로 탁탁 쳐 보이면서 찾는 시늉만 했다. 명함을 줄까 말까 결정할 시간을 벌려는 그의 이런 어색한 동작을 나는 속이 근질근질하도록 귀엽게 바라보았다.

"아까 찍으신 필름 잘됐으면 하나 복사해서 드리려구요. 남자 주인공 찍는데 여주인공을 빼놓았을 리 없잖아요."

나는 짐짓 사무적으로 말했다. 예상대로 그가 반색을 했다.

"아, 그러문요, 그러문요. 보시면 아시겠지만 초점을 우리 애한테 맞췄을지도 모르겠습니다. 팔이 안으로 굽는다고 무의식적인 행동이었으니까 용서하세요."

그의 얼굴이 바보스러울 정도로 헤벌어졌고 손엔 이미 명함을 꺼내 들고 있었다. 나는 관심없다는 듯이 명함을 자세히 보지도 않고 핸드백 속에 집어넣으면서 고개만 약간 까딱해 보이고는 먼저 획 등을 돌렸다.

"그림이 잘 안 나왔어도 보내주셔야 돼요. 연락 기다리겠습니다."

그가 내 등 뒤에서 소리치는 걸 들으며 나는 회심의 미소를 지었다. 그리고 저음이지만 멀리 퍼지는 기분 좋은 목소리를 천천히 음미했다.

저녁 먹고 나서 텔레비전을 보고 있는데 동생한테서 전화가 왔다. 두 딸은 과외 공부 가고 아들은 숙제를 하고 있는 호젓한 시간이었다. 남편은 중국으로 출장 중이었다.

"언니, 우리 집에 차 마시러 오지 않을래. 언니 언제 그렇게 기술이 늘었수? 너무너무 잘 찍었어. 슬기 재롱 잔치 찍은 거 말야, 근사해. 볼만해."

오는 길에 동생네다 카메라를 놓고 왔더니 지금 식구가 모여 그걸 보고 있는 모양이다.

"그까짓 거 찍는데 기술이고 뭐고가 어딨냐? 제 새끼 재롱이니까 근사해 보이는 거지."

"아냐, 언니. 전에 언니한테 잠깐잠깐씩 찍어 달랜 거 얼마나 못 찍었는지 알아? 나도 잘은 못 찍어도 그냥 눈에 안 거슬릴 정도는 찍는데 언니 찍은 건 한 카트만 끼어들어도 아아 저건 언니 솜씨라는 걸 알 만큼 못 봐주게 튀었다구. 그런 우리 언니가 웬일이유? 오늘 찍은 건 작품이야, 작품. 카메라는 줄창 우리 집에다 내꽂자 놨으면서 언제 그런 장족의 발전을 했을까?"

동생의 목소리는 들떠 있었다. 나는 아들의 방문을 열고 이모네 마실 갔다 오마고 말했다. 아들은 하던 숙제에서 눈도 떼지 않고 알았다고 했다.

"같이 가지 않을래? 엄마가 찍은 비디오 보러 가는데."

나는 현관에서 안 해도 될 소리를 던지고 대답을 기다렸다.

"흥미 없어요."

아들의 시큰둥한 대답이 들렸다. 열한 살짜리가 저렇게밖에 말할 수 없는 것일까. 싫어,라든지 바빠,라고 했더라면 좋았을 걸. 열한 살, 만 10년하고 일곱 달짜리가 흥미 있어 하는 건 뭘까. 나는 아들의 멱살을 잡고 내가 널 어떻게 낳아 기른 자식인 줄 아느냐고 한바탕 악다구니를 치고 싶은 욕망을 억제하느라 현관 신장을 잡고 심호흡을 했다. 나는 떨고 있었다. 손끝이나 가슴이 아닌 더 내밀한 곳이 분심으로 떨고 있었다.

동생네는 마침 일가 단란의 시간이었다. 오붓한 세 식구 곁에 주책없이 아줌마까지 끼어들어 빨래를 개키면서 시시덕대고 있었다. 나도 기분을 바꾸려고 아줌마 점점 고와진다고 너스레를 떨었다.

"형님은 경기 좋으신가 봐요. 1년이면 반 이상은 해외에서 보내시니. 이웃에 살면서도 까딱하단 형님 얼굴 잊어버리겠어요."

다탁에 둘러앉아 차를 마시면서 동생의 남편이 말했다.

"해외에 자주 나간다고 경기가 좋겠어요? 중소기업들이 다 어려워하는 것만큼 그이도 어렵겠죠, 뭐."

"언니는 또 죽는소리, 누가 사업가의 아내 아니랄까 봐. 형부가 왜 중소기업이유?"

"얘는 그럼 우리가 재벌이냐?"

"부동산 재벌 아니우? 뒤가 그만큼 든든하면 맨날 윗돌 빼 아랫돌 고였다, 아랫돌 빼 윗돌 고였다 마는 중소기업하곤 다르지. 남은 죽기 살기로 하는 사업을 형부는 취미로 하니까 돈이 벌릴 수밖에."

시집이 대대로 살던 서대문 밖 구옥 앞으로 길이 나면서 번화가가 되어 그 자리에 빌딩을 올린 걸, 시아버지가 돌아가신 후는 전적으로 시어머니 관리하에 있지만 장차 남편이 상속하게 되리라는 것 때문에 동생은 툭하면 이렇게 시샘이 섞인 소리를 했다.

"나도 따분한 은행 때려치우고 형님 밑에 들어가서 사업이나 배울까?"

"듣기 싫어요. 누가 붙여주기나 한다구. 난 사장 마누라는 안 바랄 테니 지점장 마누라라도 한번 돼봅시다."

그러면서 동생이 비디오 세트의 리와인드를 누르자 동생의 남편은 주섬주섬 담뱃갑을 챙겨가지고 들어가고 아줌마도 제 방으로 가버렸다.

"이번이 네번째야, 언니. 다들 질렸나 봐. 요 녀석은 그래도 지가 나오니까 또 보고 싶은가 보네."

기대에 부푼 얼굴로 화면이 나오기를 기다리는 슬기를 보며 동생이 눈을 흘겼다. 곧 화면이 나오고 나는 슬기보다 더 열심히 그림 속으로 빨려 들어갔다. 내가 낮에 본 어설픈 동극하고는 전혀 다른 것을 보는 것처럼 화면은 아름답고도 생동감이 넘쳤다. 아, 저런 장면도 있었던가 싶은 귀여운 실수, 깜찍한 연기, 지엽적인 데 숨어서 동극을 동극답게 하는 천진난만, 그런 것들을 어쩌면 저렇게 낱낱이 끄집어내어 저다지도 귀엽게 살려놓은 걸까. 그 30분도 채 안 되는 아마추어의 기록 필름이 나에게 걸작품일 수 있는 것은, 그러니까 무엇보다도 우리끼리만 통한 귀여운 것에 대한 공감 때문이었다. 나는 지금 비디오를 보고 있는 게 아니라 그 남자와 눈을 맞추고 있는 거였다. 출연한 아이들이 모두 손에 손을 잡고 무대를 한 바퀴 돌고는 손을 흔들면서 퇴장을 했다. 슬기는 소파에서 잠이 들었고 동생도 하품을 했다. 네 번씩이나 보고 나니 시들한 모양이었다. 내 기술에 대한 칭찬도 안 했다. 나도 약간은 지루했던 양 기지개를 켜면서 지나가는 말처럼 덤덤하게 그 테이프 한 통 더 복사해달라고 말했다. 서로 잘 자라는 간단한 인사를 하고 밖으로 나왔다. 저만치 아파트의 각진 모서리에 반달이 걸려 있었다. 어머, 자연이라는 게 있긴 있었구나. 나는 무료하게 걸려 있는 달을 향해 까닭 없는 능멸의 시선을 보내고는 종종걸음을 쳤다.

아들은 그새 잠들어 있고, 딸들이 과외 공부에서 돌아올 시간은 아직 멀었다. 고2짜리와 중3짜리의 과외 학원는 꽤 멀었지만 이웃끼리 서로 조를 짜서 돌아가며 데리러 가기 때문에 내 차례가 아닌 달은 문만 열어주면 된다. 그 조에 끼려면 차가 있어야 되기 때문에 나처럼 기계 무서움증이 심한 사람도 운전을 배우지 않을 수가 없었다. 딸애들이 올 때까지 텔레비전이나 볼까 하다가 비디오를 틀었다. 남편이 출장가고 나서 빌려온 「장미의 전쟁」이라는 영환데 그동안 서너 번은 본 것 같다. 나는 연속극도 비디오도 영화도 보긴 보지만 결코 즐기는 편은 아니다. 재미로나 감동으로나 푹 빠진 적이 없으니까. 아주 정신 차리고 보지 않으면 스토리도 제대로 못 따라갈 적이 많다. 본 것을 연거푸 또 보고 싶어 하긴 처음이다. 그런 게 좋은 영화인지 아닌지도 잘 모르겠다. 그 영화를 연거푸 보고 있다는 걸 누가 알고 있는 것도 아니건만, 나는 묘하게 떳떳치 못한 느낌에 사로잡힌다. 그리고 남편이 출장에서 돌아오기 전에 그만 보고 돌려주리라 혼자서 다짐까지 한다. 그까짓 게 무슨 금지된 쾌락이나 되는 것처럼. 실은 별것도 아닌 얘기다. 부부가 싸우는 얘기다. 그러나 예사 부부 싸움은 아니다. 어찌나 격렬하게 싸우는지 제목 그대로 전쟁이다. 정력적이고도 지능적으로, 잔혹하고도 줄기차게, 물불 안 가리고도 교활하게, 상대방을 해치고 골탕 먹인다. 나치하고 유태인하고 전쟁이 붙었대도, 왕년의 우리 국군이 인민군과 싸울 때도 이 부부의 전쟁보다는 그래도 감미甘味나 감상이 끼어들 여지가 있었으리라. 참 기막힌 증오였다. 더욱 기막힌 것은 그들이 왜 그렇게 싸우고 미워하게 됐는지를 도무지 모르겠는 거였다. 제대로 된 영화라면 그걸 안 밝혔을 리가 없다. 내가 같은 필름을 반복해 보는 것은 혹시 내 영화 보는 법의 미숙 때문에 그걸 못 읽어낸 게 아닌가 하는 조바심 때문도 있었다. 그러나 일단 보기 시작하면 그 까닭이야 아무래도 좋다는 식으로 놓쳐버리고는 격렬한 증오만이 고스란히 옮아 붙는다. 그야말로 남부러울 거 없는 부부였다. 지성과 미모와 건강을 겸비한 남녀가 첫눈에 반해 열렬하게 사랑하고 결혼하고 아들딸 낳고 출세하고 고급 주택 고급 가구 미술품을 모으며 살아간다. 너무 아쉬울 게 없으니 권태로울 수도 있으리라. 아니다. 이건 권태 따위 나른한 것하곤 다르다. 아내가 먼저 이혼하자고 한다. 그전에 남편이 아내가 하는 일을 경멸하는 태도를 한두 번 취한 것 같긴 하다. 그것이 빌미가 됐든 어쨌든 아내는 부부 생활의 의미 상실을 선언한다. 그러나 집이나 소유물에 대해선 서로 한 치도 양보를 안 한다. 상대방을 내쫓고 자기 소유로 하기 위해 지혜와 체력을 다해 가열한 투쟁을 벌인다. 병적일 정도로 무서운 집착과 증오가 화면을 폭풍처럼 휘몰아친다. 아내의 고양이를 남편이 실수로 치어 죽이자 아내는 남편이 사랑하는 개를 일부러 치어 죽여 그걸로 요리를 만들어 남편에게 먹이는 식으로 구원의 여지가 바늘구멍만큼도 없는 증오는 클라이맥스를 향해 일사불란하게 치닫는다. 증오의 클라이맥스는 죽음밖에 더 있겠는가. 용서니 화해니 하는 거짓된 정서는 양념으로 쓰려 해도 찾아지지 않는다. 나는 마치 자웅을 붙은 짐승이 이유도 체면도 없이 다만 어쩔 수 없이 클라이맥스로 치닫듯이 참담하게 헐떡이며 그들의 파국을 쫓는다. 쫓고 쫓기던 부부가 마침내 천장의 휘황한 상들리에에 같이 매달렸다가 밑으로 떨어지면서 박살이 나서 죽는 장면까지 봐야만 비로소 열병처럼 옮아 붙은 증오로 부터 놓여나게 된다. 다시는 꾸고 싶지 않은 악몽 같은 영화를 나는 왜 또 보고 또 보는 걸까. 더 기분 나쁜 것은, 증오 때문인지 소유의 공평한 분배 때문인지 남자가 핏발 선 눈을 하고 아내의 구두 나부랭이를 톱으로 자르는 장면이 나오는데, 나는 그때마다 그 구두가 내 아들의 몸뚱이가 되는 엉뚱한 환상 때문에 진땀을 흘린다는 사실이다.

초인종 소리가 나고 앞서거니 뒤서거니 두 딸이 돌아왔다. 엄마 어디 아프냐고 물었다. 마치 골속에 공깃돌이 잔뜩 든 것처럼 무거운 통증이 데굴데굴 굴러다니는 것 같았다.

"너희들 기다리다가 잠깐 졸았나 보다. 그새 무서운 꿈을 꿨더니 골치가 좀 아프구나."

나는 이렇게 둘러대고는 남편이 돌아올 날을 달력으로 짚어 보았다. 사흘 남았다. 어른도 무서운 꿈을 꾸냐고 작은딸이 물었다. 그 아이에게 어른이 된다는 것은 두려움이 없어진다는 것하고 같은 뜻일지도 모른다고 생각하며 대답 대신 등을 토닥거려 주었다. 남편이 돌아올 때까지 더는 「장미의 전쟁」을 보지 않았다. 꼭 해달라는 투로 말한 것은 아니었는데도 동생은 재롱 잔치 테이프를 복사해 왔다. 형부 보여주라, 좋아할 거야. 동생은 모든 사람이 저처럼 제 아들을 예뻐하길 바란다. 남편도 슬기를 좋아하긴 하지만 제 자식 사진도 찍을 때는 신나게 찍다가도 현상해 온 사진을 관심 있게 본 적이 없는 사람이었다. 그래도 나는 식구가 다 모인 자리에서 그걸 한번 틀어 보여주었다. 길지 않으니까 다들 의무적으로 봐주었고, 아무도 누가 찍었나 따위는 묻지도 않았다. 내 속셈도 그 필름으로 식구들의 관심을 끌 생각이 아니라, 복사를 부탁하면서 품었던 야릇한 조바심이 안심할 정도로 희석되었다는 걸 확인하고 싶은 거였다. 그러나 외간 남자에 대한 매혹과 거기 따른 죄책감이 충분히 사그라진 후까지도 찌꺼기처럼 남아 있는 게 문제였다. 실상 나처럼 심심한 여자에게 그런 유의 감정적인 외도는 번번이 처음 같으면서 처음이 아닌, 차라리 진부한 거였고, 지나놓고 보면 무엇에 씌었던 것처럼 황당한, 거기 마련이었다. 그러나 그 남자에겐 그렇게 가볍게 흘려보낼 수만은 없는 무엇인가가 있었다. 아들이 없이도 불행하기는커녕 쓸쓸하지도 허전하지도 않은 인간이 이 한국 땅에 있다는 게 참을 수 없이 께름칙했다. 만약 그 께름칙한 걸 떨쳐버리지 않고는 생전 아무 재미도 못 느끼고 살아야 할 것 같은 예감마저 들었다. 그걸 떨쳐버리기는 간단할 수도 있으리라. 그 남자의 그런 생각이 진심이 아니라는 것만 알아내면 된다. 아마도, 아니 틀림없이 그것은 거짓일 것이다. 나는 그의 잡지사로 전화를 걸어 비디오테이프를 복사해놓았는데 만나서 전해주고 싶다고 했다. 나를 반가워하는 그의 기분 좋은 저음을 듣자 나는 갑자기 새처럼 지저귀고 싶었다.

"솜씨가 여간 아니시던데요. 잘 나왔어요. 슬기 편에 댁의 따님한테 전할까 하다가 그냥 내주긴 아까운 필름이더라구요. 차라도 한잔 더 얻어먹고 싶어서요."

"허허, 그렇습니까, 그렇게 잘 나왔어요? 그럼 제가 솜씨 턱을 받아야 하는 거 아닙니까? 이치가."

"그렇게 되나요? 좋아요. 이번 차는 제가 사고, 테이프 턱은 그다음에 받을게요."

나는 무턱대고 즐거워서 들뜬 목소리를 냈다. 사춘기로 퇴화한 것처럼 필름이나 솜씨 따위 사소한 걸 핑계 삼아 낯간지러운 즐거움을 줄줄이 창출할 작정이었다. 날짜와 시간과 장소를 약속하고 난 후였다. 저녁때 집으로 참기름을 꾸러 온 동생이 나를 자꾸만 쳐다보는 것 같았다.

"왜 그러니? 내 얼굴에 뭐가 묻었냐?"

"아냐. 언니가 달라진 것 같아서. 더 젊어진 것 같기도 하고 더 예뻐진 것 같기도 하고, 뭐랄까 생기가 넘쳐 보여. 늘 늘쩍지근하더니만. 언니 혹시 연애하는 거 아뉴?"

"망할 것, 참기름 갚으란 소리 안 할 테니 객쩍은 소리 작작하고 어서 가봐라. 콩나물 무치다 왔다면서."

"내가 언제 갚는 것 봤수? 하긴 집구석에서 누굴 만날 기회가 있어야 연애도 하지."

동생을 돌려보내고 나서 나는 동생이 말한 걸 확인하기 위해 거울을 찬찬히 들여다보았다. 정말 달라진 것 같았다. 젊고 예쁘고 싱싱한 것, 그건 얼마나 좋은 건가. 그 후 나는 거울 앞에서 그런 것들을 나한테서 찾아내려고도 애썼지만 그렇게 꾸미려고 더 많이 노력했다. 아들이 없는 걸 조금도 고민스러워하지 않는

괴짜가 한국 땅에도 있다는 사실을 나는 께름칙하게 여기고 있는 걸까, 신나는 일로 여기고 있는 걸까, 그것조차 왔다 갔다 했다. 내 아들을 바라보면서도 그 남자 생각을 하곤 했다. 나는 아들하고 키를 대보는 걸 좋아했다. 나는 키가 162센티나 되었다. 체중은 2킬로 정도는 들쭉날쭉했지만 50킬로를 넘은 적이 없어 늘씬해 보였다. 그런 내 키를 열한 살밖에 안 된 녀석이 육박하고 있었다. 어려서는 기둥에다 아들의 키가 커가는 걸 눈금으로 표시하는 게 낙이었지만 국민학교 들어가고부터는 어깨동무를 해보는 걸 더 좋아했다. 어깨동무를 하는 척 아들의 볼을 애무하면서 앞으로 끌어당기면 아들은 고분고분 내 가슴에 귀를 대고 엄마 심장 소리가 들린다고 했다. 자연스럽게 가슴으로 끌어당길 수 없을 만큼 키가 자라면서 아들은 고개도 뻣뻣해져서 좀처럼 나에게 안겨 오지 않았다. 그래도 나는 아들하고 육체적 접촉을 하는 게 좋았다. 그 부듯한 느낌을 갈망할 적도 많았다. 아들은 건강한 나무처럼 잘 자랐다. 근육은 유연하고도 단단했다. 긴 바지를 입었을 때도 아들의 정강이가 얼마나 곧고 강하다는 걸 느낄 수가 있었다. 아들이 그냥 집안을 왔다 갔다 하는 것만 봐도 좋았다. 아들을 가슴에 안으면 온몸이 부듯하듯이 아들이 집 안에 있으면 온 집 안이 가득해졌다. 그 애가 눈에 안 보일 때도 그 애가 있다는 것만으로도 나는 떳떳하고 자랑스러울 수가 있었다. 그 애가 있다는 것은 나의 최고의 성취감이고 그 애를 바라보는 즐거움은 무엇과도 비할 수 없는 행복감이었다. 두 딸도 물론 사랑했다. 큰딸은 첫정이라 애틋하고 둘째는 막내

딸이라 예쁘다. 한 번도 사랑으로 딸 아들을 층하하지 않았다. 그러나 딸은 둘을 다 합쳐도 아들 하나만큼 나를 충만하게 하지 못한다.

그 남자를 만나러 가기 위해 나는 공들여 화장하고 거울 앞에 서 이것저것 많은 옷을 입어보았다. 젊고 싱싱하다는 동생의 말을 다시 음미하며 미소 지었다. 동생도 가끔가다 그런 쓸모 있는 말을 할 때가 다 있다니. 시간을 넉넉하게 잡고 나와 세차까지 했다. 그 남자하고 장소를 의논할 때 아무렇게나 정한 것 같아도 실은 분위기는 물론, 운전에 자신 있는 지점이라는 것과 주차하기 편한 것까지 계산하고 정한 거였다. 칠전팔기도 더 되게 고전하고 나서 면허를 딴 운전은 좀처럼 늘지 않았다. 밤길에 딸들을 태워다주는 일 외에 다닐 수 있는 코스가 한정돼 있고 그 이상의 발전이 없었다. 그 정해진 코스는 곧 나의 옹색한 사교 범위를 의미했다. 남편은 그 정도밖에 차를 이용할 줄 모르는 나를 무시하면서도 다행스러워하는 것 같았다. 남들한테도 나의 차 운전을 '우리 집사람의 딸 효도'라고 말하곤 했다. 남편의 말대로 딸들을 위해 쓰는 것 외엔 그닥 탐탁한 이용 가치를 못 느껴본 차였다. 그러나 오늘은 차도 비싼 옷과 공들인 화장처럼 나를 빛내주길 바랐다. 술이 달린 모자를 쓰고 옆 솔기에 진홍색 줄이 쳐진 제복을 입고 공손히 허리를 굽히는 웨이터에게 생긋 웃으면서 차 키를 맡기고 또박또박 걸어가 호텔의 회전문을 미는 맛이 그럴듯했다. 남들이 그러는 걸 볼 때는 아니꼽기도 하고 내가 그렇게 할 수 있을 것 같지가 않더니만 해

보니까 썩 잘 어울린다는 생각까지 들었다. 그 남자는 먼저 와 있었다. 강이 보이는 자리를 차지하기가 쉽지 않은데 그가 먼저 잡아놓고 있었다. 나는 젊고 싱싱하다, 이렇게 최면을 걸듯이 타이르면서 그에게로 걸어갔다. "오래 기다리셨어요?" 이렇게 말하면서 남자 앞에 앉았다. 이럴 리가 없는데, 나는 속으로 여간 실망스럽지가 않았다. 그는 지치고 후줄근해 보였다. 잔뜩 기대에 부풀었던 스스로가 무안했다. "아뇨, 방금이오." 그러면서 하품을 늘어지게 하는 그의 턱에서 삐죽대는 수염이 땟국물처럼 꾀죄죄했다. 무안한 정도가 아니라 모욕감을 느꼈다.

"미안합니다. 어젯밤 야근을 했더니."

그는 또 한 번 하품을 하려다 우물우물 썹어 삼키면서 말했다. 나는 커피를 시키고 나서 시선을 창밖으로 돌렸다. 따뜻한 커피를 음미하며 마시는 사이에 어지러운 망상이 조금씩 가라앉는 것 같았다. 그래도 내가 뭘 원하고 있는지 모르긴 마찬가지였다. 내가 원하고 있는 게 설사 마주 앉은 저 남자와 바람을 피우는 게 아니라 해도 내 속에 있는 께름칙한 것이 없어지는 건 아니었다. 나는 차를 마시는 동안도 마시고 나서도 골똘히 바깥만 내다보았다. 창밖으론 물을 뺀 겨울 수영장과 호텔을 휘감고 동북으로 뻗은 아스팔트 길이 보이고 길과 평행으로 겨울 강이 고여 있는 것처럼 나른히 누워 있었다. 여름엔 요트가 한 유로이 떠 있는 게 평화롭고도 이국적으로 보이던 강이 지금은 텅 비어 있는 것 같았지만 자세히 보니 새 떼가 무리 지어 떠다니고 있었다. 여름에 못 보던 새니 물오리나 청둥오리 따위 겨울새일 것이다. 강이 얼면 저 오리 떼들은 어떻게 될까. '한 연못이 있었는데, 가을날 많은 오리 떼들이 날아왔다. 밤새 추위가 닥쳐 연못이 꽁꽁 얼어붙었다. 오리 떼들은 어찌 되었을까? 연못을 물고 날아가 연못은 더 이상 거기 있지 않았다.' 그런 이야기가 나오는 영화를 본 생각이 났다. 산다는 것의 덧없음에 가슴이 저리면서 내가 보고 있는 풍경도 실제로 저기 존재하는 게 아니라, 나에게만 있는 것처럼 보이는 환상이 아닐까 하는 생각이 들었다. 문득 뺨에 시선을 느끼고 얼굴을 돌렸다. 그가 나를 바라보고 있었다. 어느 틈에 졸음이 걷힌 부드럽고도 그윽한 시선이었다.

"쓸쓸해 보이십니다."

내가 너무 갑자기 돌아다보았기 때문인지 그가 좀 놀란 듯이 말했다. 이번엔 그가 내 시선을 부신 듯이 피했다. 나는 그가 나에게 매혹당하고 있다고 생각했다. 그렇지 않고서야 쓸쓸한 걸 눈부셔 할 까닭이 없다. 내 표정은 아까나 지금이나 변함이 없다. 그렇다면 그가 쓸쓸해 보인다는 건 그의 발견일 터였다. 그가 쓸쓸해 보인다니, 아마도 내가 쓸쓸한 건 맞을 것이다. 그러나 지금 중요한 건 그게 아니다. 중요한 건 내 비싼 옷과 공들인 화장을 뚫고 그가 내 내부를 정확하게 들여다보았다는 사실이다. 그게 매혹된 증거가 아니고 무엇이랴. 나는 마음에 구멍이라도 뚫린 것처럼 헤프게 그에게 경도되는 자신을 걷잡을 수가 없다. 곧 체면이니 예의니 하는 심리적 균형이 깨질 것 같은 예감에 사로잡힌다. 뇌졸중이나 간질의 전조前兆가 이런 게 아닐까 싶게 그런 느낌은 막연하면서도 기분 나쁘다. 어서 사무적이고 온당한 대화의 꼬투리를 찾지 않으면 무슨 실수를 저지르고 말 것 같다.

"그림이 괜찮게 나왔다면서요?"

그가 나의 용건을 일깨워주었다. 아 네, 나는 핸드백에서 누런 봉투에 든 테이프를 꺼내 그에게 건넸다. 그리고 슬기네 식구와 우리 식구가 번갈아가며 그걸 보며 얼마나 즐거워했다는 얘기를 과장되게 했다. 나는 말을 한번 부풀리기 시작하면 풍선을 터질 때까지 불어야 직성이 풀리는 사람처럼 조정을 못 하는 나쁜 버릇이 있었다. 보통 수다쟁이하곤 달랐다. 말문이 열리려면 시간도 걸리고 말 상대도 가리는 편이었으니까. 그의 앞에서도 말문이 일단 터지자 계속해서 나만 일방적으로 지껄였다. 그 유치원이 홍보 전략에 능해서 장사가 잘된다는 얘기로부터 유아교육의 전반적인 문제점에 이르기까지 한바탕 알은체를 하고 나서 요즈음 아이들 다루기 힘든 얘기며, 교사의 자질에 대한 의구심과 우려 등 할 얘기는 무궁무진했다. 별안간 봇물처럼 터지는 내 수다를 남편도 병이라고까지 말한 적이 있다. 그가 외국에서 전화를 걸어왔을 적이었는데 식구들 안부에 예, 아뇨라는 말밖에 안 하자 전홧값 걱정 말고 뭐라고 말 좀 해보라고 신경질을 냈다. 그때부터 말문이 터져 큰애가 어쩌구 저쩌구, 둘째가 이만저만, 셋째가 여차저차 미주알고주알 고해바쳤다. 그가 정말로 전화비가 겁나 끊어버린 것도 모르고 지껄여댔던 것이다. 병이라는 소리까지 들어도 싸다.

"집사람이 좋아할 겁니다. 정말 고맙습니다."

그가 내 수다 사이를 용케 비집고 들어와 인사치레를 하면서 손목시계를 보았다. 우리 동네 다방에서 차를 마신 날처럼 팔운동이라도 하듯이 과장된 동작이었다.

"아직도 딸이 더 좋다고 우기실 작정인가요?"

그렇게 단도직입적으로 본론으로 들어가리라고는 나도 미처 예상 못한 일이었다. 나는 자신의 마음이 어떻게 돌아갈지에 대해 무책임한 편이다.

"또 그 얘기가 하고 싶은가요?"

그래 난 당신처럼 딸만 있는 주제에 천연덕스럽게 행복한 체할 수 있는 남자가 이 땅에 있다는 게 께름칙한 걸 떨쳐버리지 않으면 미치겠단 말야, 이런 눈빛으로 그를 놓아주지 않았다. 그는 뭐 이런 여자가 다 있나 진저리가 난 티를 감추지 않다가 용케 자제하고 냉정한 얼굴이 됐다. 나는 그가 억지로 가다듬은 냉정 뒤에 지친 듯 희미한 연민이 번득이는 걸 본 것처럼 느꼈지만 어쩌볼 수 있는 건 아니었다.

"저는 딸이 더 좋다고 말한 적이 없었습니다. 그건 아들이 더 좋다는 것과 같은 척도를 가진 발상이기 때문이죠. 장차는 딸이 더 좋을 거라느니, 딸 가진 부모는 비행기 타고 아들 가진 부모는 고속버스 탄다는 식의 위로나 발상이 제일 싫습니다. 마치 내년엔 무슨 농사를 지으면 수지를 맞을 거라든가, 앞으로 무슨 장사를 하면 떼돈을 벌 거라는 식의 상업적인 전망과 무엇이 다릅니까? 그런 발상은 남녀의 인간관계를 더욱 해칠 뿐 조금도 도움이 못 될 겁니다. 그야 딸 가진 부모가 경제적 이득을 더 많이 볼 날이 의외로 빨리 올지도 모르죠. 남녀의 성 비율이 이런 속도로 허물어져가면 말입니다. 재롱 잔칫날도 보셨죠? 춤출 때 여자 짝이 차례가 안 간 사내애들이 싸우는 거 말예요. 어렸을 적이니까 순전히 완력으로 결판내려는 원시적인 싸움을 했지만 어른이 돼보세요. 어른도 역시 힘이 있어야 여자를 차지하게 되리라는 건 틀림없지만 어른의 힘이란 뭐겠습니까. 금력 권력 그런 거 아니겠어요. 의사나 판사 사위 얻는답시고 바리바리 싣고 지참금까지 안동을 시켜 시집보내던 딸을 앞으로는 가만히 앉아서 그 몇 배를 받아내면서 보내게 될지도 모르죠. 아니, 보낼 건 또 뭡니까? 데릴사위로 들어가지 않으려면 결혼 못 할 세상이 올지도 모르죠. 그렇다고 달라진 게 뭡니까. 손해나던 장사가 수지맞는 장사로 변했을 뿐 여성을 상품 취급하긴 마찬가지지요. 수지가 맞을수록 상품화는 더 심화될 겁니다. 더욱더 어떡하면 비싸게 팔리나 하는 쪽으로 길러지고 교육될 테니까요. 남자는 또 어떻구요. 물욕과 성욕은 서로 상승작용을 일으켜 예쁜 여자는 재산 목록이 되고 권력의 상징이 되겠죠. 여자가 인간이 아니게 된다는 건 곧 남자도 인간이 아니게 된다는 소리나 마찬가지입니다."

그는 내가 첫눈에 이끌렸을 때의 꽤 괜찮은 남자하고도, 아까 실망했을 때의 지치고 꾀죄죄한 인상하고도 달라 보였다. 어느새 지난 시대의 일이 되고 말았지만 자유를 외치던 운동권의 거친 열정의 그루터기 같은 걸 얼핏 본 것처럼 느꼈다.

"그러니까 여자는 수적으로 흔해도 천하고 귀하면 더 천해진다는 전망 아닌가요? 그런 줄 알면서도 딸로 만족한다면 그건 허세 부리는 거지 본심은 아닐 겁니다."

그를 설득하는 것보다는 약을 올리는 게 더 재미있을 것 같았다.

"참 집요한 분이군요. 두번째도 딸이었을 때 섭섭했단 실토를 한 것 같은데 왜 저를 자꾸만 그쪽으로 몰아붙이려고 하십니까. 저는 제 자식의 성이 여자라는 게 그 아이 잘못도 아니고 더구나 인간으로서의 하자도 아니라는 것을 알기 때문에 딸이기 때문에 섭섭해할 수밖에 없었던 악조건을 걷어주고 싶을 뿐입니다. 얼마짜리 성적 대상이 아니라 자신의 주인이 되길 바랄 뿐입니다. 그건 아들 기르는 것보다 훨씬 값진 보람이라고 생각합니다. 지금은 향수로밖에 남아 있지 않지만 대학 시절 운동권에 몸담았던 적이 있죠. 덕택에 대학을 7년 만에 졸업하고 어머니 애간장도 많이 태워드렸죠. 그 시절의 이상은 비록 좌절됐습니다만 나는 그때의 내가 좋고 자랑스럽습니다. 그때의 나하고 청탁清濁 안 가리고 타협의 타협을 거듭하면서 일용할 양식을 벌어들이는 데 급급한 현재의 나하고 동일인이라는 확신을 주는 것도 딸의 아버지 노릇을 통해서라면 이해가 되시겠습니까?"

나는 역시 그랬었구나, 나의 혜안에 적이 놀랐지만 그의 말뜻을 다 알아들은 건 아니기 때문에 고개를 저었다.

"못 알아들으셔도 좋습니다. 아무튼 저는 남을 찍어 누르고 억울하게 만들고 우뚝 선 자보다는 억울하게 짓눌리고 소외된 자의 편이 될 수밖에 없는, 양심이랄까 정의감을 타고났고, 거기에 대해 자부심을 느끼고 있습니다. 여북해야 나보다 출세하고 돈도 더 잘 버는 친구들 사이에서도 기가 죽기는커녕 자신을 군계일학처럼 느낄 적이 있는걸요. 그런 정의감이 사회적으로 좌절됐다고 해서 내 가정 속에서 내 식구 사랑 속에 구현시키려는 노력까지 그만둘 수는 없지 않겠습니까. 운동할 때 가장 큰 고민이 생각과 말과 행동을 일치시키기가 어려운 거였고, 동지들의 같은 모습에 실망하고 불화하는 경우도 많았는데, 비록 독불장군으로나마 내 가정 안에서라도 옳다고 생각하는 대로 살고 식구들에게 영향을 끼치면 결국에 가선 이 세상을 변화시킬 수 있는 작은 힘이 되지 않겠습니까?"

"따님에 대한 기대가 너무 커도 부담 줄 텐데요."

"아들 노릇 하도록 키운다는 뜻이 절대로 아니라니까요. 남자와 여자는 혼자서는 부족함으로써 서로 평등한 거 아닙니까. 자연이 완전하게 아름다운 것도 개개의 종의 완전함 때문이 아니라 서로의 조화 때문이듯이. 우리나라의 남녀 불평등 구조가 마침내 자연의 조화 중에도 가장 오묘한 조화인 성 비율의 균형을 깨뜨리기 시작했다는 데 대해 저는 거의 공포감을 느끼고 있습니다. 그 실상은 생각하기도 싫습니다만."

나는 무엇에 찔린 것처럼 뜨끔했다. 앉은자리를 고쳐 앉으면서 잔기침을 했다. 싸고 싼 비밀을 찔린 기분이었다. 나는 내 비밀을 누구한테 들킬까 봐 늘 전전긍긍했고 다른 한편으로는 그걸 들키기를 갈망해왔다. 그 두 가지 상반된 갈망은 나를 늘 혼란스럽게 했다. 나는 수습할 수 없이 헝클어지려는 자신에게 위기의식을 느끼며 가냘프게 말했다.

"인간은 짐승과 달리 대를 잇는 문제가 있기 때문에 그런 해결책도 생겨난 거 아니겠어요. 만일 남자와 여자가 생활감정으로나 제도적으로나 완전히 평등한 세상이 온다고 해도 마지막까지 평등해질 수 없는 문제로 남아 있는 게 바로 아들에 의해서만 대가 이어진다는 문제 아닐까요?"

"딸만 있는 집이 주위에서 동정 받는 것도 바로 그 점이라는 것쯤 저도 알고 있습니다. 우리 어머님처럼 트인 분도 우리를 딱하게 여기시는걸요. 느이 집에 아들 하나만 있으면 무슨 걱정이겠느냐고요. 그 말씀도 그런 뜻이겠죠. 우리 부부도 그런 고정관념이나 주위의 동정을 저절로 극복한 건 아니랍니다. 대代란 무엇인가? 대가 후손이면 족하지 왜 반드시 성姓이어야 되나? 그렇게 자문도 하고 자위도 했죠. 거꾸로 생각해서 아버지 성만 잇도록 돼 있는 게 현행 제도고 인류의 거의 공통된 문화라고 해서 그럼 인간을 만드는 데 남자가 더 많이 기여하고 더 많이 자신의 특징을 유전 시키냐 하면 그것도 아니거든요. 사람의 최소 단위를 만드는 데 있어서의 남녀의 기여도야말로 완전히 평등한 거 아니겠어요. 결국 아들에 의해서나 딸에 의해서나 자기 핏줄은 면면히 이어진다고 봐야죠. 후손을 통해 아주 죽지 않고 자기 생명이 영속되기를 바라는 게 본능이고 실속이라면 성은 껍데기고 문화 아니겠어요."

"성이 완전히 빈껍데기라고 해도 그렇죠. 처음부터 여자는 제 속으로 낳은 자식에게 제 성을 따르게 하지 않고 남자의 성을 따르도록 한 것은 그 여자가 그만큼 못났다는 증거 아녜요?"

"사람이 이름 외에 성을 갖게 된 역사는 인류의 역사에 비하면 아주 짧은 거니까, 성은 굉장히 문화적인 거고 확실히 여자의 경제적 열등과 관계가 있겠지요. 그렇지만 남자가 잘나서 그 권리를 차지했다기보다는 여자는 처음부터 자식에게 자기 성을 따르게 하고 싶은 욕심을 부릴 필요가 없었다고 생각하는데요. 여자에겐 자기 자식이라는 게 너무도 분명하니까요. 애를 배고 낳는 여자의 수고를 남자는 동정도 하지만 질투하는 마음도 있거든요. 에미는 제 자식이라는 걸 의심할 필요가 없으니 얼마나 좋을까 하고요. 그만큼 아비의 의식의 저 밑바닥엔 과연 내 자식일까 하는 의구심이 도사리고 있다는 얘기가 되겠지요. 그걸 꿰뚫어본 여자는 아이가 아빠 닮은 걸 강조하고 한편 부계의 성으로 네 자식이 틀림없다는 걸 문서화까지 해주고 대신 부양의 의무를 씌운 게 아닐까요."

"그럴듯하군요. 그렇지만 인간이 동물과 다른 게 뭔데 문화적인 걸 무시할 수가 있습니까?"

"무시하자는 게 아니라 더욱 문화적이 돼야죠. 후손 의식을 확대시키는 것입니다. 딸도 아들과 마찬가지로 혈통을 이어간다 정도로도 사실은 부족합니다. 딸도 못 가진 사람에게도 후손 의식은 있고 제도적으로 자식을 가질 수 없는 성직자라도 제대로 된 성직자라면 반드시 후손 의식이 있을 겁니다. 내가 죽은 후에도 세상은 이어져야 한다는 믿음이 오늘을 함부로 살 수 없게 하는 후손 의식이고, 민족애 더 나아가서는 인류애가 되는 거 아니겠어요."

나는 한숨을 쉬었다. 그에 대해 말할 수 없는 연민을 느꼈다.

"그렇게까지 치밀하게 딸을 섭섭지 않게 할 구실을 준비해 가지고 있는 걸 보니까, 도대체 얼마나 섭섭했으면 저 정도가 된 걸까 되레 동정이 갑니다."

약을 올리고자 한 것은 아니었다. 솔직한 내 심정이었고 이제 그만 듣고 싶다는 표시이기도 했다.

"어느 정도는 맞는 지적입니다. 그러나 결코 나 개인을 위로하려는 구실은 아니었습니다. 우리 공동체가 너무도 아닌 방향으로 가고 있는 데 대한 위기의식에서 해본 고민의 일단을 피력했을 뿐이죠."

그가 나를 지그시 바라보았다. 그는 가당찮게도 내가 그에게 보낸 연민을 몇 배로 진하게 되돌려 보내고 있었다. 제가 감히 나를 불쌍히 여기다니, 말도 안 된다고 생각하면서도 당혹스러웠다. 그가 잠시 머뭇거리는 듯하더니만 조용히 말문을 열었다.

"벌써 작년의 일입니다만 우리 잡지사에서 아들을 낳고 싶어 하는 부부의 고민을 해결해주는 산부인과 병원 몇 군데를 취재한 적이 있죠."

이 남자가 시방 도대체 무슨 소리를 하려는 걸까? 나는 겁에 질려 무슨 핑계든지 대고 어서 이 자리를 떠야 한다고 생각했지만 아무 말도 할 수가 없었다. 남자의 듣기 좋은, 그러나 우울한 저음은 이어졌다.

"그런 계획안을 처음 낸 건 저였죠. 아주머니 같으면 그것도 아마 딸만 가진 콤플렉스라고 비웃을지도 모르겠습니다만 하여튼 유치원 유아원 등 꼬마들 사회의 남녀 비율이 심각할 정도로 정상을 일탈하고 있다면 그 까닭을 한번 심층 취재해서 규명해볼 만한 가치가 있다고 여긴 거죠. 남들은 무슨 재주로 저렇게 아들을 잘 낳을까 하는 호기심도 아마 없지 않아 있었을 겝니다. 옛날서부터 내려오는 아들 낳는 비법이야 좀 많습니까. 그래도 인간의 성 비율에 털끝만 한 영향도 끼치지를 못한 걸 보면 다 엉터리였던 건 분명한데, 도대체 현대 의학은 어느 만큼 와 있길래 이런 현상이 나타나는 걸까? 궁금도 하려니와 그 일이 설사 마음대로 된다고 해도 인류의 미래를 위협한다면 의학의 개가로 봐야 할 게 아니라 지양돼야 마땅하다는 사회적 공감을 끌어내고 싶은 야심도 있었구요. 정말 기막힌 현장을 목격해야 했지요. 아주 확실한, 거의 백 퍼센트의 방법이 있긴 있었습니다. 그게 뭔 줄 아십니까?"

그가 나에게 추궁하듯이 물었다. 나는 그가 날카로운 시선으로 노려본다고 생각했다. 나는 오금이 저려 옴쭉달싹도 할 수가 없었다. 이런 취급을 당할 까닭이 없으므로 뭐라고 말해주고 싶었지만 아무 소리도 나오지 않았다. 그는 나에게서 시선을 떼지 않고 말을 이었다.

"하늘 무서운 일이었습니다. 실패할 리 없는 방법이라는 게 여아女兒 살해를 전제로 했으니까요. 치밀하고 계획적이고 과학적이고 감쪽같이 태아가 단지 여아라는 이유만으로 없애버리는 겁니다. 의학은 그게 틀림없이 여아라는 걸 보증할 뿐 아니라 살해까지를 책임지지요. 남자애를 밸 때까지 몇 번이고 그 짓을 하는 겁니다. 그게 소위 과학의 발달이라는 거구요."

"그만, 제발 그만 좀 해두세요. 중절 수술이 어제오늘 비롯된 게 아니잖아요. 우리 어머니 시대만 해도 일곱 번 여덟 번씩이나 애 긁어내는 수술을 경험한 사람도 있다던데요, 뭐. 그때 그렇게라도 하지 않았으면 이 땅이 그 인구를 이루 다 어떻게 먹여 살렸겠어요."

"우리가 다 같이 먹고 살기가 어려워서 식구 느는 게 살아 있는 식구들의 생존권까지 위협할 지경이었던 시절에 대해선 저도 압니다. 그때는 피임하는 방법도 불확실했을 테구요. 그러니까 그건 여아를 교묘하게 선택적으로 살해하는 데다 대면 엉겁결에 저지른 정당방위 정도밖에 안 되죠. 그 시절엔 아들 낳고 싶은 사람은 아마 득남한 집 대문 밖의 인줄에서 고추나 훔쳐서 달여 먹었겠죠. 얼마나 귀엽습니까. 인간은 원래 다만 얼마라도 귀여운 점이 있는 법 아닙니까. 그러나 여아 살해범들은 그게 아니었어요. 귀여운 점이 조금도 없는 사람, 숨이 차게 정떨어지는 사람을 취재한다는 게 얼마나 고통스럽다는 걸 그때처럼 절감한 적도 없었죠. 여북해야 내가 내놓은 계획안을 내가 없었던 걸로 하자고 했겠어요. 기사를 쓸 신명이 안 나서였지만 데스크한테는 딴 핑계를 댔죠. 남아 선호 사상과 현대 의학이 합작을 해서 성 비율을 조작하는 게 장차 환경에 미칠 영향을 경고하고자 기획한 건데 역기능이 우려된다고요. 모르고 있던 사람들까지 흉내 내게 될까 봐 고민이 된 것도 사실이구요. 우리 잡지가 환경문제를 다루는 비교적 점잖은 잡지라 그 정도로 없었던 일이 될 수가 있었죠."

"여자만 너무 미워하지 마세요. 그 여자들도 오죽해야 그 짓을 했겠어요."

"남편 몰래 했다고는 안 했어요. 하나같이 남편이 호흡이 아주 잘 맞는 공범자던데요. 너무 장시간 떠들었습니다."

그가 도망치듯이 먼저 가버렸다. 머릿속에서 공범자란 말이 벌 떼처럼 잉잉댄다. 뭔가 이치에 닿는 말을 찾아내려고 안간힘 쓴다. 가까스로 나를 줄창 괴롭혀온 그 께름칙한 느낌, 그걸 떨쳐버리지 않으면 아무것도 못 느끼게 될 것 같은 몸에 철갑을 친 느낌은 바로 공범자와 같이 사는 느낌이었구나,라고 생각한다. 나른하게 누워 있던 강에 잔물결이 이는 게 보인다. 올겨울에도 강물이 안 얼려나. 이상난동 때문에 안 얼든 오염 때문에 안 얼든 오리 떼가 강물을 물고 날아가는 일도 생기지 않겠구나. 오리 떼가 강물을 물어가는 일이 생기지 않는 한 그를 다시 만나는 일도 없으리라, 이렇게 철저히 단념을 하니 그렇게 허전할 수가 없다. 그가 그 일을 취재한 건 작년이라고 했던가. 내가 아랫배에서 양수를 빼내기 위해 이를 악물고 누워 있던 침대 머리엔 친절하게도 시어머니와 시누이가 지키고 있었다. 그리고 벌써 10여 년 전 일이다. 그 남자가 보았을 리가 없다. 그러나 나는 그 남자한테 내 가장 추하고 비참한 모습을 들켜버린 것처럼 느꼈다. 미안하지만 합석을 좀 해달라고 웨이터가 정중하게 양해를 구해왔다. 그걸 기화로 나도 자리를 떴다. 밖으로 나오니 춥고 정처 없는 기분이 들었다. 그러나 제복 입은 청년이 차를 내 앞까지 가져다주었을 때 나는 가볍고 우아하게 미소 지으며 천 원짜리를 쥐어 주는 걸 잊지 않았다. 그리고 눈여겨봐둔 대로 썩 잘했다고 생각했다. 내리막길로 빠져나와 곧장 가면 집 방향인데 나는 굳이 좌회전을 해서 시내와는 반대 방향으로 차를 몰았다. 내 차로 교외에 나가보긴 처음이다. 마땅히 가고 싶은 데가 있는 것도 아니었다. 그냥 집과 멀어지고 싶었다. 그래도 한강 줄기를 놓쳐서는 안 될 것 같다. 나는 길눈이 어둡다. 사실은 기계 무서움증보다는 그게 더 운전에 결격 사유다. 되돌아나오기 위해 긴 끄나풀을 풀며 미로에 들듯이 악착같이 한강 줄기만은 안 놓친다. 왕복 4차선은 그러나 가끔 강을 버리고 능청스레 산모롱이로 접어들다가 다시 강을 옆구리에 낀다. 그러면 안심이 되고 반갑다. 어떻든 강이 오른쪽에 있으므로 갈림길에서도 어느 쪽으로 갈까 망설일 필요가 없다. 강을 끼고 갈 때도 차가 강에 바싹 붙어 가는 것은 아니다. 강과 찻길 사이에는 축구장도 있고, 비닐하우스 단지도 있고, 강촌도 있다. 찻길과 강 사이가 이렇게 넉넉하니 잘못해서 강으로 추락할 걱정은 안 해도 된다. 그래도 나는 추락을 꿈꾸며 달린다. 이쪽의 교통량도 만만치 않다. 그러나 흐름은 도심보다 쾌적하다. 흐름을 잘 타고 있다는 쾌감 때문에 운전을 잘하고 있다는 자부심까지 맛본다. 또 갈림길이 나타난다. 나는 어느 쪽으로 갈까 망설일 필요가 없는데도 비스듬히 가지를 친 왼쪽 길의 전망을 흘긋 곁눈질한다. 그 길은 아마 새로 난 길인가 보다. 앞에 봉긋한 야산이 보이고 길은 그 한가운데를 뚫고 있다. 길 양쪽에 잘린 동산의 시뻘건 단애가 보인다. 지질이 진흙인가 보다. 흙빛이 섬뜩하도록 싱싱하다. 단애라고 하지만 급한 낭떠러지는 아니고 길을 향해 비스듬히 깎아 내렸기 때문에 멀리서 보니 꼭 두 무릎을 세우고 가랑이를 벌리고 누워 있는 여자의 사타구니를 보는 것 같다. 머리도 동체도 생략하고 허벅지와 사타구니만 강조된 여자, 그리고 그 사타구니는 온통 피로 범벅이 돼 있다. 그 가운데로 빨리듯이 흘러 들어가는 차 차 차들, 흘러나오는 또 차 차 차들, 나는 그 차선이 아닌데도 전방의 그 거대한 사타구니로 빨려들게 될 것 같아 무섭다. 무섭고 구역질이 난다. 저 꼴이 뭐람, 창피한 건 또 이루 말할 수가 없다. 길을 뚫기 위해 잘린 산의 단면이 벌린 가랑이처럼 보이자 나는 뒤죽박죽이 되고 만다. 내가 거기 옮아 붙은 건지 그게 나한테 옮아 붙은 건지 그 끔찍한 꼴과 나 자신을 분간할 수가 없다. 이 뒤죽박죽으로부터 벗어나야 한다는 생각은 희미하지만 유일한 구원이다. 오른쪽으로 평화로운 강 마을이 보이고 포장은 안 됐지만 널찍한 진입로도 보인다. 나는 달리고 있던 1차선에서 무작정 직각으로 차를 꺾어 아슬아슬하게 그 길로 차를 꼬나박는 데 성공한다. 내 차 옆구리를 2차선을 달려오던 차머리가 들이받을 듯이 급정거하는 걸 환각처럼 보았을 뿐 차의 이상이 있는 것 같지는 않다. 뭐라고 한마디쯤 사과를 해야 할 것 같아 차를 세우고 밖으로 나왔다. 공기가 맵사하게 차다. 우선 심호흡부터 하려는데 욕지거리가 들린다. 나 때문에 사고를 당할 뻔한 차들이 서너 대 붙어 서서 어떤 남

자는 내려서서, 어떤 승객은 차 유리만 내리고 삿대질을 하면서
욕들을 한다. 미친년, 쌍년, 미치려면 집 안에서 곱게 미쳐라, 뭐
그런 소리일 것이다. 폭포수처럼 쏟아지는 그들의 욕이 나에겐
강바람보다 더 상쾌하다. 질식할 듯한 실내에서 뛰쳐나와 마시
는 신선한 바깥공기처럼 나는 그들의 욕을 달게 호흡한다. 그들
은 나에겐 말할 기회를 안 주었기 때문에 나는 바람 쐬는 자세
로 머리를 나부끼며 그냥 서 있다. 기분이 상쾌하니 아마 미소
까지 짓고 있을 것이다. 내가 정말 미쳤다고 생각한 것 같다. 당
장 내 멱살을 쥐러 올 것처럼 흥분했던 남자가 황황히 올라타고
뒤차에서 고개를 내밀고 있던 얼굴들도 일제히 안으로 들어가
버린다. 그 차들이 차례로 움직이자 강을 낀 도로의 차의 흐름
은 다시 아무 일도 없었던 것처럼 유연해졌다. 나는 그들이 마
치 나를 악의로 따돌리고 저희끼리만 좋은 데로 가고 있는 것처
럼 막막하고 외로웠다. 차들의 소음 저 밑바닥을 강바람 소리가
계면조의 통소 소리처럼 구슬프게 깔려 있는 게 느껴졌다. 나는
깊이 모를 나락으로 투신하듯이 곧장 그 소리를 향해 침잠한다.
울음이 복받칠 것 같다. 실컷 울리라. 나는 아무렇게나 꼬나박은
차를 마을 어귀까지 찬찬히 끌고 갔다가 돌려서 길섶으로 비켜
세우고 운전대에 이마를 대고 엎드렸다. 울기 좋은 자세를 취하
고 나니 되레 울고 싶은 마음도 눈물도 싹 가셔버렸다. 나는 정
말 공범자하고 같이 살고 있는 걸까. 또 그 생각이다. 남편이 공
범이라는 증거는 아무것도 없다. 남편이 내 앞에서 아들 상성을
한 적이 한 번이라도 있던가. 남편은 아들놈하고 티격태격하면

서 야구 구경 가는 친구가 제일 부럽다는 얘기밖에 한 적이 없다. 자주 그런 것도 아니고 어쩌다 그랬다. 나는 고작 그 소리에 왜 그렇게 깊은 상처를 받았을까. 남편도 그렇지, 야구 구경을 그닥 좋아하는 편도 아니면서 그 말을 할 때는 마치 아들놈을 대동하지 않았다고 입장이 금지당해 야구장에 못 들어간 경험이라도 있는 것처럼 처량한 시늉을 하곤 했다. 나는 그때 딸도 야구를 즐기게 될 수도, 아들이 그걸 좋아하지 않을 수도 있단 소리를 왜 못 했을까? 그까짓 야구 구경이 뭐관대, 아니다. 그까짓 야구 구경이 아니다. 나는 남편에게 야구 구경을 같이 갈 아들을 낳아주기 위해 딸을 죽이기까지 한 것이다. 태중의 생명이 딸이라는 게 밝혀지고 나서 그 아이에게로 집중되던 집안 내의 살의殺意와 남편은 과연 무관했을까. 그가 정말로 초연한 입장이었다고 해도 절대로 용서할 수 없을 것 같은 노여움이 치받친다. 그는 나의 남편일 뿐 아니라 살의가 집중된 생명의 아버지이면서 어떻게 초연할 수가 있단 말인가. 그건 말도 안 되는 소리다. 그럼 그는 공범자인가. 나를 줄창 괴롭히는 께름칙한 느낌은 공범자하고 같이 사는 느낌이란 말인가.

방금 헤어지고 온 외간 남자를 우연히 만났다 헤어진 옛날 애인처럼 그립고 정감 있게 회상한다. 다시는 못 만나리라는 게 여간 섭섭하지 않다. 그 남자의 아내는 어떤 여자일까, 막연히 궁금하고 부러운 것도 옛 애인을 남편과 비교하는 느낌과 비슷하다. 그가 무슨 얘기를 했더라. 들으면서는 충격도 받고 공감도 했건만 다시 생각해보니까 내가 그동안 뭘 너무 모르고 살아서 그렇지 하나도 새로울 게 없는 소리였다. 열심히 준비하느라고 하긴 했는데 아직 소화가 안 된 논문 발표를 듣고 난 후처럼 알아들은 것도 같고 못 알아들은 것도 같다. 쉬운 것도 같고 어려운 것도 같고, 어려운 소리를 쉽게 푼 것도 같고, 뻔한 소리를 어렵게 포장한 것도 같다. 그러나 지금 중요한 건 그게 아니지 않나. 중요한 건 그가 자기 딸을 섭섭해하지 않기 위해 그만큼이나 다양한 근거를 모아들였다는 데 있다. 비록 그게 난삽하다 하더라도 성실하고 꾸준한 노력의 결과라는 것만은 의심할 여지가 없다. 그는 자기가 모아들인 걸 근거로 하여 자기 딸뿐 아니라 남의 딸까지도 껴안을 태세다. 그의 사랑은 의심할 여지가 없다. 남편이 그런 노력이나 고민을 한 적이 있을까. 두 번밖에 안 만난 외간 남자가 남편감으로 부러운 것도 그런 까닭이다. 그렇지만 남편을 대뜸 공범자 취급한다는 것은 내가 너무 쉽게 남자에게 설득당한 결과가 아닐까. 남편을 최초로 공범자로 바라보게 된 것은 그 남자 때문이었다. 어쩌면 그 소리는 그에게서 처음 들은 게 아니라 내 속에 늘 있었지만 내가 항상 피해 다니던 거였는지도 모르겠다. 딴사람은 몰라도 남편이 공범자여서는 안 된다. 공범자끼리는 언제고 반드시 해치게 돼 있기 때문이다. 공범자하고는 같이 사는 게 아니다. 영화를 봐도 알 수 있듯이 범행은 단독 범행일수록 안전하고 뒤끝도 깨끗하다. 그러나 그렇게 되면 할 얘기도 없고 재미도 없기 때문에 범죄영화는 반드시 공범이나 목격자가 있게 마련이다. 공범자끼리 서로 쫓고 쫓기면서 싸우고 해치는 게 기둥 줄거리가 된다. 나는 공범자끼리는 해칠 수밖에 없는 심리를 너무도 잘 안다.

나는 그 일을 성공적으로 저지른 후 공손한 며느리, 착한 올케에서 쌀쌀하고 무도한 여자로 표변했다. 나는 그들과 사사건건 불화했다. 그들과의 불화는 나의 삶의 유일한 활력소가 됐다. 나는 정기적으로 시댁을 방문할 때 가면을 쓴 것처럼 무표정하고 뻣뻣하게 굴었고, 시어머니가 오는 것을 노골적으로 싫어했다. 남편이 좋아한다고 시어머니가 해 나르는 갓김치나 청국장 따위를 절대로 남편 상에 올리지 않았다. 골마지가 낄 때까지 내버려뒀다가 일부러 시어머니 눈에 띄도록 했다. 시누이하고는 대학 동창이었다. 결혼하고도 시어머니의 양해 아래 서로 이름을 부르고 지냈다. 학교 때는 과가 달라 서로 얼굴이나 아는 정도였는데 시누이 올케가 되고부터는 단짝이 됐다. 피차 어렵게 살다가 처음 집 장만할 무렵은 청약 예금에만 들면 아파트 신청권이 생기고 써넣는 채권 액수에 따라 당첨이 결정될 때였다. 우리는 늘 붙어 다니면서 당첨권에 들 채권액 정보를 수집하고 의논해서 같은 단지에 같은 액수를 쓰곤 했다. 시누이 올케끼리는 조금 떨어져 사는 게 좋다는 어른이나 친구들의 충고도 우리에겐 먹혀들지 않았다. 우리는 시누이 올케끼리가 아니라 단짝 친구였으므로 이웃에 살면서 누릴 수 있는 여러 가지 편의만 생각했다. 같은 액수를 써넣다 보니 같이 떨어지기만 하다가 같이 당첨이 되었다. 이웃에 살면서 반찬거리도 같이 사고 애도 서로 봐주고 남편을 꼬셔서 두 집이 어울려 놀러 가는 일도 꾸미느라 우애는 더욱 돈독해졌다. 내가 태중의 여아를 지우고 아들을 낳게 되기까지도 시누이의 도움이 컸다. 그러나 아들을 낳고 나서 나는 시누이가 꼴도 보기 싫어 이사를 했다. 그렇게 의가 좋던 처남 매부 지간도 교묘하게 이간질을 해서 뜨악한 사이로 만들어놓고 말았다. 그렇다고 서로 초대하거나 방문하는 일이 전혀 없는 건 아니다. 나는 시누이 집을 방문할 때는 가장 좋은 옷을 입고 음식은 조금 먹고 말도 조금밖에 안 한다. 그리고 시누이 이름은 실수로도 안 부른다. 깍듯이 아가씨라고 부르고 집에 와서 남편한테는 누구 엄마라고 부른다. 시누이가 우리 집에 올 때 마지못해 사 오는 과자 나부랭이를 거들떠도 안 보다가 나중에 남편 보란 듯이 쓰레기통에다 처넣는다. 내가 이러다 죄받지 싶을 적이 없는 건 아니었다. 그러나 그것도 사람에 대한 회한 따위가 아니라 음식에 대한 일말의 미안감이었다.

그 착하고 유순한 며느리가 이렇게 달라지기 시작한 게 천신만고 끝에 아들을 낳고 나서부터라는 걸 그들이 모를 리 없었다. 너 아들 낳더니 눈에 보이는 게 없냐?라고 맞대놓고 비아냥거릴 적도 있었다. 그러거나 말거나 나는 겁날 거 하나도 없었다. 내가 안하무인으로 굴수록 그들도 나를 함부로 대하지 못했다. 장손을 낳아준 맏며느리가 아닌가. 아들을 낳음으로써 나는 내가 남자가 된 것처럼 당당해졌다. 정말이지 나는 그들 앞에서 더는 여자 노릇을 할 필요가 없었다. 아들은 나에게 있어서 후천적인 남성 성기였다. 그러나 남자가 된 느낌이 고작 남을 해치고 싶은 충동일까. 그건 아닐 것이다. 유난히 시어머니하고 시누이를 보는 게 견디기 어려웠던 것은 공범 의식 때문이 아니었

을까. 그들만 보면 병원 침대 머리에서 나를 지켜보던 두 얼굴
이 떠올라 저절로 진저리가 쳐진다. 양수를 빼려고 들어간 방은
수술실이 아니라 주사실이라고 씌어져 있는 장방형의 방이었
다. 한쪽 벽으로 소독장이 붙어 있고, 차가운 비닐 커버를 씌운
바퀴 달린 침대가 다른 한쪽 벽에 붙어 있었다. 시누이의 친구
의 남편이라는 그 의사는 무슨 대단한 신기라도 뵈줄 것처럼 시
어머니와 시누이를 다 들어오게 했다. 팬티를 아주 벗게 하지는
않았지만 불두덩까지 까 내리게 했다. 시누이가 애처로운 얼굴
로 얼른 자기 머플러로 그쪽을 가려주었다. 의사의 찬 손이 나
의 제왕절개수술 자리를 만졌다. 의사의 그런 행동은 시어머니
의 입에 붙은 탄식을 유발했다. 나는 귀를 막을 수가 없었으므
로 눈을 감았다.

　"글쎄 우리 아가가 남들처럼 쑥쑥 아래로 순산만 할 수 있어
도 내가 선생님한테 이런 부탁 안 합니다. 딸도 못 낳는 사람도
있는데 마냥 낳다 보면 아들 낳는 날도 있으려니 기다리죠. 그
러나 방금 선생님도 보시다시피 마냥 낳을 수 없는 몸이니 시
에미가 어떻게 성화를 안 합니까. 이번이 마지막인데 또 딸이면
어쩌나 생각만 하면 자다가도 소스라쳐 눈이 말똥말똥해지는걸
요. 의학이 이렇게까지 발달한 것도 모르고 괜한 걱정을 한 생
각을 하면……"

　눈은 감았지만 귀를 막은 건 아니어서 말을 마친 시어머니가
휴우, 하고 안도의 숨을 쉬는 소리까지 명료하게 들렸다. 시어머
니가 나를 우리 아가라고 부르는 게 벌레가 기는 것처럼 스멀거

렸다. 의사의 젊은 나이답지 않게 기름진 목소리가 들렸다.

"뭘 너무 모르고 계셨군요. 요새 누가 둘씩이나 딸을 낳습니까? 두번째는 다들 검사를 해보고 조치를 취하는걸요. 하나만 낳기로 작정한 부부 중에는 첫애부터 해보는 사람도 있는데 그건 우리가 말리지만요. 막무가내예요."

그러면서 의사는 아랫배를 약냄새 나는 솜으로 이리저리 문질렀다. 나는 의사의 얼굴을 똑똑히 봐주려고 눈을 떴다. 의사는 잘 안 보이고 바로 눈 위에 시어머니와 시누이의 긴장하고 기대에 찬 얼굴이 둥실 떠 보였다. 마취를 하거나 그런 것도 아닌데 두 얼굴은 마치 동체를 떠나 공중에 떠 있는 것처럼 기괴해 보였다. 내가 어찌 그 얼굴을 잊어버릴 수 있을까. 천장은 하얗고 부연 갓을 쓴 백열등도 거의 얼굴 높이와 같이 떠 있었다. 의사의 찬 손이 배 속의 작은 덩어리를 자꾸 한쪽으로 몰아붙이려 하고, 작은 덩어리는 필사적으로 저항하고 있다는 게 선연하게 느껴졌다. 정신을 가다듬어 그쪽으로만 신경을 집중하고 있는데 느닷없이 따끔한 통증이 왔다. 날카로운 비명을 지르며 벌떡 일어나려는 나를 시어머니와 시누이가 황황히 양쪽에서 찍어 눌렀다. 못 참을 만큼 아파서가 아니라 배 속의 것이 생명의 위협을 받고 있다는 위기의식 때문이었다. 참아라 아가, 아무것도 아냐. 그냥 주사 바늘이야. 시어머니가 애원하는 소리를 냈다. 그래 참아야 해. 속으로 그렇게 생각하면서도 모성 본능까지 참아야 한다는 게 서러워서 눈귀로 주르르 눈물이 흘러내렸다. 못나긴, 애가 나이를 헛먹었다니까. 시어머니의 혀 차는 소리가 들렸다. 그날 의사는 양수를 뽑아내지 못했다. 보름쯤 있다가 다시 오라고 했다. 아직 자궁 내에 뽑아낼 만큼 양수가 생성되지 않은 것 같다는 것이었다. 나는 진땀을 흘리며 의사가 손에 들고 있는 빈 주사기를 쳐다보았다. 바늘도 몸통도 엄청나게 커 보이는 주사기였다. 세상에 맙소사. 아직도 콩꼬투리만밖에 안 할 연약한 생명을 저렇게 무지막지한 걸로 공격을 하다니.

그날은 그래도 그 정도로 놓여날 수가 있었다. 보름을 기다리는 동안 그런 무서운 자극을 외부로부터 받은 태아가 어딜 다쳤으면 어떡하나 하는 근심으로 살이 마르고, 사는 게 사는 것 같지 않았다. 그 태아가 아들인지 딸인지 아직 모를 때였다. 그렇다고 아들이면 무사하고 딸이면 다쳐도 그만이라는 생각 같은 건 한 번도 떠오르지 않았다. 그냥 내 핏줄, 아니 생명 그 자체에 대한 말할 수 없는 애련이었다. 그 전에 첫애를 뱄을 때도 그 후에 아들을 뱄을 때도 배 속의 것을 그렇게 귀애한 적은 일찍이 없었다. 그럼에도 불구하고 보름 후에 나는 또 병원으로 끌려갔다. 이번에는 양수를 뽑는 데 성공이었고, 그 결과는 다음 날이나 나온다고 해서 우리는 그냥 돌아왔다. 입시 결과를 기다리는 것처럼 초조해하며 시어머니는 집으로 돌아가지도 않고 우리 집에 머물렀다. 시누이를 통해 태아가 딸이라는 결과를 알려왔고 우리 세 사람은 다시 작당을 해서 같은 병원으로 아이를 떼러 갔다. 그 의사가 소파수술에는 도사라고 했다.

"세상 참 좋아졌지 뭐냐? 옛날 같으면 꼼짝없이 또 딸을 낳을 뻔했구나."

시어머니는 그게 그렇게 신기한 모양이었다. 몇 번이고 같은 소리를 했다. 그리고 소파수술하러 가는 데 시집 식구가 둘씩이나 따라가는 걸 고마워하라는 투의 소리도 했다.

"소파수술 그거 별것도 아니다. 나도 세 번씩이나 했어도 시어머니가 알지 못했으니까. 낮에 하고 멀쩡하게 걸어와 저녁 해 먹었는걸 뭐. 만만한 영감한테야 밤에 몇 마디 징징거렸지만 들은 척할 양반도 아니고, 어려운 세상이었으니까. 딴 낙이 없어서 그랬는지 두 내외가 쳐다만 봐도 애는 들어서고."

나도 시어머니 몰래 그 짓을 한 적이 있었다. 첫애 낳고 백 날 겨우 지나 또 아이가 들어섰을 때는 남편이 대책 없이 회사를 그만두어 앞날이 막막할 때였다. 죽으란 법은 없는지 마침 나에게 일자리가 생겼다. 친정 연줄로 기업체에 신설한 부설 학교에 취직이 된 것이다. 노동자들이 의식화되면서 노조 결성이 기업체마다 확산될 때여서 그 무마책으로 부설 학교를 만들어 소년 소녀공들에게 배움의 기회를 주는 게 유행처럼 돼 있을 때였다. 봉급은 되레 정규 교사보다 후한 편이었지만 신분 보장은 안 됐다. 산전 산후 휴가 제도는 정규 학교에서도 정립이 안 돼 있을 때였다. 설사 그게 가능하다 해도 딸의 처지를 딱하게 여겨 어린것을 맡아준 친정어머니에게 한 아이를 더 덮어씌울 수는 없는 일이었다. 나는 남편에게 이번 아이는 지우자고 상의하고 행여나 남편이 기죽을까 봐 대단찮은 일처럼 명랑하게 굴었다. 그래도 그 수술을 받을 때 남편은 동행해주었고, 집에 와서는 극진히 간호해주었고 밤엔 몰래 흐느끼기까지 했다. 그 남자의 해

석대로 정당방위였기 때문인지, 혹은 남편하고 그 고통을 나눌 수 있었기 때문인지 그 첫번째 중절 수술 생각을 하면 죄의식보다는 가난은 참 무섭다는 궁핍에 대한 공포감이 먼저 떠오른다.

단지 딸이기 때문에 없애러 가는 길을 남편이 정말 눈치 못 챘는지, 왜 의논이라도 한마디 해볼 생각을 안 했는지, 그 언저리는 나도 정확하게 기억해낼 수가 없다. 확실한 건 그땐 나도 시어머니와 시누이의 살의가 옮아 붙은 것처럼, 양수 검사에서 딸로 판명되면 없앨 수밖에 없으리라고 일찌거니 각오하고 있었다는 것이다. 그렇지 않고서야 그렇게 순순히 양수 검사를 당했을 리가 없다. 내가 그렇게 다른 선택의 여지를 전혀 생각하지 못할 만큼 무력해지기까지는 시누이의 공이 컸다. 시누이는 가장 친한 친구인 척 소곤소곤 아들 낳고 먹는 미역국과 딸 낳고 먹는 미역국 맛이 얼마나 다르더라는 얘기를 내 귀에 독처럼 불어넣었다. 그녀는 아들딸 남매를 두고 있었다. 그보다 더 충격적인 소식도 시누이는 어디서 알아내 왔다. 우리를 직접 가르치지는 않았지만 멋쟁이에다 덕망이 있는 인사로 세상에 알려진 교수 한 분이 상처를 했다. 덕망 있는 멋쟁이가 흔히 그렇듯이 소문난 애처가였다. 나도 여성지 컬러 면에서 곱게 늙은 부부의 다정한 모습을 한두 번 본 게 아니어서 친척의 죽음보다 더 애도하는 마음이 애틋하더랬다. 그분이라면 아마 생전 재혼도 안 하고 오직 부인의 추억 속에서만 살겠지, 그런 기대는 감미롭기조차 했다. 그러나 그 후 몇 달도 안 돼 시누이가 오도방정을 떨며 전해준 소식통에 의하면 교수님은 벌써 재혼을 해서 깨가 쏟아지게 사는데 놀랍게도 사모님 생전부터 10여 년이나 그늘에 살던 여자라는 것이었다. 두 분 사이엔 딸만 둘 있었는데 그 여자가 낳은 아들은 벌써 중학생이고 교수님을 빼닮아 준수하더라는 대목에서 시누이의 눈빛은 비수처럼 나를 가르고 지나갔다. 나는 그날 밤 잠을 못 잤다. 그 후에도 시누이는 그 댁 이야기라면 왜 그렇게 자세히 아는 것도 많고 신이 나 하는지. 사모님은 그걸 모르고 돌아가신 게 아니라 실은 감춰놓은 아들이 있다는 걸 알고 나서 그 충격으로 시름시름 앓다가 마침내 암으로 발전해 죽음에 이르렀다고도 했다. 들을수록 소름끼치는 얘기였다.

시어머니가 부쩍 아들 손자 타령을 하게 된 것은 시아버지가 돌아가시고 나서 갑자기 재산가가 되고 나서부터였다. 내가 시집갔을 때 시아버지는 중풍으로 누워 계셨다. 살림은 오래되고 불편한 구옥을 방방이 세를 놓아 근근이 꾸려가는 형편이어서 장남을 데리고 살 엄두도 안 냈다. 낡았지만 대지는 넓은 서대문 밖 집 앞으로 시아버님의 사후 갑자기 큰길이 나면서부터 시어머니한테는 재복이 붙기 시작했다. 빚을 내고, 미리 전셋돈을 받아내가며 빌딩을 올릴 때만 해도 위태위태해 보이더니만 시절을 잘 타 전세금이 이태도 안 돼 사글세 보증금 정도밖에 안되게 화폐가치가 떨어졌다. 혼자가 된 후, 집 하나 가지면 너희들 신세 안 지겠노라고 집을 자기 명의로 해가진 시어머니는 그때부터 호기 있고 당당해지면서 거침없이 아들 손자 욕심을 부리기 시작했다. 기회만 있으면 아들을 붙들고, 내 딸이나 네 딸이나 딸은 소용없는 출가외인이니 그까짓 것들은 칠 것도 없고, 맏이 너한테서 영 아들 손자를 못 보면 양놈 다된 둘째라도 불러들여야 할까 보다는 소리를 의논처럼 한탄처럼 하곤 했다. 남편 밑의 시동생은 집안이 한참 어려울 때 미국으로 이민 가 영주권도 얻고 그럭저럭 거기서 발붙이고 사는 모양이지만 보고 온 남편 말에 의하면 온 식구가 나서서 벌어야 사는 영세한 장사꾼인 모양이었다. 그들이라도 불러들이겠다는 말이 남편에게 얼마나 위협적이고 모욕적이라는 걸 나는 옆에서 안 느낄 수가 없었다. 시어머니는 빌딩이 무슨 왕권이나 되는 것처럼 대를 이을 든든한 아들 손자가 없는 집엔 지고 갈지언정 물려주지 않을 뜻을 거듭거듭 강조했다. 대를 잇는다는 건 핏줄도 성도 아니고 결국은 상속권이었다.

딸을 지우기 위해 가랑이를 벌리고 수술대에 누울 때도 시어머니와 시누이는 곁에 붙어 있었다. 지극정성이었다. 나는 그들이 확인 사살을 위해 지키고 있는 사람들처럼 무서웠다. 그들은 양쪽에서 내 손을 잡고 뭐라고 위로의 말을 했다. 내가 그들을 미워하기로 작정한 건 아들을 낳고 나서가 아니라 아마 그때부터였을 것이다. 곧 스러질 생명에 대해 에미가 바칠 수 있는 애도는 그것밖에 없었다. 마취가 들고 하나둘을 세면서 의식이 멀어져가는 중에도 나는 시어머니와 시누이의 얼굴을 망막에 새겨두려고 똑바로 바라보았다.

인큐베이터 속에서 내 아기가 꼼실대고 있었다. 손가락만 한 아가였다. 너는 엄지 아가씨로구나. 가엾어라. 불면 날아가게 생겠네. 인큐베이터를 지키고 있지 않으면 누가 훔쳐갈지도 모른다고 생각하면서도 자꾸만 졸음이 와서 허벅지를 꼬집었다. 아프지 않아서 이상했다. 그때였다. 검은 옷을 입은 시어머니와 시누이가 투실투실한 아기를 안고 들어왔다. 동시에 여기저기서 흰 옷 입은 사람들이 모여들어 방 안이 가득해졌다. 시어머니가 그들에게 그 큰 애를 넣기 위해 우리 엄지 아가씨를 내보내라고 요구하는 듯했다. 안 돼요. 그 애는 그 안에서 나오면 당장 스러지고 말 거예요. 나는 소리치려고 했지만 목소리가 돼 나오지 않았다. 검은 옷 입은 사람하고 흰 옷 입은 사람하고 저희들끼리 흥정을 했다. 얼마 주면 엄지 아가씨를 내쫓고 그 아이를 넣어주겠냐는 흥정 같았다. 사람들은 악마처럼 웃으며 액수를 자꾸 올리고 나는 그 짓을 말려야겠다고 아무리 몸부림쳐도 몸도 안 움직여지고 말도 안 나왔다. 그러다 보니 인큐베이터 속의 엄지 아가씨는 자취도 없이 사라진 뒤였다. 이슬처럼 사라졌구나. 나의 슬픔엔 아랑곳없이 방 안이 사람들의 무례한 홍소로 가득 찼다. 나는 내 몸이 그 거친 웃음소리 위에 떠 있는 것처럼 들들들 진동하는 걸 느꼈다. 뛰어내릴 수 있는 거라면 뛰어내리고 싶었다. 속이 온통 메슥거렸다. 그 기분 나쁜 웃음소리는 점점 사람의 소리 아닌 걸로 변하더니 자갈밭 위를 지나가는 쇠바퀴 소리가 됐다. 그런 소리는 정말로 참을 수가 없었다. 쇠바퀴 소리가 뇌수로 파고드는 것 같아 나는 귀를 틀어막으려고 몸부림쳤다.

미는 침대에 실려 회복실로 가고 있었다. 아가 괜찮냐? 시어머니와 시누이가 근심스러운 얼굴로 굽어보고 있었다. 그들의 얼굴이 또 동체를 떠나 공중에 둥실 떠 있는 것처럼 아득하고 기괴해 보였다. 나는 눈을 감았다. 요 다음 임신에 지장이 없겠느냐고 시어머니가 의사한테 묻는 소리가 들렸다. 내 귀에는 그 소리가 고장 난 음반에서 나오는 소리처럼 일그러진 채 마냥 반복해서 들렸다. 태아는 소파수술로 제거하기에 적당한 날짜가 지나 좀 어려운 수술이었다는 걸 나중에 알게 됐다. 그래서 그렇게 다음 임신을 걱정했구나. 나는 하염없는 마음으로 내가 인큐베이터에 지나지 않았다는 걸 수락했다.

시어머니가 달여 바친 보약의 효험이었던지 다음 임신이 빨리 되고 다시 양수 검사를 받았다. 또 딸이더라도 소파수술을 거부해서 그들에게 나의 달라진 모습을 보여주리라는 뜨겁고 야무진 각오로 그 지겨운 검사에 다시 임했던 건데 아들이라고 했다. 낳기도 전에 축하를 받고 위함을 받았다. 아들을 낳았지만 그들에게 달라진 모습을 보여주고 싶다는 정열은 식지 않고 계속됐다.

차 밖에서 웅성거리는 소리가 들렸다. 고개를 드니 학교 갔다 오는 듯한 소년들이 네댓 명이나 차 안을 들여다보고 있었다. 꼼짝 않고 운전대에 엎드려 있는 여자를 이상하게 여긴 듯했다. 나는 걱정 말라는 뜻으로 빙그레 웃어 보였다. 볼이 이글이글 붉은 소년들도 괜한 걱정을 했다는 듯이 씩 웃고 멀어져갔다. 저만치서 머리에 임을 인 아낙이 걸어오고 있었다. 요즈음 도시에선 머리에다 뭘 이고 다니는 풍경을 좀처럼 보기 힘들다. 달랑무 줄거리 같은 게 몇 가닥 늘어진 커다란 광주리를 인 여자가 차 옆을 지나갔다. 여성지에서 본 매력적으로 걷는 법에 의하면 정수리와 양쪽 귀를 위에서 수직으로 땡기는 것처럼 머리를 곧바로 치켜들고 걸으라고 돼 있다. 지금 임을 인 여인의 자세가 바로 그렇지 않은가. 머리에서 무거운 게 찍어 누름으로써 도리어 빳빳이 세울 수밖에 없는 여인의 모습을 나는 신기한 듯이 바라보았다. 머리끝에서 발끝까지 직선이 관통하고 있는 것처럼 당당하다 못해 존엄한 걸음걸이였다.

친정어머니 생각이 났다. 친정어머니는 남편이란 머리에 인 임과 같은 것이라는 소리를 자주 했었다. 나는 내가 본 어머니 아버지의 부부 관계로 미루어 그 소리를 남편은 아내를 어떡하든 찍어 누르고 머리 위에 군림하려는 존재라는 뜻으로만 받아들였었다. 그런 뜻도 있겠지만 거기 덧붙여 그 찍어 누르는 존재에 의해서만 꿀리지 않고 당당하게 처신할 수 있는 여자 팔자를 빗댄 게 아닌가 하는 생각이 비로소 들었다. 어머니다운 발상이었다. 어머니는 아버지를 생전 어려워만 하며 살았다. 당신도 집안에서 눈코 뜰 새 없이 일하면서도 어머니는 아버지가 벌어오는 넉넉지 않은 생활비를 황송해했고 자기는 거저 얻어먹는 것처럼 비하했다. 아들 둘, 딸 둘, 사남매한테도 아버지는 손님처럼 어렵게 굴었지만 아들딸을 층하해서 대하는 것 같진 않았다. 공평하게 무심했다고나 할까. 어머니가 되레 아버지 앞에서 딸들은 오금을 못 펴도록 가르쳤다. 상에서 반찬도 못 집어

먹게 했고, 아버지한테 아들 등록금을 타낼 때는 그리도 떳떳하게 굴던 어머니가 딸들 등록금을 타낼 때는 그지없이 비굴하고 조마조마한 표정을 했다. 타낸 걸 건네줄 때도 아버지한테 미안해서 혼났다는 소리를 꼭 덧붙였다. 아들 장가보낼 때는 사돈한테 점잖고 품위 있게 굴던 어머니가 딸 시집보낼 때는 꼭 무슨 흠이라도 있는 자식을 남의 집에 속여서 들여보내는 것처럼 위축되고 비굴하게 굴어서 나를 속상하게 했다. 더 속상한 건 내가 딸을 낳을 때마다 어머니는 기껏 해산구완 다하고서도 사위나 사돈한테 꼭 죄인처럼 구는 거였다. 제발 그러지 말라고 해도 그게 어디 시켜서 되냐, 저절로 그렇게 되는 걸 어떻게 하느냐고 했다. 내가 동생이 첫아들을 낳았을 때 너무도 좋았던 것은 어머니가 그런 억울한 해산구완을 안 해도 되겠기 때문이었다. 내가 첫딸을 낳았을 때 시어머니는 어떠했는지 모르지만 남편하고 나하고는 정말이지 손톱만큼도 섭섭한 마음이 없었다. 세상에 우리만 자식 낳아본 것처럼 자랑스럽고 신기한 것 천지였다. 친정에서 산후조리를 하는 동안 남편도 아기가 보고 싶어 처가에서 출퇴근을 했다. 남편 앞에서 아기 기저귀를 가는 건 예사였고 남편에게 기저귀를 갈아달랠 적도 있었다. 어느 날 그걸 본 어머니는 못 볼 것을 본 것처럼 질색을 하더니 나중에 사위 못 듣는 데서 야단야단 치시는 것이었다.

"아니 이 철딱서니 없는 것아. 남편한테 어떻게 계집애 아랫도리, 그 흉한 걸 보이냐, 보이길."

"아들은 괜찮구요?"

"여부가 있냐? 고추 달린 아랫도리야 남편 앞에 여봐란듯이 풀어놔야지."

우리 기를 때도 어머니는 그랬었구나. 그건 물어보나 마나였다. 그건 아무도 못 말린 어머니의 버릇, 아니 도덕관념이었다.

내가 나의 인큐베이터됨을 참아낼 수밖에 없었던 소인은 그러니까 기저귀 찰 때부터 비롯됐던 것이다. 그러나 앞으로는 달라져야 한다. 누구에게 보이기 위해서가 아니라 나를 위해 어떡하든지 달라져야 한다. 남편도 나도. 이건 사는 게 아니다. 그렇게 간악한 짓을 저지르고도 죄책감을 못 느끼는 그 께름칙함을 떨쳐버리지 않는 한 생전 아무것도 느낄 수가 없을 것 같다. 우선 차에서 내려 다시 한번 강바람을 들이마시고 운전대를 잡았다.

차도로 나왔으나 좌회전을 하지 못해 돌아가야 할 도시를 뒤로하고 달릴 수밖에 없었다. 어딘가에 유턴 지점이 있겠지, 유턴 지점을 열심히 찾는 것도 아니면서 막연히 그렇게 믿으며 상쾌한 속도를 냈다. 도시와 더불어 내 집 또한 뒤로 뒤로 멀어져가는 기분 또한 상쾌했다.

(1993)

환각의 나비

1

그 집에는 느낌이 있었다.

그 느낌은 그 집을 지은 자재나 규모 또는 그 집에 사는 사람이 집 간수를 어떻게 했느냐에 따라서 달라지는 보통 집의 표정 같은 것하고는 달랐다. 사람으로 치면 성깔이나 교양, 옷차림 따위에 의해 수시로 변할 수 있는 인상 말고 저 깊은 중심에 숨어 있는 불변의 것, 임의로 할 수 없는 것으로부터 풍겨져 나오는 예감 같은 거였다. 그 느낌 때문에 동네 사람들은 그 집에 이끌리기도 하고 그 집 앞을 돌아가기도 했다. 그 집은 동네에서 떨어진 외딴집이었지만 약수터 가는 길목이기도 했고, 전철역으로 통하는 지름길가이기도 했다. 행정구역상으로 그 집이 속한 동네는 서울의 위성도시 중의 하나인 Y시 안에 있었지만 Y시 사람들은 그 동네를 원주민 동네라고 불렀다. 그렇다고 초가집이나 조선 기와집이 남아 있는 건 아니었다. 60년대에 유행한 슬래브 집들이 수리를 안 해 퇴락한데다가 좁고 더러운 골목길 때문에 실제의 나이보다 훨씬 더 낡고 흉흉해 보일 뿐이었다.

아마 Y시에 새로 들어선 아파트 단지 아이들은 원주민 동네라는 말을 곧이곧대로 믿고 슬래브 집을 마치 남태평양의 섬이나 아프리카 오지에 남아 있다는 미개한 종족이 선사시대부터 오늘날까지 헤아릴 수 없는 세월을 변화시킬 줄 모르고 유지해 온 동굴이나 오두막과 유사한, 우리 본래의 주거 양식으로 여기고 있을지도 모를 일이었다. 그러나 생긴 지 기껏해야 30년이 조금 더 된 동네였다. 땅 임자와 집 장수의 합작으로 허허벌판에 새로운 동네가 들어섰을 때만 해도 그 일대는 밭농사와 과수원을 주로 하는 농촌이었고 농사짓는 사람들은 그 동네를 양옥집 동네라고 불렀었다. 그때만 해도 지붕도 없이 두부모를 잘라놓은 것처럼 네모반듯한 집에다가 벽에는 번들번들한 타일까지 입힌 집이 신기하고 부러운 나머지 그렇게 한껏 높여 부른 거였다. 양옥집 동네가 원주민 동네가 되는 데는 30년도 채 걸리지 않았다.

그 집은 양옥집 동네가 생겨나기 전부터 있었다. 그 일대의 농촌이 감쪽같이 사라지기 차마 아쉬워 떨군 일 점 혈육처럼 여러 번 개조하고 증축한 흔적에도 불구하고 골수에 밴 시골티는 변할 줄 몰랐다. 대청마루가 널찍한 디귿자집이었고, 기둥과 서까래는 육송이었지만 지붕은 회색빛 슬레이트였다. 때에 전 육송 뼈대와 슬레이트 지붕과의 부조화는, 문살이 많이 빠진 창호지 덧문과 마루에 새로 해단 유리 분합문과의 부조화와 묘한 조화를 이루었다. 원주민 동네에 오래 산 사람이라면 그 집이 골

함석 지붕이었을 적을 기억할지도 모르겠다. 그전엔 이엉이나 양기와 지붕이었을 터이나 30년은커녕 5년 이상을 눌러산 집도 희귀한 동네에서 목격자를 찾는다는 것은 불가능한 일일 것이다. 원주민 동네라는 별명은 집뿐 아니라 주민에게도 해당되지가 않는 게 전출입이 잦기가 아파트에 사는 사람들보다 훨씬 더 했다. Y시에서 낸 통계에 의하면 평균 거주 기간이 아파트보다 1년 6개월이나 짧다고 했다. 중개업자의 농간이겠지만 곧 재개발에 들어가리라고 외부에 소문난 것과는 달리 막상 집을 사가지고 들어와보면 그런 기미가 전혀 없는 이상한 동네였다. 재개발이라는 게 나서서 추진하는 사람 없이 저절로 되는 게 아니라는 걸 알고 나서도 앞장설 만한 주변머리도 방법도 모르는 사람은 다시 집을 내놓았고 그래도 혹시나 하는 미련을 못 버린 사람도 세를 놓고서라도 빠져나가고야 말았다. 눈독을 들인 유일한 장점이 가짜였다는 걸 알고 나면 정떨어질 일밖에 없었다.

원주민 동네가 Y시의 섬이라면 그 집은 원주민 동네의 섬이었다.

아파트 아이들이나 원주민 동네 아이들이나 같은 학교에 다녔다. 그러나 아파트 아이들 보기에 원주민 동네 아이들은 어딘지 달라 보였다. 다른 줄 모르다가도 원주민 동네 아이라는 걸알고 나면 어제까지 같이 신나게 하던 컴퓨터게임 얘기가 그럴리가 없다는 느글거리는 배신감이 되어 그 아이를 뜨악하게 만들었다. 만일 그 집에 아이가 있었다면 그 동네 아이들도 그렇게 뜨악해져서 따돌렸으련만 그 집에 아이가 있었던 적은 한 번도 없었다. 그 집이 농가였을 때는 혹시 아이가 있었을지도 모르지만 그건 아무도 증거할 수 없는 그 집의 선사시대였다.

2

그 시간에 주차할 자리가 마땅찮은 건 어제오늘의 일이 아닌데도 영주는 지겹다는 소리를 연거푸 중얼거리고 나서 어린이 놀이터 쪽으로 핸들을 거칠게 꺾었다. 아파트 뒤쪽은 어린이 놀이터이고 놀이터와 녹지대를 타원형으로 둘러싼 아스팔트 길은 아이들이 자전거나 롤러를 타던 길이어서 원래는 주차 금지 구역이었다. 거기까지 주차 선을 그어봤댔자 언 발등에 오줌 누기였다. 당장은 좀 숨통이 트이는가 싶더니 며칠이 못 가 도로아미타불이었다. 다행히 새벽에도 빼기 쉬운 명당자리가 남아 있었다. 옆자리의 수북한 짐들을 챙기면서 영주의 입에서 지겹다는 소리가 다시 한번 새어 나왔다. 짐이라야 별것도 아니었다. 벗어놓은 윗도리, 구럭 같은 핸드백, 책 몇 권은 보따리장수 적부터 익숙한 짐이고 오늘은 호박이 두 덩어리 더 있었다. 시골 길에 피라미드형으로 쌓아놓고 파는 늙은 호박이 하도 보기 좋아 벼르다가 산 것이었다. 호박 장수는 죽을 쑤면 꿀맛이라고 묻지도 않았는데 쑤는 법까지 가르쳐주려 들었지만 귀담아듣지 않았다. 어머니는 틀림없이 호박범벅을 만드실 것이다.

호박범벅을 만들면서 어머니가 신바람을 내셨으면 좋으련만.

영주는 좀 망연해진다. 어머니는 아직도 호박범벅을 만드실 수가 있을까. 이까짓 호박 따위로 어머니를 시험하려 들지 말아야 한다. 이해해야 한다. 푸성귀를 다듬어 반찬을 만들고, 생선 비늘을 긁어 절이거나 조리고, 국이나 찌개 간을 보는 일을 반백 년이 넘게 허구한 날 되풀이하면서 그때마다 새로운 신바람이 나서 한다면 그게 오히려 이상한 거지, 그 일에 진력이 나서 매사를 시들해하는 걸 이상한 눈으로 볼 게 뭐였을까. 영주는 챙기던 짐을 스르르 밀어놓고 핸들에다 이마를 얹었다. 망연한 불안은 그러나 어머니보다 자신을 향하고 있었다. 보따리 장사 6년 만에 학위 딴 지 3년 만에 얻은 전임 자리였다. 수도권 대학은 아니었으나 찬밥 더운밥 가릴 계제가 아니었다. 밥줄을 매단 처지도 아니었는데 그렇게 허둥댄 것은 아마 나이 때문이었을 것이다. 대전까지 출퇴근을 한다는 것은 쉬운 노릇은 아니었으나 불가능하지는 않은 게 그나마 다행이었다. 운전 솜씨도 능숙의 도를 넘어 노숙했고, 중고차만 물려받다가 2년 전 처음으로 만져본 새 차는 지금 그녀의 몸의 일부분처럼 길들여져 있는 것도 원거리 출퇴근을 겁내지 않을 수 있는 좋은 조건이었다. 그러나 마흔 고개 마루턱에 와 있었다. 쉰까지는 미끄럼 타듯 신속할 터였다. 그 나이에 그것도 여자가 대학에 자리를 얻을 수 있었다는 건, 그 바닥의 사정에 아주 무식한 사람만 아니라면 감지덕지할 행운으로 여겨 마땅했다. 영주도 처음 한 학기 동안은 마침내 해냈다는 성취감에 도취해서 힘든 줄을 몰랐다. 그러나 요새 그녀는 박사나 교수 값이 그동안 너무 싸진 걸 자기만 모르고 있었던 것 같아 차츰 열쩍어지고 있었다. 왜 이제야 그런 생각이 들게 되었을까. 진작만 알았어도 그런 고생은 안 했을걸, 싶다가도 이런 게 바로 공부한답시고 날치던 여자의 한계인 것도 같아 혐오스러워지곤 했다. 싸도 너무 싸졌다고 느끼는 게 그동안 들인 공과 시간에 비해 보수가 너무 낮다는 경제성보다는 존경도에 있었기 때문이다. 겨우 지방대학 가려고 뼛골 빠지게 박사를 했냐? 이렇게 노골적으로 무시하는 친구도 있었다. 그래 너 따위가 아는 지식의 값이란 평생 서울에 붙어먹고 살면서 적당히 즐기고, 품위 유지할 수 있는 자격과 같은 것일 테니까, 이렇게 치지도외할 수도 있었으련만 그래지지가 않았다. 앙심까지 품어지도록 속이 아렸던 것은 바로 자격지심을 건드렸기 때문일 것이다. 가르치는 일, 지식을 풀어먹는 일은 생각보다 보람 있지 않았다. 그 재미없음의 평계를 학생들의 질이나 자신의 실력 부족으로 돌릴 수도 있으련만 그녀는 지식이라는 것을 통틀어서 비하하느라 허탈해지기도 하고 울적해지기도 했다. 한마디로 아니꼽기 짝이 없는 정서불안증이었다.

영주가 학위논문으로 허난설헌의 시 연구를 택한 것은 허난설헌의 시에 끌렸기 때문이고 끌리게 된 까닭은 그의 짧은 생애에 대한 애틋한 감동 때문이었다. 허난설헌에 감동하기 위해 많은 지식이 필요했던 건 아니다. 그 시대 배경이나 집안 환경에 대해서도 보통 사람 수준의 상식이 전부였다. 물론 그녀의 한문 실력으로 난설헌의 한시와 직관적으로 만나는 건 불가능했다. 그녀가 매혹당한 것은 시 자체의 뛰어남보다는 한 뛰어난 여자를 못 알아보고 기어코 요절토록 한 시대적 사회적 요인들에 대한 자유로운 상상력이었다. 그러나 논문이 필요로 하는 것은 상상력이 아니라 출처가 분명하고 실증할 수 있는 지식이었다. 중학교에서 교편을 잡고 있던 그녀로 하여금 대학원서부터 다시 시작할 수 있도록 충동질한 지도 교수는 그녀의 상상력을 가장 경계했다. 영주가 제일 자주 들은 듣기 싫은 충고는 논문을 쓰면서 소설을 쓰고 있는 것처럼 착각하지 말라는 거였다. 그녀는 박사학위에 걸맞은, 난설헌에 대한 지식을 쌓기 위해 연구라는 걸 하는 동안 난설헌에 대한 매혹과 감동은 온데간데없이 사라지고 난설헌이라면 넌더리가 났다. 난설헌에 대한 감동을 잃은 대신 얻은 것은 난설헌을 그럴듯하게 본뜬 수많은 제웅을 무자비하게 난도질한 한 무더기의 검부러기와 학위였다.

차 안에 얼마나 그러고 있었을까, 아들이 와서 유리를 두드리는 소리에 비로소 머리를 들었다. 충우는 허름한 트레이닝복 차림에 슬리퍼를 끌고 있었다.

"웬일이냐? 니가 산책을 다 나오구."

"산책이 아니라 할머니 찾아 나온 거예요."

영주는 가슴이 철렁했지만 충우는 대수롭지 않게 말했다.

"어쩌다 혼자 나가시게 했냐? 잘 보라고 그렇게 일렀는데."

"요기 어디 계시겠죠 뭐. 들어가 계세요. 제가 모시고 들어갈 테니까요."

그러고는 휘적휘적 걸어갔다. 부랴부랴 짐을 챙겨가지고 차에서 내린 영주는 아들의 아무렇지도 않아 뵈는 뒷모습에 문득

화가 나서 큰 소리로 불러세웠다.

"언제 나가셨는데 인제 찾아 나선 거냐?"

"얼마 안 됐어요."

아들이 머뭇거리는 걸 영주는 그냥 봐 넘기지 못했다.

"정확하게 언제냐니까."

"정확하게 언젠 줄 알면 붙들었지 나가시게 내버려뒀겠어요."

영주가 깐깐하게 굴자 충우도 지지 않고 도전적으로 나왔다.

"나가시는 것도 못 봤구나. 도대체 뭘 하고 있었길래."

"전화 걸구 있는 동안 없어지셨어요."

"누구하고? 계집애하고 전화질하느라 정신이 팔렸었던 게지, 그치?"

아들은 대꾸하지 않고 휙 돌아서서 가버렸다. 영주는 들입다 쫓아갈 것처럼 몇 걸음 내딛다 말고 집 쪽으로 돌아섰다. 별로 고약하게 군 적이 없는 아들이건만 상습적으로 고약하게 군 것처럼 취급한 게 금방 후회스러워졌다. 정말 왜 이런지 모른다고, 그녀는 요즘 자꾸만 아슬아슬해지는 자신의 자제력을 돌이켜보며 위기의식 같은 걸 느꼈다. 정수리에서 한 움큼이나 되는 흰머리가 억새풀처럼 힘차게 들고일어나는 게 엘리베이터 속 거울에 비쳤다. 반사적으로 박사학위가 남루처럼 민망하게 느껴졌다. 화장대나 콤팩트의 거울보다 엘리베이터 속의 거울은 인정사정이 없었다. 특히 퇴근길에 볼 때 그러했다. 어깨도, 볼의 살도, 눈썹도, 아침에 드라이해서 한껏 곤두세운 머리도 기진맥진 축 처져 있을 때일수록 그놈의 흰 머리칼은 올올이 들고일어나는 것이었다. 기회 있을 때마다 동생이 비아냥거리는 '언니의 박사티'였다. 박사 아니라도 오십을 바라보는 나이에 머리가 세기 시작하는 건 흔한 일인데 동생은 볼 때마다 그렇게 놀렸고 영주는 그 소리를 들을 때마다 모욕감을 느꼈다. 집은 비어 있건만 문은 그냥 열렸다. 집 안은 뒤숭숭했다.

　지난번 같은 소동 없이 돌아오셔야 할 텐데. 어머니의 건망증이 심상치 않다고 느끼기 시작한 것은 어제오늘의 일이 아니었다. 이 아파트로 이사 온 게 작년인데 그 전부터였으니까. 슈퍼에 갔다가도 동 호수를 잊어버려서 헤매는 일이 가끔 있었다. 그러나 워낙 오래 살던 단지라 누군가가 데려다주기도 했고 수위 아저씨가 알아보고 인터폰을 넣어주기도 했다. 또 늘 그런 것도 아니고 다시 멀쩡해져서 당신이 그랬었다는 걸 믿지 못해하거나 화를 낼 때도 있었다. 그러나 이 아파트로 이사하고 나서 미처 집 정리도 안 됐을 적에 있었던 일은 그런 일상적인 것하고는 달랐다. 새벽에 아무도 일어나기 전에 집을 나간 어머니를 찾은 건 그날 밤 자정이 넘어서였다. 찾고 보니 어머니는 그냥 나간 게 아니라 계획적인 가출이었다. 놀랍게도 조그만 보따리와 그동안 얻다 꿍쳐놓았던지 꼬깃꼬깃한 용돈까지 챙겨 갖고 있었다. 더욱 기가 찬 것은 고속도로 순찰대가 노인을 발견한 곳이 의왕터널이었다는 것이다. 영주네가 이사 온 아파트는 둔촌동이었다. 거기까지 걸어서 간 것인지 무엇을 타고 간 것인지를 어머니한테 상기시키는 건 불가능했다. 그냥 횡설수설했다. 연락을 받고는 너무 기뻐서 식구들이 몽땅 정신없이 달려갔다. 특히 정이 많은 경아는 보따리를 가슴에 부둥켜안고 텅 빈 시선으로 식구들을 바라보는 할머니 품에 뛰어들어 엉엉 울음을 터뜨렸다. 충우도 할머니의 어깨를 뒤에서 안으면서 볼을 비볐고 남편은 윗도리를 벗어서 가을밤 기온에 으스스 떨고 있는 노인의 어깨에 걸쳐주면서 순찰대한테 몇 번이나 고개를 숙여 고맙다는 인사를 했다.

영주는 좀 비켜서서 움직이지 않았다. 마음이 차갑게 얼어붙는 걸 그녀 자신도 임의로 할 수 없었다. 아이들이 엉겨 붙자 텅 빈 어머니의 얼굴에 차차 표정이 돌아왔다. 그리고 "아이고 내 새끼들, 쯧쯧 어디 갔다 이제야 왔누" 하면서 마주 엉겨 붙었다. 어머니의 얼굴이 점점 곱게 펴졌다. 충우 경아 남매는 어려서부터 할머니한테 그렇게 엉겨 붙기를 잘했다. 엄마라고 줄창 맞벌이를 하느라 집에서 아이들한테 어리광을 부릴 만한 기회를 줄 새가 없어서이기도 했지만 할머니가 그걸 좋아한다는 걸 아이들은 저절로 알고 있었기 때문이다. 이제 그만 데면데면하게 굴어도 될 만큼 머리가 커진 후에도 아이들은 할머니가 만든 반찬이 특별히 맛있다든가, 즈이들이 늦게 들어올 때 안 자고 기다리다가 문 열어주고 먹고 싶은 것까지 챙겨줄 때면 답례처럼 서비스처럼 으레 할머니한테 엉겨 붙는 장난을 치곤 하는 것이었다. 그렇다고 아이들에게 계산된 간교함이 있는 건 아니었다. 아이들에게도 노인에게도 행복한 장난 이상도 이하도 아니어서 보고 있으면 절로 미소가 떠오르곤 했다. 남 보기에도 여실히 느껴지는 상호 간의 그 완벽한 행복감 때문에 슬그머니 샘이 날

적도 있었지만 섣불리 흉내를 내보고 싶어 한 적은 한 번도 없었다. 영주는 낳기만 했지 아이들은 순전히 할머니 손에서 자랐다. 노인에겐 그 어렵고도 장한 일을 한 이의 특권이랄까, 침범할 수 없는 당당함이 있었고, 아이들하고의 자연스러움은 거의 동물적이었다. 여북해야 셋이서 그렇게 정답게 굴고 있는 것을 볼 때마다 영주는 어머니의 붉고도 부드러운 혀가 아이들을 핥고 있는 것처럼, 세 몸뚱이 사이를 따숩고 몽실몽실한 털이 감싸고 있는 것처럼 느끼곤 했을까.

그러나 이번엔 달랐다. 가슴이 뭉클해져오는 것까지 자제해야 한다고 생각할 만큼 토라져 있었다. 의왕터널 때문이었다. 노인네를 반기는 태도가 식구들끼리도 이렇게 다른 걸 젊은 순찰대원은 성급하게 고부 갈등으로 짐작한 듯했다.

"이런 효자 아드님 효자 손자들을 두고 왜 집은 나오고 그러세요. 설사 좀 섭섭한 일이 있더라도 노인네가 참으셔야 해요. 세상이 달라졌단 말예요. 이렇게 자손들이 득달같이 달려온 걸 보면 할머닌 복 좋은 줄 아셔요. 알아들으셨죠? 이눔의 세상이 어떻게 된 세상인지 일부러 부모 내다버리는 자식도 많답니다. 그런 자식이 우리가 연락한다고 찾아오겠어요? 못 믿으시겠지만 연락도 헐 수 없게스리 즈이 살던 데를 싹 옮기는 자식도 있으니까요."

영주는 남편하고 시선이 마주치자 고개를 떨구었다. 나쁜 며느리가 된 것보다 더 면목이 없었다. 순찰대원은 일이 순조롭게 풀린 게 기분 좋은 듯 계속해서 명랑하게 떠벌렸다.

"할머니도 꼭 그런 할머닌 줄 알았다니까. 아들네 집에 가야한다고 보채기는 꼭 고집쟁이 어린애처럼 막무가낸데 아들네 전화번호는커녕 동네 이름도 모르는 척하는 게 영락없이 버림받고 양로원밖에 갈 데가 없는 노인네들이 하는 짓 고대로더라구요. 그러다 어찌어찌 전화번호를 하나 생각해내시길래 걸어보긴 했어도 기대는 안 했어요. 아니나 다를까 그 집엔 그런 분없다면서 이사 온 지 얼마 안 된다길래 역시나 했지요. 그래도 그 번호가 단서가 되어 어렵사리 댁의 전화를 알아낸 건데 이런좋은 결과를 맺었으니 참말로 보기 좋습니다."

역시 그랬었구나, 어머니의 목적지는 영주가 짐작한 대로였다. 영주는 말없이 그 자리를 피해 먼저 차로 가서 기다리기로 했다. 그렇게 하는 게 못된 며느리에게 어울릴 것 같아서이기도 했지만 진실이 탄로나는 것을 피하고 싶어서이기도 했다. 남편도 그 점을 이해하고 아들 노릇을 잘해주려니 믿기로 했다. 어머니도 그걸 바랄지도 모른다고 생각하며 영주는 쓸쓸하게 웃었다.

영주하고 어머니는 고부간이 아니라 모녀간이었다. 그러니까 남편은 어머니의 아들이 아니라 사위였다. 어머니가 언제부터 딸하고 사는 걸 굴욕스럽게 여기게 되었는지 영주도 잘 안다고 할 수는 없었다. 아마 그녀의 남동생이 장가를 들고 나서부터일 것이다. 그때부터 친척이나 친지들이 어머니가 아들네로 안 가는 걸 이상한 눈으로 보기 시작했으니까. 특히 이모들은 딱하게 여기다 못해 불쌍해하려는 낌새까지 드러낼 적이 종종 있었다.

"딸네 밥은 서서 먹고 아들네 밥은 앉아서 먹는다는데……"이러면서 이모들이 쯧쯧 혀를 찰 때마다 영주는 이모들의 우월감에 침을 뱉어주고 싶도록 속이 끓곤 했다. 아들네한테 죽자꾸나 붙어산다는 것밖엔 어머니보다 나을 것이 조금도 없는 이모들이었다. 소녀 적부터 영주는 장차 화려한 성공을 거두어 어머니 호강시킬 것을 꿈꿀 때가 가장 살맛이 나고 즐거웠다. 그렇게는 못 되었지만 그렇게 되었다고 해도 어차피 어머니의 행복과는 상관이 없었을 것이라는 생각이 그녀를 참담하게 했다. 그녀는 어머니를 누구보다도 잘 알았다. 자식 밥을 얻어먹기 위해서가 아니라 당신 손으로 자식을 벌어먹이기 위해 일생 서서 일하면서 터득한 당당함은 어머니만의 자존심일 터였다. 그걸 함부로 능멸한다는 것은 아무리 어머니의 동기간이라 해도 용서할 수가 없었다.

남동생 영탁이는 막내이자 유복자였고 그녀하고는 열세 살이나 나이 차이가 났다. 어머니는 영주 낳은 지 10년 넘어 아이를 못 갖다가 아우를 본 게 영숙이었고, 영숙이가 돌도 되기 전에 또 아이가 들어서고 그 아이가 태어나기 전에 과부가 되었다. 아버지의 유산이라고는 집 한 채가 다였다. 당시엔 시골 같은 변두리 동네였지만 다행히 대학이 가까워 어머니는 하숙을 쳤다. 그때부터 영주는 하숙집 딸로 불리었고, 하숙집 딸 노릇을 마치 그렇게 태어난 것처럼 잘해냈다. 반찬 가게 심부름은 물론 숭늉 심부름을 입에 혀처럼 잘하다가 방방의 연탄도 꺼뜨리지 않고 갈 수 있게 되었고, 고등학교 적부터는 밤늦도록 어머니와 무릎을 맞대고 가계부를 쓰면서 다음 날 식단을 짜고 한 달 예산을 세우고 동생들 장래를 걱정하곤 했다. 입시 철이면 메뚜기도 한철이라고 동생들을 독려해가면서 집 안의 방이란 방은 안방까지 내주고 온 식구가 다락에서 새우잠을 잤다. 어머니에게 영주는 딸이라기보다는 동지였다. 함께 일하고 함께 걱정했다. 어머니의 무거운 책임을 덜어주고 싶다는 일념으로 영주는 동생들에게 어머니하고 똑같이 엄하고 짜게 굴긴 했지만 샘을 내거나 경쟁하는 마음은 가져보지 못했다. 여북해야 동생들한테 제까짓 게 뭔데 아버지처럼 군다는 불평까지 들었겠는가.

충우는 혼자서 들어왔다. 풀이 죽어 있었다. 영주는 그럴 줄 안 것처럼 실망하진 않았지만 속에서 불 덩어리 같은 게 치밀어 올라와서 벌떡 일어났다.

"엄마, 죄송해요."

아들이 놀란 듯이 영주의 어깨를 잡으며 사과를 했다.

"너한테 화내고 있는 게 아니야."

영주는 어머니가 또 의왕터널에 가 있을 것 같고 그게 그렇게 화가 났다. 의왕터널은 남동생네 가는 길이었다. 어머니가 아들네 갈 일은 1년에 서너 번도 안 됐지만 그때마다 영주가 차로 모시고 갔고, 전에 살던 과천에서도 여기 둔촌동에서도 의왕터널을 거쳐야 했다. 어머니가 아들네에 이르는 길 중에서 가장 기억할 만한 특징이 있다면 의왕터널밖에 없었다. 과천터널과 의왕터널이 생긴 건 영주네가 과천에 입주한 지 몇 년 돼서였다. 하숙을 치던 넓은 집에서 처음 이사한 아파트였지만 어머니는 잘 적응했다. 일층이어서 마당을 가꿀 수 있는 재미 때문이었는지 20평 남짓한 아파트도 답답해하지 않았다. 어머니의 활동 무대는 마당에서부터 청계산으로, 관악산으로, 점차 그 영역을 넓혀갔다. 약수를 하루에도 몇 번씩 길어 날랐고 산나물 하는 데도 선수여서 도시물만 먹은 이웃 노인들이 줄줄이 어머니를 추종했다. 어머니는 약수터 배드민턴 회원이었고 관악 에어로빅 회원에다 청계 노인 회원을 겸하고 있었다. 어머니는 당신이 놀던 마당에 굴이 두 개나 생기는 걸 여간 못마땅해하지 않았다. 특히 의왕터널은 당신이 발음이 잘 안 되니까 더 싫어했다. 그 무렵에 마침 의왕터널 지나서 새로 생긴 단지에 영탁이네가 입주하게 되었기 때문에 영주는 어머니가 아들네 가고 싶을 때 질러가라고 생긴 굴이라고 일러드리곤 했다. 그러면 어머니는 활짝 웃으며 편안해지곤 했는데, 실은 어머니의 건망증이 심해져서 집도 잘 못 찾게 된 게 터널이 생길 무렵부터여서 그 소리는 수도 없이 반복되었을 터였다.

"그랴 그랴, 나더러 영탁이네 휘딱 가라고 그 굴을 뚫어줬다구? 시상에 누가 내 마음을 그리 잘 보살펴줬을꼬."

모녀는 그런 소리를 아마 골백번도 더 주고받았을 것이다. 그러나 어머니에게 영탁이네 갈 일은 자주 생기지 않았다. 아무리 아들네라도 초대받지 않고 불쑥 가는 게 아닌 세상이 된 것은 가르쳐주지도 않았건만 알고 있었다.

그날 어떻게 해서 거기까지 이르게 되었는지는 어머니는 끝내 말하지 않았다. 안 한 게 아니라 못 했을 것이다. 의왕터널 외에는 아무것도 확실하게 입력된 게 없었을 테니까. 둔촌동에서 의왕터널까지 걸어갔다는 게 믿어지지 않았다. 걷기도 하고 타기도 했으리라. 영주는 밖으로 뛰쳐나가려다 말고 들어와서 차키를 찾았다.

"어디 가시게요?"

"의왕터널."

"또 거길 가셨을라구요?"

"그 너머가 바로 외삼촌네니까. 그날 할머니가 거기 계셨다는 건 우연이 아니었잖니?"

"알아요. 그렇지만 과천에서 가깝기 때문일 수도 있어요."

충우가 영주 눈치를 보느라 조심스럽게 말했다. 영주는 과천 소리만 나오면 화를 내기 때문이다. 과천을 향한 노인네의 집착은 영주를 혼란스럽게 했다. 별안간 드러내기 시작한 아들의 보호 밑에 있고 싶다는 갈망은 어쩌면 예정된 것이었다. 이상하다면 그게 너무 늦게 왔다는 것뿐, 이 땅의 모든 어머니들의 유구한 전통이었으니까. 그러나 10년 넘어 살았다고는 하나 고작 아파트 단지에 지나지 않는 과천에 대한 어머니의 이상한 애착을 영주는 이해할 수가 없었고, 설명할 수 없기 때문에 인정하기도 싫었다.

"할머니가 과천을 좋아하신다면 그건 여기보다 외삼촌네하고 훨씬 더 가깝기 때문이니까 그게 그거야."

영주는 필요 이상 차갑게 잘라 말했다.

"그렇게 외삼촌한테 신경을 쓰실 거면 모셔 오긴 뭣 하러 모셔 오셨어요?"

"애 좀 봐. 너 말하는 투가 할머니를 꼭 남의 식구처럼 여기고 있잖아."

"어머니 고정하세요. 그렇게 생각하는 건 오히려 어머니 쪽이에요. 정말 왜 그러세요, 어머니답지 않게."

"괜히 모셔 왔나 봐. 아니 모셔 온 것만 못해. 또 거기 가 계신다고 해도 이번엔 외눈 하나 까딱 안 할 거야."

"아무튼 나가신 지 한 시간도 안 됐어요. 그동안에 무슨 수로 거길 가셨겠어요."

"설마 그때 할머니가 걸어서 거기까지 가셨겠니?"

"그날 할머니 발 생각 안 나세요?"

충우가 약간 이맛살을 찌푸리며 말했다. 온통 으깨지고 물집이 잡힌 발을 더운물에 담그게 하고는 운 생각이 났다. 분하긴 또 왜 그렇게 분했던지. 어머니에게 아들네 집은 얼마나 요원했을까? 그 아득함과 그럼에도 불구하고 이르고야 말겠다는 어머니의 집념이 그 무참하게 으깨진 발가락에 고스란히 드러나 있었다. 그게 안쓰럽고도 징그러워 영주는 잠을 이루지 못했다. 그날 밤을 뜬눈으로 샌 영주는 다음 날 영탁이를 불러 어머니를 모셔 갈 수 있나를 타진했다. 타진이라기보다는 애원이었을 것이다. 영탁이는 장가들기 전부터 어머니는 자기가 모실 거라고 큰소리를 쳤었다. 영주도 그럴 것 없다고 못 박지는 않았지만 내심 대견했었다. 언젠가는 어머니를 모셔 갔으면 해서가 아니라 내 어머니만은 이 자식 저 자식에게 치이는 천덕꾸러기가 안 될 것 같은 게 고마워서였다. 그 정도면 어머니는 충분히 귀하신 몸일 터인데도 왜 애원조로 굴고 있는지, 영주는 자신의 태도가 못마땅했지만 바로잡아지지가 않았다. 처음부터 그녀가 기대한 것하고는 전혀 다르게 나오는 영탁이의 태도 때문이었을 것이다. 감정을 드러내지 않고 듣기만 하고 나서도 한참 동안이나 우물쭈물하다가 겨우 한다는 소리가 "누나도 별수 없구려"였다. 야유하는 투였다. 무슨 뜻인지 모를 소리였다. 그러나 여간 불쾌하지가 않았음에도 불구하고 한마디도 반박을 못 했다. 노후를 아들에게 의탁하지 못하는 것을 제일 불쌍하고 떳떳지 못하게 여기는 사회적 통념에 결국은 동의하고 만 자신이 싫었기 때문에 불쾌한 꼴을 당해도 싸다 싶었나 보다.

"애 엄마하고 의논해보고 연락드릴게요."

그렇게 나오는 데는 한마디 안 할 수가 없었다.

"네 생각을 말해. 난 그게 듣고 싶어."

"노인네를 모시는 건 여자 아뉴? 나도 명령은 할 수 있어요. 그렇지만 그러고 싶지 않아요."

영탁이는 몇 해 연애하던 여자와 결혼해 아들딸 낳고 재미나게 살고 있었다. 어머니가 군더더기가 될 건 뻔했다. 군더더기를 받아들이려면 마음의 준비뿐 아니라 실제적 준비도 필요하다는 것을 이해해야 한다고 생각하면서도, 그러고 간 후 함흥차사인 동생을 괘씸하게 여기느라 영주의 심사는 내내 불편했다. 명색이 장남이 어쩌면 그럴 수 있을까? 용서할 수 없는 심정은 내가 어쩌면 이럴 수 있을까 하는 자책과 오락가락해서 자신도 누굴 탓하고 있는지 종잡을 수 없을 지경이었다. 더 참기 어려운 것은 어머니의 달라진 모습이었다. 듣기 좋으라고 그랬는지, 정말 그럴 작정이었는지 영탁이가 어머니한테 곧 모시러 오마고 약속하고 떠난 게 화근이었다. 어머니는 이제 공공연히 보따리를 싸놓고 안절부절을 못했다. "우리 아들이 데리러 온댔는데, 야아가 왜 이렇게 늦나." 걸핏하면 이렇게 중얼거리면서 대합실에 발을 묶인 사람처럼 초조하게 창밖만 내다보기도 하고, 강하게 밀어내는 시선으로 집안 식구를 대하기도 했다. 참다못해 영주가 먼저 올케하고 직접 담판을 해서 어머니를 모셔 가도록 했다.

그러나 어머니는 영탁이네서 석 달도 못 버티고 둔촌동으로 돌아오고 말았다. 실은 버티고 말 것도 없었다. 어머니는 하루하루 자신의 의지라는 걸 상실해갔으니까. 못 버틴 건 어머니가 아니라 영주였다.

어머니를 그렇게 떠맡기다시피 한 영주는 매일매일 문안 전화를 안 할 수가 없었고 어머니는 그럴 적마다 야아, 나 과천 갈란다, 과천 좀 데려다주려무나, 그 말밖에 안 했다. 그 말이 그렇게 애절하게 들릴 수가 없었다. 과천은 영주네가 둔촌동으로 오기 전에 살던 동네였기 때문에 영탁이나 그의 처는 그 말을 딸네로 가고 싶다는 소리와 같은 뜻으로 알아듣는 듯했다. 그러나두 내외가 다 영주한테 모셔 가란 소리는 죽어도 안 할 것처럼 깔끔하게 굴었다. 동생 내외한테서 모셔 가란 소리가 안 나오는 게 오히려 야속할 만큼 영주는 어머니가 거기 계신 게 불안

했다. 어머니를 동생네로 보내고 하루도 마음 편한 날이 없었던 것은 영주도 어머니의 과천 상성을 딸네 집으로 다시 오고 싶다는 소리로 알아들었기 때문이었다. 장녀로서 동지로서 어머니와 함께해온 수많은 세월을 잊지 않고서는 차마 못 들은 척할 순 없는 애소였다. 그러나 영주는 주리 참듯 참았다. 느희들이 다시 모셔 가라고 빌면 모를까, 내 입에서 먼저 모셔 오겠다는 소리가 나올 줄 알구, 하는 영주의 앙심과, 한번 모셔 온 이상 누나가 애걸복걸이나 하면 모를까 다시 어머니를 내주는 일이 있어서는 안 된다는 영탁이의 고집은 상반된 것 같으면서도 실은 같은 것이었다. 그들이 모시고자 한 것은 어머니가 아니라, 아들이 있는데도 딸네에 의탁하거나 거기서 죽는 것은 절대로 해서는 안 되는 치욕이라는, 관념이었으니까.

아들과 딸의 이런 보이지 않는 버티기를 아는지 모르는지 어머니의 여기 있으면 저기 있고 싶고 저기 있으면 여기 있고 싶은 증세는 하루하루 더해갔다. 어머니에게는 이미 아들이냐 딸이냐는 그닥 중요하지 않았다. 여기도 아닌 저기도 아닌 데가 과천이었다. 어머니는 겉으로는 지능이 퇴화하는 것처럼 보였지만 발달하고 있는지도 몰랐다. 치사하게 아들네서 딸네로, 딸네서 아들네로 보따리처럼 옮겨 다니느니 여기도 아닌 저기도 아닌 과천이란 완충지대를 만들어놓고 거기 보내달라고 보채고 있으니 말이다. 아들네서도 마침내 가출이 시작됐다. 그러나 영탁이 처가 어떻게 사전 조치를 철저히 해놓았는지 어머니의 탈출은 번번이 그 단지 안을 벗어나지 못했다. 그녀는 그 단지의 부녀회장이어서 발이 넓을 뿐만 아니라 지능적이었다. 그녀는 어머니에게 도저히 외출할 수 없는 옷을 입혀놓았는데 멀리 못 가게 하기 위해 그럴 수밖에 없다는 것이었다. 잠옷이나 고쟁잇바람의 어머니의 외출은 아이들 눈에도 즉각 띄게 돼 있었고, 눈에 띄었다 하면 경비 아저씨한테 즉시 연락이 가도록 돼 있다. 그런 모습으로는 그 단지는커녕 아마 자기네 동棟 경비 눈도 벗어나본 적이 없었을 것이다. 그래도 어머니의 탈출 시도가 계속되자 영탁이네 현관문엔 자물쇠가 하나 더 달리게 되었다. 보통 아파트 현관문은 밖에서 잠가도 안에서 여는 데는 지장이 없이 돼 있건만 그 집에는 나가는 사람이 밖에서만 잠그고 열 수 있는 장치가 추가된 것이다. 영주가 그걸 보고 언짢아하자 식구들이 다들 외출할 때는 그럼 어쩌란 말이냐고, 영탁이 처는 유리알처럼 정 없이 빠안한 시선으로 대드는 것이었다. 하긴 노인네를 지킬 사람을 따로 고용하지 않는 한 그런 장치는 불가피할지도 몰랐다. 영주 보기에 영탁이 처가 하는 일은 나무랄 데 없이 완벽했다. 영주는 그녀의 완벽함이 무서웠고, 영주보다 몇 배 더 무서워하며 왜소하고 황폐해지는 어머니의 비명이 들리는 듯하여 섬뜩해지곤 했다. 거기까지는 그래도 참아줄 수가 있었다. 며칠 만에 자물쇠가 하나 더 추가되었는데 어머니를 방 안에만 계시도록 하기 위한 방 자물쇠였다. 집 밖에 절대로 나갈 수 없다는 걸 납득하고 난 어머니는 혼잣말을 중얼대며 온종일 집 안의 문이란 문을 있는 대로 열어보면서 왔다 갔다 하는 게 일이니 어쩌겠느냐는 것이었다. 열어본 문을 화장실이나 광문까지 열고 또 열어보면서 이 방 저 방을 기웃대니 어머니 눈엔 그 집에 헤아릴 수 없이 많은 방이 있는 것처럼 보였을 것이다.

"여기도 방이 있네, 여기도 방이잖아? 무슨 집이 이렇게 방이 많담. 비워두다니 아까워라. 망할 놈의 여편네 같으니라구, 세나 주지 않구."

이렇게 중얼대면서 온종일 쏘다니는 걸 참다못한 동생의 댁이 마침내 어머니를 방 안에 가둔 것이다.

"저도 오죽해야 그랬겠어요. 신경이 써져서 살 수가 있어야죠."

그 노릇이 얼마나 못 할 노릇이었나는 그녀의 여위고 스산해진 모습만 봐도 알 수가 있었다. 그러나 영주는 서로의 인격을 죽자꾸나 부정하는 이 무서운 싸움을 짐짓 신경이 써질 뿐이라는 식으로 대수롭지 않게 표현하는 동생의 댁을 가증스러워하는 것만으로도 숨이 찼다. 이제 영주는 그들의 사이가 나아지길 기대하기보다는 빨리 그쪽에서 더는 못 모시겠다고 두 손을 번쩍 들기를 이제나저제나 바라고 있는 형국이었다. 그러나 그것조차 여의치 않았다.

영주가 어머니를 뵈러 간 날이었다. 언제나처럼 동생의 댁은 감정을 드러내지 않는 냉정한 얼굴로 맞이하고 영주는 너무 자주 드나들어 미안하다는 표정을 만면에 띠고 들어갔다. 동생의 댁은 차까지 끓여 오면서도 어머니 방문을 열어주지 않았다.

"어머니는 낮잠을 주무시나?"

"궁금하시면 베란다 쪽으로 나가셔서 창문으로 들여다보시죠?"

"아니 그게 무슨 소리야? 이젠 방문 열어주기도 귀찮아? 해도
너무하는구면."

"저도 어머님한테 배웠어요."

동생의 댁이 처음으로 눈물을 보이면서 푸념을 했다. 어머니
의 증세는 요새 부쩍 더 심해져서 낮에는 물론 밤에도 창문을 통
해 베란다로 나와서 아들 며느리 방을 들여다본다는 것이었다.

"그러다 저하고 눈이라도 마주치면 댁은 뉘시우 하고 물으실
때 제 기분이 어떤 줄 아세요?"

그녀는 그 기분이라는 것을 더는 설명하지 않았다. 그래도 영
주에겐 그녀가 얼마나 진저리를 치고 있나 여실히 느껴졌다. 분
노와 모멸감으로 심장이 옥죄는 듯했다. 이윽고 영주는 베란다
로 나가서 어머니의 방을 엿보았다. 어머니는 벽에 걸린 거울
속의 늙은이를 노려보면서 "댁은 뉘시우? 응? 저리 비켜요. 썩
물러나지 못할까" 연방 발을 구르고 있었다. 어머니가 거울 속
의 노파가 누군지 못 알아보는 것처럼 영주는 방 안에 갇힌 늙
은이가 어머니라는 걸 인정할 수가 없었다. 그동안 더 야위거나
추비해진 건 아니었다. 노인네에 어울리는 편안한 옷을 입고 있
어서 속고쟁잇바람으로 있을 때보다 오히려 더 단정해 보였다.
그러나 영주는 어머니의 눈빛이 그렇게 방어적인 걸 본 적이 없
었다. 문 열어놓고 사는 집처럼 편안한 어머니였는데…… 눈빛
뿐만 아니었다. 그 조그만 몸이 누가 툭 건드리기만 해도 당장
물어뜯으며 덤벼들 것처럼 긴장해서 털끝까지 곤두서 있다는
걸 자기 몸처럼 느낄 수가 있었다. 어머니 혼자서 대항하기에

이 세상은 얼마나 끔찍한 세상이었을까.

영주는 동생의 댁한테 문을 열어달랠 것 없이 베란다로 난 문을 통해 안으로 들어갔다. 어머니는 뉘시오? 묻지도 않고 덤비지도 않고 방구석에 가서 붙어 섰다. 혼자 갈고 닦은 적개심만으로는 도저히 대항할 수 없는 거인을 만난 것처럼 어머니는 두려워하고 있었다. 영주는 어머니를 안았다. 나쁘지 않은 비누 냄새가 났다. 방 안도 간소하지만 정결했다. 벽에는 풍경화까지 두어 점 걸려 있었다. 화장실까지 딸린 방이면 아파트에선 안방에 해당할 터였다. 처음부터 동생네가 어머니에게 그 방을 내준 걸 영주는 여간 고맙게 여기지 않았었다. 그 기분을 유지해야 된다고 생각했다. 영주는 품 안에 들게 작은 어머니의 등을 토닥거리다가 살살 쓰다듬기 시작했다. 영주가 지금 쓰다듬고 있는 건 어머니가 아니라 자신 안에서 곤두서려는 분노일 수도 있었다. 어머니를 자기 집으로 모셔 가야 한다고 생각했지만 동생의 댁한테 좋은 말로 그 얘기를 해야지 절대로 얼굴을 붉히거나 해서는 안 된다고 생각했다. 동생은 지금 거기 없었지만 괘씸한 생각이 별로 안 들었다. 어머니와 아내 사이에서 겪었을 그의 마음고생이 어떠했으리라는 것은 헤아리고도 남았다. 나이 차이 때문만이 아니라 태어날 때부터 아버지 없이 태어난 불쌍한 것을 남부럽지 않게 길러내야 한다는 중책을 어머니와 함께 나눠졌던 세월 때문에 그녀의 동생에 대한 느낌은 동기간의 우애라기보다는 모성애에 가까웠다. 영주는 어머니가 답답해할 때까지 오래 어머니를 쓰다듬고 있었다. 자신의 분심을 억제하기가 그만큼 어려웠던 것이다.

그렇게 해서 다시 둔촌동으로 모셔 온 어머니는 믿을 수 없을 정도로 빠르게 그전의 모습을 회복해갔다. 돌아오는 차 안에서 벌써 남을 무조건 의심하고 경계하는 방어적인 눈빛과 몸짓은 사라진 뒤여서 식구들은 아무도 할머니가 더 나빠졌다고 생각하지 않고 나들이에서 돌아오는 분 맞듯이 했다. 영주도 내가 혹시 잘못 본 게 아닐까, 동생의 댁을 덮어놓고 밉보려는 고약한 시누이 근성 때문에 그리 보였던 건 아닐까, 은근히 자책까지 할 지경이었다. 그래도 가장 경계해야 할 것이 가출인 것은 그때나 이때나 변함이 없는지라 어머니 혼자서 집을 보게 하는 일이 없도록 했다. 전업주부가 없는 집에서는 그게 가장 어려웠다. 고2짜리 경아는 빼주고 영주하고 충우가 강의가 없는 날은 서로 당번을 서기로 했지만 그것만으로는 어림도 없었다. 사이사이 파출부를 쓰기도 하고 이모들이 와서 봐주기도 했지만 어머니가 다시 쉬엄쉬엄 집안일을 거들기 시작하고부터는 그나마 조금씩 허술해지던 중이었다. 집안일이라야 별것도 아니었다. 콩나물을 다듬어준다거나, 도라지를 찢어준다거나, 버섯이나 고사리를 보고 이건 우리나라산이 아니라고 분별해주는 정도였다. 그래도 그런 것도 안 시키면 죽으면 썩을 몸 놀면 뭐 하냐고 섭섭해했다. 영주는 어머니 입에서 그 말을 다시 듣게 된 게 그렇게 기쁠 수가 없었다. 하숙 칠 때 어머니가 가장 자주 하던 소리였다. 그 소리를 들으면 마치 어린 날, 늦도록 기다리던 나들이 간 어머니가 저만치 부우연 어둠 속에 나타나는 걸 보고 뛰

어가 치마폭에 안겼을 때처럼 마음이 놓이고 푸근해졌다. 더 좋
은 건 빨래 개키는 솜씨가 돌아온 거였다. 어머니는 빨래가 약
간 축축할 때 걷어다가 어쩌나 정성을 들여 반듯하게 펴서 개키
는지 내복도 꼭 다림질해놓은 것 같았다. 그건 아무도 흉내 낼
수 없는 어머니만의 솜씨였다. 어머니의 손은 아직도 든든하고
예뻤다. 아, 아, 빨래를 꼭 다림질해놓은 것처럼 개키는 우리 엄
마 손, 이러면서 어머니 손을 어루만지고 있노라면 경배하며 입
맞추고 싶은 따뜻한 충동에 사로잡히곤 했다.

그렇다고 들락날락하는 기억력까지 회복된 건 아닌데도 마음
을 너무 놓았었나 보다. 정 아쉬울 때는 어머니를 혼자 두고 집
을 비울 때도 종종 있었다. 이모들한테 번번이 부탁하는 게 미
안하기도 했지만 이모들은 무슨 말끝에고 반드시 죽을 때는 아
들네서 죽어야 제대로 된 팔자라는 걸 어머니한테 입력을 시키
고 말 것 같아서였다. 이미 확고하게 입력된 관념이 지워졌다고
믿는 건 아니지만 최소한 잠재된 걸 이르집는 짓은 삼가고 볼
일이었다.

3

그 집 처마 밑에 온통 연등이 달렸다.

그 집에 절 표시와 천개사 포교원이라는 간판이 달리고 난 지
몇 달 만이었다. 연등으로 처마 밑을 뒤란까지 두르고 나서도

남아 마당 위에다 줄을 매고 달아놓았다. 포교원 간판이 붙고 나서 처음 맞는 4월 초파일이었다. 원주민 동네에서 바라보면 연등은 분홍빛 풍선 뭉치처럼 보여서 어느 순간 그 집을 매달고 둥실 승천하는 게 아닌가 하는 기대감을 불러일으켰다. 그런 기대는 허황하지만 기쁨에 충만한 거여서 동네 전체에 축제 분위기를 훈풍처럼 실어왔다. 연등이 달리기 전부터도 동네 사람은 그 집에 절 간판이 붙은 걸 보고 괜히 좋아했었다. 그러나 그 동네에 그 절의 신도는 한 사람도 없었다. 점도 치러 다니고 절에 치성도 드리러 다니면서 신앙이 불교라고 생각하는 집은 그 동네 가구 중 아마 반도 넘을 테지만 그 절의 신도는 한 사람도 없었다. 그런데도 그 집에 연등이 그렇게 많이 달린 걸 보자 생긴지 얼마 되지도 않은 절에 신도가 꽤 많구나 싶어 기뻐해주고 싶었던 것이다. 남이 잘되는 걸 별로 좋아해본 적이 없는 마을 사람답지 않았다. 그 집이 절집이 되기 전엔 점집이었기 때문에 더 그런지도 몰랐다. 동네 사람들은 점집보다 절집이 격이 높다고 생각했고, 아이들 교육상도 절집이 나을 듯했다. 그렇다고 그 집이 점집이었을 적에 마을 사람들이 배타적으로 군 것은 아니었다. 따돌릴 것도 없이 그 집의 위치 자체가 마을로부터 배타적으로 돼 있었다. 낯선 사람이 그 동네에 들어와 처녀 점집이 어디냐고 물으면 저어기 저 옛날 집일 거라고 벌판 너머를 가르쳐주곤 했다. 간판이나 깃발 따위 점집의 표시는 없었지만 그 집이 점집이라는 걸 모르는 마을 사람은 없었다. 또한 그 집에선 처녀가 점을 치고 있겠구나 하는 것도 외부 사람들이 그렇게 물으니까 그러려니 할 뿐 그 처녀 점쟁이가 예쁜지 미운지, 용한지 돌팔이인지 아는 사람도 있는 것 같지 않았다. 원주민 동네 사람 중 태반은 하는 일이 뜻대로 안 돼 무꾸리들을 잘 다녔고, 그게 유일한 취미인 사람까지 있었지만 그 집에 가서 점을 쳤다는 이는 아직 한 사람도 없었다. 고향에서 인정을 못 받기는 비단 예수님만이 아닌 모양이다.

파일 날도 동네 아이들만이 그 집 앞으로 몰려가 안을 기웃댔다. 바람에도 가벼운 것이 먼저 날리듯이 축제 분위기에도 아이들만 덩달아 들떴을 뿐 그 동네 어른들은 끄떡도 안 했다. 파일 날을 명절로 쇠는 집도 아마 각각 다니던 머나먼 절을 찾아 전철로 버스로 나들이를 떠났을 것이다. 그 집 대문은 활짝 열려 있었고 분합문 안엔 아담한 금빛 부처님이 비단 방석에 앉아 은은한 미소를 짓고 있었다. 많은 신도들이 자기네 식구 이름을 꼬리표로 달고 있는 연등이 어디 있는지 찾아보느라 부산했다. 그들이 차려입은 색색 가지 비단 한복이 보기 좋았다.

그 절 스님은 비구니였다. 그 집이 점집이었을 적에 처녀 점쟁이와 지금의 비구니는 같은 사람이었다. 부처님까지도 처녀 점쟁이가 모시던 부처님과 같은 부처님이었다. 다만 절 표시를 붙일 무렵에 금빛이 좀더 찬란해졌을 뿐. 도금을 새로 했으니까. 신도들도 대부분 그 집이 점집이었을 적부터의 단골들이었고 새로운 신도들이 생겨봤댔자 점집 단골들한테 그 집 부처님이 영검하다는 소문을 듣고 솔깃해진 이들이었다. 단골이자 신도들은 처녀 점쟁이가 스님이 된 데 대해 조금도 이상해하거나 뜨악해하지 않았다. 점쟁이였을 적에도 그 처녀는 부처님을 모시고 있었고, 처녀의 투시력이나 예언 능력이 부처님으로부터 온다고 믿기는 마찬가지였으니까. 점집이었을 적에 단골들이 점을 치러 오면 으레 부처님한테 먼저 절을 하고 나서 점을 쳤고, 점을 다 친 후 또 한 번 부처님한테 절을 하고 물러나는 절차도 절집이 됐다고 해서 달라지지 않았다. 그때나 이때나 신도들은 그녀의 무심히 던지는 것처럼 툭툭 내뱉는 한두 마디에서 남편의 영화나 자식의 출세와 관계되는 영감을 얻으려는 열망 때문에 그 집을 찾기는 마찬가지였다. 그리고 그녀가 영검한 걸 부처님이 영검한 것과 동일시했기 때문에 그녀가 점쟁이였을 적에 깍듯이 보살님이라고 불렀던 것처럼 비구니가 된 그녀를 자연 스님이라고 부르는 데 전혀 거부감을 느끼지 않았다.

달라진 게 있다면 한 달에 한 번 법문을 듣는 날이 따로 생긴 것이다. 법문은 천개사에서 내려온 노스님이 했다. 파일이나, 설, 칠석 등 이름 붙은 날이나, 망인의 사십구재나, 간혹 신도들이 부탁해서 불공을 드릴 일이 있는 날에도 천개사 스님이 내려왔다. 그러나 그 절집 신도들은 그 천개사라는 절이 어디 있는지 알지 못했다. 자연 스님이 어렵게 대하고, 또 내려오신다는 표현을 쓰니까 머나먼 곳에 있는 수려한 산속의 절을 연상할 수 있을 뿐이었다. 그러나 신도들은 그 천개사 스님을 별로 탐탁하게 여기지 않았다. 나이에 걸맞은 관록은 있어 보였으나 예언 능력을 나타낸 적은 거의 없었다. 신도 중에는 신분을 숨기고 싶어 하는 고위층의 사모님도 간혹 있었는데, 그걸 알아보는 능력 하나는 뛰어나다는 것이 신도 사이의 중론이었다. 그런 능력이란 신도 사이의 친목을 해칠지언정 스스로의 권위를 위해서는 결코 득될 게 없었다. 요컨대 신도들은 그 노스님을 점집에서 절집으로 변화하는 시기에 있어야 하는 구색 정도로 봐주고 있는 셈이어서 하루빨리 자연 스님이 염불을 잘하게 되기를 바랐다. 자연 스님이 직접 그렇게 말한 적이 없는데도 스님은 지금 불교 배우는 대학에 가려고 공부 중이라고 신도들 사이에 알려지고 있었다.

아직 천개사에서 노스님이 내려오기 전이었지만 큰 가마솥이 걸린 부엌에선 음식 장만이 한창이었다. 온갖 과일과 유과와 떡집에서 맞춰 온 편과 절편도 부엌에 붙은 찬마루에 즐비했다. 파일이니까 신도들에게 점심은 물론 저녁 밤참까지도 대접할 준비였다. 국 끓이고 나물 무치는 일손도 충분했다. 총지휘를 하는 마금네의 음성은 일흔이 다 된 나이가 믿어지지 않을 만큼 기름지고 극성맞았다. 마금이는 자연 스님의 속명이자 호적상의 이름이었다. 마금네가 마금이를 낳고 나서 오늘처럼 행복하고 의기양양한 날은 아마 처음일 것이다. 마금네는 명령만 하고 일은 며느리들이 도맡아 하고 있었다. 마금네가 발기만 써주면 서울의 도매시장까지 득달같이 달려가서 장을 봐 오는 사위도 있었다. 이대로 이 영업이 번창을 하면 아마 2, 3년 안에 이 집을 헐고 크게 짓든지 천개사와는 따로 어디다 절터를 장만하든지 해야 될 것이다. 생각만 해도 어깨가 으쓱했다. 마금네가 그 집을 둘러보는 시선은 탐욕스럽고도 그윽했다. 켕기는 구석도 없지 않았다. 흥가를 복가로 탈바꿈시켜 지금 한창 불 일어나듯이 일어나려는 판에 집에 손을 댄다는 것은 복을 쫓는 일이 되는 게 아닐까, 삼가는 마음 때문이었다. 그러나 치미는 욕심이란 늘 삼가는 마음보다 우세하기 마련이다. 오늘 이 좋은 날을 기해 이 자리에 법당을 짓자는 불사를 일으키기로 신도 중 오래된 단골들과 천개사 스님과 대강의 합의를 보았으니 반은 성사가 된 거나 마찬가지였다. 마금네가 사람의 마음에 위안과 희망을 주는 이런 사업에 눈을 뜬 지 오래됐다고는 할 수 없어도 확실하게 터득한 것은, 돈 버는 데 있어서 이 사업만큼 땅 짚고 헤엄치기도 없거니와 시작이 반이라는 소리가 그대로 들어맞는 사업도 없다는 사실이다.

마금네는 찬마루에 지키고 앉아 잔소리를 하는 한편 오늘 인등시주로 들어온 돈, 오늘 안에 불전으로 더 들어올 돈 등을 대충 머릿속으로 굴리기에 바빴다. 그녀의 표정은 싱글벙글했다 시뜻했다 변덕스럽게 변했다. 마침내 궤도에 오른 사업이 꿈인가 생신가 대견하면서도 오늘 같은 날이면 돈을 주체를 못 해 가마니에다 발로 꾹꾹 눌러 담는다고 소문난 어느 큰 절에 비하면 아무것도 아닌 것 같아 속이 부글거리곤 했다.

자연 스님의 방심한 듯 흐릿한 표정도 못마땅했다. 모녀간에 손발이 잘 맞아야 이 사업이 번창한다는 걸 아는지 모르는지, 손발은커녕 눈길 한번 맞추려 들지 않는 딸이 아니꼬워 죽겠는 걸 참자니 그도 못할 노릇이었다. 지가 뉘 덕으로 이만큼 됐는데, 그 천덕꾸러기가 용 됐다고 감히 이 에미를 업신여겨? 그러나 딸이 그럴 만한 까닭도 충분히 있었기 때문에 안 보는 데서는 눈을 흘기다가도 마주치면 얼레발을 치곤 했다. 그건 그녀도 할 노릇이 아니었지만 딸 역시도 그런 까닭으로 해서 피하려 드는지도 몰랐다. 그러니까 서로 눈도 안 마주치려는 건 모녀간의 묵계 같은 거여서 마금네가 이 집에 드나드는 건 법회나 불공이 들 때뿐이지 평상시에는 자연 스님 혼자서 지내도록 내버려두었다. 그러나 처녀 점쟁이일 때나 자연 스님일 때나 그녀가 그 집안의 유일한 돈줄인 건 변함이 없었다. 딸은 어머니하고 눈뿐 아니라 입도 잘 어울리려 들지 않았지만 돈주머니는 어머니가 수시로 마음대로 쓰도록 간여하지 않았다. 그녀는 자기가 하루 얼마를 버는지 알지 못했다. 그것을 계산하기 시작하면 식구들과 말을 주고받아야 되기 때문에 그걸 피하려고 스스로를 그렇게 버릇 들이고 있는지도 몰랐다. 그녀는 그 집안의 밥줄이고, 그녀 돈은 마금네 돈이고, 마금네 돈은 마금네 돈이었다.

마금네야말로 그 동네의 진짜 토박이였다. 그 집의 선사시대까지 알고 있었으니까. 그러나 지금 그녀는 원주민 동네에 살고 있지 않았다. 원주민 동네를 눈에 거슬리는 풍경처럼 굽어보는 아파트에 살고 있었다. 마금네는 아파트도 원주민 동네도 생겨나기 전 그 동네가 농촌이었을 무렵 거기 어디서 태어나서 거기 어디로 시집가서 고달프고 어렵게 살았다. 그때부터도 그 집은 들판 한가운데 있었다. 마금네는 그 집보다 훨씬 못한 집에 태어나서 친정보다 더 못한 데로 시집가서 살았고 그 집하고는 아무런 관계도 없었다. 6·25 난리 통에 처음으로 그 동네를 떠났다 돌아와보니 마을은 많이 변해 있었다. 인구의 이동도 심했고 빈집도 많았다. 그 집은 그동안 더 몹시 퇴락한 채로 남아 있었지만 비어 있었다. 주인이 부역을 얼마나 몹시 했는지 가족들이 몰살을 당했다고 했다. 원한을 산 사람한테 죽임을 당한 장소가 그 집이었다고 해서 알 만한 사람은 흉가라고 그 집 앞으로 갈 일도 돌아다녔다. 가끔 거지들의 소굴이 되기도 했다. 집은 점점 흉흉해졌다. 6·25 때 일을 기억하는 사람들이 하나도 안 남아날 만큼 세월도 가고 주민의 변동도 많았건만 그 집이 흉가라는 건 더욱 과장되게 전해 내려왔다. 마금네는 과수원 날품팔이꾼 남편과의 사이에서 아이를 오남매나 낳아 기르면서 그 동네를 못 떠났고 그동안 한 번도 제 집을 가져본 적이 없지만 그 집을 단 하룻밤의 편한 잠을 위해서도 눈독 들인 적이 없었다. 그 집은 흉가일 뿐 집이 아니었다.

그 흉가에서 어느 날부터인가 가냘픈 연기가 오르기 시작했다. 또 지나가던 거지가 들었나 보다 하는 관심조차 갖는 이가 없었다. 그때는 미처 원주민 동네도 생겨나기 전이었다. 벌판과 과수원에 드문드문 집이 있긴 해도 농촌이 피폐해질 조짐은 완연했다. 그렇지만 그쪽 땅까지 금싸라기 땅이 되리라는 건 아무도 예측하지 못할 때였다. 그 집의 겉모양까지 사람 사는 집 티가 나기 시작할 무렵 그 집을 주목하기 시작한 게 마금네였다. 그 집에 들어와 살기 시작한 이가 몰살을 당한 주인의 살아남은 동생이라는 걸 알아볼 수 있는 사람은 마금네밖에 없었다. 6·25 때 청년이었던 그는 형 일가가 몰살당하는 걸 목격하고 충격을 받기도 하고 달리 의탁할 가족도 없고 하여 절로 들어가 20년 가까이 수도 생활을 하다가 환속을 한 거였다. 마금네는 처음부터 그를 해코지할 구체적인 계획이 있는 것은 아니었지만, 그의 정체를 알고 있다는 건 생각만 해도 근질근질했다. 언젠가는 요긴하게 써먹을 때가 있을 것 같은 막연한 예감 때문이었다. 그 근처 땅값도 만만치 않아지기 시작할 때와 맞물려서 그 집을 지켜보는 마금네의 마음은 날로 팽팽해졌다. 젊음을 절에서 보낸 사내가 어느 날 느닷없이 절을 등진 것은 속세에서 먹고살 수 있는 길이 기다리고 있어서는 아닌 듯했다. 그 집에 선원禪院 간판이 붙었다. 절에서 만든 인간관계도 꽤 쏠쏠했던 듯 지식인풍의 남자들의 발길이 빈번하달 순 없어도 꾸준히 이어졌다. 마금네와 남편이 허드렛일을 거든다고 드나들면서 그 사람들이 한문이나 불경 공부를 하러 온다는 걸 알 수 있었다. 다달이 정기적으로 제법 많은 사람의 모임이 있는 날도 있었다. 마금네는 식구도 덜 겸 겨우 국민학교를 졸업한 마금이를 그 집에 잔심부름꾼으로 들여보냈다. 입에 풀칠도 어려울 때이기도 했지만 중학교도 못 보낼 바엔 기술이라도 가르쳐야 마땅하련만, 계집애가 어려서부터 청승을 잘 떨고 가끔 남의 앞일을 알아맞히는 이상한 능력을 보였기 때문에 귀동냥으로라도 불경을 좀 배워놓으면 쓸모가 있을 듯싶은 생각이 들어서였다.

그때만 해도 원주민 동네를 양옥집 동네라고 부를 때였다. 양옥집 동네 사람들은 무슨 선원이란 간판이 붙은 그 퇴락한 집을 경원했고 그 집에 사는 중도 속환이도 아닌 이상한 남자를 도사라고 불렀다. 물론 양옥집 동네 사람 중 누구도 그 집에 도를 닦으러 가거나 불경 공부를 다니는 사람은 없었다.

마금이가 심부름꾼으로 들어간 지 얼마 안 돼서 도사는 열네 살짜리를 범하고 말았다. 마금이는 다시는 그 일을 또 당하고 싶지가 않았기 때문에 엄마에게 고했다. 마금네는 길길이 뛰며 도사를 협박했고, 도사에게 많은 것을 뜯어내기 위해 도사가 그 집과 텃밭을 정식으로 소유할 수 있도록 도와주는 역할을 했다. 이윽고 그 집은 마금이의 소유가 됐고 도사는 남은 공터를 얻었다. 너도 좋고 나도 좋자였다. 마금이는 그 사건으로 남자 혐오증을 얻은 대신 사람의 표정이나 말투에서 그 사람의 생각을 감지하는 능력은 더욱 예민해졌다. 마금네는 딸의 그런 능력을 최대한으로 이용해 처녀 무당으로 키웠지만 마금이가 변덕이 심하고 돈 욕심이 없어서 그 사업이 마금네의 욕심만큼 번창한 건 아니었다. 그러나 누이가 무당인 걸 빌미로 놀고먹으려는 여러 자식들하고 기생하기에 충분한 수입은 되었다. 처녀 점집이 절집으로 탈바꿈하기까지는 텃밭을 처분해서 다시 절을 하나 사가지고 산으로 들어간 도사의 협조도 있었지만 마금이도 순순히 응했다. 공부를 할 뜻을 비친 것도 그녀가 먼저였다.

그러나 그녀는 공부를 시작하기에는 너무 나이배기가 돼 있었고, 타고난 성품도 돈에 관심이 없는 것만치나 공부에 뜻이 없었다. 직감 외에 그녀는 아무것도 믿지 않았다. 그러나 무슨 핑계로든 여기 아닌, 어딘가로 가고 싶어 했다. 그녀가 막연히 벗어나고 싶은 건 이 고장이 아니라, 여지껏 인연을 맺어온 사람들인지도 몰랐다. 그녀가 그 나이까지 만난 사람들은 식구건 남이건 하나같이 무슨 수를 써서든지 남의 재물이나 지위를 빼앗고 싶다는 생각밖에 머리에 든 게 없는 사람들이었다. 그걸 일찌감치 간파한 거야말로 그녀가 점을 칠 수 있는 주요한 밑천이었다. 그러나 사람이란 그런 것만은 아닌 것 같았다. 그녀는 아이를 낳아본 적은 없지만 어머니를 보면 어머니는 저런 것은 아닐 것 같은 생각이 들곤 했는데 그게 가장 괴로웠다. 그게 아닐 것 같은 거야말로 자신의 가장 정직한 속내였고 한밤에 문득 깨어나 마주 대하는 부처님의 고요한 미소가 동의해주는 바이기도 했다.

얼마를 벌었는지, 4월 파일을 치르고 난 절집은 그야말로 절간답게 고요하기만 했다. 마당의 연등을 마루 천장에다 옮겨 걸어야지, 그러나 바람에 출렁이는 게 영락없이 연못을 거꾸로 이고 있는 기분이라고, 자연 스님은 하늘을 쳐다보며 미소 지었다. 그리고 뒤란으로 푸성귀를 뜯으러 나갔다. 그렇게 음식을 많이 했건만 떡은 신도들한테 나누어 주고 반찬은 식구들이 싹 쓸어가 먹을 게 아무것도 없었다. 딸이 한 번도 뭘 맛있게 먹는 걸 본 적이 없는 마금네는 뭘 먹도록 해줄 생각보다는 두면 썩혀버릴 거, 하면서 뭐든지 가져가려고만 했다. 그리고는 혼자만 뭘 잘해 먹는 줄 아는지, 행여 고기나 비린 건 먹고 싶어도 참아야지 안 그러면 신도 떨어져 나간다고 윽박지르는 소리를 잊지 않았다. 음식 만드는 데 취미도 없고 어려서부터 제대로 배운 것도 없어서 그저 아무렇게나 굶어 죽지 않을 만큼만 해 먹는 게 버

롯처럼 굳어져 있었다. 뒤란에 씨를 뿌린 것도 그녀가 아니어서
어떻게 해 먹는 푸성귀인지도 모르고 손에 잡히는 대로 한 움큼
뽑아다가 다듬으려는데 노파가 한 사람 스르르 들어왔다. 한눈
에 점을 치러 온 사람은 아니었다. 계절에 맞지 않은 옷에 비해
환한 얼굴이 까닭 없이 눈부셨다. 노파는 웃으면서 스님을 나무
랐다.

"아욱도 다듬을 줄 몰라. 쯧쯧 나이는 어디로 처먹었누."

그러면서 천연덕스럽게 마주 앉아 아욱을 다듬기 시작했다.
아욱은 연한 줄기의 껍질을 벗겨가며 다듬는다는 것을 그녀는
처음 알았다.

"다듬을 줄 모르니 씻을 줄은 더군다나 모르겠구먼. 아욱은
이렇게 씻는 거야."

그러면서 수돗가로 가져가더니 푸른 물이 나오도록 북북 으
깨서 씻는 것이었다. 쌀뜨물 받아놓은 게 있을라구, 하면서 쌀을
내놓으라고 했다. 쌀 역시 박박 으깨서 한두 번 씻어내고 보얀
뜨물을 받아놓았다. 그리고 그 구식 부엌을 돌아보며 참 좋다고
연신 감탄을 하더니 밥을 안치고 장독에서 된장을 떠다가 국을
끓이는 것이었다. 그 모든 행동이 묵은 살림 하듯 막힘없이 능
수능란했다. 스님은 그 이상한 할머니의 정체를 알아내려고 열
심히 머리를 굴렸지만 도무지 짚이는 게 없었다. 대번에 뭐가
딱 와야지 오래 생각을 굴려서 알아낸 건 맞지 않는다는 걸 그
녀는 경험으로 알고 있었다. 그러나 그녀는 그게 조금도 낭패스
럽지가 않고 기쁨이 스멀스멀 등을 기는 것처럼 즐거웠다. 생전

처음 느껴보는 느낌이었다.

할머니가 차린 상에 두 사람은 정답게 겸상을 했다. 할머니가 끓인 아욱국이 어찌나 맛있던지 국에 말아 밥 한 공기를 다 먹었는데도 할머니는 몸이 그렇게 약해서 어떡하냐고 자꾸 밥을 더 권했다. 누가 손님인지 헷갈리게 하는 할머니였다. 하긴 들어올 때부터 할머니는 자기 집에 들어오는 것처럼 아무렇지도 않게 굴었으니까. 저녁엔 뭐 구미 당길 걸 좀 해 멕여야 할 텐데…… 다음 끼니 걱정까지 하는 할머니를 보면서 그녀는 슬그머니 어리광을 부리고 싶어졌다. 그런 느낌 또한 처음이었다. 그녀는 남한테 위함을 받아본 적이 없기 때문에 좋은 꿈을 꾸고 있는 것처럼 현실감 없이 황홀했다. 저녁엔 할머니를 위해서 장까지 봐 왔다. 원주민 동네에 있는 미니 슈퍼에 가서 두부도 사오고 콩나물도 사 오고 멸치까지 사 왔다. 그리고 부엌에 들어서서 할머니하고 주거니 받거니 저녁을 차렸다. 아까운 참기름을 그렇게 들이부으면 어떡하냐고 야단도 맞았다. 할머닌 야단을 잘 쳤지만 조금도 무섭지 않았다. 사람이, 아니 노인네가 어떻게 저렇게 거침이 없을까 신기했다. 밤엔 둘이서 나란히 자리 펴고 누웠다. 거침없이 들어왔듯이 잠든 동안 거침없이 나가면 어쩌나 싶어 살며시 할머니 손을 잡았다. 작고 거칠고도 말랑말랑한 손이었다. 옛날얘기 해줄까? 할머니가 손을 마주 잡아주면서 말했다.

"옛날, 옛날에 어린 자식 데리고 혼자 사는 과부가 있었데래. 과부는 바람이 났데래. 어린 자식 잠들면 서방 만나러 나가려고 밤마다 옷도 안 벗고 자더래. 에미가 밤이면 몰래 빠져나가는 걸 안 어린것은 손목에다 에미의 저고리 옷고름을 꼭꼭 묶고 잤더래. 새끼가 마음놓고 새근새근 잠들자 에미는 옷고름을 가위로 싹둑 자르고 풍우같이 달려 나갔더래."

"너무 슬프다, 할머니."

그러면서 마금이는 새근새근 잠이 들었다. 몸과 마음이 푹 놓이는 숙면에서 깨어보니 아침이었다.

할머니는 곁에 있지 않았다. 그러나 밖에서 인기척이 났다. 마루에서 빨래를 개키고 있었다. 늙으면 죽어야지, 빨래 걷는 걸 잊어버리고 잤잖아? 그러면서 밤이슬에 눅눅해진 빨래를 어루만지듯 판판하게 쓰다듬어 반듯하게 개키고 있었다. 이따가 한번 더 볕을 봐야 해, 그래야 부숭부숭해지거든, 이렇게 중얼거리는 소리를 들으며 마금이는 어디서 저런 보물단지가 굴러들어왔을까, 생각할수록 신기했다. 쥐어짠 채로 털지도 않고 널어서 북어처럼 비틀어져 있던 그녀의 속옷과 가사가 방금 다림질해놓은 것처럼 반듯하고 얌전해졌다.

이렇게 시작된 할머니와의 생활은 꿈같이 편안하고 달콤했지만 어디서 온 할머니인지 어디로 갈 것인지는 궁금해하지 않기로 했다. 그 집에서 주인보다 더 자기 집처럼 자유자재로 행동한다는 것밖에 할머니의 정체를 알 수 있는 건 아무것도 없었다. 지난날에 대해서는 한마디로 횡설수설이었다. 일부러 그러는 것 같지는 않았다. 말꼬리를 잡고 추궁을 당하면 헷갈리는 표정으로 뭔가를 생각해내려고 애를 쓰다가도 금세 싫증을 냈

고, 딴소리를 했다. 한번은 부처님을 물끄러미 바라보다가 예수
쟁이들도 마음이 좋더라고, 하마터면 길에서 병이 들어 죽을 뻔
했는데 깨어나보니 예수쟁이들이 기도를 하고 있더라는 소리
를 한 적이 있었다. 그러나 다음 날 거기에 대해 좀더 자세히 알
고 싶어 했을 때 전혀 딴소리를 했다. 멀리 보이는 비닐하우스
를 바라보면서 요새 허리가 쑤시는 게 저기서 겨울을 났기 때문
이라고도 했다. 그 소리 또한 종잡을 수 없기는 마찬가지였지만
아주 헛소리 같지는 않았다. 그녀가 직감으로 알 수 있는 것은
할머니의 기억력이 끊어졌다 붙었다 한다는 것 정도였다. 그러
나 지금 이 상태를 만족해하고 있다는 것만은 확실했다. 고기도
놀던 물이 좋다더니, 사람도 살던 데가 이렇게 좋은 것을, 하면
서 할머니가 기지개를 켜듯이 마음껏 느긋하고 만족스럽게 굴
적에는 옛날 옛적 이 집에 살던 할머니가 돌아온 게 아닌가 싶
기도 했다. 그러나 그런 생각이 조금도 기분 나쁘지 않았다. 자
기도 옛날 옛적부터 할머니의 손녀였다고, 지금은 이 세상이 아
닌 그 옛날, 전생으로 돌아와 있다고 생각하면 그만이었다.

　　그러나 어쩌다 텅 빈 시선으로 먼 산을 바라보면서 우리 아들
이 곧 데리러 온댔는데 왜 이렇게 안 오나? 이렇게 중얼거리는
소리를 들으면 가슴이 덜컥 내려앉으면서 기분이 언짢아지곤
했다. 아들이 곧 모시러 올까 봐서가 아니라 계획적으로 버림받
은 노인인 것 같아서였다.

4

어머니가 또 의왕터널 쪽으로 갔으려니 한 영주의 추측은 들어맞지 않았다. 그날은 뜬눈으로 새우고 다음 날부터 가실 만한 데를 모조리 알아보고 나서 결국은 경찰에 신고를 하고 동회와 구청의 가정복지과에도 신고를 했다. 전국적으로 사람만 찾는 전화번호가 따로 있다는 것도 처음 알았다. 백방으로 수소문했으나 아무런 진전 없이 날짜만 흘러갔다. 신문에 광고도 내고, 남편 친구한테 부탁해서 청취율이 높은 시간에 방송도 몇 번 내보냈다. 그러자 제보가 몇 건 들어오기는 했지만 확인해보면 아니었다. 수원역에서 구걸을 하고 있더라는 식의 제보에 울먹이며 달려가기를 몇 번을 했는지 모른다. 내가 지금 바로 그 할머니한테 우동을 사 먹이고 있으니 빨리 우동값 갖고 나오라고 하고 나서 어디라는 말도 없이 끊어버리는 장난질도 있었다. 검찰에 변사자 수배도 부탁했다. 그 결과 변사한 얼토당토않은 노인의 시체를 확인해야 하는 곤욕까지 몇 번 겪지 않으면 안 되었다. 그런 못 할 노릇은 주로 남편과 동생이 맡아서 해주었다. 할수 있는 일은 다 했다고 해서 가만히 앉아서 기다리기만 할 수는 없는 일이었다. 영주는 잠시도 집에 붙어 있지 못하고 차를 몰고 노인네가 갈 만한 데를 찾아 나서지 않고는 못 배겼다. 집안 꼴이 말이 아니었다. 그래도 그 결과 과천에는 어머니가 한두 번 나타난 적이 있다는 걸 확인할 수가 있었다. 워낙 오래 살던 아파트라 안면이 있는 사람들이 많아 그중 어머니를 만났다는 이가 나타났지만 그냥 거기 어디 다니러 오셨다 가는 줄 알고 인사만 하고 말았다고 했다. 언제나처럼 깨끗하고 명랑해서 길을 잃은 줄은 꿈에도 몰랐노라고 했다. 그 사람이 만일 미리 그 사실만 알았더라도 붙들어두고 연락을 해주었을 것이다. 발을 구르고 싶게 억울했다. 때늦은 감은 있지만 사람 찾는다는 인쇄물을 신문지 사이에 끼우는 찌라시로 만들어 뿌리기로 했다. 몇 날 며칠을 두고 과천을 중심으로 평촌 산본 안양 일대의 신문 보급소란 보급소는 다 찾아다니면서 그 일에만 종사하다가 신문 독자들이 찌라시를 눈여겨보지 않을 게 뻔해서 포스터를 만들어 붙이기로 했다. 평소의 어머니의 행동반경을 감안해서 그 범위 내만 붙이고 다닌다 해도 식구 단위의 인원만 가지고는 어림도 없는 큰일이었다. 그러나 어머니를 위해서 매일매일 뼛골 빠지게 뛸 일이 있다는 것 자체가 구원이었다.

  그렇더라도 일일이 손 가고 시간 잡는 일이라 영주네 식구들만 갖고는 태부족이었다. 일손도 나눌 겸, 더 좋은 방법이 뭐 없을까 의견도 교환할 겸 삼남매가 모일 적이 많았다. 모이면 말이 많아졌고 비난의 화살은 으레 영주한테로 집중됐다. 나 같은 죄인이 무슨 할 말이 있겠수, 하는 건 영탁이가 자주 쓰는 말이었지만, 그 집 식구들이 가장 떳떳해 보였다. 영탁이 처는 이래라 저래라 참견하는 법이라고는 없이 싸늘한 태도로 지켜보기만 했지만, 대문과 방문에 자물쇠 채운 게 최선의 방법이라는 게 증명된 이상 무슨 말이 필요하겠느냐는 냉소를 머금고 있는 것처럼 영주는 느끼곤 했다. 영숙이도 그런 걸 감지한 모양이다.

"언니가 그때 조금만 참지, 잘난 척하고 괜히 모셔 와서 쟤들만 책임 벗게 됐지 뭐유? 보나 마나 올케는 속으로는 고소해할 거야."

"지금 누구 잘잘못 따지게 됐니? 어머니가 살아 계신지 돌아가셨는지도 모르고 사는 판에. 그때도 난 어머니가 바라시는 게 뭘까, 그것 먼저 생각하려고 했을 뿐이야. 이렇게 될 줄은 몰랐지만 잘못했다고 생각하진 않아."

"어이구, 박사 언니의 잘난 척은 하여튼 아무도 못 말린다니까. 경찰에서도 돌아가셨으면 즉시 연락이 닿게 돼 있으니 그 걱정은 말라고 했다며? 지문 조횐가 뭔가로."

"거기다 왜 박사는 갖다 붙이니?"

"언니처럼 알뜰히 어머니 울궈먹은 자식도 없잖우? 그만큼 부려먹고도 뭐가 모자라 박사 욕심까지 내가지고 어머닐 늦도록 딸네집살이를 못 면하게 하다가 기어코 이 꼴 당한 거 아뉴?"

어쩌면 어머니하고 동생하고 이렇게 다를 수가 있을까. 즈이들이 누구 때문에 대학 공부까지 할 수가 있었는데…… 그 일을 어머니는 장하게도 여겼지만 그 공의 반은 맏딸한테 돌리면서 늘 미안해하곤 했었다. 하숙집 딸 노릇만 안 했어도 박사도 될 수 있는 딸이었는데, 이렇게 못내 아쉬워하는 소리를 한두 번 들은 게 아니어서, 어머니의 한을 풀어드리고 말겠다는 생각이 없었다면 박사를 뒤늦게 할 엄두도 못 냈을 것이다. 하숙집 딸답게 남편을 만난 것도 하숙생 중에서였다. 사정을 빠안히 알고 한 결혼이라 하숙집 딸에서 중학교 교사가 된 후에도 남편은 처가 식구와 같이 사는 걸 조금도 불편하게 여기지 않았다. 겉보리 서 말만 있어도 안 한다는 처가살이를 그는 아무도 불편해하거나 미안해하지 않도록 잘해냈다. 누가 가족 관계를 물으면 장모님 모시고 산다는 소리를 여자들이 시어머니 모시고 산다는 소리와 다르지 않게 떳떳하게 했다. 영주는 그럴 때의 남편이 가장 잘나 보였고 그렇게 자랑스러울 수가 없었다. 어머니 또한 그런 사위를 좋아했었다. 지금도 구메구메 어머니 생각을 제일 많이 하는 게 남편이었다.

그런 형부에 대해서도 영숙이는 헐뜯고 싶어 했다. 따뜻한 봄날이 계속되어 어머니가 한뎃잠을 주무시는 걸 가상해도 몸이 오그라 붙는 느낌이 한결 덜해진 것만도 살 것 같은 날이었다. 남편이 아주 슬픈 얼굴로 어머니가 신 총각김치 줄거리 넣고 지진 청국장 생각이 간절하다고 말했다. 하필 영숙이가 듣는 데서 한 소리였고, 어머니의 그 솜씨가 천하일품이라는 건 다 아는 사실이었다. 남편은 울먹이듯이 비통한 얼굴로 그 소리를 했는데도 영숙이는 자리를 박차고 일어나면서 화를 냈다. 부리던 식모가 나갔어도 그보다는 듣기 좋은 소리를 할 거라는 거였다. 그게 그렇게 어머니에 대한 모욕이요 얕봄이라면 동생이 그리는 어머니는 어떻게 생겼을까. 영주는 빨래를 다림질해놓은 것처럼 얌전하게 개키는 어머니를 생각할 때 그리움이 가장 절절해졌으므로 남편의 진심을 이해하고도 남았다.

어느덧 어머니가 집 나간 지 반년을 바라보게 되었다. 계절도 초여름으로 접어들었다. 포스터를 천 장씩 몇 번을 더 찍었는지 헤아릴 수 없게 되었지만 서울 시내와 근교를 다 덮기는 아직 아직 멀었으리라. 제보가 끊긴 지도 오래되었다. 영주는 포스터 도 붙일 겸해서 여기저기 산재해 있는 노인들의 수용 기관을 찾 아다니는 게 거의 일과처럼 돼버렸다. 보건사회부에 등록되지 않은 사설 기관도 많았다. 그런 데는 소문으로 찾아다니는 수밖 에 없었다. 그런 데를 한 군데 어렵게 찾아보고 돌아오는 길이 었다. 아무 특징도 없는 서울 근곤데 괜히 쉬어 가고 싶은 데가 있었다. 그녀는 차에서 내려 우선 공기를 심호흡했다. 특별히 신 선한 것 같지도 않았다. 구질구질한 마을 어귀였다. 이 마을에도 포스터를 붙여볼까 하다가 문득 저만치 외딴집이 보였다. 요새 도 서울 근교에 저런 옛날 집이 남아 있는 게 신기했다. 문화재 적인 옛날 집이 아니라 그냥 나이만 많이 먹은 귀살스러운 옛날 집인데도 영주는 이상한 힘에 끌려 차츰차츰 다가갔다. 다가가 면서도 무엇에 이끌리고 있는지 이상해서 주춤거렸다. 느닷없 이 하숙 치던 종암동 집 생각이 났다. 그냥 생각이 난 것뿐 비슷 한 것 같지는 않았다.

헉 하고 숨을 들이쉬면서 천개사 포교원이라는 간판과 함께 빨랫줄에서 나부끼는 어머니의 스웨터를 보았다. 영주는 멎을 것 같은 숨을 헐떡이며 그 집 앞으로 빨려 들어갔다. 마루 천장 의 연등과 금빛 부처가 그 집이 절이라는 걸 나타내고 있었다. 그밖엔 시골의 살림집과 다를 바가 없었다. 부처님 앞, 연등 아 래 널찍한 마루에서 회색 승복을 입은 두 여자가 도란도란 도란 거리면서 더덕 껍질을 벗기고 있었다. 더할 나위 없이 화해로운 분위기가 아지랑이처럼 두 여인 둘레에서 피어오르고 있었다. 몸집에 비해 큰 승복 때문에 그런지 어머니의 조그만 몸은 날개를 접고 쉬고 있는 큰 나비처럼 보였다. 아니 아니 헐렁한 승복 때문만이 아니었다. 살아온 무게나 잔재를 완전히 털어버린 그 가벼움, 그 자유로움 때문이었다. 여지껏 누가 어머니를 그렇게 자유롭고 행복하게 해드린 적이 있었을까. 칠십을 훨씬 넘긴 노인이 저렇게 삶의 때가 안 낀 천진덩어리일 수가 있다니.

암만해도 저건 현실이 아니야, 환상을 보고 있는 거야. 영주는 그래서 어머니를 지척에 두고도 한 발자국도 앞으로 나가지 못했다. 그녀가 딛고 서 있는 곳은 현실이었으니까. 현실과 환상 사이는 아무리 지척이라도 아무리 서로 투명해도 절대로 넘을 수 없는 별개의 세계니까.

(1995)

빨갱이 바이러스

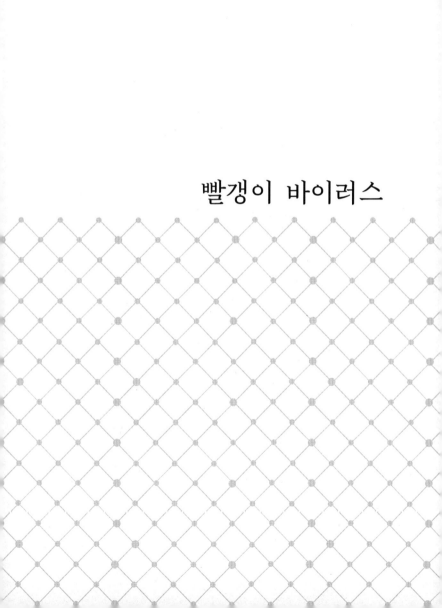

외딴 시골길은 앞뒤가 확 뚫려 있는데도 나는 갑자기 속도를 줄이고 멈칫대며 차를 몰았다. 저만치 시골 버스 정류장 지붕 밑에 모여 있는 세 여자 때문이었다. 버스 정류장은 차도로부터 안전한 길가에 위치해 있기 마련이고, 더군다나 내가 가고 있는 방향과는 반대편 차선의 정류장이었는데도 나는 편안한 산책길에서 뜻하지 않은 장애물을 만난 것처럼 당황하고 있었다. 고속버스 터미널이 있는 양양 시내로 가는 시외버스는 이미 끊긴 뒤였다. 평상시 같으면 아직 끊길 시간이 아니었다. 이 인근 주민들은 마을회관 스피커를 통해 이미 다 알고 있는 사실을 모르고 저러고 있는 걸 보면 이 고장 사람들은 아닐 것이다. 버스를 놓쳤다는 것 말고는 세 여자의 공통점은 아무것도 없었다. 세 사람이 각각 딴 데를 보며 우두망찰해 있는 폼이 처음부터 일행은 아닌 듯했다. 왜 그들에게 끌렸을까. 군중 속에서 얼굴을 잊은 지 오랜 고향 사람이나 초등학교 동창에게 끌려서 괜히 가까이

가보고 싶기도 하고, 모른 척 외면하고 싶기도 한, 신경 쓰이는 동질감 같은 거였을까. 망설이느라 그들 앞을 조금 지나쳐서 차를 멈추고 유리까지 내렸는데도 그들이 목 빼고 기다리고 있는 방향과 반대로 가고 있는 내 차에 관심을 보이지 않았다.

내가 팔을 내밀고 큰 소리로 말을 걸자 일행 중 가장 젊어 보이는 여자가 뭐라고요? 하면서 길을 건너 나에게로 왔다. 그 여자를 멀리서도 젊게 봤던 것은 다른 두 여자의 펑퍼짐한 옷차림에 비해 아직도 몸매에 자신이 있다고 과시하고픈 듯 꼭 끼는 옷을 입고 있었기 때문이다. 가까이 온 여자는 젊지 않았고, 다리까지 절고 있었다. 그 여자는 마치 다리 저는 걸 즐기듯이 애교스럽게 걸어왔다. 십대들이나 걸칠 것 같은 짧은 재킷 밑에 받쳐 입은 나시는 가슴을 반도 안 가려서 희고 풍만한 가슴이 내 눈앞에서 그 깊은 골짜기를 드러냈다. 어려서 소아마비를 앓았을 것이다. 60년대 초 예방접종의 혜택도 골고루 돌아가지 않았을 때 소아마비가 크게 유행한 적이 있었다. 우리 마을에서도 미처 걸음마도 하기 전의 젖먹이가 둘이나 걸린 적이 있었다. 씨족 마을이었으니까 친척뻘 되는 아이였을 것이다. 공포 분위기 끝에 두 아이 다 살아나긴 했지만 후유증은 하나는 가볍고 하나는 심했다. 가벼운 아이가 힘없는 한쪽 다리를 애처롭게 끌며 걸음마를 배울 때, 두 발이 다 낙지처럼 흐느적대는 딴 아이 생각은 안 하고 큰 소리로 박수치며 격려하던 생각이 났다. 지금은 어디서 어떻게 사는지 소식을 모르는 먼 친척들 얘기다. 새삼스럽게 먼 친척들이 그립거나 궁금해진 건 아니고 그때 소아마비를 잃았다면 이 여자가 아무리 젊은 척해도 쉰은 넘었으려니, 나이를 탐색하는 마음 때문이었다. 어머머, 할머니가 운전을 다 하시네, '소아마비'도 내가 왜 차를 세웠나 보다는 내 나이에 관심이 더 많았다. 저 나이라면 나에게 아줌마라고 해도 좋으련만 똑 떨어지게 할머니라니, 그 싹수머리 없는 말본새로 봐서는 쉰은 아직 멀었는지도 모르겠다.

"버스 기다리는 것 같은데, 끊겼는데."

나는 어정쩡하게 존댓말을 생략했다. 이유 없이 깔보고 싶은 여자였다.

"그럴 리가요. 나 여기 처음 아니거든요."

"여기 사람 아닌 건 알겠는데, 설마 엊그저께 여기 쏟아진 엄청난 폭우에 대해 모르고 온 건 아니겠지."

"그걸 어떻게 몰라요. 양동이로 쏟아붓는 것처럼 몇 시간을 내리퍼붓는 거 텔레비전으로 다 봤어요. 사람도 많이 떠내려가고, 그렇지만 그게 언제 적인데……"

저 화상은 설마 여기까지 공중으로 날아왔을 리는 없고, 이쪽으로 올 때까지 조약돌처럼 흘러내린 엄청난 바윗덩이와 뿌리 뽑혀 거꾸로 선 거목들로 미증유의 폭우가 지나간 자리를 생생하게 드러내고 있는 골짜기 골짜기를 눈깔은 어따 두고 못 본 것처럼 말할 수 있을까. 나는 그 무서운 일을 잊어버려도 좋을 만큼 오래전 일처럼 말하는 '소아마비'에게 말도 섞고 싶지 않은 혐오감을 느꼈다. 어느 틈에 나머지 두 여자도 길을 건너와 '소아마비' 뒤에서 근심스러운 얼굴로 우리가 하는 소리를 듣고

있었다. 그들이 찻길 한가운데 서 있는데도 오는 차도 가는 차
도 없어서 신경 쓰이지 않았다.

"시외버스 노선이 몇 군데 유실됐다는군요. 외진 데 있는 종
점 근처가 더 엉망이래요. 그래서 매시간 한 번씩 운행하던 버
스를 당분간 하루 세 번씩만 운행하기로 했다나 봐요. 승객도
별로 없고요."

"올 때는 승용차로 와서 잘 몰랐어요."

스님들과 흡사한 회색 두루마기를 입은 여자가 말하자 다들
나도요, 나도요, 하고 승용차로 왔다는 것을 강조했다.

"바위나 토사는 중장비차로 치우면 차가 다니는 데 불편이 없
지만 유실된 도로는 지리를 잘 아는 기사가 요령껏 우회할 수밖
에 없어요. 위험하고 시간도 많이 걸린답니다."

저 보살님은 아마 고개 너머 회심암庵 신도일 것이다. 그렇게
넘겨짚는 건 별로 어렵지 않았다. 큰 절에 있던 비구니 한 분이
비어 있던 헌 집을 개수해서 작은 암자를 만든 지 몇 년 된다. 내
가 시골집에 자주 오는 것도 아니고 올 때마다 가본 것도 아니
지만, 어쩌다 산책 삼아 가봤기 때문에 그 암자의 변화랄까 발
전이 더 잘 눈에 들어왔다. 처음엔 비구니 한 분의 힘으로 곧 쓰
러질 듯이 퇴락한 헌 집이 날로 튼실해지고, 고풍스러워지고, 둘
레의 땅들이 아기자기한 꽃밭도 되고 온갖 채소가 고루 자라는
채마밭도 되는 것만 신기하더니 불탄일 등 무슨 날만 되면 연등
달러 오는 신도, 치성 들이러 오는 신도 들이 제법 쏠쏠했고, 위
패를 모셔놓고 제를 지내러 오는 신도들도 적지 않은 것 같았

344

다. 기웃대다가 절밥을 얻어먹은 적도 있었다. 나이 든 신도들 중에는 불심이 돈독하다는 표시인지 이 절의 단골 신도라는 걸 나타내려고 그러는지 스님들의 가사를 닮은 회색 두루마기를 입는 신도들이 많았다. 그들은 천주교도들이 서로 자매님이라 부르듯이 보살님이라고 불렀다. 나도 회색 두루마기를 속으로 '보살님'이라고 명명했다. 여름의 끝자락에 불어온 태풍의 영향으로 엄청난 비 피해를 당한 끝이라 초가을답지 않게 날씨가 을 씨년스러웠다. '보살님'의 회색 두루마기는 바바리처럼 맞춤해 보였다. 그러나 그 밑으로 드러난 쫄바지와 산길에 어울리지 않는 뾰족하고 반짝이는 남색 구두와의 언밸런스 때문에 보살님 의 나이는 가늠하기 어려웠다.

"이러고 있을 게 아니라 어디 잠잘 곳을 정해야 하지 않을까 요. 어차피 오늘 해 안에 서울 가긴 틀린 것 같은데."

여태까지 암말 안 하고 있던 여자가 처음으로 말했다. 세 사 람 중 제일 젊은 것 같은데 얼굴에 근심이 가득해 보였다. 아마 신병 때문일 것이다. 나는 아까부터 그 여자의 손등과 팔목에 난 뜸 자국을 눈여겨보고 있었다. 칠부 소매 윗도리를 입고 있 는 그 여자의 드러난 뜸 자국은 불규칙하고도 생생했다. 안 보 이는 속살에는 더 많은 뜸자국이 있을 것 같은 생각이 들었다. 아직 젊은 여자가 무슨 몹쓸 병이 들었기에. 나는 얼마 전 텔레 비전으로 본, 유명한 뜸 선생 집 앞에 줄을 선 병자들을 떠올리 며 생각했다.

"저요…… 이 근처에 어디 민박할 집 없을까요. 펜션도 괜찮고요."

'소아마비'가 말했다. 다른 두 사람은 그냥 난감한 얼굴을 서로 바라보기만 했다.

"민박집은 잘 모르겠고, 바로 요 너머 최근에 들어선 펜션이 있긴 있는데. 여기 촌사람들은 펜션이라고 안 그러고 러브호텔이라고들 하는 데긴 하지만."

"거긴 안 돼요. 나 거기서 나오는 길인걸요. 낮잠 자다가요."

"난 암자로 도루 가서 하룻밤 드새죠, 뭐."

누가 러브호텔로 끌기라도 한 것처럼 '보살님'이 질색을 하며 말했다.

"회심암이죠? 여기서 한 시간도 더 걸릴 텐데. 오르막하고 내리막은 또 달라요. 날도 벌써 어둑어둑해지구."

나는 그 소리를 '보살님'이 아니라 '뜸' 쪽을 보면서 말했다. '뜸'은 잘 데가 있나 해서였다.

"전 아무래도 괜찮아요. 이분들 중 아무나 따라가서 하룻밤 드새도 되고 재활원으로 되돌아가도 되고요."

"재활원이라면 저 솔뫼골에 있는 '천사들의 집' 말인가요?"

"네, 제가 거기 봉사 다녀요."

"좋은 일 하시네. 서울서 이 먼 데까지 보통 정성이 아니네요. 자주 오세요?"

"아뇨. 심심할 때만요."

'뜸'이 필요 이상 강하게 부인했다. 나는 '뜸'이 전혀 심심하지 않은 얼굴로 이까지 악무는 걸 보고 말았다. 그리고 문득 내

안의 상처가 남의 상처와 만나 하나가 되려고 몸부림치는 걸 느꼈다. 고약한 느낌이었다. 이들에게 끌리지 말았어야 하는 건데.

"괜찮으시다면 세 분 다 우리 집에 가서 묵으실래요? 아침에 터미널까지 모셔다드릴 수도 있구요."

"거저요?"

'소아마비'가 촉새처럼 나섰다. 다른 두 여자가 아이고 무슨 실례야, 저분이 어디가 장사할 사람으로 보여, 하면서 '소아마비'의 옆구리를 찌르는 게 보였다. '소아마비'가 운전석 옆에 앉고 '보살님'과 '뜸'이 뒤에 앉았다.

집에 가는 동안 나도 내일 서울 가니까 그들을 다 서울까지 데려다줄 수도 있지만 나는 내일 일찍 떠날 수가 없다고, 어쩌면 모레까지도 여기 있어야 될지도 모르는 사정을 설명했다.

나는 어제 왔다. 여기서 태어나서 중학교 마칠 때까지 태어난 집을 떠나보지 못하다가 고등학교 들어갈 때 비로소 강릉까지 진출할 수 있었다. 대관령을 넘어본 건 대학교 때문이었다. 집안 형편 생각하지 않은 채 기를 쓰고 대학에 간 건 공부가 하고 싶어서가 아니라 대관령을 넘고 싶어서였다. 대관령만 넘으면 안전해질 것 같은 느낌을 어떻게 설명할 수 있을까. 설명이 안 되면 생략하고…… 그때 대관령을 같이 넘은 친구가 있었다. 여기서 같은 중학교를 다니고 강릉 진출도 같이 한 친구였다. 그 친구가 아니었으면 이 보수적인 마을에서 아들도 아닌 딸이 언감생심 대관령을 넘을 생각은 못 했을 것이다. 그 친구네는 우리 동네하고 사돈을 맺은 집이 많은 이웃 동네였다. 사정이 빤했다.

그 친구 아니었으면 내가 감히 대관령을 넘을 엄두를 못 냈을 테고 그 친구도 마찬가지였을 것이다. 그 후 오랜 세월이 흘렀다. 둘 다 대학도 마치고 서울 남자 만나 서울 사람이 됐다. 그러나 고향 땅엔 친구의 친정집도 나의 친정집도 아직 남아 있다. 친구의 남편은 어떤지 모르지만 내 남편은 아내의 시골집을 좋아해 해마다 보수도 해서 옛날의 골격은 그대로 지닌 채 정정하게 늙어가고 있다. 우리 마을에 그렇게 오래된 집은 우리 집밖에 없다. 몇 집 안 남은 농가는 날림 티 나는 조립식 주택으로 바뀌었고 근사하게 보이는 통나무집도 한 채 있는데 그건 강릉 사는 지방대학 교수의 별장이다. 우리 집도 마을 사람들은 별장집이라 부른다. 마을 사람이라야 상주인구는 대여섯 명밖에 안 된다. 옛날엔 씨족 마을이었는데 지금은 다들 성이 다르다. 그러니까 정체 모를 떠돌이들 차지가 된 것이다. 사실은 그래 싸다.

그래 싼 까닭도 생략하고…… 친구네는 집만 남아 있는 게 아니라 아흔 가까운 노모가 그 집을 지키고 있었다. 하나밖에 없는 오라비가 제 식솔만 데리고 미국으로 이민을 가버렸기 때문이다. 어머니를 안 모셔 가려서가 아니라 노인이 막무가내 안 가려고 해서이다. 서울 딸네 집에 와서도 사흘을 못 견디는 노인이니 미국이 아랑곳인가. 당신 고집 때문에 혼자 사는 거라고 해도 딸에게는 모시는 것보다 더 큰 부담이었다. 그 아흔 노모가 이번 폭우에 행방불명 된 것이다. 산사태로 마을이 통째로 파묻혀버렸다. 우리 마을보다 훨씬 작은 마을이었다. 그래도 이번 수해 중 최대의 비극이었다. 텔레비전에도 나왔다. 그 마을에 사람 사는 집이 몇 집 더 있긴 해도 상주인구가 아니어서 다들 부재중이었다. 더 기막힌 일은 집을 덮친 토사 밑에서 집의 잔해를 샅샅이 뒤져도 노인의 시신을 못 찾은 거였다. 현재는 발굴 작업을 일단락 짓고 주변 하천을 수색 중이었다. 곳곳에 범람한 하천이 지금 겨우 제 본류를 찾았다고는 하나 아직도 상상할 수도 없이 빠른 유속은 마치 토악질하듯이 뿌리 뽑힌 나무와 농기구와 가재도구의 파편을 실어 나르고 있다. 집이 통째로 떠내려오는가 하면 가짜 기와지붕이다. 어디 먼바다로 가서 용궁의 지붕을 이어도 될 만큼 플라스틱의 힘은 막강하다. 친구의 남편은 외국 출장 중이고 혼자서 유해 수색 작업을 지켜보고 있을 친구가 안돼 달려오긴 했어도 나도 도움이 되는 건 아니다. 다만 못 떠나고 있을 뿐이다. 친구는 밤에도 현장에 있어야 한다며 우리 집에 안 오고, 수재를 면해 성하게 남아 있는 그 마을의 빈집에 머물고 있다. 낮에 그 친구 곁에 머물다가 집에 오는 길이었다.

세 여자를 만나 나의 시골집까지 오는 동안은 간략하게 내 이야기를 들려주기에 알맞은 거리이다. 멀리 울산바위가 보이는 우리 마을은 앞벌만 빼고는 삼면이 짙은 숲에 둘러싸여 있다. 녹색도 극에 달하니까 지쳐 보인다. 힘겹게 저장하고 있는 과중한 수분을 언제 토해낼지 모르게 둔중한 빛을 하고 있다. 친구의 어머니 유해야 찾건 말건 내일은 나도 떠나리라, 망설이던 마음을 별안간 굳힌다.

앞벌 논배미 사이를 흐르는 도랑들도 격류로 변해 물소리가
요란한데도 이 옴팍한 마을에 고인 적막은 어쩌지 못한다. 적막
이라기보다는 온 세상의 침묵이 다 모여서 짜고 짠 것 같은 견
고한 침묵이다. 세 여자들이 툇마루에 걸터앉아 아늑한 동네와
나의 시골집을 찬양하고 선망하느라 떠들썩하지만, 철통같은
침묵의 겉껍질을 흐르는 물방울에 지나지 않는다.

시골집은 마을로 들어오는 길에서 슬쩍 비켜나 대문도 사립
문도 없는 넓은 흙바닥의 앞마당에서 사람 키 높이로 축대를 쌓
고 지은 집이라 규모에 비해 덩그렇게 보인다. 기역자집이지만
나무 광을 겸해 필요 이상으로 넓은 부엌이 안방 머리에서 남향
으로 삐져나와서 그렇게 보일 뿐 내용적으로는 일자집이다. 두
개의 널찍한 온돌방과 그 사이에 긴 마루가 다 같이 남향으로
나란히 배치돼 있고, 서까래와 기둥목이 아직 든든한 툇마루가
길게 처마 밑으로 노출돼 있다. 단순하지만 옹색한 집은 아니다.
여자들은 댓돌을 올라 툇마루에 걸터앉아 나의 시골집을 칭찬
도 하고 부러워하기도 한다. 댓돌을 오르기 전에 쳐다본 기와지
붕이 특히 인상적이었던 모양이다. 요즘 보기 드문 조선기와 지
붕이라느니 아니 양기와일 거라느니 의견이 분분하지만 품위
있어 보이는 데 비해 유지하기가 힘들 거라는 데 의견이 일치한
다. 다 틀린 말이다. 원래 있던 초가지붕을 걷어내고 올린 지붕
은 조선기와도 양기와도 아닌 합성수지로 만든 가짜 기와이다.
공장에서 지붕 형태로 통째로 찍어 나온다. 합성수지는 가볍고
힘이 세다. 이번 수해에 집이 형체도 없이 유실됐다 해도 지붕

만은 끄떡없이 먼바다까지 떠내려갔을 것이다. 나는 마모도 소멸도 안 되는 것에 대한 병적이고도 비밀스러운 혐오감을 갖고 있었지만 관리하기에 편하고 저렴한 것을 선호하는 남편을 말리지 못했다.

나는 툇마루의 손님들에게 주스를 병째로 종이컵과 함께 내주고 냉장고를 점검한다. 먹다 남은 밑반찬이 넉넉하다. 다음에 언제 올지 모르지만 다시 올 때는 십중팔구 내다버리고 싶은 탐탁잖은 반찬들이다. 저 세 사람과 함께라면 개운하게 냉장고 청소가 될 것 같다. 내가 쌀을 씻는 기척에 '소아마비'가 부엌문을 기웃대더니 어머머, 어머머 재워주시는 것만도 고마운데 저녁까지 주시려나 봐, 호들갑을 떠니까 다들 소매를 걷어붙이고 거들 채비를 한다. 나는 요새 그까짓 밥하기가 뭐 어려우냐고, 냉장고 청소를 겸해 저녁 먹으려는 거니 고마워할 거 없다고 솔직한 속내를 말하고 부엌에 얼씬거리지 못하게 한다. 부엌은 마당처럼 흙바닥이어서 혼자나 둘이서 먹을 수 있는 작은 식탁과 의자는 놓여 있지만, 시집 식구들이나 남편의 친구들이 놀러 왔을 때 쓰는 큰 식탁은 마루방에 있다. 이왕 부러움을 산 끝이니 그들도 버젓한 식탁도 있고 그림까지 걸려 있는 마루방에서 대접해야 할 것 같다.

밥통은 플러그를 빼고 김치와 몇 가지 반찬은 밀폐 용기째로 주섬주섬 쟁반에 받쳐놓고 가장 어린 사람을 부른다는 게, 어이 '소아마비' 나 좀 도와줘,라고 말했다. '소아마비'가 방긋 웃으면서 얼른 와서 쟁반을 받아가지고 내가 일러주는 마루방으로

갔다. 나는 밥공기와 수저통, 물 주전자 등 그 밖의 것을 챙겨가지고 뒤따랐다. 마루방에도 작은 냉장고가 있고 음료수와 남편이 먹다 만 와인병 등이 들어 있었다. 와인 하실래요? 나는 술을 잘 못하지만 한번 딴 와인을 오래 두면 안 좋다는 남편 말이 생각나서 해본 소리였다. 어머머 와인씩이나, 부티 난다, 나는 부티 나는 건 뭐든지 좋아하는데, 제일 먼저 '소아마비'가 반색을 했다. 몇 개 안 되는 와인 잔도 마루방 수납장에 있어서 모두에게 권하고 나니 병이 비었다. 못 마신다고 사양하는 사람들 것까지 홀짝홀짝 비워주고 난 '소아마비'가 밥을 몇 순갈 뜨다 말고 뜬금없이 저 소아마비 아닌데요, 하는 것이었다. 당신들 놀랐지롱 하는 것처럼 장난기 어린 표정이었다. 시종 우울해 보이던 '뜸'이 숟가락을 소리 나게 내려놓으면서, 그럼 배냇병신이었단 말야? 하고 듣기 거북한 과민 반응을 보였다. 아뇨, 아파트 삼층에서 뛰어내려서 엉치뼈가 왕창 나갔거들랑요. '소아마비'가 비음을 내며 몸까지 비틀었다. 내 눈엔 우선 그게 이상하게 비치는데 보살님은 곧이곧대로 받아들인 것 같았다.

"쯧쯧, 무슨 일로 그런 독한 마음을 먹었는지 모르지만 삼층 정도에서 뛰어내려봤댔자 안 죽을걸. 적어도 육층 이상은 돼야 완전하게 목숨 끊을 수 있을 거야. 그래도 그만하기 다행이지 뭐야, 머리나 척추를 다쳤으면 어쩔 뻔했어. 지난 일은 지난 일이고 앞으로라도 딴마음 먹지 말고 악착같이 살아야 돼. 업보란 죽는다고 피해지는 게 아니야. 또 다른 악업을 지을 뿐이지. 나무관세음, 나무관세음…… 알아들었수? 내 말 허투루 듣지 말구."

'보살님'의 설교가 길어지려고 하자 '소아마비'가 저 그런 사람 아니걸랑요, 하면서 아무도 못 끼어들게 빠른 소리로 자초지종을 이야기했다.

'소아마비'의 고백

남편이 의처증이 심했어요. 때리거나 그러지는 않았지만. 안한 게 아니라 못 한 거죠. 저를 어떻게 때려요. 저를 얼마나 사랑하는데. 결혼도 그 사람이 하도 따라다녀서 동네 창피하기도하고, 딴 데로 시집가도 편히 살게 놔줄 것 같지 않다고 부모님이 먼저 손을 들고 허락하셔서 하게 된 거였죠. 저도 싫지는 않았어요. 다니는 회사도 튼튼하고 그 사람도 키만 좀 작다 뿐이지 얼굴 번듯하고 건강하고. 결혼할 때도 우리 부모님은 한 푼도 못 쓰게 하고 싸데려가다시피 했으니까요. 우리 집도 부자는아니지만 딸자식 맨몸으로 내줄 정도로 형편없는 집도 아닌데일전도 못 쓰게 하는 거예요. 그렇게 저를 데려가는 것만 감지덕지하니까 저도 제가 특별한 매력이 있는 게 아닐까, 우쭐하게되더라구요. 신혼여행 갔다 와서 출근할 때는 회사 가기 싫다고몇 번 떼를 쓰다 나가고, 회사 가서는 하루 몇 번씩 아무 일 없냐고 전화를 해쌓고, 신혼 시절만 해도 그러려니 했는데 권태기가와도 좋을 만큼 살았는데도 똑같이 그러니까 점점 짜증이 나다가, 아, 이 사람이 정상이 아니다 싶어서 친정엄마한테 하소연하면 야, 넌 엄마 아빠가 서로 소 닭 보듯이 사는 것만 봐서 뭘 몰라, 연속극도 못 봤냐, 다들 그렇게 깨가 쏟아지게 사는걸, 난 세상 헛살았다 싶더라, 이런 식이에요. 이게 깨가 쏟아지는 거라면 그렇게 알고 참자, 참자, 하면서도 내가 온종일 뭐 하고 살았나 시간별로 알고 싶어 하고, 자기가 칼같이 퇴근해서 들어오는 시간 맞춰 나는 오뚝이처럼 꼼짝 않고 기다리고 있어야 하고, 무엇보다 제가 힘든 건 그 사람이 전화걸 때 없었다면 그동안 어디 가서 뭐 했고, 누굴 만났고 몇 시에 돌아왔고, 그 정도의 외출에 그렇게 시간이 많이 걸렸을 리 없다고 추궁을 당하면 아 참, 오다가 동창 누굴 만나서 차를 한잔 마셨다고, 마치 초등학생이 방학만 되면 실행도 못 할 일정표 짜듯이 저하고 같이 있지 않은 시간을 시간별로, 분별로 아귀를 맞춰서 제출해야 직성이 풀리는 거예요. 점점 미칠 것 같아지더라구요. 하루에도 몇 번씩 내가 결혼 잘못했구나, 이게 감옥이지 감옥이 따로 있나, 혼자서 가슴을 쳤죠. 처갓집에도 여전히 잘하니까 엄마한테는 하소연해봐야 통하지 않고, 친구에게도 내가 이러고 산다는 걸 털어놓는 건 자존심 상하는 일이고, 혼자서 시들시들 마르고 그러는 사이에 덜커덕 애가 생기고 만 거예요. 그 후 한 해 걸러로 애가 둘이나 더 생기는 사이에 내 새끼를 같이 예뻐하고 같이 걱정하고 책임져줄 가장인데 그 정도의 횡포는 참아줘야 하지 않을까, 하는 체념이 스스로 생기더라구요. 엄마는 이제야 철들었다고 안심하고. 사실 저는 살림 알뜰하게 하고 내 몸치장하는 데는 도가 텄지만 어디 가서 돈 한 푼 벌 자신은 없거든요. 뭐니 뭐니 해도 여자 기죽이는 데는 경제력이 제일이잖아요. 그 사람도 그걸 느꼈나 봐요. 여자를 제 손아귀에 꽉 쥐고 싶은 사람이 왜 그걸 모르겠어요. 월급쟁이 해서는 애들 잘 기를 자신 없다고 다니던 회사 제품 대리점을 하나 따가지고 회사를 그만둔 거예요. 훨씬 더 바빠진 것까지는 좋았는데 대리점을 바로 우리 아파트 상가에 얻은 거 있죠. 점심은 거의 집에 와서 먹고, 그이가 가게를 비울 수 없을 때는 가게까지 한상 차려서, 마치 음식점 종업원처럼 이고 나가야 하고. 날마다 일정한 시간에 장 보러 그이 가게 앞을 지나가야 하고. 우리 집에서 지하 슈퍼까지 가려면 꼭 그이 가게 앞을 통과해야 하거든요. 한번은 그이 가게에서 보이는 길가에서 지나가던 어떤 남자하고 같이 하늘을 쳐다본 일이 있었어요. 그럼요, 전혀 모르는 남자다마다요. 길 가던 웬 남자가 하늘을 쳐다보고 빙긋빙긋 웃기에 무심히 나도 쳐다봤죠. 꼬리 달린 연 두 개가 하늘에서 엉켜서 싸우고 있는 거예요. 나도 그 남자처럼 빙긋빙긋 웃으면서 쳐다봤죠. 우리 아파트에서 가까운 고수부지에 연날리기장이 있거든요. 단지 외간 남자하고 같이 하늘을 쳐다봤다는 이유 하나만으로 그 자리에서 머리채를 잡혀가지고 집으로 끌려왔다니까요. 맞아요. 의처증도 이쯤 되면 중증이죠. 저도 그날만은 순순히 당하기만 하지 않고 죽기 살기로 대들고 보따리까지 쌌더랬죠. 하도 세게 나오니까 실토를 하는데 자기도 어쩔 수가 없대요. 제 계집이 남자만 보면 꼬리를 치는 걸 어떻게 보고만 있냐는 거예요. 제발 꼬리만 치지 않으면 자기 병은 저절로 나을 테니 이번 일은 용서해달라고 비니 어쩌겠어요. 내 꽁무니에 정말 꼬리가 달린 걸까.

내가 너무 엉덩이를 흔들면서 걷는 걸까. 항상 뒷모습에 신경이 쓰이더라구요. 어떤 때는 에라 모르겠다, 될 대로 되라고 평상시처럼 내 멋대로 걷다가 혹시 누가 뒤에서 따라오나 돌아봐도 섭섭하게 아무도 안 따라오는 거 있죠. 그이도 참고 나도 참으면서 겨우겨우 소강상태를 유지하고 있을 때 그 일이 난 거예요. 무슨 일이냐고요? 내가 이렇게 될 수밖에 없는 일 말예요. 아파트 현관문을 안 잠그고 있었나 봐요. 우리 아파트는 옛날에 지은 거라 저절로 잠기지 않아요. 안에서 열어주지 않으면 열쇠가 있어야 되니까 수시로 들락거리는 아이들 때문에 안 잠겨 있을 때가 많아요. 내가 워낙 문단속 같은 데는 신경 안 쓰는 편이거든요. 남편도 마누라 단속에 비해 문단속엔 허술한 편이에요. 밤에도 안 잠그고 잘 적이 많은걸요. 막 슈퍼에 가려고, 그날따라 살 게 많아서 식탁에서 메모를 하고 있는데 문소리만 나고 인기척이 없는 거예요. 고개를 들었더니 웬 남자가 징그럽게 웃으며 날 내려다보고 있지 뭐예요. 소름이 쫙 끼쳤어요. 얼굴만 보고도 알겠더라구요. 그 남자가 원하는 게 뭔지. 내가 도망치려고 일어서자 내 팔목을 꽉 잡더군요. 나는 우선 남자의 팔목을 사정없이 물어뜯고 나서 사람 살리라고 목청껏 악을 쓰면서 뒤 베란다로 달려가서 뛰어내렸어요. 완전 제정신이 아니었고 그 후엔 당연히 정신을 잃었죠. 엉덩이만 나간 게 아니라 뇌진탕 증세도 있어서 며칠 만에 깨어났어요. 남편이 울면서 기도하고 있더군요. 종교는 무슨 종교요. 하느님 부처님 다 불렀겠죠. 그 후 전 열녀가 된 거예요. 아무한테나 열녀 났다고 풍기고 자랑했으니까요. 하마터면 아파트 진입로에 열녀문 설 뻔했다니까요. 그 후 제 신상이 이렇게 편해진 거죠. 마음대로 놀러 다니래요. 묻지마관광도 두말 않고 보내준다니까요. 근데 참 이상한 거 있죠. 남편 입에서 꼬리 친다는 말버릇이 쑥 들어가고 나서 비로소 그게 무슨 뜻인지 알게 됐어요. 그게 무슨 뜻이냐 하면요, 내가 유혹하고 싶은 남자는 얼마든지 유혹할 수 있는 타고난 능력과 소질이 나에게 있다는 뜻이었어요. 정말 그래요. 내가 꼬시고 싶은 남자 못 꼬신 적 없어요. 불쌍한 우리 남편은 마누라 열녀 만들고 나서 여자 보는 눈이 완전히 멀어버린 거구요. 어제도 외간 남자하고 놀러 와서 펜션에 묵었어요. 벼룩이도 낯짝이 있으니까 그 남잔 아침나절 먼저 가고 난 실컷 낮잠 잔 다음에 저녁때 가려고 했는데 이렇게 되고 말았네요. 그런 눈으로들 보지 마세요. 가끔 이렇게 스트레스 해소하는 것 말고는 저 살림 잘해요. 제 돈 절대 외간 남자한테 쓰지도 않고요. 남자도 바람둥이가 아내한테 더 잘한단 말 있잖아요. 여자도 마찬가지예요. 홈 스위트 홈, 콧노래가 나올 만큼 즐거운 우리 집이라니까요.

소아마비가 말을 마치자 '보살님'은 나무관세음, 나무관세음 중얼거렸고 '뜸'은 겁먹은 얼굴로 먼저 들어가 쉬겠다고 했다. 밥이 어디로 들어갔는지 모르게 우리의 숟갈질은 끝난 지 한참 된 것 같았다. '뜸'은 표정만이 아니라 몸까지 떨고 있다는 게 느껴졌다. 불쾌한 걸로 치면 내가 더할 것이다. 남편은 나에게 결벽증을 넘어 도덕적인 강박관념이 있다고 할 정도로 요즈음 흔해빠진 혼외정사 따위 도덕적 문란에 대해 듣는 것도 즐기지 않았고 입에 담는 것은 더더욱 싫어하는 성미였다. 어떻게 저런 망측한 소리를 점잖은 어른들 앞에서 얼굴 하나 안 붉히고 나불대는 걸까. 속으로 ×만도 못한 년, 하는 쌍욕이 저절로 나왔다. 우린 다들 '소아마비' 쪽으로 시선과 몸을 집중하고 너무 붙어 앉아 있었다. 그의 고백을 솔깃하게 즐긴 게 아니었을까. 이 탁한 공기를 바꾸고 싶었다. 다들 피곤할 것이다. 들어가 자야 할 시간이라 해도 뭐라지 않을 것이다. 여자끼리였다. 넷이 묵기엔 방도 넉넉하고 이부자리도 충분했다. 둘씩 둘씩 방을 써도 되는데 나는 '뜸'이 건강한 몸이 아니라는 걸 감안해서 마치 여관집 주인처럼 독방을 드릴까요, 하고 물었다. 왜요? 하고 '뜸'이 되물었다.

"많이 피곤해 보여서요. 뜸 뜨는 데도 체력 소모가 많다면서요. 어디가 안 좋으신지는 모르지만 효험은 좀 보셨나요?"

처음 볼 때보다 병색이 더 완연해지는 '뜸'에게 동정심과 부담감 같은 걸 느끼고 있었다. '소아마비'보다 더 나이 들어 보이는 것도 아닌데 꼬박꼬박 존댓말을 쓰고 있었다.

"내가 아까부터 가르쳐드리고 싶었어요. 용한 침쟁이를 알고 있거든요. 뜸으로 고칠 수 있는 병은 침으로도 고칠 수 있다고 해요. 뜸 뜬 데를 보아하니 생판 돌팔이지, 그렇게 용한 뜸쟁이도 아니구먼 뭐. 그냥 놔두면 사람 잡을 것 같아서 내 하는 얘긴데……"

바야흐로 '보살님'이 용한 침쟁이를 소개해주려는 순간 '뜸'

의 표정이 결연해지면서 말했다. 입술이 애처롭게 씰룩댔다.

'뜸'의 고백

이건 뜸 뜬 자국 아니라 남편이 담뱃불로 지진 자국이에요. 그인 툭하면 나를 이렇게 담뱃불로 고문한답니다. 저 같은 년은 고문당해 싸구요. 나도 바람을 피웠냐고요? 바람은 아무나 피우나요. 내 주제에 무슨 바람이에요. 난 서른 넘어 선봐서 결혼했어요. 수수하지만 착한 남자하고요. 이 세상에 흔한 보통 부부였어요. 아이가 안 생겨 걱정하고 기다리다가 3년 만에 임신이 되고 첫아이를 낳았는데 아이가 보통 아이하고 달랐어요. 뇌성마비라나, 머리통도 보통 신생아답지 않게 작고 눈동자도 두 눈이 각각 딴 데를 보고 손발이 뒤틀리고, 우리 눈에도 사람 되긴 틀렸더라구요. 그래도 사람 만들어보려고 애쓸 만큼은 써보았어요. 의사라도 희망적인 얘기를 해주든지 최선의 방법을 일러줬더라면 그대로 했을 텐데 무작정 있는 그대로의 그 애를 인정하는 도리밖에 없다는 거예요. 고칠 수 없다는 걸 알고 나서 남편은 제발 그 애를 어디 고아원 앞에 내다버리라는 거예요. 외국 사람들은 불구도 잘만 입양해 간다더라 하면서요. 술 먹고 들어오면 오늘도 안 내다버렸냐고 생지랄을 하고. 사는 게 사는 게 아니었어요. 견디다 못해 어느 날 정말 내다버렸어요. 전부터 점찍어두었던 입양 기관 앞에다요. 남편은 아이 어디 갔냐고 묻지도 않고 마치 우리에게 그 아이가 없던 때로 돌아간 것처럼 굴더군요. 그래도 불안해서 그 사실을 감쪽같이 숨기려고 이사까지 갔죠. 사람이 짐승만도 못하다는 걸 그때 알았어요. 그 와중에도 또 아이를 만들었으니까요. 제발 이번만은 건강한 아이를 낳게 해달라고 기도하는 마음은 그이도 마찬가지였겠죠. 기도가 헛되지 않아 둘째는 정말이지 예쁜 천사 같은 딸이었어요. 그이도 그때부터 마음을 잡고, 툭하면 그만두던 직장을 착실하게 다니게 됐죠. 사람 사는 행복이 이런 거로구나 싶게 오랜만에 찾아온 평화가 고맙고 달기만 하더라구요. 또 아이가 생겼어요. 이번엔 아들이었고 그 애 또한 무럭무럭 건강하게 자라면서 집안에 웃음꽃이 피자 우리 같은 죄인이 이렇게 행복해두 되는 걸까 자다가도 소스라쳐 깨어나질 않나, 낮에도 문득 남편이 교통사고를 당하지나 않을까, 해고를 당하지나 않을까, 방정맞은 생각이 들기 시작하면 안절부절 아무것도 못 하고 재롱 피우는 새끼들도 다 귀찮고, 이런 증세를 견디다 견디다 못해 순전히 나 살자고 내가 버린 아이를 찾아 나선 거예요. 찾는 데 좀 시간은 걸렸어도 그리 오래 걸리진 않았어요. 그 애는 주로 중증 장애인만 돌보는 데로 보내졌더군요. 그게 바로 요 너머에 있는 '천사들의 집'이에요. 나만 아는 그 애의 신체적 특징도 있고 해서 난 어렵지 않게 그 애를 알아볼 수 있었죠. 그 기관이 가톨릭 계통에서 운영하는 데라 나는 가톨릭 영세까지 받고 봉사자가 돼서 그 집을 수시로 드나들게 됐죠. 부부는 일심동체라더니, 내가 안정을 찾자 무슨 눈치를 챘는지 남편의 생지랄이 도진 거 있죠. 내 자식 어따 갖다버렸나 대라고, 술만 먹고 들어오면 이렇게 내 살을 지진답니다. 술 안 먹을 때는 멀쩡해요. 아이들하

360

고 놀아주기도 잘하고, 언제 그랬더냐 싶게 저를 위해주고 지진 자국이 덧나지 않게 연고도 사다가 정성스레 발라주고. 그럴 때 보면 눈물까지 글썽해요. 내 상처는 몸 밖에 있지만 그의 상처는 몸속에 있다는 걸 느끼죠. 우리 둘 다 견디기 위해선 상처가 필요한 사람들이에요. 그까짓 거 말하지 그러냐고요? 못 해요. 아니, 절대로 말 안 할 거예요. 나한테는 그 애를 버리고 얻은 두 아이가 그 애 못지않게 중요하거든요. 두 아이는 상처 없이 키우고 싶어요. 내가 버린 아이는 잘 지내요. 똥오줌도 제대로 못 가리지만 천사 대접 받으면서 살고 있죠. 나는 그 애를 편애하지만, 순전히 편애하는 재미로 살지만 그 애는 어떤 봉사자에게나 공평하게 천사의 웃음을 웃죠. 그래서 그 애하고 같이 있는 동안은 나도 천사가 돼요. 나에게는 그런 효자가 없답니다. 만약 그 애가 어디 있다는 걸 남편이 알아보세요. 모든 것이 엉망진창이 돼버릴걸요. 그인 나처럼 강하지 못해요. 나는 우리 네 식구의 가정도 지켜내야 하고 내가 버린 아이의 행복도 지켜야 해요.

우린 아무 말도 할 수가 없었다. 침묵이 버거울 때를 맞추어 보살님이 나무관세음, 나무관세음…… 하면서 자리를 뜨려고 했다. 그때 '소아마비'가 그냥 가시면 어떡해요? 하고 보살님의 회색 옷자락을 장난스럽게 붙잡고 늘어졌다.

"졸려서 그러는데 그냥 가잖으면?"

"듣기만 하셨잖아요. 보살님도 한마디 하셔야죠. 전 아까부터 보살님이 할 말이 제일 많은 분이라고 여겼는데…… 해보세요.

듣고 싶어요. 사람들 마음속엔 참 겹이 많거든요. 나도 진짜 내가 누군지 모르겠더라. 보살님도 한 겹쯤 벗어봐요. 어서요. 그래도 나체裸體 안 나올 테니, 안심하고."

"무슨 실례야. 점잖은 분한테."

내가 나무라자 뜻밖에도 보살님이 나도 점잖은 사람 아닙니다, 하면서 말문을 열었다.

'보살님'의 고백

그래요. 사람은 참 겹이 많지요. 맨몸뚱이가 나올 때까지 벗으려면 이 밤이 모자랄 테니 이 승복 한 겹만 벗어볼게요. 저 수리산 골짜기에 있는 암자는 죽은 영감님이 퇴직금으로 사놓은 집이었어요. 딸린 텃밭과 임야도 좀 되고요. 그때 남편하고 친분이 있는 이 고장 군수가 그 근처에 뭐가 들어선다는 정보를 주어서산 것 같은데 우리 영감은 그 땅이 마음에 들어서 산 거지 뭐가들어서서 땅값이 오르지 않아도 타격받지 않을 만큼 노후 준비가 돼 있는 양반이었어요. 여름에는 거기 와서 농사 흉내도 내면서 우리도 이만하면 잘 늙었다고 만족해하는 재미만 해도 들인 돈이 안 아까웠죠. 성수기엔 우리 식구 말고도 와서 놀다 가겠다는 친구들이 줄을 서서 비어 있을 틈이 거의 없었죠. 영감님 친구나 내 친구 들이나 그까짓 별장은 있어 무엇하나, 이렇게 별장 가진 친구가 있는데, 하면서 만족해하는 선량하고 욕심 없는 친구가 대부분이었어요. 우린 별장이라고 부르는 것보다는 산장이라고 불러주길 바랐죠. 그게 그거지만 각자 취향이

362

라는 것이 있으니까요. 그 집에 딸린 산에서 송이도 좀 났기 때문에 재주껏 송이를 채취해서 생으로도 먹고, 재래식 부엌 아궁이에 장작을 때다가 사윈 불에 얹어 구워서 왕소금에 찍어 먹는 맛에 재미를 붙이면 다들 좋아 죽고 못 살더라구요. 겨우내 때고도 남을 장작을 들여놔주는 친구도 있고, 내가 신경 쓸 새 없이 어느 틈에 대형 냉장고에 고기랑 과일을 채워주는 친구도 있고, 우리 아는 사람들은 죄다 큰 부자는 없어도 남에게 신세지는 건 극도로 싫어하는 사람들이었으니까요. 다 영감님 인복이었죠. 그 집을 좋아하는 모임까지 만들어가지고 영감님 칠순도 거기서 할 거라고 벼르더니 칠순을 못 넘기고 영감님이 먼저 가셨어요. 그분과 함께 그 집의 전성기도 가버렸죠. 아들네도 딸네도 1년에 한두 번은 그 집에 제 식구들을 데리고 왔지만 어딘지 의무적이었어요. 손자들은 산보다 바다를 더 좋아한다나 봐요. 큰아들이 인도네시아 지사로 발령이 나서 제 식구 데리고 3년 예정으로 그쪽에 나가 살게 되었어요. 내가 봐줘도 되는데 그 더운 나라에 어린것들을 다 데리고 가는 게 좀 그렇더라구요. 몸이 약한 큰손자는 내가 데리고 있고 싶었어요. 우리 같은 구닥다리 세대에겐 맏손자의 의미가 각별하잖아요. 그 녀석도 저를 유난히 따랐구요. 반년 만에 그 애만 즈이 애비가 도루 데리고 왔더라구요. 그 애 밑의 두 애는—그 애들은 쌍둥이였어요—현지 학교에 잘 적응을 하는데 그 애는 학교 가기 싫어하고 할머니만 찾는다고. 나한테 맡기면서도 제발 오냐오냐 끼고돌지 말고 엄하게 키우라고 설교까지 하더라구요. 나도 오기가 있는지라 3년 후에 가족이 합쳤을 때, 제 동생들은 영어를 자유로 나불대는데 개만 못하면 기죽을 것 같아서 딴 과목은 학원만 보내고 영어는 입주하는 독선생을 붙였답니다. 선생은 어려서 이민 가서 영어는 원어민 수준인데 한국에서 취업하고 싶어 돌아오긴 했지만 아직은 여기저기 학원 강사로 돌 뿐 제대로 된 직장을 못 잡았으니 숙식을 제공하고 용돈 수준의 사례만 하면 될 거라는 게 소개한 사람한테서 들은 조건이었어요. 제 새끼가 늙은이하고만 있게 된 걸 걱정하던 자카르타의 아들 내외도 대찬성이었죠. 졸지에 세 식구가 됐죠. 젊은 남자가 집에 있으니까 좋더라구요. 집에선 한 끼만 먹겠다고 해서 저녁 반찬에 신경 쓰는 것도 처음엔 부담스럽더니, 저 사람 덕에 우리 식구가 반찬 없는 밥 안 먹고 챙겨 먹는다고 돌려 생각하니 그 또한 좋더라구요. 여름에 우리 산장으로 피서만 안 왔어도 좋았을 것을. 명색만 방학이지 손자도 선생도 쉴 틈이 너무 없어서 뭔 놈의 세상이 이런가, 안 되겠다 싶어 내가 어렵게 아이하고 선생하고 같이 쉴 수 있는 날을 뽑아내어 겨우 마련한 여름휴가였죠. 여긴 그때부터도 서울보다 비가 많은 고장이었나 봐요. 오던 날 밤부터 쏟아지던 폭우가 그다음 날까지 계속돼서 계곡에 나가 놀 수도 없고 등산도 할 수 없고 집에 틀어박혀 텔레비전이나 볼밖에 할 일이 없더군요. 손자는 제 방에서 혼자 컴퓨터 게임을 하고 있고, 난 선생하고 나란히 앉아서 텔레비전을 보고 있는데 밖에서는 천둥 번개가 무섭게 치더군요. 천둥 번개 때문인지 선생하고 나하고의 거리는 차츰 좁혀져 거의 붙어 앉다시피 했어요. 처음엔 홈드라만 줄 알았어요. 미국의 한적한 교외의 중산층 동네가 나오고 황금색으로 물든 가로수 길을 매끈한 차가 미끄러지듯이 지나가고 그림 같은 집 앞에 파티에서 돌아오는 다정한 중년 부부가 내려서 명랑하고 들뜬 목소리로 집에 남아 있는 딸의 이름을 부르면서 현관문을 열자마자 무참하게 살해된 딸의 시신이 천장에 거꾸로 매달려 있는 거예요. 나는 그들의 비명 소리보다 더 큰 비명을 지르며 선생의 품속으로 파고들었죠. 선생의 상체가 나를 감싸고 부드럽게 다둑거리는 게 느껴져 눈을 뜨니 화면은 경찰이 도착한 장면으로 바뀌었더군요. 나는 내 경솔이 민망스러워서 변명처럼 한다는 소리가, 아이고 놀라라, 이것 좀 봐요, 하고 선생의 손을 끌어다가 나의 가슴에다 대고 내 심장이 얼마나 벌렁거리는지 느끼게 했죠. 선생이 먼저 손을 빼더군요. 내 얼굴이 불같이 화끈댔는데 그건 아쉬움이었어요. 그때 내 나이 이미 육십대 중반이었는데 어쩌자고 남자와 여자의 육체적 접촉에 그런 황홀한 기쁨이 숨겨져 있다는 걸 그때 처음 안 것처럼 느꼈을까요. 죽은 영감하고 연애결혼은 아니었어도 의좋은 부부였고 부부 생활에도 아무 문제 없이 아들딸 잘 생산했는데 그게 다 헛산 것처럼 무의미해지더라니까요. 미쳤지요. 그 나이에 내 인생의 전부를 부인해도 그만인 사건을 만들었으니까요. 그 후엔 세상이 다 달라졌죠. 양양까지 장도 같이 보러 가고 반찬도 같이 만들고 설거지도 하고, 그전에도 선생은 미국서 자란 티 나게 그런 일들을 자연스럽게 도와줬었는데 그 일이 있은 후부터는 일을 핑계로 그의 몸과 닿을 때마다 떨리는 쾌감 때문에 그 모든 일들이 오락처럼 즐겁기만 했죠. 같이 자보고 싶다는 생각은 안 했냐고요? 아뇨, 전혀 안 했어요. 남편과 살을 섞었던 일까지 불결하게 느껴진걸요. 그때 나는 완전히 어른의 세계가 열리기 전의 이팔二八로 돌아갔으니까요. 꿀 같은 여름휴가가 끝나고 내일이면 서울로 돌아가야 하는 그 전날 밤, 양양으로 장을 보러 가자고 선생을 꼬셨죠. 건어물이 서울보다 싸다는 이유였지만 내 속셈은 따로 있었던 것 같아요. 아마 한 번 더 안겨보고 싶었을 거예요. 번쩍번쩍 야한 조명이 빙글빙글 도는 나이트클럽 앞에서 구경 삼아 한번 들어가보자고 했죠. 좁은 공간에서 비비적대며 광란하는 젊은이들 사이로 용감하게 섞여보았지만 리듬감이 부족한 나는 어색하게 겉돌다가 그를 잃어버렸죠. 그는 젊은이답게 능숙했죠. 블루스를 출 때는 젊은이들이 많이 줄어서 홀이 한결 헐렁해졌어요. 선생이 나더러 같이 추자고 하데요. 블루스는 더군다나 못 춘다고 했더니 신발 벗고 자기 발등에 올라타라는 거였어요. 하라는 대로 했죠. 선생도 나도 몸무게에 신경 안 썼어요. 마치 내 몸이 그네를 굴려 허공으로 치솟은 이팔의 춘향이가 된 것처럼 치마폭에 바람이 잔뜩 들어서 붕붕 떠다녔으니까요. 너무 즐거워 이렇게 즐거워도 되는 걸까 더럭 겁이 나더군요. 낮에 한바탕 폭우가 지나간 날이었어요. 건어물은 샀는지 말았는지 생각도 안 나네요. 무도회에서 돌아오는 젊은 한 쌍처럼 상기된 뺨을 밤바람에 식히며 산장에 돌아왔을 때 집이 비어 있는 거예요. 손자의 이름을 소리소리 부르며 찾아 헤매다가 불길한 생각에 경찰에 신고해 도움을 청했지만 다음 날 찾은 건 개울 하류 바위틈에 걸려 있는 그 아이의 시체였죠. 우리가 밤늦게까지 안 오니까 아마 마중을 나갔겠죠. 그 기막힌 소식을 듣고 인도네시아에서 아들만 오고 며느리는 안 왔더라구요. 누가 보기에도 내가 그닥 큰 잘못을 한 걸로 보이진 않았나 봐요. 아들이 오히려 미친 듯이 울부짖는 저를 위로하더군요. 그 지경까지 가서도 난 선생이 나를 옆에서 지켜주고 다독거려주는 게 기분이 좋았어요, 그 맛에 더 난동을 부렸는지도 모르지요. 선생도 아마 그걸 눈치 챘을 거예요. 손자 장례 치르고 나서도 한동안 우리 집에 더 머물렀으니까요. 언제 어떻게 그 꿈에서 깬 줄 알아요? 어느 날 선생이 정색하고 나에게 돈을 꿔 달라는 거예요. 아이가 죽고 나서도 그 애 선생이었을 때 주던 만큼의 사례를 했는데도 그러지 뭐예요. 취직이 뜻대로 안 되니 사업을 해보고 싶다나, 하면서요. 적지 않은 거액이었어요. 비로소 정신이 퍼뜩 들면서 발바닥이 땅에 닿더군요. 순식간에 내 안에서 정욕과 물욕이 비기고 텅 비는 걸 느꼈죠. 거절하고 적당한 퇴직금을 줘서 그를 내보냈죠. 도대체 사람이라는 건 뭘까. 정욕과 물욕을 현세에서 벗어나는 게 가능한가. 그런 오죽잖은 고뇌 끝에 산장을 큰 절에 기증해서 암자를 이룩한 후에는 거기다 손자의 위패를 모셔놓고 수시로 드나들며 명복을 빌죠. 이러다 머리 깎고 중이 된다고 해도 내 죗값이야 어디 가겠어요. 사실은 그러지도 못해요. 아직도 가진 게 꽤 되니까요.

'보살님'의 고백이 끝나자 다들 나를 쳐다봤다. 이번엔 네 차
례라는 채근 같기도 하고, 저 여자도 설마 입을 열겠지, 지켜보
려는 짓궂은 호기심 같기도 했다. 인간이기에 인간이 아니었던
시간에 대해 말하고 싶은 욕망은 정욕보다도 물욕보다도 강하
다는 걸 나는 안다. 그러나 나는 그 욕망에 굴하지 않을 것이다.
여태까지도 잘 방어해왔다. 이러한 나를 야유하듯이 '소아마비'
가 말했다.

"내가 아까 말한 거 여태까지 아무한테 말하지 않던 거예요.
눈치 채고 있는 사람도 없어요. 완전범죄였는데 말해버리니까
되게 개운하네요. 살 것 같아요."

다들 아무한테도 말하지 않았고, 죽을 때까지 말하지 않을 줄
안 걸 말해버리고 나니까 이렇게도 살 것 같다는 데 동의했다.
아무리 그래도 나는 말하지 않을 것이다. 남편 말대로 나는 도
덕적인 강박증이 있는 사람인지도 모른다. 그들이 한 고백은 차
마 입에 담을 수 없는 망측한 스캔들인 건 분명하다. 내 보기에
그들은 그런 망측한 이야기를 부끄러워하기는커녕 과장까지 해
가며 털어놓았다. 필시 소문날 걸 두려워하는 마음이 없기 때문
일 터. 어디 사는 누구인지 주소도 이름도 성도 모르는데 누가
어떻게 소문을 내겠는가. 그들의 보안은 이렇듯 완벽하지만 나
는 다르다. 나는 천년 묵은 고목처럼 한자리에 뿌리박고 누대를
살아온 이 고가의 주인이다. 상속녀다. 그것만으로도 나의 존재
증명은 충분할 것이다.

"난 보시다시피 세상 물정 모르는 꽉 막힌 여자랍니다. 살림

밖에 몰라요. 여러분처럼 화려한 — 아니지 참, '뜸' 씨에겐 미
안 — 과거가 없어서 미안해요."

그렇게 양해를 구하고 나서 하품을 하고, 부엌하고 붙은 안방
에다 그들 세 사람의 자리를 나란히 깔았다. 이부자리를 따로따
로 깔고도 여유가 충분히 남아 있었지만 나는 혼자 자고 싶었
다. 마루를 사이에 둔 건넌방은 안방보다 훨씬 좁다. 그러나 침
대가 있어서 남편하고 함께가 아닐 때는 거기서 혼자 자버릇한
방이다. 금방 잠이 올 것 같지가 않아서 툇마루 밑에서 고무신
을 찾아 신고 마당으로 내려선다. 이지러지기 시작한 달이 휘영
청하다. 준수한 산봉우리들에 안긴 동네이다. 안방에서 자는 세
여자의 편안한 숨소리가 들릴 듯이 고요한 밤이다. 당신들은 왜
나에게 그런 무섭고 천박한 비밀을 털어놓은 거죠? 날 언제 봤
다고, 날더러 어쩌라고? 마치 유도신문을 무사히 빠져나온 것처
럼 아찔하다.

그날 밤도 저 산봉우리들은 저러했을까. 그날 밤의 산봉우리
는 저렇게 무심하지 않았다. 암벽은 곤두서 있었고 숲은 선혈이
낭자해서 몸을 뒤틀었다. 단풍철이었다고 해도 밤중에 붉은빛
이 그렇게 드러나 보였을 리 없건만 내 심상엔 그렇게 남아 있
다. 그날 밤 내 마음에 인화된 산이 진짜고, 여기 올 때마다 대하
는 현실의 산이 가짜 같다. 마치 화집이나 미술관에서 세잔이나
고흐가 그린 풍경화를 보고 깊이 감동받은 일이 있다면 그 후
그 그림에 영감을 준 현실의 경치 앞에 설 기회가 생겼을 때, 현

실이 가짜고 그림이 진짜인 것 같은 착란이었다.

　나는 이 집에서 태어났다. 내가 태어날 때의 이 집은 사랑채와 부속 건물을 합해 남아 있는 안채의 세 곱은 되는 규모였다고 한다. 소유하고 있는 땅도 많아 식량난이 극심했던 일제 말기에도 굶주림은 몰랐다고 한다. 해방이 되자 남들이 배고플 때 우리만 배를 채운 벌을 톡톡히 받았다. 그때 이 고장은 삼팔선 이북의 땅이어서 김일성이 통치했다. 토지는 소작인들 차지가 되었고 집은 머슴들이 차지했다. 그때만 해도 삼팔선이 허술해서 산을 타고 남으로 야반도주하는 집이 몇 집 걸러로 생겨나곤 했다. 지주 아니라도 일제 때 면 서기만 했어도 반동으로 모는 세상이었다. 옹색하고 남루한 집에서 겨우 비바람이나 피하게 된 신세는 집안의 최고 어른인 할아버지도 마찬가지여서 '멸문지화滅門之禍로다, 멸문지화로다'라는 중얼거림을 줄곧 입에 달고 살았다. 그나마 누가 들으면 어쩌려고 그러시냐는 구박이나 받기 십상이었다. 역사의 소용돌이도, 위대한 혁명도 우리 할아버지에겐 한낱 가문에 미치는 재앙으로밖에 안 보였던 것이다. 그나마 우리 식구가 굶지 않고 목숨을 부지할 수 있었던 것은 일제 때 서울 가서 전문학교까지 나온 삼촌이 고향에 와서 야학을 하면서 가르친 청년 중에 그 체제에 잘 적응하고 득세까지 한 이가 생겨난 때문도 있었을 것이다. 식구들이 다 죽상이 되어 전전긍긍할 때 그 삼촌 홀로 희망을 잃지 않고 씩씩했으니까. 그 와중에 삼촌은 결혼까지 했다. 솔가해 남쪽으로 내려갈 기회만 엿보던 소심한 아버지는 그 꿈을 단념했다. 식구가 다

없어진다면 모를까, 남아 있는 식구가 있다면 고초를 각오해야 했다. 가까운 친척이나 친하게 지내던 이웃이 가족보다 더 모진 닦달질을 당해야 하는 경우도 있었다. 번성하던 마을이 인구로 나 인심으로나 삭막해지기 시작한 게 그 무렵부터였을 것이다. 그러나 어찌 그 후에 닥친 6·25전쟁 때만이야 했겠는가.

우리 식구는 인민공화국에서 6·25를 맞았다. 인민군이 승승 장구한다고 했다. 신혼의 삼촌도 인민군으로 나갔다. 대구, 부산 함락은 시간문제고 남한 전 국토를 해방시킬 날도 머지않았다 고 했다. 남쪽으로 내려가지 않길 참 잘했다고 아버지는 가슴을 쓸어내렸다. 그 기세대로라면 제주도까지 해방시켰을 무렵에, 패잔한 인민군이 야밤을 틈타 북으로 향해 마을을 통과하고 나 서 며칠 동안 마을이 텅 비었다. 우리 식구 말고도 사람 사는 집 은 여럿 됐지만 누가 통치하는지 모르는 세상은 빈 거나 마찬가 지였다. 빈 세상이 학정虐政보다 더 두려워 사람들은 집 안에 꼭 꼭 숨어 살았다. 국군은 외국 군대의 지원을 받고 그렇게 승승 장구한다고 했지만 소문이었을 뿐 이 마을에서 외국 군인이 어 떻게 생겼는지 본 사람은 없었다. 압록강가까지 몰린 인민군은 중공군의 도움을 받게 되었다고 했다. 산골이지만 농지도 넉넉 해 살기 좋은 마을이었지만 대처로 통하는 교통이 불편해선지 중공군 또한 소문이었을 뿐 볼 기회는 없었다. 내 평생 이렇게 추운 겨울은 처음 봤다고 어른들이 말하는 소리를 자주 들었다. 외부와의 소통 부재 때문에도 그해 겨울이 유난히 춥게 느껴졌 을 것이다. 예년보다 봄도 늦게 왔다. 내일 지구가 망해도 땅을 놀릴 수는 없는 농사꾼들이 기지개를 펴며 밭 갈고 씨 뿌릴 엄두를 낼 무렵, 이 마을은 인민군 세상이 됐다가 국군 세상이 됐다가를 반복하는 격전지가 됐다. 양민의 희생을 원치 않기는 국군 쪽이나 인민군 쪽이나 마찬가지여서 주민들이 남이나 북으로 피난 가주기를 바랐지만 할아버지 통솔하에 있던 우리 집은 그동안도 집을 떠나지 않고 똘똘 뭉쳐 굳건히 버티었다. 그 덕에 우리 집은 휴전 후엔 저절로 남한 사람이 됐고 집과 땅도 찾았다. 우리를 내쫓고 인민위원회로 쓰던 사랑채는 불을 지르고 떠나서 없어졌지만 덩그렇게 높이 지은 안채는 성하게 남아 있었다. 요즘 설악산 쪽으로 놀러가는 사람들은 무심히 지나치는 삼팔선이었다는 표지판 이북, 휴전선 이남의 남한 땅은, 50여 년 전 그런 자반뒤집기 전란을 견뎌낸 국토인 것이다.

인민군에 나가 싸운 삼촌은 북으로 돌아갔을 것이다. 미리 약속이 돼 있었는지 삼촌댁도 시집 식구와 행동을 같이하지 않고 원산의 친정으로 돌아가 있었다. 나는 삼촌을 좋아했는데 삼촌은 돌아오지 않았다. 아무도 삼촌에 대해 입에 담지 않았고 기다리는 것 같지도 않았다. 내가 삼촌을 좋아했다는 게 생각만 해도 쓸쓸해지는 상처가 되었다. 삼촌에게선 우리 식구들에게는 없는 분위기가 있었다. 옷자락에서 풍기는 냄새까지 향긋했고 무뚝뚝한 식구들에게는 없는, 연민을 숨기지 못하는 우울한 표정을 하고 있었다. 삼촌을 통해 막연히 동경하게 된 교양인의 냄새가 사라진 우리 집은 어린 나에게 무지렁이들만 남은 것처럼 보였다. 왕년에 한학 좀 했다고 문자 쓰기 좋아하는 할아버지도 무지렁이의 우두머리 정도로밖에 안 보였다. 언제부터인가 할아버지가 또 그 어려운 문자를 쓰기 시작했다. 우리 집을 찾았다고는 하나 사랑채를 복원한 것은 아니어서 안방에서 우리 사남매 중 셋이 할아버지하고 같이 자고, 건넌방은 아버지하고 엄마가 막내를 데리고 잘 때였다. 한밤중에 밖의 어둠이 술렁거리고, 자는 막내를 엄마가 안방에 데려다 뉘고 나면 할아버지는 일어나 앉아 또 그 소리 '쇠문지화로다, 쇠문지화로다'를 주문처럼 떨리는 소리로 외곤 했다. 나는 그 소리가 무슨 소리인지 모르면서도 싫고 무서워서 가슴이 떨리곤 했다.

그날도 또 그 소리에 잠이 깬 것도 같고, 오줌이 마려워서 잠이 깬 것도 같았다. 벌떡 일어나보니 할아버지는 평상시처럼 주무시는 것 같은데 할아버지와 나 사이에 막냇동생이 누워 있었다. 쇠문지화 소리 없이도 바깥의 공기가 심상찮게 술렁이고 있는 게 느껴졌다. 뒷간에 가기 무서웠지만 오줌을 참을 수 없었다. 내가 일어나 나가는 걸 보고 할아버지가 요강에 누거라, 맹숭한 소리로 명령했다. 엄마 방 요강에 누고 올게요. 건넌방으로 건너가려고 툇마루로 나갔다가 나는 아버지와 엄마와 삼촌이 마당에 있는 걸 보았다. 내가 보는 앞에서 아름다운 달밤에 그 일이 일어났다. 아버지하고 엄마와 삼촌이 서로 다투고 있었다. 실은 다투고 있는 건 삼촌과 아버지고 엄마는 두 사람 주위에서 고사 지낼 때처럼 두 손을 싹싹 비비며 제발 제발 그만하라고 말리다가 돌변해서 죽여버려, 저런 동기간은 없는 게 나아, 차라리 죽여버려, 내가 아는 엄마는 그런 모진 저주의 말을 할 사람이 아니었다. 그다음에 일어난 일 때문에 그들이 그런 말을 한 것으로 기억하고 있는지도 몰랐다. 그때 나는 겨우 열 살이었다. 아버지가 삽을 높이 쳐들었다. 계획적이었는지 위협용이었는지 그때까지 아버지는 삽을 땅에 꽂고 거기 의지해 서 있었다. 죽여버리라는 모진 말을 하던 엄마가 기겁을 하고 아버지의 허리에 매달렸다. 거구인 아버지의 힘찬 뿌리침에 엄마가 땅으로 나자빠진 것과 삽이 삼촌의 어깨를 후려친 것은 거의 동시였다. 그 순간 나는 두 손으로 얼굴을 가리고 비명을 삼켰다. 그러나 삼촌의 몸이 사선으로 번갯불 같은 균열을 일으키며 두 동강으로 갈라지는 걸 여실히 본 것처럼 느꼈다. 안방으로 돌아온 나는 밤새도록 이불을 뒤집어쓰고 귀를 막고도 아버지가 동생을 쳐 죽인 그 삽으로 땅을 파는 소리를 들었다. 새벽에 잠깐 눈을 붙인 악몽 속에서도 그 광경은 여실하게 재현돼 먼 훗날까지도 어디까지가 꿈이고 어디까지가 현실인지 구별이 잘 안 됐다. 다음 날 아침에도 늦도록 이불 속에서 남몰래 떨고 있다가 밖에서 들리는 시골의 바람 소리, 부엌에서 그릇 부딪치는 소리, 마당에서 동생들이 장난치다 아버지에게 야단맞는 소리가 평상시와 다름이 없어서 살금살금 일어나 밖을 내다보았다. 어디쯤에 삼촌을 파묻었는지 흔적도 없이 우리 마당은 고루 평평하고 단단했다. 아버지는 동생을 쳐 죽인 삽 등으로 밤새도록 지경 다지기까지 해놓은 모양이다.

그 후부터 우리 집엔 기이한 평화가 찾아왔다. 우리 집만의 평화여서 그렇게 기이하게 느껴졌을 것이다. 오랜 세월에 걸쳐

상부상조의 공동체를 유지해온 마을 사람들 사이엔 거의 숨기는 게 없었다. 숨기려도 숨겨지지 않게 사는 내막이 단순했다. 복잡해지기 시작한 건 해방이 되고 이 땅이 이북에 속하고부터였을 것이다. 그래도 그때는 있는 사람과 없는 사람 사이의 대결 구도여서 단순한 사람들도 이해하기 복잡한 건 아니었다. 그러나 이북 땅이었다가 이남 땅이 되고부터는 사정이 복잡해지기 시작했다. 한 집도 온전한 식구들이 없었다. 인민군에 나갔거나 혹은 그쪽 체제에 적극적으로 협력한 경력 때문에 겁을 먹고 제집 제 땅뙈기보다는 체제를 택해 이북에 남은 식구나 친척이 없는 집이 없었다. 그런 식구들이 우리 삼촌처럼 야밤을 틈타 다녀가는 건 남한 당국에선 간첩으로 간주돼 반드시 신고를 하기로 돼 있었다. 도무지 간첩질 같은 걸 할 것 같지 않은 자식이나 동기간이 돈이나 식량 등 물질을 요구하는 걸 거절하거나 신고할 수 있는 사람은 거의 없었다. 분명히 아무 눈에도 안 띄게 감쪽같이 다녀갔건만 다음 날 경찰에 잡혀가 죽지 않을 만큼 얻어맞고 오는 일도 심심찮게 생겼다. 너무 얻어맞아서 병신이 되고 만 사람도 있었다. 도대체 누가 일러바쳤을까 서로 의심하고 넘겨짚어 다투기도 하면서 마을의 인심은 점차 예전 같지 않아졌다. 패가망신한 집도 생겨나고 가산을 정리해 가까운 도시로 나가 장사꾼으로 변신하기도 했다. 간첩을 신고하면 돈을 받을 수 있다고 했지만 그런 일로 돈을 버는 사람이 있을 것 같지 않게 마을은 피폐해지고 인심만 흉흉해졌다.

아버지가 삼촌을 삽으로 쳐 죽였다고 믿을 수밖에 없는 까닭은 그 후엔 한 번도 삼촌이 찾아온 일이 없었기 때문이다. 삼촌이 찾아올까 봐 늘 마음 졸이고 살던 불안한 분위기는 기이한 평화로 변했다. 그 후에는 한 번도 할아버지 입에서 멸문지화 소리를 들을 수 없었다. 기이한 평화 속에서 할아버지도 돌아가시고 우리 사남매도 차례로 마을을 등지고 인근의 소도시로, 맨나중엔 서울에 정착했다. 그동안에 대대로 내려오던 전답과 산은 선산만 남기고 우리들의 학비로 변했다. 남동생이 서울서 직장을 갖게 된 뒤에도 아버지와 엄마는 그 집을 떠나려 하지 않았다. 텃밭과 송이가 나는 선산을 어떻게 버리고 떠나냐는 부모님의 말씀을 나는 시신을 숨긴 마당을 떠날 수 없다는 말로 알아들었다.

아무에게도 발설하지 못한 골육상잔의 기억은 돌파구를 찾지 못해 나하고 한 몸이 되었다. 내 몸은 툭하면 떨리고 아팠다. 떨고 있는 내 몸을 보호하고 힘이 되어줄 보호막이 필요했다. 그건 권력이었다. 출세의 야망에 불타는 고시생을 애인으로 만들고 그의 뒷바라지를 하기 시작했다. 그건 나 같은 시골뜨기가 생각해낼 수 있는, 권력의 산하로 들어갈 수 있는 최선의 지름길이었다. 지금의 남편이 몇 번씩이나 낙방을 하는 바람에 그 길도 지름길은 아니었다. 그러나 오랫동안을 견디게 한 나의 지구력은 그의 신뢰감을 돈독히 해서 그가 고시에 붙은 후에 무난히 결혼에 골인할 수 있었다.

직장 생활을 곧잘 하던 내 바로 밑의 남동생한테 미국바람이 들기 시작했다. 아마도 동기간이 그쪽에 많이 가서 자리 잡은 처가의 영향일 것이다. 마침내 이민에 성공한 남동생이 그쪽에서 자리 잡으면서 차례차례 동생들을 불러들였고 부모님까지 모셔 갔다. 그 시골집은 내 차지가 되었다. 팔면 얼마간의 목돈을 쥐고 아들한테로 갈 수도 있을 텐데 그러지 않고 딸한테 넘겨주고 떠났다. 말씀인즉슨 시집갈 때 아무것도 못 해준 게 걸려서 마지막 남은 재산을 주고 싶다는 거였다. 그 듣기 좋은 말이 나에겐 마치 시한폭탄을 넘겨주면서 하는 감언이설로밖에 들리지 않았다. 하필 내가 그 최종적인 소유자가 되다니. 그러나 장인 장모가 차지하고 있을 때부터 그 집을 좋아해서 자주 찾아뵙던 남편이 좋아하는 걸 보면서 나도 그 선물을 고맙게 받을 수밖에 없었다. 우리의 소유가 되자마자 남편은 낡고 불편한 집을 헐고 별장풍의 멋진 집을 짓고 싶어 했지만 내가 한사코 말렸다. 보나마나 새집을 지으려면 불도저가 마당 먼저 파헤치게 될 것이다. 삼촌의 몸은 썩었을지라도 유골에는 타살된 흔적이 명백히 남아 있을 것이다. 몇천 년 전의 유골에서도 별의별 것들을 다 발견해내는 발달한 현대 의학은 DNA인가 뭔가 하는 검사를 통해 그가 나의 삼촌이라는 것쯤 문제없이 밝혀낼 것이다.

만일 땅속에서 아무것도 나오지 않는다면? 실은 내가 더 무서워하는 건 삼촌이 그날 살해되지 않고 북쪽 어딘가에 살아 있을지도 모른다는 가능성이었다. 삼촌의 성품이나 행적으로 봐서 그럴 개연성은 충분했다. 남편이 법조계에 몸담고 승진도 순조로울 때는 세상이 요새보다 훨씬 경직돼 있을 때여서, 처가라도 이북과 연관이 있는 가족이 있으면 승진이나 출세는 물론 해외

여행에도 지장을 받을 때였다. 남편은 나에게 그런 삼촌이 있는 것도 몰랐다. 나는 그 살해 현장을 단지 목격만 한 게 아니라 공범자였던 것이다. 나의 시골집 마당은 아직도 흙바닥이지만 양회 바닥처럼 단단하다. 내 친구의 어머니 시신까지 하룻밤 사이에 동해 바다로 토해낸 폭우도 우리 마당의 견고함을 범하진 못했다. 나의 입과 우리 마당은 동일하다. 둘 다 폭력을 삼켰다. 폭력을 삼킨 몸은 목석같이 단단한 것 같지만 자주 아프다.

아침상에 앉은 세 사람은 모처럼 잘 잤다며 집터가 좋은가 보다고 덕담까지 해주었다. 내 보기에도 그들은 어제보다 훨씬 맑고 개운해 보인다. 어디로 보나 망측하고 지저분한 비밀을 간직하고 사는 사람 같지가 않다. 나는 슬그머니 부아가 나고 샘도 났다. 그래서 전혀 생각지도 않은 말을 툭 한마디 내뱉었다.

"내가 풍기면 어쩌려고 생전 처음 보는 사람한테 그런 말들을 했죠?"

"어떻게 풍겨요. 우리가 어디 사는 누구인지 아무것도 모르면서. 우리끼리도 어제 같이 잤지만 서로 그런 거 안 물어봤거들랑요."

용용 죽겠지 하는 투의 '소아마비'의 대답은 옳았다. 나도 그렇게 알고 있었는데 바보처럼 왜 물어봤을까. 어떤 상처하고 만나도 하나가 될 수 없는 상처를 가진 내 몸이 나는 대책 없이 불쌍하다.

(2009)

소멸과 복원의 꿈[1]

손유경
(문학연구자)

명랑해도 된다, 명랑하고 싶다

저는 자신을 본질적으로 명랑한 사람이라고 여겨요.[2]

이 문장은 박완서 문학에 대해 많은 것을 알려준다. 박완서 소설의 여성 주인공들은 심심한 것, 무료한 것, 지루한 것, 답답한 것을 잘 참지 못한다. 박완서 문학의 원형이라 할 법한『나목』(1970)의 주인공 이경이 '죽지 못해' 사는 어머니의 잿빛 세계에서 벗어나 옥희도의 그림이 상징하는 채색된 세계에서 '사는 것처럼' 살고자 몸부림쳤던 것을 독자들은 기억하고 있다.

널리 알려진 것처럼 박완서는 한국전쟁 중에 오빠와 숙부를 잃고, 1988년에는 남편과 아들을 차례로 떠나보낸 아픈 가족사

---

1 이 책에 수록되지 않은 작품은 제목과 발표 연도만 표기한다.
2 박완서,『박완서의 말: 소박한 개인주의자의 인터뷰』, 마음산책, 2018, p. 183.

를 가슴에 품은 채 40여 년의 작가 생활을 지속했다. 박완서는 삶이란 그저 '살아지는' 것이 아니라 '살아남은 자'가 '살아내야 하는' 과정의 연속임을 그녀의 전 생애와 문학을 통해 보여준 셈이다.

가족이나 지인의 죽음을 가까이에서 지켜본 '살아남은 자'라는 정체성이 박완서의 삶과 글을 이해하는 결정적 단서라면, 그 단서를 토대로 던져야 할 질문은 다음과 같은 것이 아닐까? 작가와 인물은 과연 '어떻게' 살아내었는가? 박완서는 생을 지속시키는 힘에 대한 탐구에 몰두한 작가이다. 생기, 재미, 활기, 위엄, 품위. 이것이 없으면 사람은 살아 있어도 산 것이 아니라는, 그러니까 『나목』의 어머니처럼 죽지 못해 사는 것은 사는 게 아니라는 믿음이야말로, 작가 자신이 왜 스스로를 "본질적으로 명랑한 사람"으로 규정했는지 알게 해준다. 박완서는 살아남은 자들에게 '명랑해도 된다'고 말해준 작가이다. 왜냐하면 누구보다도 작가 자신이 평생토록 '명랑하고 싶었던' 생존자이기 때문이다. 전쟁은 미치광이들의 짓이다. "아아, 전쟁은 분명 미친것들이 창안해낸 미친 짓 중에서도 으뜸가는 미친 짓이다." 그렇지만 살아남은 '나'는 결코 미치지 않겠다는 것이다. 경아가 추구한 생기, 재미, 활기는 바로 '살아남은 자'의 자존심, 긍지였다. "나의 내부에서 꿈틀대는, 재미나 하고픈, 다채로운 욕망들"을 경아는 결코 외면하지 않는다. "나는 미치지 않을 자신이 있다. 나는 내 속에 감추어진 삶의 기쁨에의 끈질긴 집념을 알고 있다"(『나목』).

'흉한 죽음'이라는 역광逆光

　그럼에도 박완서 소설에는 어이없을 만큼 참혹하게 죽은 이들과 그것을 목격한 인물의 이야기가 곳곳에서 출몰한다. 죽음은 도처에서 이유 없이 일어난다. 처참한 죽음의 반복적 형상화는 "본질적으로 명랑한" 작가 박완서를 평생 따라다닌 고통의 몸피가 결코 줄어든 적 없다는 사실을 독자들에게 일깨운다. 한국전쟁 중에 억울하게 어처구니없이 죽임을 당한 민간인 이야기는 박완서 문학 전반의 어떤 공유지 역할을 한다. 「겨울 나들이」의 주인공은, "난리 통에 첫번째 아내와 생이별"(pp. 36~37)하고 월남해 자신과 재혼한 남편과, 그가 데려온 전처소생을 정성껏 돌봐온 자신의 노력이 문득 헛되고 억울한 기분이 들어 온양 온천으로 겨울 여행을 떠난다. 그곳에서 우연히 들른 여관집에는 한국전쟁 당시 아들/남편을 잃은 고부가 살고 있다. 시어머니는 연신 도리질을 하고 있어 '나'는 뭔가 눈치가 보여 불편하다. 그런데 며느리의 입에서 흘러나온 말은 '나'의 모든 예상(노인이 자신을 탐탁지 않게 여긴다든가, 노인이 정신을 놓쳤다든가)을 벗어난 끔찍한 사건에 관한 이야기이다. 전쟁이 일어나자 인민군을 피해 처가에 몸을 숨겼던 여인의 남편은, 9·28수복을 즈음하여 전세가 바뀌자마자 참지 못하고 본가로 돌아온다. "어떻게 된 게 세상은 점점 더 못되게만 돌아가 이웃끼리도 친척끼리도 아무개가 반동이라고 서로 고자질하는 짓이 성행해, 피비린내 나는 끔찍한 일이 이 마을 저 마을에 하루도 안 일어나는 날이 없었다. 끔찍한 나날이었다"(p. 45). 그사이 여인은 시어머니에게 그 누가 아들의 거처를 묻더라도 고개를 가로저으며 모른다고 딱 잡아떼라는 교육을 철저히 시킨다. 그러던 중 시어머니는 마을을 배회하던 인민군 패잔병들과 마주친다. 그녀가 덮어놓고 '나는 모른다'고 소리를 지르는 바람에 아들이 놀라 뛰어나오고, 아들은 인민군이 난사한 총에 맞아 처참히 죽고 만다. 이후 시어머니는 "치매가 된 채 허구한 날 도리질이나 해대는"(p. 48) 증세를 보인다.

박완서는 한국전쟁 당시 민간인들이 겪었던 고초를 이렇게도 묘사했다. "몇 달을 두고 전선이 일진일퇴를 거듭하는 대로 세상도 손바닥 뒤집듯이 바뀌었으니 그때마다 부역했다고 고발하고 반동했다고 고발해서 생사람 목숨을 빼앗는 일을 미친 듯이 되풀이했다"(「그 살벌했던 날의 할미꽃」, 1977). 이런 살벌한 사태를 피해 몸을 숨겼던 아들이 돌아오자마자 허망한 죽음을 맞이했으니 「겨울 나들이」의 노인은 고개를 좌우로 흔드는 이상 증세를 형벌처럼 평생 겪을 수밖에 없게 된 것이다.

「복원되지 못한 것들을 위하여」를 구성하는 두 개의 에피소드 중 전자에 해당되는 윤 노인의 가족사 역시 위와 유사한 패턴으로 그려진다. 6·25동란 중 인민군을 피해 땅굴에 숨어 있던 윤 노인의 부친은 "저만치 국민학교 마당 깃대박이 꼭대기에서 태극기가 나부끼는 걸 보자 그만 감격에 치받쳐 대한민국 만세를 부르며 날뛴 게 문제"였는데, "미처 도망치지 못하고 수수밭에 숨어 있던 인민군이 총을 난사해 그 자리에서 처참하게 숨졌"기 때문이다. 국회의원의 선거 부정행위를 폭로하는 윤 노인의 수기를 그의 부인이 그토록 불온시하며 그것이 세상에 알려질까 봐 두려워 전전긍긍하는 것은, "시상만 바뀌었다 허면 미리 설치는 건 이 집안 내력"이라는 점이 내내 마음에 걸렸기 때문이다(p. 168). 윤 노인이 어용 잡지사 수기 공모전에 당선되고도 수상을 포기한 것은 이런 사정들 때문이었다.

다른 한 에피소드의 주인공인 소설가 송사묵 또한 전쟁 중 영문도 모른 채 사형을 당한다. "인공 치하에서 이밥 먹고산 죄"(p. 180)로 밀고를 당한 '나'의 숙부와, "난리 통에도 숨어 있지 않고 학교에도 나가시고 문학가 동맹 사무실에도 나가"(p. 182)는 바람에 부역자로 낙인찍힌 스승 송사묵은, 9·28수복 이후 서대문형무소에 수감된 후 재판에서 사형 선고를 받는다. "숙부(와 송사묵)가 그 안(서대문형무소)에서 짐승처럼 죽어갔다면 우리는 밖에서 짐승처럼 살아남았던 것이다"(p. 184, 괄호는 필자).

"아무에게도 발설하지 못한 골육상잔의 기억"(p. 376)을 다룬 「빨갱이 바이러스」에서 주인공은 인민군이었던 삼촌의 존재가 행여나 가족들에게 피해를 줄까 봐 아버지가 삼촌을 삽으로 내리치는 장면을 목격했던 어린 시절을 떠올린다. '나'는 분명 "인민군에 나가 싸운 삼촌"(p. 372)의 시신이 마당에 묻혀 있을 것이라 확신한다.

죽은 자도 살아남은 자도 '짐승'이 될 수밖에 없었던 이 시간들을 박완서는 집요하게 반복적으로 기록한다. 인물과 상황은 조금씩 변하지만 이 사건들을 가로지르는 본질은 단 하나다. 죽인 자도, 죽은 자도, 살아남은 자도 '이유를 모른다'. 도처에 널린 이 죽음들의 '이유'를 찾기보다는 그 허망한 죽음들을 끊임없이 기억해내고 발설하고 기록하는 과정, 그것이 박완서 글쓰기의 중핵이라 할 수 있다.

그렇다면 피로 물든 이 기억의 미로에서 박완서가 길을 잃지 않을 수 있었던 힘은 어디에서 나왔을까? 비명횡사한 아버지와 오빠의 원혼을 한참 만에야 제대로 달랠 수 있게 된 「부처님 근처」(1973)의 주인공은 이렇게 말한다. "고운 죽음이 얼마나 큰 축복이 될 것인지를 나는 알고 있다. 흉한 죽음이 얼마나 집요한 저주인지를 알기 때문에." 여기서 '내'가 그토록 동경하는 '고운 죽음'이란 곧 '고운 삶', 다시 말해 늙고 병드는 인간적 삶의 다른 표현일 것이다. 전쟁이나 사고로 제 명을 채우지 못하고 죽은 이들을 지척에서 보아왔기에, 작가 박완서는 늙고 병드는 과정을 겪는다는 것 자체가 한 인간이 누릴 수 있는 최고의 축복임을 거듭 말하고 싶었는지 모른다. 박완서 소설은 '고운 죽음=고운 삶'의 장면을 조명하면서도 그 피사체에 '흉한 죽음'이라는 강한 역광逆光을 내리쪼임으로써 '살아 있음'이라는 것이 얼마나 찬란하면서도 덧없는 '사건'인가를 깨우쳐준다. 기실 (비명횡사가 아니라) 살아 있음이야말로 가장 큰 사건이라는 진실을 말이다.

중년 혹은 노인의 기품

박완서 소설에 등장하는 당당하고 품위 있게 늙어가는 중년 혹은 노년의 여인들이 주목되는 것은 이런 이유에서이다. 「겨울 나들이」에서 도리질하는 노파를 관찰하는 '나'의 시선에 포착된 것은 그녀의 "특이한 우아함"이다.

> 노파는 수척했으나 흰머리를 단정히 빗어 쪽 찌고, 동정이 정갈한 비단 저고리에 푹신한 모직 스웨터를 걸치고 꼿꼿이 앉았는 모습에 특이한 우아함이 있었다. 그것은 지극히 비현실적인 우아함이기도 했다. 도리질도 처음 내가 봤을 때보다 훨씬 유연해져 꼭 미풍에 살랑이는 것처럼 보였다. (pp. 42~43)

노파는 난리 통에 아들을 잃고는 이후 25년 동안 자는 시간만 빼놓고 도리질을 한다. 얼핏 보면 우스꽝스럽고 기괴하다고까지 할 수 있을 노파의 이런 행동 너머에서 어떤 '엄숙'함을 찾아낸 것은 노파의 생을 지속시키는 힘이 다름 아닌 바로 그 도리질에 있음을 주인공이 알아차렸기 때문이다. 그 도리질은 광기의 표식이 아니라 광기에 굴복하지 않으려는 안간힘의 흔적이다. 노파를 극진히 봉양하는 며느리의 태도 또한 그윽하고 평온하다. "정말 대사업을 힘껏 보필하는 이의 사명감과 긍지로 아주머니의 얼굴이 은은히 빛나 보이기까지 했다. 나는 어쩌면 이 아주머니야말로 대사업을 하고 있는 게 아닌가 하는 생각이 들면서 등골에 전율이 지나갔다"(pp. 48~49).

전율할 만큼 깊이 '나'를 감동시킨 것은 노파와 여인의 기품이다. '살아남은 자'는 과연 어떻게 '살아내야' 하는가라는 질문에 박완서만큼 집요하게 매달린 작가도 드물다. 박완서가 찾아낸 대답의 하나는 '긍지'이다. 이 글 서두에서 언급된바 『나목』의 주인공 이경이 품었던 바로 그 욕망과 의지, 즉 "미치지 않을 자신"감을 박완서는 그의 소설 속 인물들에게 골고루 나눠 준다. 노파는 고통스럽고도 엄숙하게 자신의 업보를 감당함으로써, 여인은 그런 시어머니를 "힘껏 보필하는 이의 사명감과 긍지"로써, 살아남은 자의 윤리를 실천하고 있는 셈이다.

이러한 위엄 있는 삶의 발견은 그 자체로 '나'에게 해방감을 안겨준다. 이북에 노모와 아내를 남겨두고 빈털터리로 월남한 무명 화가 남편, 그리고 그가 데려온 어미 없는 어린 딸을 평생 사랑하고 섬기며 살아온 것이 "큰 허탕을 친 것처럼 억울하게 여겨"지고 "속아 산 것 같은, 헛산 것 같은 기분"에 사로잡혔던 '나'의 방황은 엄살일지 모른다(p. 37). 흉한 죽음이라는 역광 속에서 비로소 고운 삶의 장면들이 어렴풋하게나마 드러나게 되듯, 노파와 여인이 겪은 참상을 배경으로 한 넓은 화폭의 그림에서 '나'의 번민은 그저 무심히 찍힌 점만큼이나 작아진다. "너는 결코 헛살지만은 않았어. 암, 헛살지 않았고 말고"(p. 53).

「공항에서 만난 사람」의 경우에도 주인공의 기억 속 '무대소 아줌마'는 당당하고 위엄 있는 인물로 그려진다. "하루하루의 답답증을 주체 못 해"(p. 57) 나선 여행길에서 '나'는 6·25사변 중 알게 되었던 '무대소 아줌마'를 공항에서 우연히 마주친다. 주인공이 미군 PX 점원 노릇을 하던 그 시절 한국인 PX 점원과 청소부, 순경은 한패가 되어 물건을 밖으로 빼돌려 이익을 챙기는 동족끼리의 동업에 가담한다. 그때 가공할 만큼 많은 물건을 옷 속에 숨기는 능력을 지녀 '무대소 아줌마'로 불렸던 여인을 중년이 된 '내'가 다시 만난다. 기억을 더듬던 '나'는 그녀가 얼마나 '당당한 사람'이었는지 새삼 떠올린다. "그녀에겐 아무도 흉내 낼 수 없는 그녀만의 독특한 위엄 같은 게 있었다. 그녀의 처지로는 얼토당토않은 거였지만 묵살할 수도 없는 거였다"(p. 68). 그녀는 자신의 남편이 국군이라는 말을 "매우 엄숙하고 품위 있게"(p. 70) 할 뿐만 아니라, 어떤 상황에서도 비굴한 모습을 보이는 법이 없다.

이렇게 입이 걸고 안하무인인 무대소와 우리가 오래도록 거래를 계속했던 것은 물론 그녀의 무대소스러운 유능함 때문도 있었지만, 그 터무니없는 당당함에 압도당한 때문도 있었다. 그 무렵엔 참으로 당당한 사람이 귀했다. 그녀가 거침없이 잘난 척하는 게 밉살스럽다가도 문득 부럽고 보배로워지는 걸 어쩔 수 없었다. (p. 71)

박완서는 이처럼 결코 '그럴 것 같지 않은' 주변적 인물, 그러니까 참척의 아픔을 겪었거나 먹고살기 위해 한평생 발버둥 쳐 온 여인들에게 그 누구도 쉽게 범접할 수 없는 품위와 당당함을 선사한다. 그 인물들의 보배로움은, 전쟁의 참상 속에서 더욱 빛을 발하는 것이어서 작가 박완서가 피로 물든 과거의 미로에서 길을 잃지 않게 해주는 이정표 노릇을 한다.

당당한 노인의 모습은 「환각의 나비」에서도 엿보인다. 주인공 영주가 낳은 아이들을 한평생 돌본 어머니는 영주가 보기에 그렇게 당당할 수가 없다. "노인에겐 그 어렵고도 장한 일을 한 이의 특권이랄까, 침범할 수 없는 당당함이 있었고, 아이들하고의 자연스러움은 거의 동물적이었다"(p. 303). 젊어서 과부가 된 어머니에게는 원래부터 "당신 손으로 자식을 벌어먹이기 위해 일생 서서 일하면서 터득한 당당함"이 있었던 터다. 이 "어머니만의 자존심"은 아무도 능멸할 수 없는 그만의 세계이다(p. 305). 치매를 앓으며 아들네로 딸네로 정처 없이 떠돌던 어머니가 가출을 했다가 우연히 머물게 된 절집에는 다름 아닌 자신의 보살핌을 필요로 하는 처녀 보살 마금이가 살고 있다. 어머니를 찾아 헤매던 영주는 절집에서 우연히 발견한 어머니의 모습에서 "살아온 무게나 잔재를 완전히 털어버린"(p. 338) 나비 같은 가벼움과 자유로움을 발견한다. 노인의 당당함과 자유로움은 '그럼에도 불구하고' '나'는 여전히 살아 있다는 기쁨으로 번지는 듯 보인다.

살아 있음이라는 사건

폭우로 버스가 끊겨 '나'의 집에 머물게 된 세 여인의 고백과 그들에게도 결코 털어놓지 못한 '나'의 비밀로 구성된 「빨갱이 바이러스」에는 매우 의미심장한 구절이 등장한다. "나는 마모도 소멸도 안 되는 것에 대한 병적이고도 비밀스러운 혐오감을 갖고 있었지만"(p. 351). 이 구절은, 「나의 가장 나종 지니인 것」(1993)에서 '나'가 형님에게 하는 말인 "생떼 같은 목숨도 하루아침에 간데없는 세상에 물건들의 목숨은 왜 그렇게 질긴지, 물건들이 미운 건 아마 그 질김 때문일 거예요. 생각만 해도 타지도 썩지도 않을 물건들한테 치여 죽을 것처럼 숨이 답답해지네요"라는 대사와 나란히 놓고 읽을 필요가 있다.

주인공들의 표현을 빌리자면 물건은 죽지 않는다. 그래서 혐오스럽다. 반면, 썩거나 마모되거나 소멸되는 생명은 바로 그 때문에 매혹적이다. 현재 싱싱하게 살아 있는 것만이 점차 썩어갈 수 있다. '흉한 죽음'의 덫에서 벗어나 긍지, 생기, 기품 등 인간의 생을 지속시키는 힘을 발견하고 관찰해온 작가 박완서는, "살아 있음에 대한 매혹"(p. 217)에 사로잡혀 非생명체를 혐오하는 인물을 작품에 등장시킨다.

말기 암으로 살날이 얼마 남지 않은 남편과 그를 보살피는 주인공의 마지막 1년을 기록한 「여덟 개의 모자로 남은 당신」은 "그의 **존재가 시간과 마찰하면서 빛을 내는** 것처럼 빛나 보였다"(p. 203, 강조는 필자)라는 문장 하나만으로도 빛이 나는 작품이다. "만질 수 있고, 느낄 수 있는 생명의 실체"(「나의 가장 나종 지니인 것」)인 몸은 공간을 점유한 물건과 달리 시간을 산다.

시간과 마찰하는 몸은 늙고 병든다. 박완서가 노년의 삶을 반복적으로 그릴 수밖에 없었던 것은 시간과 마찰한 흔적으로서의 늙고 병든 몸이야말로 '흉한 죽음'을 겪지 않아도 되었던 보배로운 생명의 실체이기 때문이다. 반복하건대 박완서 소설을 통틀어 작중 인물이 겪는 가장 큰 사건은 '살아 있음'이라는 사건이다. 가족과 지인이 당한 '흉한 죽음'을 목격한 후 살아남은 작중 인물들은 저마다 생기, 활기, 재미를 갈망한다. 물건 – 아닌 – 존재만이 추구하고 누릴 수 있는 생기, 활기, 재미는 변화를 그 속성으로 삼는다. 계속 활기에 차 있을 수도, 변함없이 즐거울 수도 없다. 박완서는 요컨대, 노화와 질병을 겪는다는 사실 자체가 누군가에게는 엄청난 특권이자 비할 데 없는 축복으로 여겨질지 모른다는 삶의 진실을 '흉한 죽음'의 역광 속에서 희미하게 그러나 매우 집요하게 드러낸 작가이다.

「해산바가지」는 살아생전 치매에 걸려 주인공의 삶을 피폐하게 만들었던 시어머니가 며느리인 '나'의 출산 때마다 보여주었던 경건한 의식을 '나'가 생각해내면서 새삼 시어머니의 "노추한 육체"에 깃들었던 "아름다운 정신"을 그리게 되는 이야기이다. 연달아 딸을 낳은 며느리를 죄인 취급하는 한 친구를 만난 후 주인공은 시어머니의 해산바가지에 얽힌 오래된 추억을 떠올린다. 손녀 손자 가리지 않고 "똑같은 영접"을 해주었던 시어머니는 "어디서 배운 바 없이, 또 스스로 노력한 바 없이도 저절로 인간의 생명을 어떻게 대접해야 하는지를 알고 있는 분이었다". 경건하게 생명을 대하던 시어머니는 비록 '시간과 마찰하면서' "망가진 정신, 노추한 육체"(p. 148)를 갖게 되었지만 "임종 때의 그분은 주름살까지 말끔히 가셔 평화롭고 순결하기가 마치 그분이 이 세상에 갓 태어날 때의 얼굴을 보는 것 같"(p. 149)을 만큼 고요하다. 박완서가 그려내고 싶었던 '고운 죽음'은 이런 것이 아니었을까? 반면에 시어머니, 올케, 그리고 '나'가 모두 공범이 되어 여아 낙태를 저지른 이야기를 다룬 「꿈꾸는 인큐베이터」에는 미처 세상 빛을 보기도 전에 '흉한 죽음'을 당한 어린 원혼에 대해 죄책감을 느끼는 주인공이 등장한다.

박완서의 글쓰기는 이처럼 전쟁 중에, 극심한 가난 속에서, 남녀차별주의가 미만해 있는 사회에서 '흉한 죽음'을 당한 생명들을 애도하는 데 바쳐졌다고 해도 과언이 아니다. 이 애도 행위는 살아 있음이야말로 가장 큰 사건이자 축복이라는 작가의 인식과 맞닿아 있다.

소녀 가장 콤플렉스

박완서가 살아남은 자에게 삶이란 무엇인가라는 질문에 답하는 과정에서 찾아낸 또 하나의 인물 유형은 소녀 가장들이다. 「도둑맞은 가난」의 주인공은 부모와 오빠가 가난을 견디지 못하고 동반 자살한 이후 홀로 살아남은 미싱사이다. 주인공의 죽은 어머니는 "가난을 정면으로 억척스럽게 사는 사람들의 이런 특이한 발랄함"을 치를 떨며 경멸하다 스스로 목숨을 끊었지만, '나'는 "억센 푸성귀처럼 청청한 생기"(p. 13)에 넘쳐 있는 이들과 어울려 살면서 가난을 "소명"으로 삼은 채 살아나간다. 가족들이 죽기 전부터도 가족 중 유일하게 돈을 번 것은 '나'였다. 대학생 상훈이 '가난 체험'을 위해 '나'를 속이고 가난한 노동자 행세를 하며 동거 생활을 하는 기만적 행동을 하기 전까지 '나'는 살아남은 자의 긍지인 가난을 누구에게도 빼앗긴 적 없다. 그러나 그가 가난을 훔쳐간 후 "나에게 있어서 소명"(p. 29)이었던 가난은 "무의미한 황폐"(p. 31)로 전락하고 만다. 상훈이 '나'에게서 앗아간 것은 기실 가난만이 보증할 수 있는 삶을 향한 '나'의 매혹이기 때문이다.

가족 중 유일하게 돈을 버는 젊은 여주인공들의 '소녀 가장 콤플렉스'는 『나목』의 이경을 상기시키는 「공항에서 만난 사람」과 「여덟 개의 모자로 남은 당신」의 주인공들에게서도 발견된다. 가장 뚜렷한 소녀 가장 캐릭터는 「환각의 나비」에 등장하는 두 딸 '영주'와 '자연 스님'이다. 둘은 전혀 다른 듯 닮은 인물들로, 어린 시절부터 집안의 생계를 담당해왔다. 어렵사리 대학의 전임 자리에 취직이 된 영주는 어린 시절부터 하숙집을 경영하는 엄마의 동지였고, 처녀 보살로 이름났던 절집(점집)의 자연 스님(속명 마금이) 또한 어려서부터 "집안의 유일한 돈줄"(p. 324)이었다. 지금의 절터는 6·25 난리 통에 부역을 한 어떤 가족이 몰살을 당했던 '흉가'인데, 몰살당한 주인의 살아남은 동생이 그곳에 터를 잡자 그의 정체를 알고 있는 마금네가 음흉한 계획을 세워 마금이를 그 집 잔심부름꾼으로 보낸 것이 말하자면 '신의 한 수'였다. 마금네의 계획(?)대로 그는 열네 살의 마금이를 범하고 이를 안 마금네가 그를 협박하면서 마침내 그 집은 마금이네 차지가 된 것이다.

「여덟 개의 모자로 남은 당신」의 주인공도 전쟁 중 오빠가 비명에 간 이후 후유증을 앓는 가족들을 먹여 살리기 위해 미군 부대에 취직하여 식구들을 부양한 경험이 있다. '나'도 오빠를 사랑했지만 "오빠를 따라 죽을 만큼은 아니었"다. "나는 살고 싶었다"(p. 206). 어머니와 올케가 '나'의 결혼 결심을 축하하기보다 괘씸하게 여긴 것은 '나'의 노력으로 그사이 집안에 꽤 목돈이 생겼기 때문이다.

딸을 밑천으로 삼거나 딸의 적극적 도움으로 생계를 꾸려가는 다소 무기력한 가족들의 모습은, 살아남은 이는 '명랑해도 된다'고 말하려는 작가의 반대편에 사뭇 다른 목소리를 내는 이들도 존재한다는 사실을 환기한다. 그러나 작가 박완서는 젊은 주인공들로 하여금 죽음에 저당 잡혀 살도록 허락하지 않는다. 그것은 『나목』의 이경이 말한바 '미치지 않을 자신감'에서 비롯된다.

복원의 꿈

이제 우아하고 기품 있는 중년 및 노년의 인물들과, 생기와
재미를 갈구하는 젊은 주인공들의 정 반대편에 서 있는 인물들
을 보자. 거기에는 왕년의 위엄은 온데간데없이 사라지고 심신
이 피폐해진 노인, 잔뜩 위축된 노인, 겉보기에는 고상하지만 위
선을 일삼는 노인, 진실보다는 편의를 취하는 중년의 인물들이
있다.

「침묵과 실어失語」의 주인공 정해철은 잡지사 주간인 동시에
이류 작가이다. 편집회의에서 경영주의 목적에 부합하는 결과
를 무리하게 도출한 그는 자신의 비굴함에 괴로워하던 차에 윤
상하 선생 댁을 찾아간다. 정해철은 "의식이 있는 침묵"(p. 100)
을 동경하되 실천은 하지 못하는 자기 자신에게 실망한 상태이
다. 그런 그가 오래전 윤상하 선생의 이름을 딴 '상하문학상' 수
상을 거절한 적이 있다. 오랜만에 윤상하 선생을 방문해, 윤상하
의 친일 행적을 문제 삼으며 자신이 수상을 거부했던 예전 사건
을 상기시켜 "노인의 노여움을 애걸"(p. 107)해보려 한 것이다.
잡지사에서 무너진 자존심을, 자신이 썼던 멋진 수상 거부의 변
을 떠올리면서라도 다시 세워보려는 속셈이다. 그러나 윤상하
선생은 중풍에 실어증까지 겸한 환자가 되어 바보같이 "무진장
흘러내리는 웃음"(p. 108)만 지을 뿐이다. 정해철의 입장에서
윤상하 선생은 정해철 자신을 위해 끝까지 고약한 '친일 문인'
으로 남아 있어야 했다. 변명도 하고 증언도 하고 특히 자신을

향해 분노해야 했다. 윤상하의 실어증은 정해철의 '침묵'을 한없이 비굴하고 나약한 지식인의 몸짓으로 만드는 데 일조할 뿐이다. 일제 말의 암흑기에 변절했던 윤상하와, 친체제적 편집장으로 살고 있는 정해철은 비루함을 공유한 중년과 노인의 어떤 전형들이다.

「복원되지 못한 것들을 위하여」의 경우에는 '나'가 꿈꾸는 과거의 온전한 복원을 가로막는 대표적 세 인물이 등장한다. 해방기에 서대문형무소에 잠시 수감되었던 친구 혜진, 송사묵의 부인을 문전박대했던 백민세, 아버지 송사묵이 납북된 것이 아니라 사형당했다는 사실을 알고도 모른 체하는 장남. 이 중에서도 '나'를 가장 분노케 한 것은 백민세 옹이다. 해방기에도 그랬고 지금도 그는 그 무엇에도 연루되고 싶어 하지 않는다. 그가 "우아하고 고상하게 늙은 노인"(p. 189)으로 보임에는 틀림없지만 그는 그런 얼굴을 하고 여전히 시침을 뗀다. "누구나 빠져나갈 구멍 먼저 마련해놓고 있었다. 진실이 마치 함정이나 덫이라도 된다는 듯이"(p. 192).

고교 시절 박완서의 국어 교사였던 소설가 박노갑을 모델로 한 작중 인물 송사묵[3]은 부역자로 밀고당해 서대문형무소에서 억울한 죽음을 맞이한다. 그러나 그 시절을 통째로 지워버리고 싶어 하는 혜진이나 백민세 옹은 그렇다 쳐도, 아버지의 죽음을 똑똑히 기억하는 장남까지 송사묵을 '납북자'로 분류하는 데 왜

---

3 이 소설이 발표되던 해 박완서가 쓴 다음 글을 참고할 것. 박완서, 「"박노갑전집" 간행에 부쳐」, 『출판저널』 52, 대한출판문화협회, 1989, p. 18.

저항하지 않는가?

네에, 그거요. 납치당하신 것처럼 말하는 것 말이죠. 그건 우
리 식구의 말버릇이죠. 사형이나 옥사보다 얼마나 듣기 좋아요.
[……] 좋은 일에선 특별나고 싶을지 모르지만 나쁜 일일수록
다수의 편에 서는 게 그나마 편하거든요. 일종의 자구책이죠.
불행해진 것도 억울한데 홀로 특별하게 불행해지는 거라도 면
해보자는. (p. 191)

자신의 가족사가 '특별한 종류의 불행'으로 기록되는 것만
은 막고 싶다는 장남의 발언에서 우리가 떠올리게 되는 것은 과
연 '누구의 관점에서 어떻게 복원하느냐'라는 무거운 질문이다.
복원에 대한 '나'의 욕망은 실현되지 못하고 좌절된다. 그런데
'나'는 왜 그토록 진실 찾기에 목말라하는가?
박완서의 문학과 생애가 그에 대한 해답 찾기의 과정이었다
고 한다면 어떨까? 복원이란 '원래'대로 회복함을 의미한다. 그
'원래'의 상태란 어쩌면 가까운 이들이 '흉한 죽음'을 겪기 이
전의 삶일 수도 있고, '흉한 죽음'에 얽힌 억울한 사연 그 자체
일 수도 있으며, 가족과 지인의 '흉한 죽음'을 목격하고 살아남
은 이들이 절실히 추구하는 생기 있는 삶의 모습일 수도 있다.
이 책에 묶인 박완서의 소설들에는 복원의 꿈을 좇아 헤맸던 작
가의 모습이 고르게 투영되어 있다. 인간은 시간과 마찰하면서
늙고 병들지만 바로 그 때문에 빛나고 아름답다는 것이 박완서

문학이 던지는 하나의 메시지라면, 복원이란 그 마찰에도 '불구하고' 이루어져야 하는 것이 아니라 바로 그 마찰 '때문에' 이루어지게 된다는 것이 연이어 던져진 메시지일 것이다. 허물어지는 것이 있기에 복원의 꿈도 생겨나는 법. 늙어가는 인간은 견고한 물건보다 우아하다. 소멸과 복원의 꿈을 동시에 꾸기 때문이다.